Título original: *The Closer*

Traducción: Javier Guerrero

1.ª edición: enero 2008

© 2005 by Hieronymus, Inc.
© Ediciones B, S. A., 2008
   para el sello Zeta Bolsillo
   Bailén, 84 - 08009 Barcelona (España)
   www.edicionesb.com

Publicado por acuerdo con Little, Brown and Company (Inc.),
New York, USA.

Printed in Spain
ISBN: 978-84-666-3078-8
Depósito legal: B. 53.088-2007

Impreso por LIBERDÚPLEX, S.L.U.
Ctra. BV 2249 Km 7,4 Polígono Torrentfondo
08791 - Sant Llorenç d'Hortons (Barcelona)

ÚLTIMO RECURSO

MICHAEL CONNELLY

BOLSILLO
ZETA

A los detectives
que han de asomarse al abismo

PRIMERA PARTE

LA RELIGIÓN AZUL

1

En la práctica y el protocolo del Departamento de Policía de Los Ángeles, una llamada dos-seis es la que suscita una respuesta más rápida, y también la que infunde mayor temor al corazón que late bajo el chaleco antibalas. Es una llamada de la que con frecuencia depende la carrera. La designación se deriva de la combinación de un aviso de radio de código 2, que significa «responder lo antes posible», y la sexta planta del Parker Center, desde donde el jefe de policía dirige el departamento. Un dos-seis es una convocatoria urgente a la oficina del jefe, y ningún agente que conozca y valore su posición en el departamento se retrasará.

El detective Harry Bosch trabajó más de veinticinco años en su primera etapa en el departamento y nunca recibió una llamada para presentarse de inmediato ante el jefe de policía. De hecho, no había vuelto a estrechar la mano de un jefe desde el día en que le entregaron su placa en la academia, en 1972. Había sobrevivido a varios —y por supuesto, los había visto en actos policiales y funerales—, pero simplemente nunca se había encontrado cara a cara con ellos. En la mañana de su regreso al servicio después de tres años retirado recibió su primer dos-seis mientras se ajustaba el nudo de la corbata ante el espejo del cuarto de baño. Fue un ayudante del jefe el que llamó al número de su móvil particular. Bosch no se molestó en preguntar cómo había obtenido el número: se daba por hecho que la oficina del jefe de policía tenía el poder de localizarte. Se limitó a asegurar que estaría allí en menos de una hora, a lo que el ayudante le respondió que esperaba que llegara antes. Harry terminó de hacerse el nudo en el coche, mientras conducía en dirección al centro todo lo deprisa que se lo permitía el tráfico de la autovía 101.

Tardó exactamente veinticuatro minutos desde el momento en que colgó el teléfono hasta que pasó por las puertas de doble batiente de la antesala de la oficina del jefe, en la sexta planta del Parker Center. Pensó que tenía que haber batido algún récord, sin contar con que había aparcado en zona prohibida en Los Angeles Street, enfrente del cuartel general de la policía. Si conocían su número de móvil, seguramente sabrían la hazaña que representaba llegar desde las colinas de Hollywood al despacho del jefe en menos de media hora.

Sin embargo, el ayudante, un teniente llamado Hohman, lo miró con desinterés y le señaló un sofá de vinilo en el que ya había otras dos personas esperando.

—Llega tarde —dijo—. Tome asiento.

Bosch decidió no protestar para no empeorar las cosas. Se acercó al sofá y se sentó entre los dos hombres de uniforme, que se habían apoderado de los reposabrazos. Estaban sentados muy erguidos y en silencio. Supuso que también habían recibido un dos-seis.

Pasaron diez minutos. Los hombres que lo flanqueaban fueron llamados antes que Bosch y cada uno de ellos despachó con el jefe por espacio de cinco minutos pelados. Mientras el segundo hombre estaba en el despacho, Bosch oyó que levantaban la voz en el sanctasanctórum, y cuando el agente salió estaba lívido. De algún modo, la había cagado a los ojos del jefe y corría la voz —el rumor incluso se había filtrado a Bosch en su retiro— de que el nuevo hombre fuerte no toleraba las cagadas a la ligera. Bosch había leído un artículo en el *Times* acerca de un alto cargo que había sido degradado por no informar al jefe de que el hijo de un concejal normalmente posicionado contra el departamento había sido detenido por conducir bajo los efectos del alcohol. El jefe sólo lo descubrió después de que el concejal llamara para quejarse de acoso, como si el departamento hubiera obligado a su hijo a tomarse seis martinis de vodka en el bar Marmount y conducir hacia su casa a través del tronco de un árbol de Mulholland.

Finalmente, Hohman colgó el teléfono y señaló con el dedo a Bosch. Su turno. Rápidamente fue conducido al despacho en esquina con vistas a la Union Station y las vías del tren que la rodeaban. Era una vista decente, pero no fantástica. Claro que carecía de importancia, porque el edificio iba a ser demolido pronto. El departamento se trasladaría a unas oficinas provisionales mientras se construía un cuartel general de la policía nuevo y moderno en el mismo sitio. El actual cuartel general era conocido como la Casa de Cristal por los mandos y los agentes, supuestamente porque en su interior no era posible mantener secretos. Bosch se preguntó cómo llamarían a la siguiente sede.

El jefe de policía estaba sentado detrás de un gran escritorio, firmando papeles. Sin levantar la mirada de su trabajo, le pidió a Bosch que se sentara al otro lado de la mesa. Al cabo de treinta segundos, el jefe firmó su último documento y miró a Bosch. Sonrió.

—Quería recibirle y felicitarle por su regreso al departamento.

Su voz estaba caracterizada por un acento del Este. A Bosch no le molestó. En Los Ángeles todo el mundo era de algún otro sitio. O al menos lo parecía. Este hecho constituía la fuerza y al mismo tiempo la debilidad de la ciudad.

—Es agradable haber vuelto —dijo Bosch.

—Entiende que está aquí con mi beneplácito.

No era una pregunta.

—Sí, señor, lo entiendo.

—Obviamente, estudié a conciencia su solicitud antes de aprobar su regreso. Me inquietaba su..., digamos, estilo, pero finalmente su talento inclinó la balanza. También puede agradecérselo a su compañera, Kizmin Rider, por defender su causa. Es una buena agente y confío en ella. Y ella confía en usted.

—Ya le he dado las gracias, pero volveré a hacerlo.

—Sé que han pasado menos de tres años desde que se retiró, pero permítame que le asegure, detective Bosch, que el departamento al que vuelve no es el departamento que dejó.

—Lo entiendo.

—Eso espero. ¿Conoce el decreto de consentimiento?

Justo después de que Bosch abandonara el departamento, el anterior jefe se había visto forzado a aceptar una serie de reformas para evitar que las autoridades federales asumieran el control del Departamento de Policía de Los Ángeles tras una investigación del FBI sobre corrupción masiva, violencia y violación de los derechos civiles por parte de los agentes. El nuevo jefe tenía que cumplir con la nueva normativa o terminaría recibiendo órdenes del FBI. Desde el jefe al último cadete, nadie deseaba semejante situación.

—Sí —dijo Bosch—. Lo he leído en los periódicos.

—Bien. Me alegro de que se haya mantenido informado. Y me alegra comunicarle que, a pesar de lo que pueda haber leído en el *Times*, estamos dando grandes pasos y queremos mantener ese impulso. También estamos tratando de poner al día al departamento en cuanto a tecnología. Estamos avanzando en mantenimiento del orden en la comunidad, y estamos haciendo muchas cosas buenas, detective Bosch, muchas de las cuales quedarán deshechas a ojos de la comunidad si recurrimos a las viejas maneras. ¿Entiende lo que le estoy diciendo?

—Eso creo.

—Su regreso aquí no está garantizado. Está en período de pruebas durante un año. Así que considérese otra vez un novato. El novato más viejo de todos. Apruebo su regreso, pero puedo echarle sin esgrimir ninguna razón en el curso de un año. No me dé una razón.

Bosch no respondió. Supuso que no se esperaba respuesta.

—El viernes graduamos a una nueva promoción de cadetes de la academia. Me gustaría que estuviera allí.

—¿Señor?

—Quiero que esté presente. Quiero que vea la abnegación en los rostros de nuestros jóvenes. Quiero que vuelva a familiarizarse con las tradiciones de este departamento. Creo que puede ayudarle, ayudarle a recuperar la abnegación.

—Si quiere que esté presente, allí estaré.

—Bien. Le veré el viernes. Estará en la tribuna de personalidades como invitado mío.

El jefe escribió un recordatorio de la invitación en el cuaderno que tenía a su lado en el cartapacio. Después dejó el bolígrafo y levantó la mano para señalar a Bosch con un dedo. Su mirada adoptó una especial intensidad.

—Escúcheme, Bosch. Nunca rompa la ley para obligar a cumplir la ley. En todo momento haga su trabajo de acuerdo con la Constitución y compasivamente. No aceptaré otros modos. Esta ciudad no aceptará ningún otro modo. ¿Estamos de acuerdo en eso?

—Estamos de acuerdo.

—Entonces hemos terminado.

Bosch se levantó. El jefe lo sorprendió cuando se levantó a su vez y extendió la mano. Bosch pensó que quería saludarle y le tendió la suya. El jefe del departamento le puso algo en la palma, y Bosch miró y vio su chapa dorada de detective. Había recuperado su viejo número. No se lo habían dado a otro. Casi sonrió.

—Llévela como merece —dijo el jefe de policía—. Y con orgullo.

—Lo haré.

Esta vez sí se estrecharon las manos, pero al hacerlo el jefe no sonrió.

—El coro de las voces olvidadas —dijo.

—¿Disculpe, jefe?

—Es lo que me vino a la cabeza cuando pensé en los casos que hay en Casos Abiertos. Es una casa de los horrores. Nuestra mayor vergüenza. Todas esas voces. Cada una de ellas es como una piedra arrojada a un lago. Las ondas se extienden a través del tiempo y de las personas. Familias, amigos, vecinos... ¿Cómo podemos considerarnos una ciudad cuando hay tantas ondas, cuando este departamento ha olvidado tantas voces?

Bosch soltó la mano del jefe y no dijo nada. No tenía respuesta para esa pregunta.

—Cambié el nombre de la unidad cuando entré en el departamento. No son casos apagados, detective. Nunca dejan de arder. No para alguna gente.

—Eso lo entiendo.

—Entonces baje allí y resuelva casos. Ése es su arte. Por eso lo necesitamos, y por eso está aquí. Por eso me arriesgo con usted. Muéstreles que no olvidamos. Muéstreles que en Los Ángeles los casos no se enfrían ni se apagan.

—Lo haré.

Bosch lo dejó allí, todavía de pie y quizás acechado por las voces. Como él mismo. Harry pensó que tal vez por primera vez había conectado a cierto nivel con el hombre que regía los destinos del departamento. En el ejército se dice que entras en la batalla y luchas y estás dispuesto a morir por los hombres que te envían. Bosch nunca sintió eso cuando avanzaba en la oscuridad de los túneles de Vietnam. Había sentido que estaba solo y que estaba luchando por sí mismo, por permanecer vivo. Lo mismo había sentido en el departamento, y en ocasiones había adoptado el punto de vista de que estaba luchando a pesar de los hombres de arriba. Quizás en esta ocasión las cosas serían diferentes.

En el pasillo pulsó el botón del ascensor con más fuerza de la necesaria. Se sentía demasiado nervioso y enérgico, y conocía el motivo. El coro de las voces olvidadas. El jefe parecía conocer la canción que entonaban. Y Bosch, ciertamente, también. Había pasado la mayor parte de su vida escuchando esa canción.

2

Bosch bajó en el ascensor un solo piso, hasta el quinto. Ése también era territorio desconocido para él. La quinta siempre había sido una planta civil. Básicamente albergaba muchas de las oficinas administrativas de nivel medio y bajo del departamento, la mayoría de ellas llenas de empleados no juramentados, encargados de los presupuestos, analistas, chupatintas. Civiles. Antes nunca había tenido ningún motivo para ir a la quinta.

No había carteles en el vestíbulo del ascensor que señalaran a despachos específicos. Era la clase de planta en la que la gente sabía adónde iba antes de salir del ascensor. Pero Bosch no. Los pasillos de la planta formaban la letra H, y él se equivocó de dirección dos veces antes de encontrar por fin la puerta marcada con el número 503. No ponía nada más en la puerta. Hizo una pausa antes de abrirla y pensó en lo que estaba haciendo y en lo que estaba comenzando. Sabía que era la opción correcta. Era casi como si pudiera escuchar las voces que atravesaban la puerta. Las ocho mil voces.

Kiz Rider estaba sentada en lo alto de una mesa, justo al otro lado de la puerta, sorbiendo una taza de café humeante. El escritorio parecía el puesto de trabajo de un recepcionista, pero Bosch sabía por sus frecuentes llamadas en las semanas previas que no había recepcionista en esa brigada. No había dinero para semejante lujo. Rider levantó la muñeca y sacudió la cabeza al mirar el reloj.

—Pensaba que habíamos quedado a las ocho en punto —dijo—. ¿Es así como van a ser las cosas, compañero? ¿Vas a presentarte cada mañana a la hora que te apetezca?

Bosch miró su reloj. Eran las ocho y cinco. Observó a Rider y sonrió. Ella también sonrió.

—Pues aquí es —dijo.

Rider era una mujer de baja estatura y con unos pocos kilos de más. Llevaba el pelo corto y habían empezado a aparecer las primeras canas. Era de tez muy oscura, lo cual hacía que su sonrisa resultara más brillante. Bajó del escritorio y cogió una taza de café que estaba detrás del lugar donde ella había estado sentada.

—A ver si lo recordaba bien.

Bosch examinó la taza y asintió.

—Negro, como me gustan mis compañeros.

—Muy gracioso. Tendré que denunciarte por eso.

Rider se adentró en el despacho. Parecía vacío. Era grande, incluso para una sala de brigada de nueve investigadores, cuatro equipos y un agente al mando. La pintura de las paredes era de un tono azul suave, como el que Bosch veía con frecuencia en las pantallas de ordenador. El suelo estaba enmoquetado en gris. No había ventanas; en los puntos donde deberían haber estado había tablones de anuncios o fotografías de escenas de crímenes de muchos años atrás, bellamente enmarcadas. Bosch sabía que, en aquellas imágenes en blanco y negro, los fotógrafos habían antepuesto sus dotes artísticas a sus deberes clínicos. Las sombras daban ambiente a la imagen, pero ocultaban demasiados detalles de la escena del crimen.

Al parecer, Rider adivinó que estaba mirando las fotos.

—Me dijeron que el escritor James Ellroy las eligió y las hizo enmarcar para la oficina —dijo.

Kizmin Rider lo condujo en torno a una mampara que

dividía la sala en dos y le hizo pasar a un espacio donde habían juntado dos mesas de acero grises para que los detectives se sentaran uno enfrente de otro. Rider dejó su café en una de ellas. Ya había carpetas apiladas y objetos personales como una taza llena de bolígrafos y un marco situado en un ángulo que impedía ver la foto que contenía. Había asimismo un ordenador portátil abierto y zumbando en la mesa. Ella se había trasladado a la brigada la semana anterior, mientras Bosch todavía estaba solucionando trámites como la revisión médica y el papeleo final que lo llevó de nuevo al trabajo.

La otra mesa estaba limpia y vacía. Esperándole. Bosch se colocó detrás de ella y dejó su café. Contuvo la sonrisa lo mejor que pudo.

—Bienvenido otra vez, Roy —dijo Rider.

El comentario suscitó la sonrisa. A Bosch le hizo sentir bien que lo llamaran Roy otra vez. Era una tradición que seguían muchos detectives de Homicidios de la ciudad. Muchos años atrás había trabajado en la División de Hollywood un legendario agente de Homicidios llamado Russell Kuster. Era el profesional por excelencia, y muchos de los detectives que ahora investigaban los homicidios cometidos en Los Ángeles habían estado bajo su tutela en uno u otro momento. Murió a consecuencia de un tiroteo cuando estaba fuera de servicio en 1990, pero su costumbre de llamar a la gente Roy —al margen de cuál fuera el nombre real— continuó. Su origen era oscuro. Algunos decían que era porque Kuster tuvo una vez un compañero al que le encantaba Roy Acuff y que la manía había empezado con él. Otros decían que era porque a Kuster le gustaba la idea de que un poli de Homicidios fuera del estilo de Roy Rogers, acudiendo al rescate con sombrero blanco y solucionando la situación. Ya no importaba. Bosch sabía que era un honor que volvieran a llamarlo Roy.

Se sentó. La silla era vieja y estaba abollada, lo que garantizaba que le daría dolor de espalda si pasaba mucho tiempo sentado en ella. Pero esperaba que ése no fuera el caso. En su primer paso por la Brigada de Homicidios había vivido según el adagio: «Levanta el trasero y sal a la calle.» No veía ninguna razón para que las cosas cambiaran en esta ocasión.

—¿Dónde está todo el mundo? —preguntó.

—Desayunando. Se me olvidó. La semana pasada me dijeron que la costumbre es que los lunes por la mañana todos se reúnen antes para desayunar. Normalmente van al Pacific. No me he acordado hasta que he entrado aquí esta mañana y no he encontrado a nadie, pero no creo que tarden.

Bosch sabía que el Pacific Dining Car era desde hacía mucho tiempo uno de los lugares preferidos de los mandamases del departamento y de la División de Robos y Homicidios. También sabía algo más.

—Doce pavos por un plato de huevos. Supongo que eso significa que en la brigada se permiten las horas extras.

Rider sonrió para confirmarlo.

—No te equivocas. Pero de todas formas no habrías podido terminarte los huevos después de recibir la llamada del jefe.

—Te has enterado, ¿eh?

—Todavía tengo una oreja en la sexta. ¿Te han dado la placa?

—Sí, él me la dio.

—Le dije qué número querías. ¿Te lo ha dado?

—Sí, Kiz, gracias. Gracias por todo.

—Ya me has dicho eso, compañero. No hace falta que lo sigas repitiendo.

Bosch asintió con la cabeza y echó un vistazo a su alrededor. Se fijó en que en la pared de detrás de Rider había una foto de dos detectives en cuclillas detrás de un cadáver que yacía en el lecho seco de hormigón del río Los Ángeles. Parecía una imagen de principios de los años cincuenta, a juzgar por los sombreros que llevaban los detectives.

—Bueno, ¿por dónde empezamos? —preguntó.

—La brigada divide los casos en bloques de tres años. Eso proporciona continuidad. Dicen que has de conocer la época y a algunos de los miembros del departamento. Además, ayuda a identificar a los asesinos en serie. En dos años ya han descubierto a cuatro asesinos en serie de los que nadie sabía nada.

Bosch asintió. Estaba impresionado.

—¿Qué años nos tocan? —preguntó.

—Cada equipo tiene cuatro o cinco bloques. Como nosotros somos el equipo nuevo, tenemos cuatro.

Abrió el cajón de en medio de su escritorio, sacó un trozo de papel y se lo tendió.

Bosch-Rider — Asignación de casos

1966	1972	1987	1996
1967	1973	1988	1997
1968	1974	1989	1998

Bosch estudió el listado de años de los que serían responsables. Había estado en Vietnam o fuera de la ciudad durante la mayor parte del primer bloque.

—El verano del amor —comentó—. Me lo perdí. Quizás ése es mi problema.

Lo dijo sólo por decir algo. Se fijó en que el segundo bloque incluía el año 1972, el año en que había ingresado en el cuerpo. Recordó que tuvo que acudir a una casa de Vermont en su segundo día en el trabajo de patrulla. Una mujer que vivía en la zona Este les pidió que fueran a ver si le había ocurrido algo a su madre, que no contestaba el teléfono. Bosch encontró a la mujer ahogada en una bañera, con las manos y pies atados con correas de perro. Su perro estaba en la bañera con ella, muerto. Bosch se preguntó si el asesinato de la anciana era uno de los casos abiertos que les tocaría resolver.

—¿Cómo se ha llegado a esto? ¿Por qué nos han tocado estos años?

—Proceden de los otros equipos. Aligeramos su carga de casos. De hecho, ellos ya pusieron en marcha casos de muchos de esos años. Y el viernes oí que se recibió un resultado ciego del ochenta y ocho. Se supone que hemos de empezar con él hoy. Puedes considerarlo nuestro regalo de bienvenida.

—¿Qué es un resultado ciego?

—Es una coincidencia originada por una muestra de ADN o una huella que enviamos a ciegas a los ordenadores o recibimos del Departamento de Justicia.

—¿Qué es lo nuestro?

—Creo que es una coincidencia de ADN. Lo sabremos esta mañana

—¿No te dijeron nada la semana pasada? Ya sabes que podría haber venido el fin de semana.

—Ya lo sé, Harry. Pero es un caso antiguo. No hay necesidad de empezar en el mismo momento en que llega un papel por correo electrónico. Trabajar en Casos Abiertos es diferente.

—¿Sí? ¿Cómo es eso?

Rider parecía exasperada, pero antes de que tuviera ocasión de responder oyeron que se abría la puerta y la sala de brigada se pobló de voces. Rider salió de detrás de la mampara y Bosch la siguió. A dos de los detectives, Tim Marcia y Rick Jackson, Bosch ya los conocía bien de casos anteriores. Las otras dos parejas de compañeros eran Robert Renner y Victor Robleto, y Kevin Robinson y Jean Nord. Bosch los conocía, así como a Abel Pratt, el agente al mando de la unidad, por su reputación. Todos ellos eran investigadores de Homicidios de primera fila.

El recibimiento fue cordial pero contenido, un poco formal en exceso. Bosch sabía que su destino en la unidad era probablemente visto con sospecha. Una plaza en la brigada era muy codiciada por los detectives de todo el departamento. El hecho de que Harry hubiera conseguido el puesto tras casi tres años retirado suscitaba preguntas. Bosch sabía, como se lo había recordado el jefe de policía, que tenía que agradecerle el trabajo a Rider, cuyo anterior puesto había sido en la oficina del jefe como analista. Había usado todos los puntos que había acumulado con el jefe para que Bosch volviera al departamento para resolver casos abiertos con ella.

Después de todos los saludos, Pratt invitó a Bosch y a Rider a su despacho para darles un discurso de bienvenida privado. Se sentó detrás de su escritorio y ellos ocuparon las dos sillas que había enfrente. En el minúsculo recinto no había lugar para más muebles.

Pratt era unos años más joven que Bosch, aún no había cumplido los cincuenta. Se mantenía en forma y hacía gala del espíritu de la cacareada División de Robos y Homicidios, de la que Casos Abiertos era sólo una rama. Pratt se mostraba seguro de su talento y de su capacidad de mando de la unidad. Tenía que estarlo. Robos y Homicidios se ocupaba de los casos mas difíciles de la ciudad. Bosch sabía que para pertenecer a ese selecto grupo tenías que creerte que eras más listo, más duro y más astuto que aquellos a los que perseguías.

—Lo que debería hacer es separaros —empezó—. Haceros trabajar con compañeros ya establecidos en la unidad porque esto es diferente de lo que habéis hecho en el pasado. Pero tengo órdenes de la sexta y no me meto con eso. Además, entiendo que tenéis una química previa que funcionaba. Así que olvidemos lo que debería hacer y dejadme que os explique un poco qué supone trabajar en Casos Abiertos. Kiz, ya sé que ya te di esta charla la semana pasada, pero tendrás que aguantarla otra vez, ¿de acuerdo?

—Por supuesto —dijo Rider.

—En primer lugar, olvidémonos de cerrar viejas heridas.

Eso es una cantinela de los medios, algo que escriben en los artículos de periódico sobre los casos antiguos. Lo de cerrar heridas es un chiste. Es una puta mentira. Lo único que hacemos es dar respuestas. Las respuestas deberían bastar. Así que no os confundáis con lo que estáis haciendo aquí. No confundáis a los familiares con los que trataréis en estos casos, y que ellos no os confundan.

Hizo una pausa por si había alguna reacción y, al no haberla, continuó. Bosch se fijó en que la foto de la escena del crimen enmarcada en la pared era de un hombre desplomado en una cabina telefónica después de ser acribillado. Era una cabina de las que se veían en las viejas películas, o en el Farmers Market o en Phillippe's.

—Sin lugar a dudas —dijo Pratt—, esta brigada es el lugar más noble del edificio. Una ciudad que olvida a sus víctimas de asesinato es una ciudad perdida. Aquí no olvidamos. Somos como los chicos que ponen en la novena entrada para ganar o perder el partido. Si nosotros no podemos lograrlo, nadie puede. Si fracasamos, el partido ha terminado, porque somos el último recurso. Sí, nos superan en número. Tenemos ocho mil casos abiertos sin resolver desde mil novecientos sesenta. Pero no nos desanimamos. Si esta unidad al completo resuelve un caso al mes (sólo doce al año), ya estaremos haciendo algo. Si uno quiere investigar homicidios, éste es el mejor lugar.

Bosch estaba impresionado por el fervor de Pratt. Veía sinceridad e incluso dolor en sus ojos. Asintió con la cabeza. Inmediatamente supo que quería trabajar para aquel hombre, una excepción en su experiencia en el departamento.

—Pero no olvidéis que cerrar un caso no significa cerrar las heridas —añadió Pratt.

—Entendido —dijo Bosch.

—Ahora bien, sé que los dos tenéis larga experiencia en el trabajo de Homicidios. Lo que os va a resultar difícil aquí es la relación con los casos.

—¿Relación? —preguntó Bosch.

—Sí, relación. Lo que quiero decir es que trabajar en casos de homicidios recientes es algo completamente diferente. Tienes el cadáver, tienes la autopsia, llevas la noticia a la familia. Aquí se trata de víctimas que han muerto hace mucho tiempo. No hay autopsias, no hay escenas del crimen físicas. Trabajamos con expedientes (si podemos encontrarlos) y con los registros. Cuando llegamos a la familia (y hacedme caso, no vayáis antes de estar bien preparados) encontramos a gente que ya ha sufrido el *shock* y ha encontrado o no formas de superarlo. Desgasta. Espero que estéis preparados para eso.

—Gracias por la advertencia —dijo Bosch.

—Con los asesinatos recientes, es una experiencia casi clínica, porque se trabaja con urgencia. Con los viejos casos, la experiencia es emocional. Vais a ver el peaje que se cobra la violencia a lo largo del tiempo. Que no os pille por sorpresa.

Pratt cogió una gruesa carpeta azul que tenía en un lado de su escritorio y la colocó en el centro de su cartapacio calendario. Empezó a empujarlo hacia ellos, pero se detuvo.

—Otra cosa para la que hay que estar preparado es el propio departamento. Contad con que los archivos estén incompletos o incluso falten. Contad con que las pruebas estén destruidas o desaparecidas. Contad con empezar de cero con algunos de estos casos. Esta unidad se formó hace dos años. Pasamos los primeros ocho meses simplemente revisando el historial de casos y seleccionando los abiertos sin resolver. Enviamos todo el material que pudimos a los investigadores forenses, pero incluso cuando hemos encontrado una coincidencia nos hemos visto mermados por la falta de integridad del caso. Ha sido desastroso. Ha sido frustrante. Aunque no hay estatuto de prescripción en el asesinato, descubrimos que de manera rutinaria se habían eliminado las pruebas e incluso los archivos durante al menos una administración.

»Lo que estoy diciendo es que vuestro mayor obstáculo en algunos de estos casos podría muy bien ser el departamento en sí.

—Alguien dijo que tenemos un resultado ciego que surgió de uno de nuestros bloques de tiempo —dijo Bosch.

Había oído suficiente. Necesitaba ponerse en marcha.

—Sí —dijo Pratt—. Hemos de llegar a eso en un segundo. Déjame terminar mi pequeño discurso. Después de todo, no tengo ocasión de hacerlo con mucha frecuencia. En resumen, lo que queremos hacer aquí es aplicar tecnología y técnicas nuevas a casos viejos. La tecnología tiene esencialmente tres vertientes. Tenemos ADN, huellas dactilares y balística. En las tres áreas, los avances en análisis comparativos han sido fenomenales en los últimos diez años. El problema con este departamento es que nunca había utilizado esos avances para revisar casos antiguos. Por consiguiente, tenemos unos dos mil casos en los cuales hay pruebas de ADN que nunca se han procesado y comparado. Desde mil novecientos sesenta existen cuatro mil casos con huellas dactilares que nunca se han revisado a través de un ordenador. Los nuestros, los del FBI, del Departamento de Justicia, el ordenador de quien sea. Es casi risible, pero es demasiado triste para reírse de ello. Lo mismo que balística. Estamos encontrando que en la mayoría de los casos las pruebas siguen allí, pero no se han tenido en cuenta.

Bosch negó con la cabeza, sintiendo ya la frustración de todas las familias de las víctimas, los casos barridos por el tiempo, la indiferencia y la incompetencia.

—También descubriréis que las técnicas son diferentes. El policía de Homicidios actual es simplemente mejor que aquel de, digamos, mil novecientos sesenta o setenta. O incluso que el de mil novecientos ochenta. Así que incluso antes de llegar a las pruebas físicas y de revisar esos casos vais a ver cosas que ahora os parecen obvias, pero que no eran obvias para nadie en el momento del crimen.

Pratt asintió con la cabeza. Su discurso había finalizado.

—Ahora el resultado ciego —dijo, empujando la carpeta azul pálido del expediente por la mesa—. Aquí lo tenéis. Es todo vuestro. Cerradlo y poned a alguien entre rejas.

3

Después de salir del despacho de Pratt, decidieron que Bosch iría a buscar la siguiente ronda de cafés mientras Rider empezaba con el expediente del caso. Sabían por experiencias anteriores que ella era la que leía más deprisa y no tenía sentido dividir el contenido de la carpeta. Ambos necesitaban leerlo de principio a fin, para que la investigación se les presentara de la forma lineal en que se llevó a cabo y fue documentada.

Bosch le dijo a Rider que le daba ventaja. Le explicó que quizá se tomara una taza en la cafetería, porque echaba de menos el sitio. El sitio, no el café.

—Supongo que eso me da unos minutos para ir al final del pasillo —dijo ella.

Después de que ella saliera de la oficina hacia el cuarto de baño, Bosch cogió la hoja con el listado de los años que les habían asignado y se la guardó en el bolsillo de la chaqueta. Salió de la 503, cogió el ascensor hasta el tercer piso y recorrió la sala principal de la División de Robos y Homicidios hasta el despacho del capitán.

El despacho del capitán estaba dividido en dos partes. Una era su despacho real y la otra era llamada «sala de homicidios». Estaba amueblada con una larga mesa de reuniones donde se discutían las investigaciones, y dos de las paredes estaban llenas de estantes que contenían volúmenes de derecho penal y los libros de registro de los casos de asesinato de la ciudad. Todos los homicidios que se habían cometido en Los Ángeles desde hacía más de cien años tenían una entrada en aquellos diarios encuadernados en piel. Durante décadas rutinariamente se actualizaban los registros cada vez que se resolvía uno de los asesinatos. Era una referencia rápida para determinar qué casos seguían abiertos y cuáles habían sido cerrados.

Bosch pasó un dedo por los lomos agrietados de los libros. En todos ellos ponía simplemente «Homicidios» seguido del listado de años registrados. En los primeros volúmenes cabían varios años. En cambio, en la década de 1980 el número de crímenes había aumentado de tal manera que cada volumen contenía únicamente los de un año. Se fijó en que el año 1988 ocupaba dos tomos, y de repente tuvo una idea de por qué ese año había sido asignado a él y a Rider como nuevos miembros de la unidad de Casos Abiertos. El mayor índice de asesinatos en la ciudad también suponía el mayor índice de casos no resueltos.

Cuando encontró el libro que contenía los casos de 1972 sacó el volumen y se sentó a la mesa. Pasó las páginas, leyendo por encima las historias, oyendo las voces. Encontró a la anciana que fue ahogada en su bañera. El caso nunca se resolvió. Continuó, a través de 1973 y 1974, y luego pasó al volumen que contenía 1966, 1967 y 1968. Leyó los casos de Charles Manson y Robert Kennedy. Leyó los casos de gente cuyos nombres nunca había oído o conocido. Nombres que les habían sido arrebatados junto con todo lo que habían tenido o podido tener.

Al repasar el catálogo de horrores de la ciudad, Bosch sintió que una energía familiar se apoderaba de él y corría de nuevo por sus venas. Sólo llevaba una hora en el trabajo y ya estaba persiguiendo a un asesino. No importaba cuánto tiempo atrás se había derramado la sangre. Había un asesino suelto, y Bosch iba a por él. Supo que había vuelto a casa como el hijo pródigo. Se sintió bautizado de nuevo en las aguas de la única Iglesia verdadera. La Iglesia de la religión azul. Y sabía que encontraría su salvación en aquellos que se habían perdido hacía tanto tiempo, en aquellas biblias con olor a humedad donde los muertos se alineaban en columnas y los fantasmas poblaban cada página.

—¡Harry Bosch!

Enervado por la intromisión, Bosch cerró de golpe el libro y levantó la cabeza. El capitán Gabe Norona estaba de pie en el umbral de la oficina.

—Capitán.

—¡Bienvenido a casa! —Se acercó y estrechó vigorosamente la mano de Bosch.

—Es un placer haber vuelto.

—Veo que ya le han puesto a trabajar.

Bosch asintió.

—Sólo me estaba familiarizando.

—Nueva esperanza para los muertos. Harry Bosch está de nuevo en el caso.

Bosch no dijo nada. No sabía si el capitán estaba siendo sarcástico o no.

—Es el título de un libro que leí una vez.

—Ah.

—En fin, buena suerte. ¡Salga y enciérrelos!

—Ése es el plan.

El capitán le estrechó otra vez la mano y después desapareció en su despacho y cerró la puerta.

Después de que la intromisión del capitán arruinara su momento sagrado, Bosch se levantó. Empezó a colocar los pesados catálogos de casos de asesinato en sus lugares en el estante. Cuando hubo terminado, salió del despacho hacia la cafetería.

4

Kiz Rider iba casi por la mitad del expediente cuando Bosch volvió con la segunda tanda de cafés. Le cogió una taza de las manos antes de que Harry las dejara en la mesa.

—Gracias, necesito algo para mantenerme despierta.

—¿Qué? ¿Vas a quedarte ahí sentada y vas a decirme que esto es aburrido comparado con el papeleo de la oficina del jefe?

—No, no es eso. Es sólo por la puesta al día, la lectura. Hemos de conocer este expediente de cabo a rabo. Hemos de estar alerta a las posibilidades.

Bosch se fijó en que ella tenía un bloc junto al expediente del caso y que la página superior estaba prácticamente llena de notas. No podía leerlas, pero vio que la mayoría de las líneas terminaban con un signo de interrogación.

—Además —agregó Rider—, ahora uso unos músculos diferentes. Músculos que no usaba en la sexta planta.

—Entiendo —dijo él—. ¿Está bien si empiezo ahora detrás de ti?

—Adelante.

Rider abrió las anillas de la carpeta y sacó un fajo de documentos de cinco centímetros de grosor que ella ya había leído. Se lo pasó a Bosch, que se había sentado a su escritorio.

—¿Tienes otro bloc como ése? —preguntó—. Yo sólo tengo una libretita.

Rider suspiró de manera exagerada. Bosch sabía que sólo era una actuación y que estaba contenta de que volvieran a trabajar juntos. Rider había pasado la mayor parte de los últimos dos años evaluando políticas de actuación y problemas para el nuevo jefe. Ése no era el trabajo real de policía en el que ella destacaba realmente. Éste sí.

Kiz deslizó un bloc por la mesa hacia Bosch.

—¿También necesitas un boli?

—No, creo que de eso puedo ocuparme.

Bosch colocó los documentos delante de él y empezó a leer. Estaba listo para empezar y no necesitaba café para estar bien despierto.

La primera página del expediente del caso era una fotografía en color protegida por una funda de plástico con tres agujeros. La foto era un retrato de anuario de una joven de exótico atractivo, con ojos almendrados que eran sorprendentemente verdes en contraste con su tez de color moca. Tenía un cabello de rizos apretados de color castaño, con lo que parecían mechas de rubio natural que captaban el *flash* de la cámara. Los ojos brillantes y la sonrisa genuina. Era una sonrisa que decía que conocía cosas que nadie más conocía. Bosch no creía que fuera hermosa. Todavía no. Sus rasgos parecían competir unos con otros de manera descoordinada, pero Bosch sabía que esa singularidad adolescente con frecuencia se suavizaba y después se convertía en belleza.

Sin embargo, para la joven Rebecca Verloren de dieciséis años no habría después. Mil novecientos ochenta y ocho sería su último año. El resultado ciego de la muestra de ADN correspondía a su asesinato.

Becky, como la conocían su familia y amigos, era la única hija de Robert y Muriel Verloren. Muriel era ama de casa.

Robert era el chef y propietario de un popular restaurante de Malibú llamado Island House Grill. Vivían en Red Mesa Way, cerca de Santa Susana Pass Road, en Chatsworth, en la esquina noroeste de la expansión urbana que formaba Los Ángeles. El patio trasero de su casa se hallaba en la pendiente boscosa de Oat Mountain, que se alzaba sobre Chatsworth y formaba el límite noroeste de la ciudad. Ese verano, Becky había terminado el segundo curso en la Hillside Preparatory School, una escuela secundaria privada situada en las proximidades de Porter Ranch, donde ella estaba entre los mejores alumnos y su madre era voluntaria en la cafetería y con frecuencia llevaba pollo jamaicano y otras especialidades del restaurante de su marido al comedor del claustro de profesores.

La mañana del 6 de julio de 1988 los Verloren descubrieron que su hija no estaba en casa. Encontraron la puerta de atrás abierta, pese a que estaban seguros de haberla cerrado con llave la noche anterior. Pensando que la chica podía haber salido a pasear esperaron con preocupación durante dos horas, pero Becky no regresó. Ese día estaba previsto que fuera a trabajar con su padre para hacer el turno de mediodía como ayudante de camarera, y ya hacía rato que había pasado la hora para salir hacia Malibú. Mientras la madre llamaba a las amigas de su hija con la esperanza de localizarla, el padre subió la colina de detrás de la casa, buscándola. Cuando Robert Verloren bajó de la colina sin haber encontrado ninguna señal de la joven, él y su esposa decidieron que era el momento de llamar a la policía.

Los agentes de la División de Devonshire que acudieron al domicilio no hallaron signos de una entrada ilegal en la casa. Teniendo en cuenta esto y el hecho de que la chica estaba en el rango de edad en el cual se daba un mayor índice de fugas, la desaparición fue contemplada como una posible fuga y manejada como un caso rutinario de personas desaparecidas, a pesar de las protestas de los padres, que no creían que Becky hubiera huido o abandonado la casa por voluntad propia.

Por desgracia, dos días después se comprobó que los padres tenían razón al hallarse el cuerpo en descomposición de Becky Verloren oculto tras el tronco caído de un roble, a unos diez metros de una senda ecuestre en Oat Mountain. Una mujer que cabalgaba su Appaloosa se había apartado de la senda para investigar un mal olor y se encontró con el cadáver. La jinete podría no haber hecho caso del olor, pero antes había visto carteles en los postes telefónicos que informaban de la desaparición en la zona de una joven.

Becky Verloren había muerto a menos de medio kilómetro de su casa. Era probable que su padre hubiera pasado a escasos metros de su cadáver cuando subía la colina gritando su nombre, pero esa mañana todavía no había olor que atrajera su atención.

Bosch era padre de una niña pequeña. Aunque ésta vivía lejos, con su madre, nunca estaba alejada de sus pensamientos. Pensó en un padre subiendo una empinada colina llamando a una hija que nunca volvería a casa.

Trató de concentrarse en el expediente.

La víctima había recibido un impacto de bala en el pecho de una pistola de gran potencia. El arma, una Colt semiautomática de calibre 45, estaba entre las hojas, junto al tobillo izquierdo de la víctima. Al examinar las fotos de la escena del crimen, Bosch vio lo que parecía ser la señal de un disparo a quemarropa en la tela del camisón azul de la chica. El agujero de bala estaba situado justo encima del corazón, y Bosch sabía por el tamaño de la pistola y la herida de entrada que la muerte probablemente había sido inmediata. La bala había despedazado el corazón.

Bosch estudió detenidamente las fotografías del cadáver tal y como había sido hallado. Las manos de la víctima no estaban atadas. No estaba amordazada. El rostro aparecía girado hacia el tronco del árbol caído. No había indicaciones de heridas defensivas de ningún tipo. No había indicios de agresión sexual ni de otra índole.

La mala interpretación de la desaparición de la chica en un primer momento se vio agravada por la mala interpretación de la escena del crimen. La valoración de la escena resultó en que la muerte se contemplara como un posible suicidio. Como tal fue investigado el caso por la brigada de homicidios local y los detectives que se ocuparon de él, Ron Green y Arturo García. La División de Devonshire era en ese momento, y seguía siéndolo décadas después, la comisaría más tranquila del Departamento de Policía de Los Ángeles. Devonshire, una gran comunidad dormitorio compuesta mayoritariamente por residentes de clase media alta, siempre ostentaba índices de criminalidad situados entre los más bajos de la ciudad. En el seno del departamento la comisaría era conocida como Club Dev. Era un destino muy buscado por agentes y detectives que llevaban muchos años en el oficio y estaban cansados o simplemente ya habían visto suficiente acción. Además, la División de Devonshire se hallaba en la parte de la ciudad más cercana a Simi Valley, una comunidad tranquila y sin apenas delitos del condado de Ventura donde centenares de agentes del Departamento de Policía de Los Ángeles habían elegido vivir. Un destino en Devonshire suponía un desplazamiento rápido y la carga de trabajo más ligera del departamento.

La reputación del Club Dev estaba presente en las reflexiones de Bosch cuando éste leía los informes. Sabía que parte de su labor consistiría en juzgar el trabajo de Green y García a fin de determinar si habían estado a la altura de la labor. No los conocía ni había tenido ninguna experiencia con ellos. No tenía ni idea de la capacidad y dedicación que habían aportado al caso. La interpretación inicial de la muerte como suicidio era un error, pero, a juzgar por los informes, los dos investigadores se habían recuperado pronto y habían seguido adelante con el caso. Sus informes parecían bien escritos, concienzudos y completos. Daba la sensación de que no habían escatimado esfuerzos.

Aun así, Bosch sabía que un expediente podía manipularse para que diera esa impresión. La verdad se revelaría cuando escarbara con mayor profundidad y condujera su propia investigación. Sabía que podía haber una enorme diferencia entre lo que se registraba y lo que no.

Según el expediente, Green y García rápidamente cambiaron el sentido de su investigación cuando se descartó el suicidio después de que se completara la autopsia y se analizara la pistola encontrada junto al cadáver. El caso fue reclasificado como un homicidio que había sido camuflado de suicidio.

Bosch empezó por los hallazgos de la autopsia. Había leído miles de protocolos de autopsias y había asistido a varios centenares de ellas. Sabía saltarse todos los pesos y medidas y descripciones del procedimiento en sí e ir directamente a la sección de las conclusiones y a las fotografías que la acompañaban. No le sorprendió descubrir que la causa de la defunción había sido la herida de bala en el pecho. La hora estimada de la muerte se situó entre la medianoche y las dos de la mañana del 6 de julio. El resumen mencionaba que ningún testigo había oído el disparo, de manera que la hora de la muerte sólo se basaba en la medición de la pérdida de temperatura corporal.

Las sorpresas estaban en otros hallazgos. Rebecca Verloren tenía el cabello largo y grueso. En el lado derecho de la base del cuello, debajo de la caída del pelo, el forense encontró la marca de una pequeña quemadura circular, aproximadamente del tamaño del botón de una camisa. A cinco centímetros de esta marca había otra mucho más pequeña que la primera. El alto recuento de leucocitos en la sangre que rodeaba esas heridas indicaba que ambas se habían producido cerca del momento de la muerte, pero no en el mismo momento.

El informe concluía que las quemaduras habían sido causadas por una pistola de aturdimiento, un dispositivo manual que generaba poderosas descargas eléctricas y dejaba a la víctima inconsciente o incapacitada durante varios minutos, o por más tiempo, en función de la carga. Normalmente, la carga de una pistola inmovilizadora dejaba dos marcas pequeñas y casi imperceptibles en la piel que revelaban la localización de los electrodos, sin embargo, si los puntos de aplicación del dispositivo se sostenían de manera desigual contra la piel, se producía un arco voltaico y con frecuencia se quemaba la epidermis del modo en que se apreciaba en el cuello de Becky Verloren.

Las conclusiones de la autopsia también señalaban que en el examen de los pies descalzos de la víctima no se hallaron depósitos de suelo ni cortes o hematomas, que habrían sido evidentes si la chica hubiera caminado descalza por la montaña en la oscuridad.

Bosch tamborileó con su bolígrafo en el informe y reflexionó sobre su significado. Sabía que era un error cometido por Green y García. Los pies de la víctima deberían haber sido examinados en la escena del crimen, y eso les habría permitido dar el salto a la conclusión de que el presunto suicidio era un montaje. En cambio, se les pasó, y perdieron dos días esperando a que se realizara la autopsia en fin de semana. Esos días más los dos días perdidos cuando la patrulla consideró que la llamada de los padres correspondía a un caso de fuga del domicilio daban como resultado un retraso muy perjudicial en una investigación de homicidio. No cabía duda de que el caso se había frenado. Bosch empezaba a ver hasta qué punto el departamento le había fallado a Rebecca Verloren.

El informe de la autopsia contenía asimismo los resultados de un test balístico de residuos llevado a cabo en las manos de la víctima. Aunque se encontraron residuos de pólvora en la mano derecha de Becky Verloren, no podía decirse lo mismo de su izquierda. A pesar de que Verloren era diestra, Bosch sabía que el test de residuos era una prueba más de que la joven no había disparado la bala que la mató. Por experiencia —no importaba lo limitada que fuera— y sentido común, los detectives tendrían que haber visto que la chica habría necesitado ambas manos para sostener adecuadamente una pistola tan pesada, apuntarla contra su propio pecho y apretar el gatillo. El resultado habría sido residuos en ambas manos.

Las conclusiones de la autopsia contenían otro punto destacable. El examen del cadáver determinó que la víctima había sido sexualmente activa, y las cicatrices en el cuello del útero revelaban una reciente dilatación ginecológica y un procedimiento de legrado para interrumpir un embarazo. El ayudante del forense que había conducido la autopsia estimó que ello había ocurrido entre cuatro y seis semanas antes de la muerte.

Bosch leyó el primer informe resumen del investigador, que había sido escrito y añadido al expediente después de la autopsia. Green y García habían clasificado la muerte como asesinato y establecido la teoría de que alguien había entrado en el dormitorio de la chica cuando estaba durmiendo, y que posteriormente la había incapacitado con la pistola aturdidora y había cargado con ella desde la habitación. La llevaron por la ladera hasta la localización del tronco de roble caído, donde se cometió el asesinato y se camufló de manera torpe como suicidio en lo que posiblemente fue una ocurrencia del momento del asesino. El informe fue archivado el lunes, 11 de julio, cinco días después de que el cadáver de Rebecca Verloren fuera abandonado en la ladera.

Bosch pasó al informe del análisis de armas de fuego. A pesar de que la autopsia ya había producido pruebas más que convincentes de un suicidio simulado, el estudio de la pistola y las pruebas balísticas confirmaban la teoría de la investigación.

La pistola no tenía otras huellas que las de la mano derecha de Becky Verloren. El hecho de que no hubiera huellas de su mano izquierda ni rastros de ningún tipo indicó a los investigadores que el arma había sido cuidadosamente limpiada antes de ser colocada en la mano de Becky y luego girada hacia su pecho y disparada. Probablemente la víctima estaba inconsciente —por el asalto con la pistola aturdidora— en el momento en que ocurrió esta manipulación.

El casquillo de bala que saltó de la pistola al producirse el disparo fatal se encontró a dos metros del cadáver. No había huellas dactilares ni marcas en él, lo cual apuntaba a que la pistola había sido cargada con las manos enguantadas.

El elemento probatorio más importante de la investigación fue recuperado durante el análisis de la pistola en sí. De hecho, se encontró en el interior de la pistola. El arma era del modelo Mark IV Serie 80, fabricado por Colt en 1986, dos años antes del asesinato. Incorporaba una larga espuela de percutor, que era famosa porque la pistola tenía la reputación de dejar un «tatuaje» en aquel que disparaba sin manejarla de manera correcta. Esto ocurría normalmente cuando al agarrar el arma con ambas manos se levantaba la que apretaba el gatillo y ésta se acercaba demasiado al percutor. Esa mano podía entonces recibir un doloroso pellizco cuando se apretaba el gatillo y la corredera retrocedía automáticamente para soltar el casquillo. Al retroceder la corredera a la posición de disparo, pellizcaba la mano de la persona que la empuñaba, normalmente la zona entre el pulgar y el índice, y a menudo se llevaba un trozo de piel al interior del arma. Todo eso ocurría en una fracción de segundo, y alguien poco experto con el arma ni siquiera sabía qué le había «mordido».

Eso fue exactamente lo que ocurrió con la pistola utilizada para matar a Becky Verloren. Cuando un experto en armas de fuego abrió el Colt, halló un fragmento de tejido cutáneo y sangre seca en el interior de la corredera. No habría sido perceptible para alguien que examinara el exterior del arma o que la limpiara de sangre y huellas dactilares.

Green y García añadieron esta información a su hipótesis de trabajo. En el segundo informe resumen del investigador escribieron que las pruebas indicaban que el asesino envolvió las manos de Becky Verloren en torno al arma y después presionó el cañón contra su pecho. El asesino utilizó una o ambas de sus propias manos para equilibrar el arma y apretar el gatillo con el dedo de la víctima. Al dispararse el Colt, la corredera «tatuó» al asesino, llevándose un fragmento de piel al interior del arma.

Bosch advirtió que Green y García no hacían mención de otra posibilidad en su teoría de la investigación. Ésta era que el tejido y la sangre hallados en el interior del arma ya estuvieran allí la noche del asesinato, es decir, que el arma hubiera «tatuado» a otra persona distinta del asesino al ser disparada en otra ocasión antes del homicidio de Rebecca Verloren.

A pesar de ese descuido potencial, se recogieron del arma el tejido y la sangre y, aunque ya se sabía por la autopsia que Becky Verloren no tenía heridas en las manos, se llevó a cabo una comparación sanguínea de rutina. La sangre recogida de la bala era del tipo O. La sangre de Becky Verloren era del tipo AB positivo. Los investigadores concluyeron que tenían sangre del asesino en el arma. La sangre del asesino era del tipo O.

Sin embargo, en 1988 el uso de las comparaciones de ADN en la investigación criminal distaba mucho de ser común y, lo que es más importante, práctica aceptada en los tribunales de California. Las bases de datos que contenían perfiles de ADN de criminales sólo estaban a punto de ser creadas y dotadas de fondos. En 1988, los detectives sólo comparaban los tipos de sangre cuando surgían potenciales sospechosos. Y nadie surgió como potencial sospechoso en la muerte de Becky Verloren. El caso se investigó a fondo y durante un largo período, pero, en última instancia, no llegó a producirse ninguna detención. Y se enfrió.

—Hasta ahora —dijo Bosch en voz alta sin apenas darse cuenta.

—¿Qué? —preguntó Rider.

—Nada, sólo pensaba en voz alta.

—¿Quieres empezar a comentarlo?

—Todavía no. Antes quiero terminar de leerlo. ¿Tú has terminado?

—Casi.

—Sabes a quién hemos de darle las gracias, ¿verdad? —preguntó Bosch.

Ella lo miró con expresión socarrona.

—Me rindo.

—A Mel Gibson.

—¿De qué estás hablando?

—¿Cuándo estrenaron *Arma letal*? Más o menos por esa época, ¿no?

—Supongo. Pero ¿de qué estás hablando? Esas pelis eran muy exageradas.

—Ésa es la cuestión. Ésa es la peli que empezó con la moda de coger la pistola de lado y con ambas manos, una encima de otra. Tenemos sangre en esa pistola porque el que disparó era fan de *Arma letal*.

Rider desestimó el comentario negando con la cabeza.

—Espera —dijo Bosch—. Se lo voy a preguntar al tipo cuando lo pillemos.

—Vale, Harry, pregúntaselo.

—Mel Gibson salvó muchas vidas. Todos esos pistoleros que disparaban de lado no podían darle a nada. Hemos de hacerle poli honorario o algo.

—Vale, Harry. Voy a seguir leyendo, ¿te parece? Quiero terminar con esto.

—Sí, vale. Yo también.

5

Las pruebas de ADN del caso Verloren fueron enviadas al Departamento de Justicia de California poco después de que empezara a operar la unidad de Casos Abiertos del Departamento de Policía de Los Ángeles. Se entregaron al laboratorio de ADN junto con las pruebas de decenas de otros asesinatos extraídas del examen inicial de los casos sin resolver del departamento. El Departamento de Justicia administraba la principal base de datos de ADN del Estado. El plazo para que se realizaran comparaciones antiguas en el laboratorio, escaso de medios económicos y humanos, era entonces de más de un año. Gracias a la marea de peticiones originada por la nueva unidad del departamento pasaron casi dieciocho meses antes de que las pruebas del caso Verloren fueran procesadas por analistas del Departamento de Justicia y comparadas con millares de perfiles de ADN contenidos en la base de datos estatal. Produjeron una única coincidencia, un «resultado ciego» en la jerga del trabajo con ADN.

Bosch miró el informe de una sola página del Departamento de Justicia que tenía desdoblado ante sí. Aseguraba que doce de un total de catorce marcadores hacían coincidir el arma usada para matar a Rebecca Verloren con Roland Mackey, un hombre que en el momento presente tenía treinta y cinco años. Era natural de Los Ángeles y su última dirección conocida estaba en Panorama City. Bosch sintió que la sangre empezaba a circularle un poco más deprisa al leer el informe del resultado ciego. Panaroma City estaba en el valle de San Fernando, a no más de quince minutos de Chatsworth, incluso cuando había tráfico. Eso añadía un punto de credibilidad al resultado. No era que Bosch no creyera en la ciencia. Lo hacía. Pero también creía que no bastaba sólo con la ciencia para convencer a un jurado más allá de toda duda. Había que reforzar los hechos científicos con conexiones de pruebas circunstanciales y sentido común. Ésa era una de esas conexiones.

Bosch reparó en la fecha del informe del Departamento de Justicia.

—¿Dijiste que acabábamos de recibirlo? —le preguntó a Rider.

—Sí, creo que llegó el viernes. ¿Por qué?

—La fecha es de hace dos viernes. Diez días.

Rider se encogió de hombros.

—Burocracia —dijo—. Supongo que lleva su tiempo que llegue aquí desde Sacramento.

—Ya sé que es un caso viejo, pero podían darse un poco más de prisa.

Rider no respondió. Bosch lo dejó estar y siguió leyendo. El ADN de Mackey estaba en la base de datos del ordenador del Departamento de Justicia porque la ley de California obligaba a todos los condenados por cualquier delito sexual a proporcionar sangre o raspados orales para tipificarlos e incluirlos en la base de datos de ADN. El delito por el cual el ADN de Mackey había terminado en la base de datos estaba en el margen más alejado del mandato estatal. Dos años antes, Mackey fue condenado por comportamiento lascivo en Los Ángeles. El informe no ofrecía detalles del delito, pero afirmaba que Mackey fue condenado a doce meses de libertad vigilada, un indicador de que se trataba de un delito menor.

Bosch se encontraba a punto de escribir una nota en su bloc cuando levantó la mirada y vio que Rider cerraba la carpeta del caso, que contenía la segunda mitad de los documentos.

—¿Listo?

—Listo.

—¿Ahora qué?

—Supongo que mientras tú terminas de leer el expediente yo voy a la DAP a recoger la caja.

Bosch no tuvo problemas en recordar el significado de lo que Rider acababa de decir. Se había reincorporado con facilidad al mundo de las siglas y el lenguaje policial. La DAP era la División de Almacenamiento de Pruebas, que estaba en el complejo Piper Tech. Rider iría a recoger las pruebas físicas que se habían almacenado del caso: elementos como el arma homicida, la ropa de la víctima y cualquier otra cosa acumulada cuando el caso fue investigado inicialmente. Por lo general, el material se guardaba en una caja de cartón precintada y se ponía en una estantería. La excepción era el almacenaje de pruebas perecederas y biodegradables, como la sangre y los tejidos recuperados del arma homicida de Verloren, que se almacenaban en cámaras especiales de la División de Investigaciones Científicas.

—Me parece buena idea —dijo Bosch—. Pero primero ¿por qué no investigas a este tipo por Tráfico y el NCIC para ver si conseguimos una dirección?

—Eso ya lo he hecho.

Giró el portátil en el escritorio para que Bosch pudiera ver la pantalla. Reconoció el formulario del NCIC en la pantalla. Se estiró y empezó a bajar por la pantalla, examinando la información.

Rider había investigado a Roland Mackey a través del NCIC (el centro de información de delitos a escala nacional) y había obtenido su historial delictivo. Su condena por conducta lasciva dos años antes era sólo la última de una cadena de detenciones que se remontaba a cuando tenía dieciocho años, el mismo año en que fue asesinada Rebecca Verloren. Cualquier delito anterior no constaría, porque las leyes de protección de menores ocultaban esa parte del registro. La mayoría de los delitos estaban relacionados con la propiedad y las drogas, empezando con un robo de coches y un robo con allanamiento a los dieciocho años y siguiendo con dos detenciones por posesión de drogas, dos arrestos por conducir ebrio, otra acusación de robo y otra por recibir mercancía robada. También había un arresto anterior por solicitar los servicios de una prostituta. En general, era el currículum de un delincuente y adicto de baja estofa. Al parecer, Mackey nunca había ingresado en una prisión estatal por ninguno de esos delitos. Con frecuencia le habían dado segundas oportunidades y, a través de acuerdos por declararse culpable, fue condenado a libertad condicional o a breves estancias en la prisión del condado. Parecía que su máximo período entre rejas era de seis meses, después de que se declarara culpable de recibir mercancía robada cuando tenía veintiocho años. Cumplió condena en la prisión del condado de Wayside Honor Rancho.

Bosch se recostó después de revisar la información del ordenador. Se sentía inquieto por lo que acababa de leer. Mackey tenía la clase de historial que podía verse como una pasarela al asesinato, pero en este caso el asesinato se había producido antes —cuando Mackey sólo tenía dieciocho años— y los delitos menores habían llegado después. No parecía encajar.

—¿Qué? —preguntó Rider, apercibiéndose de su estado de ánimo.

—No sé. Supongo que pensaba que habría más. Está al revés. ¿Este tipo ha ido del asesinato a los pequeños delitos? No me parece que cuadre.

—Bueno, eso es todo por lo que se le ha condenado. No significa que no haya hecho nada más.

Bosch asintió con la cabeza.

—¿Menores? —preguntó.

—Quizá. Seguramente. Pero ahora nunca conseguiremos esos registros. Probablemente hace tiempo que no existen.

Era cierto. El Estado se fue de madre para proteger la intimidad de los delincuentes juveniles, y sus delitos raramente constaban en el sistema judicial de adultos. No obstante, Bosch pensó que tenía que haber delitos de juventud que encajaran mejor con el presunto asesinato a sangre fría de una chica de dieciséis años que había sido antes incapacitada con una pistola aturdidora y secuestrada de su casa. Empezó a sentirse inquieto con el resultado ciego con el que estaban trabajando. Estaba empezando a sentir que Mackey no era el objetivo, sino un medio hacia el objetivo.

—¿Has buscado una dirección suya en Tráfico? —preguntó.

—Harry, eso es de la vieja escuela. Sólo has de actualizar la licencia cada cuatro años. Si quieres encontrar a alguien vas a AutoTrack.

Rider abrió la carpeta y sacó una hoja suelta que le tendió a Bosch. Era una hoja salida de la impresora en la que ponía «AutoTrack» en la parte superior. Rider explicó que se trataba de una empresa privada con la cual trabajaba la policía. Proporcionaba búsquedas de ordenador de todos los registros públicos —incluido Tráfico—, servicios públicos y bases de datos de servicio de cable, así como bases de datos privadas como servicios de informes de tarjetas de crédito, para determinar las direcciones pasadas y presentes de un individuo. Bosch vio que la hoja contenía un listado de diversas direcciones de Roland Mackey que se remontaba al momento en que tenía dieciocho años. Su dirección actual en todas las bases de datos, incluida la licencia de conducir y el registro del coche, era la dirección en Panorama City. Sin embargo, Rider había marcado en la página la dirección de

Mackey cuando tenía entre dieciocho y veinte años: los años de 1988 a 1990. Era un apartamento en Topanga Canyon Boulevard, en Chatsworth. Eso significaba que, en el momento del asesinato, Mackey vivía muy cerca de la casa de Rebecca Verloren. El dato hizo que Bosch se sintiera un poco mejor. La proximidad era una pieza clave del rompecabezas. Dejando al margen los recelos de Bosch acerca del historial delictivo de Mackey, saber que en 1988 estaba en las proximidades de Rebecca Verloren y que podría haberla conocido era una gran marca en la columna positiva.

—¿Te hace sentir un poco mejor, Harry?

—Un poquito.

—Bien, entonces me voy.

—Aquí estaré.

Después de que Rider se hubo ido, Bosch saltó atrás en su revisión del expediente del caso. El tercer resumen del investigador estaba centrado en cómo el intruso había accedido a la casa. Las cerraduras de puertas y ventanas no mostraban signos de haber sido forzadas, y todas las llaves conocidas de la casa pertenecían a miembros de la familia y a una asistenta que fue excluida de toda sospecha. La hipótesis de los detectives era que el asesino entró por el garaje, que se había quedado abierto, y que desde allí accedió a la casa a través de una puerta interior, que normalmente no estaba cerrada hasta que Robert Verloren llegaba de trabajar por la noche.

Según Robert Verloren, el garaje estaba abierto cuando él llegó del restaurante alrededor de las diez y media de la noche del 5 de julio. La puerta que conectaba el garaje con la casa no estaba cerrada. Robert Verloren entró en la vivienda y cerró el garaje y la puerta interior. La hipótesis de los investigadores era que para entonces el asesino ya estaba en la casa.

Los Verloren explicaron que el garaje quedó abierto porque su hija se había sacado recientemente el carné de conducir y en ocasiones se le permitía utilizar el coche de su madre. Sin embargo, todavía no había adquirido el hábito de acordarse de cerrar la puerta del garaje después de salir o llegar a casa, y en más de una ocasión sus padres se lo habían recriminado. A última hora de la tarde del día de su secuestro, Rebecca fue enviada por su madre a hacer un recado para recoger la ropa de la lavandería. Utilizó el coche de ésta. Los investigadores confirmaron que había recogido la ropa a las 15.15 y había vuelto a casa. Los detectives creían que la joven de nuevo olvidó cerrar el garaje o echar la llave de la puerta interior después de volver. Su madre explicó que no verificó la puerta del garaje esa noche, suponiendo, erróneamente, que estaba cerrada.

Dos residentes del barrio que fueron interrogados tras el asesinato afirmaron que esa tarde habían visto la puerta del garaje abierta, lo cual ofrecía un fácil acceso a la casa hasta que Robert Verloren regresó.

Bosch pensó en cuántas veces a lo largo de los años había visto que el error aparentemente inocente de alguien se convertía en una de las claves de su perdición. Una tarea rutinaria de ir a la lavandería podía haber brindado al asesino la oportunidad de entrar en la casa. Becky Verloren, sin saberlo, podía haber fraguado su propia muerte.

Bosch apartó la silla y se levantó. Había terminado con la revisión de la primera mitad del expediente del caso y decidió ir a buscar otra taza de café antes de empezar con la otra mitad. Preguntó en la oficina si alguien quería algo de la cafetería, y Jean Nord le pidió un café. Bajó por la escalera a la cafetería y llenó dos tazas. Pagó y fue al mostrador a buscar azúcar y leche para el café de Nord. Mientras estaba vertiendo leche en una de las tazas sintió una presencia a su lado en el mostrador. Hizo sitio en la barra, pero nadie se acercó. Bosch se volvió y se encontró mirando el rostro sonriente del subdirector Irvin S. Irving.

La relación entre Bosch y el subdirector Irving nunca había sido muy amistosa. El jefe había sido en diversas ocasiones su adversario y en otras su salvador involuntario en el departamento. Rider le había contado a Bosch que Irving estaba enemistado con la cúpula. El nuevo jefe lo había apartado del poder sin contemplaciones y le había dado un puesto virtualmente insignificante fuera del Parker Center.

—Me pareció que era usted, detective Bosch. Iba a invitarle a una taza de café, pero veo que ya tiene más que suficiente. ¿Quiere sentarse un momento?

Bosch levantó las dos tazas de café.

—Estoy un poco liado, jefe. Y alguien está esperando su café.

—Un minuto, detective —dijo Irving, con un tono severo en la voz—. Su café seguirá caliente cuando se vaya a donde tenga que ir. Se lo prometo.

Sin esperar respuesta, Irving se volvió y se dirigió a una mesa. Bosch lo siguió. El subdirector todavía lucía el cráneo afeitado y brillante. La mandíbula musculosa seguía siendo su rasgo más prominente. Se sentó y se puso más tieso que un palo. No parecía cómodo. No habló hasta que Bosch se sentó.

—Lo único que quería hacer era darle de nuevo la bienvenida al departamento —dijo, recuperando el tono amable.

Sonrió como un tiburón. Bosch vaciló antes de responder como un hombre que pisa un río helado.

—Me alegro de estar de vuelta, jefe.

—La unidad de Casos Abiertos. Creo que es el lugar apropiado para alguien con su talento.

Bosch dio un sorbo al café hirviendo. No sabía si Irving le había hecho un cumplido o lo había insultado. Quería irse.

—Bueno, ya veremos —dijo—. Eso espero. Creo que es mejor que me...

Irving levantó ambas manos, como para mostrar que no estaba ocultando nada.

—Eso es todo —dijo—. Puede irse. Sólo quería darle la bienvenida y las gracias.

Bosch vaciló, pero mordió el anzuelo.

—¿Darme las gracias por qué, jefe?

—Por resucitarme en este departamento.

Bosch negó con la cabeza y sonrió como si no entendiera.

—No lo pillo, jefe —dijo—. ¿Cómo se supone que he de hacerlo? O sea, está al otro lado de la calle, en el anexo del City Hall, ¿no? ¿Qué es? La Oficina de Planificación Estratégica o algo así, si no me equivoco. Por lo que he oído, tiene que dejar su pistola en casa.

Irving cruzó los brazos sobre la mesa y se inclinó hacia Bosch. Toda pretensión de humor, falso o no, se había evaporado. Habló con intensidad, pero en voz baja.

—Sí, es allí donde estoy, pero le garantizo que no será por mucho tiempo. No si la gente como usted es bien recibida de nuevo en el departamento. —Se recostó y rápidamente adoptó una postura natural para lo que iba a soltarle como si tal cosa—. ¿Sabe lo que es usted, Bosch? Es un recauchutado. A este nuevo jefe le gusta poner neumáticos recauchutados en el coche. Pero ¿sabe que pasa con un neumático recauchutado? Se rompe por las costuras. No soporta la fricción y el calor. Se deshace. ¿Y qué pasa? Un reventón. Y el coche se sale de la carretera. —Asintió en silencio al dejar a Bosch pensando en ello—. Ve, Bosch, usted es mi billete. La cagará, y disculpe mi lenguaje. Está en su historia. Está en su naturaleza. Está garantizado. Y cuando la cague, nuestro ilustre nuevo jefe la habrá cagado por ser el que puso en nuestro coche un neumático recauchutado barato. —Sonrió.

Bosch pensó que lo único que le faltaba para completar la imagen era un pendiente de oro. Don Limpio otra vez.

—Y cuando él caiga —continuó Irving—, mis acciones volverán a subir. Soy un hombre muy paciente. He esperado más de cuarenta años en este departamento. Puedo esperar más.

Bosch presentía algo más, pero eso era todo. Irving se levantó. Se volvió con rapidez y salió de la cafetería. Bosch sentía que la rabia le subía a la garganta. Bajó la mirada a las dos tazas de café que tenía en las manos y se sintió como un idiota por haberse sentado allí como un niño de los recados indefenso mientras Irving lo noqueaba verbalmente. Se levantó y tiró las dos tazas en una papelera. Decidió que cuando volviera a la sala 503 le diría a Jean Nord que fuera ella misma a buscarse su maldito café.

6

Con la desazón del enfrentamiento con Irving todavía flotando en su estado de ánimo, Bosch colocó sobre la mesa la segunda parte del expediente del caso y se sentó. Pensó que la mejor manera de olvidarse de la amenaza de Irving era sumergirse otra vez en la investigación. Lo que quedaba en la carpeta era un grueso fajo de informes secundarios y actualizaciones, las cosas que los investigadores siempre ponen al final del expediente, los informes que Bosch llamaba «ganzúas», porque con frecuencia parecían dispares, pero no obstante podían ser la llave del caso si se estudiaban desde el ángulo adecuado y se organizaban según el modelo correcto.

En primer lugar, había un informe de laboratorio que afirmaba que a partir de las pruebas resultaba imposible determinar con exactitud cuánto tiempo llevaban en el arma la sangre y el tejido. El informe decía que aunque la mayor parte de la muestra se preservaba para comparaciones, un examen de las células sanguíneas seleccionadas indicaba que la descomposición no era extensiva. El criminalista que redactó el informe no podía afirmar que la sangre se había depositado en la pistola en el momento del crimen, nadie podía. No obstante, estaba dispuesto a testificar que la sangre se había depositado en la pistola «poco antes o en el momento del crimen».

Bosch sabía que era un informe clave en relación con montar una acusación contra Roland Mackey. También podía darle a Mackey la oportunidad de construir una defensa en torno a la argumentación de que había estado en posesión de la pistola antes del asesinato, pero no en el momento del asesinato. Era una osadía admitir estar en posesión del arma del crimen, pero las pruebas de ADN dictaban que ése sería el movimiento que probablemente haría. Ante la incapacidad de la ciencia para señalar con exactitud cuándo se había producido el depósito de sangre y tejido en la pistola, Bosch vio una grieta en la estrategia del fiscal. La defensa podría claramente colarse a través de ella. De nuevo sintió la certeza de que el resultado ciego del ADN se le escapaba. La ciencia daba y quitaba al mismo tiempo. Necesitaban más.

El siguiente documento era un informe de la unidad de armas de fuego, a la que se le había asignado encontrar al propietario del arma homicida. El número de serie del Colt había sido borrado, pero resurgió en el laboratorio mediante la aplicación de un ácido que realzaba las compresiones en el metal donde el número había sido estampado en el proceso de fabricación. El número condujo a una pistola adquirida al fabricante en 1987 en una armería de Northridge. Ese mismo año fue vendida a un hombre que vivía en la Winnetka Avenue, en Chatsworth. El propietario había denunciado el robo del Colt cuando entraron en su domicilio el 2 de junio de 1988, justo un mes antes de que fuera usado en el asesinato de Rebecca Verloren.

En cierto modo, el informe resultaba útil, porque, a no ser que Mackey tuviera una relación con el propietario original del arma, el robo recortaba el período en el que el sospechoso había estado en posesión de la pistola, y por tanto hacía más probable que conservara el arma la noche que Becky Verloren fue sacada de su casa y asesinada.

El informe original del robo estaba incluido en la carpeta. El nombre de la víctima era Sam Weiss. Vivía solo y trabajaba de técnico de sonido en los estudios de la Warner, en Burbank. Bosch miró por encima el informe y sólo encontró otra nota de interés. En la sección de comentarios del agente investigador se afirmaba que la víctima del robo había adquirido recientemente la pistola como medio de protección después de haber sido acosado por llamadas telefónicas anónimas que lo amenazaban por el hecho de ser judío. La víctima aseguraba que no sabía cómo su número, que no constaba en la guía, había ido a parar a manos de su acosador y que desconocía qué había suscitado las amenazas.

Bosch leyó con rapidez el siguiente informe de la unidad de armas de fuego, que identificaba la pistola aturdidora utilizada en el secuestro. El documento aseguraba que la distancia de seis centímetros entre los puntos de contacto —la que separaba las marcas de quemaduras en la piel de la víctima— correspondía inequívocamente al modelo Professional 100, fabricado por una empresa de Downey llamada SafetyCharge. El modelo se comercializaba por correo y no requería permiso alguno. Había más de doce mil Professional 100 distribuidas en el momento del asesinato. Bosch sabía que sin recuperar el aparato no había forma de conectar las marcas en el cadáver de Becky Verloren con el propietario del mismo. Era un cabo suelto.

Continuó pasando una serie de fotografías de 20 × 25 tomadas en la casa de los Verloren después de que el cadáver fuera hallado en la colina de la parte posterior de la vivienda. Bosch entendió que eran fotos para cubrirse las espaldas. El caso había sido tratado —erróneamente— como una fuga. El departamento no se puso a fondo con él hasta que se encontró el cadáver y la autopsia concluyó que se trataba de un homicidio. Cinco días después de que la chica fuera declarada desaparecida, la policía volvió y convirtió la casa en una escena del crimen. La cuestión era qué se había perdido en esos cinco días.

Había fotos de los lados interiores y exteriores de las tres puertas de la casa —delantera, trasera y garaje—, así como varios primeros planos de las cerraduras de las ventanas. Bosch examinó asimismo una serie de fotos tomadas en el dormitorio de Becky Verloren. La primera cosa en la que se fijó era en que la cama estaba hecha. Se preguntó si el secuestrador la habría hecho para vender mejor la idea del suicidio o bien la madre de Becky se había ocupado de ello en algún momento de los días en que esperó con ansiedad que su hija regresara a casa.

La cama era de cuatro postes, con una colcha blanca y rosa con gatos y volantes rosas a juego. La colcha le recordó la que tapaba el lecho de su propia hija. Parecía más adecuada a los gustos de una niña que a los de una joven de dieciséis años, y no pudo evitar preguntarse si Becky Verloren la había conservado por motivos nostálgicos o porque psicológicamente la hacía sentirse segura. Los volantes de la cama no rozaban el suelo de manera uniforme. La colcha era cinco centímetros demasiado larga, y por tanto se fruncía en el suelo y alternativamente se doblaba hacia fuera o se escondía por debajo de la cama.

Había también fotos de la cómoda y de las mesitas de noche. La habitación estaba adornada con animales de peluche de los años de niñez de la víctima. Las paredes estaban adornadas con pósteres de grupos de música que habían tenido éxito y luego habían caído en el olvido. Había también un cartel de una película de la primera época de John Travolta. La habitación estaba muy limpia y ordenada, y de nuevo Bosch se preguntó si estaba así el día en que se descubrió la desaparición de Rebecca Verloren o si su madre la había ordenado mientras esperaba el regreso de su hija.

Bosch sabía que las fotos tenían que haber sido sacadas como el primer paso de una investigación de escena de crimen. En ninguna parte vio ningún polvo para obtener huellas dactilares ni otro indicador del revuelo que se produciría con la intrusión de los criminalistas.

Tras las fotos, el expediente contenía un paquete de resúmenes de entrevistas que los detectives habían llevado a cabo con numerosos estudiantes de Hillside Prep. Una lista de control en la parte superior de la página indicaba que los investigadores habían hablado con todos los estudiantes de la clase de Becky Verloren, así como con todos los chicos que asistían a las clases superiores de la escuela. Había asimismo resúmenes de entrevistas con varios de los profesores de la víctima y con el personal de la escuela.

En esa sección se incluía la sinopsis de una entrevista telefónica llevada a cabo con un antiguo novio de Becky Verloren que se había trasladado con su familia a Hawai el año anterior al asesinato. Se adjuntaba un informe de confirmación de coartada que aseguraba que el supervisor del adolescente había confirmado que el chico había trabajado en el túnel de lavado y venta de recambios en una franquicia de alquiler de coches de Maui en el día del asesinato y posteriores, lo cual prácticamente descartaba que hubiera estado en Los Ángeles para matarla.

Había un paquete separado de resúmenes de entrevistas con empleados del Island House Grill, el restaurante propiedad de Robert Verloren. Su hija acababa de empezar un trabajo estival en el restaurante. Era ayudante de camarera durante el almuerzo. Su labor consistía en conducir a los clientes a las mesas y entregarles los menús. Pese a que Bosch sabía que con frecuencia los restaurantes atraían a una variedad de balas perdidas a los trabajos de cocina de bajo nivel, Robert Verloren evitaba contratar a hombres con antecedentes penales, y en cambio ofrecía empleo a la población de surfistas y otros espíritus libres que iba en manada a las playas de Malibú. Esa gente habría tenido un contacto limitado con Rebecca, quien trabajaba en el comedor, pero de todos modos fueron interrogados y al parecer descartados de toda sospecha por los investigadores.

Bosch vio también una cronología de la víctima, en la

cual los investigadores destacaban los movimientos de Rebecca Verloren en los días previos al asesinato. El Cuatro de Julio de 1988 cayó en lunes. Rebecca pasó la mayor parte del fin de semana en casa, salvo el domingo por la noche, en que se quedó a dormir con tres amigas en el domicilio de una de ellas. Los resúmenes agregados de entrevistas con estas tres chicas eran largos, pero no contenían información de valor para la investigación.

El lunes, el día de la fiesta nacional, se quedó en casa hasta que ella y sus padres fueron a Balboa Park para asistir a un festival de fuegos artificiales. Era una de las pocas noches libres para Robert Verloren e insistió en que la familia permaneciera unida, lo cual molestó a Becky, que tuvo que perderse la fiesta de una amiga en la zona de Porter Ranch.

El martes la rutina veraniega empezó de nuevo, y Rebecca fue al restaurante con su padre para trabajar en el turno de almuerzo como camarera. A las tres en punto, su padre la llevó a casa. Él se quedó por la tarde en su domicilio y después se dirigió de nuevo al restaurante para el turno de la cena, casi al mismo tiempo que Rebecca salía en el coche de su madre para cumplir con el recado de recoger la ropa de la lavandería.

Bosch no vio nada en la cronología que levantara sospechas, nada que se les pasara por alto a los investigadores originales. A continuación, Bosch se encontró con la transcripción de una entrevista formal con los padres. Ésta se llevó a cabo en la División de Devonshire el 14 de julio, transcurrida más de una semana desde que se descubriera la desaparición de su hija. En este punto los detectives habían acumulado un gran conocimiento del caso y fueron específicos en sus preguntas. Bosch leyó cuidadosamente esta transcripción, tanto por las respuestas como porque le darían una idea de la visión del caso que tenían los investigadores en ese punto.

Caso n.º 88-641, Verloren, Rebecca (FM 6-7-1988), AI A. García, #993

14-7-1988 — 14.15 h. Homicidios de Devonshire

GARCÍA. Gracias por venir. Espero que no le importe, pero estamos grabando esto para tener un registro. ¿Cómo lo llevan?

ROBERT VERLOREN. Tan bien como puede esperarse. Estamos desolados. No sabemos qué hacer.

MURIEL VERLOREN. No podemos dejar de pensar en lo que podríamos haber hecho para prevenir que le ocurriera esto a nuestra niña.

GREEN. Lo lamentamos mucho, señora. Pero no puede culparse por lo sucedido. Por lo que sabemos, no se trató de nada que pudiera hacer o dejar de hacer. Simplemente ocurrió. No se culpe. Culpe a la persona que lo hizo.

GARCÍA. Y vamos a detenerlo. No han de preocuparse por eso. Ahora, tenemos unas preguntas que hemos de plantear. Algunas pueden ser dolorosas, pero necesitamos las respuestas para detener al asesino.

ROBERT VERLOREN. ¿«Asesino»? ¿Hay algún sospechoso? ¿Saben que es un hombre?

GARCÍA. No sabemos nada con seguridad, señor. Sobre todo nos basamos en los porcentajes. Pero tampoco hay que olvidar esa pendiente inclinada de detrás de su casa. Sin duda cargaron a Becky por esa colina. No era una chica muy grande, pero decididamente creemos que tuvo que ser un hombre.

MURIEL VERLOREN. Pero ha dicho que ella no fue... que no hubo ninguna agresión sexual.

GARCÍA. Es cierto, señora, pero eso no excluye que fuera un crimen de motivación sexual.

ROBERT VERLOREN. ¿Qué quiere decir?

GARCÍA. Ya llegaremos a eso, señor. Si no le importa, deje que hagamos las preguntas nosotros.

ROBERT VERLOREN. Continúe, por favor. Lo siento. Es sólo que no podemos entender lo que ocurrió. Es como si estuviéramos permanentemente bajo el agua.

GARCÍA. Es perfectamente comprensible. Como le he dicho, lo lamentamos profundamente. Y también el departamento. Tenemos al nivel más alto de este departamento vigilando este caso muy de cerca.

GREEN. Nos gustaría remontarnos a antes de su desaparición. Quizás un mes antes. ¿Su hija se fue durante ese tiempo?

ROBERT VERLOREN. ¿Qué quiere decir con que si se fue?

GARCÍA. ¿Estuvo alejada de ustedes en algún momento?

ROBERT VERLOREN. No. Tenía dieciséis años. Estaba en el instituto. No se fue sola.

GREEN. ¿Y a dormir con sus amigas?

MURIEL VERLOREN. No, diría que no.

ROBERT VERLOREN. ¿Qué están buscando?

GREEN. ¿Estuvo enferma en el mes o dos meses anteriores a su desaparición?

MURIEL VERLOREN. Sí, tuvo la gripe la semana después de que terminara las clases. Eso retrasó que empezara a trabajar con Bob.

GREEN. ¿Estuvo en cama?

MURIEL VERLOREN. Gran parte del tiempo. No sé qué tiene esto que ver con...

GARCÍA. Señora Verloren, ¿su hija fue a ver al doctor en esa ocasión?

MURIEL VERLOREN. No, sólo dijo que tenía que descansar. A decir verdad, pensamos que simplemente no quería ir a trabajar al restaurante. No tenía fiebre ni estaba resfriada. Pensamos que estaba siendo un poco vaga.

GREEN. En ese período, ¿no le confió que había estado embarazada?

MURIEL VERLOREN. ¿Qué? ¡No!

ROBERT VERLOREN. Oiga, detective, ¿qué nos está diciendo?

GREEN. La autopsia reveló que Becky había sido sometida a un legrado alrededor de un mes antes de su muerte. Un aborto. Nuestra hipótesis es que estaba descansando y recuperándose de esa operación cuando les dijo que tenía la gripe.

GARCÍA. ¿Quieren que hagamos una pausa?

GREEN. ¿Por qué no hacemos una pausa? Saldremos todos a tomar un poco de agua.

[Pausa]

GARCÍA. Bien, ya estamos de vuelta. Espero que comprendan y que nos perdonen. No hacemos preguntas ni tratamos de sobresaltarles para causarles daño. Hemos de seguir un procedimiento y emplear métodos que nos permitan recuperar información que no esté limitada por percepciones preconcebidas.

ROBERT VERLOREN. Entendemos lo que están haciendo. Ahora forma parte de nuestra vida. De lo que queda de ella.

MURIEL VERLOREN. ¿Está diciendo que nuestra hija estaba embarazada y eligió abortar?

GARCÍA. Sí, así es. Y creemos que cabe la posibilidad de que esté relacionado con lo que le ocurrió un mes después. ¿Tienen alguna idea de adónde podría haber ido para esa... operación?

MURIEL VERLOREN. No, no tengo ni idea de eso. Ninguno de los dos.

GREEN. ¿Y como ha dicho antes no pasó ninguna noche fuera en ese tiempo?

MURIEL VERLOREN. No, Becky volvió a casa todas las noches.

GARCÍA. ¿Alguna idea de con quién pudo tener relaciones? En anteriores charlas dijeron que actualmente no tenía novio.

MURIEL VERLOREN. Bueno, obviamente supongo que estábamos equivocados en eso. Pero, no, no sabíamos a quién estaba viendo o quién podría haberle... hecho esto.

GREEN. ¿Alguno de ustedes leyó alguna vez el diario de su hija?

ROBERT VERLOREN. No, ni siquiera sabíamos que tuviera un diario hasta que ustedes lo encontraron en su habitación.

MURIEL VERLOREN. Me gustaría recuperarlo. ¿Me lo devolverán?

GREEN. Hemos de conservarlo durante la investigación, pero al final lo recuperará.

GARCÍA. En el diario hay varias referencias a un individuo al que se refiere como MVA. Es una persona a la que nos gustaría identificar e interrogar.

MURIEL VERLOREN. No se me ocurre nadie que responda a esas iniciales.

GREEN. Miramos en el anuario del instituto. Hay un chico llamado Michael Adams, pero lo comprobamos y vimos que su segundo nombre es Charles. Creemos que las iniciales eran un código o una abreviatura. Podría significar «Mi Verdadero Amor».

MURIEL VERLOREN. Así que obviamente había alguien a quien no conocíamos y que nos ocultaba.

ROBERT VERLOREN. No puedo creerlo. Nos están diciendo que en realidad no conocíamos a nuestra niña.

GARCÍA. Lo siento, Bob. A veces las consecuencias de un caso como éste causan estragos. Pero nuestro trabajo es seguirlo hasta donde nos lleva. Ésa es la corriente que estamos siguiendo ahora.

GREEN. Básicamente, necesitamos seguir este aspecto de

la investigación y descubrir quién es ese MVA. Lo que significa que hemos de hacer preguntas a los amigos y conocidos de su hija. Me temo que el rumor sobre esto se extenderá.

ROBERT VERLOREN. Eso lo comprendemos, detective. Lo asumiremos. Como dijimos el primer día que les vimos, hagan lo que tengan que hacer. Encuentren a la persona que lo hizo.

GARCÍA. Gracias, señor. Lo haremos.

[Fin de la entrevista, 14.40 h.]

Bosch leyó la transcripción una segunda vez, en esta ocasión tomando notas en su bloc. Después pasó a las transcripciones de otras tres entrevistas formales. Fueron llevadas a cabo con las tres amigas más íntimas de Becky Verloren: Tara Wood, Bailey Koster y Grace Tanaka. Sin embargo, ninguna de las chicas —chicas entonces— dijo que tuviera conocimiento del embarazo o de la relación que lo provocó. Las tres aseguraron que no la habían visto la semana posterior a la finalización de las clases, porque no contestaba al teléfono personal y cuando llamaron al número de su casa Muriel Verloren les dijo que su hija estaba enferma. Tara Wood, que se partía el turno de trabajo como camarera en el Island House Grill con Becky, dijo que su amiga estuvo de mal humor y poco comunicativa en las semanas anteriores a su asesinato, pero desconocía la razón de este comportamiento, porque Becky rechazó los esfuerzos de Wood para descubrir qué le ocurría.

El último elemento del expediente del caso era el archivo de los medios. García y Green habían archivado los artículos de periódico que se acumularon en las primeras fases del caso. El crimen tuvo más repercusión en el *Daily News* que en el *Times*, lo cual era muy comprensible porque el *News* circulaba principalmente en el valle de San Fernando, mientras que el *Times* normalmente trataba el valle como un hijastro incómodo, relegando las noticias que allí se generaban a las páginas interiores.

No hubo cobertura de la desaparición inicial de Becky Verloren. Los periódicos obviamente lo habían visto del mismo modo que la policía. En cambio, una vez que se halló el cadáver, hubo varios artículos sobre la investigación, el funeral y el impacto que la muerte de la chica tuvo en su instituto. Incluso se publicó un despiece ambientado en el Island House Grill. El artículo, aparecido en el *Times*, probablemente había sido un intento de que el caso tuviera sentido para los lectores potenciales del periódico en el Westside. Un restaurante en Malibú era algo con lo cual los *westsiders* podían relacionarse.

Ambos periódicos relacionaban el arma homicida con un robo ocurrido un mes antes del asesinato, pero ninguno mencionaba las implicaciones antisemitas. Ni el uno ni el otro citaban las pruebas de sangre y tejido recuperados en el arma. Bosch supuso que la sangre y el tejido eran el as en la manga de los investigadores, la prueba que se reservaban para disponer de una ventaja si se identificaba a un sospechoso.

Finalmente, Bosch se fijó en que no había en los medios entrevistas con los apenados padres. Aparentemente, los Verloren habían elegido no mostrar su dolor para consumo público. A Bosch eso le gustó. Le parecía que cada vez con más frecuencia los medios forzaban a las víctimas de la tragedia a llorar en público, delante de las cámaras y en los reportajes de los periódicos. Los padres de hijos asesinados se convertían en rostros conocidos que aparecían en la pequeña pantalla como expertos la siguiente vez que se producía un asesinato de niños y había una nueva pareja de padres destrozados. A Bosch le desagradaba. Le parecía que la mejor manera de honrar a los muertos era llevarlos cerca del corazón, no compartirlos con el mundo a través del espectro electrónico.

En la parte de atrás del archivador había un bolsillo que contenía un sobre con la insignia del águila del *Times* y la dirección en la esquina. Bosch lo sacó y encontró una serie de fotos en color de 20 × 25 tomadas en el funeral de Rebecca Verloren, una semana después del asesinato. Muy probablemente se había producido un trato: las fotos a cambio del acceso. Bosch recordó haber hecho tratos semejantes en el pasado, cuando debido a una cuestión de agenda o de presupuesto no podía llevar a un fotógrafo de la policía a un funeral. Prometía al periodista que se ocupaba del caso una exclusiva siempre y cuando al fotógrafo del periódico no le importara hacer una serie completa de fotos de la multitud asistente al sepelio. Nunca se sabe cuándo puede presentarse un asesino para regodearse con la angustia y el dolor que ha causado. Los periodistas siempre aceptaban el trato. Los Ángeles era uno de los mercados más competitivos del mundo para los medios, y para los periodistas el acceso a la noticia era una cuestión de vida o muerte.

Bosch estudió las fotos, pero estaba limitado al buscar a Roland Mackey porque no sabía qué aspecto tenía en 1988. Las fotos que Kiz Rider había obtenido del ordenador eran de su detención más reciente. En ellas se veía un hombre con entradas, perilla y ojos oscuros. Resultaba difícil comparar ese rostro con algunas de las caras adolescentes que se habían reunido en el momento de dar sepultura a uno de los suyos.

Durante un rato, estudió los rostros de los padres de Becky Verloren en una de las fotos. Estaban de pie junto a la tumba, abrazándose como si cada uno sostuviera al otro para impedir que cayera. Había lágrimas en las mejillas. Robert Verloren era negro, y Muriel Verloren, blanca. Bosch entendió entonces de dónde había sacado su hija aquella belleza incipiente. Con frecuencia la mezcla de razas en un hijo se alza por encima de las dificultades sociales para dar como resultado un atractivo especial.

Bosch dejó las fotos en la mesa y se quedó pensativo. En

ningún lugar del expediente se mencionaba la posibilidad de que la raza hubiera desempeñado un papel en el asesinato. Sin embargo, el hecho de que el hombre víctima del robo del arma homicida hubiera sido amenazado a causa de su religión parecía levantar la posibilidad de al menos un tenue vínculo con el asesinato de una chica mulata.

El hecho de que eso no se mencionara en el expediente no significaba nada. La cuestión racial era algo que siempre se mantenía en la intimidad en el Departamento de Policía de Los Ángeles. Poner algo por escrito significaba darlo a conocer en el interior del departamento, pues los resúmenes de investigación eran revisados hasta el nivel más alto en los casos más calientes. La información podía filtrarse y convertirse en otra cosa, en un asunto de cariz político. De manera que la ausencia de toda mención no era vista por Bosch como una tacha en la investigación. Al menos, todavía no.

Volvió a meter las fotos en el sobre y cerró el archivador. Calculaba que había allí más de trescientas páginas de documentos y fotos, y en ningún lugar de esas páginas había visto el nombre de Roland Mackey. ¿Era posible que hubiera pasado inadvertido incluso de manera periférica en la investigación conducida tantos años antes? En ese caso, ¿era todavía posible que fuera el asesino?

Estas cuestiones preocupaban a Bosch. Siempre trataba de mantener la fe en el expediente del caso, lo cual significaba que creía que las respuestas normalmente se ocultaban entre sus cubiertas de plástico. Y a pesar de todo, en esta ocasión tenía dificultades para creer en el resultado ciego. No en la ciencia. No dudaba de que la sangre y el tejido hallados en el interior del arma pertenecían a Mackey. Pero creía que el caso no cerraba. Faltaba algo.

Bajó la mirada a su bloc. Había tomado pocas notas. De hecho, sólo había compuesto una lista de gente con la que quería hablar.

Green y García
madre / padre
escuela / amigas / profesores
ex novio
agente de condicional
Mackey / ¿escuela?

Sabía que todas las notas que había tomado eran obvias. Se dio cuenta de lo poco que tenía además del resultado de la prueba de ADN, y una vez más se sintió inquieto por construir una acusación sin nada más.

Bosch estaba mirando sus notas cuando Kiz Rider entró en la oficina. Llevaba las manos vacías y no sonreía.

—¿Y? —preguntó Bosch.

—Malas noticias. El arma homicida ha desaparecido. No sé si has leído todo el expediente, pero se menciona un diario. La chica llevaba un diario. Eso tampoco está. No hay nada.

7

Decidieron que la mejor manera de digerir la mala noticia y discutirla era ir a comer. Además, nada le daba más hambre a Bosch que pasarse la mañana sentado en una oficina y leyendo el expediente de un caso de asesinato. Fueron a Chinese Friends, un pequeño local de Broadway, al extremo de Chinatown, donde sabían que a esa hora todavía podrían conseguir mesa. Era un sitio donde se podía comer bien y en abundancia por poco más de cinco pavos. El problema era que se llenaba deprisa, sobre todo con el personal del cuartel general de los bomberos, los policías del Parker Center y los burócratas del City Hall. Si no llegabas allí a las doce, tenías que pedir comida para llevar y sentarte a comer al sol en el banco de la parada de autobús que había enfrente.

Dejaron el expediente del caso en el coche para no molestar a otros clientes del restaurante, cuyas mesas estaban tan juntas como los pupitres en un colegio público. Sí llevaron sus notas y discutieron el caso en una improvisada jerga concebida para mantener la conversación en privado. Rider explicó que cuando había dicho que no había pistola ni diario en la DAP se refería a que después de una búsqueda de una hora por parte de dos funcionarios no se encontró caja alguna con las pruebas. No supuso una gran sorpresa para

Bosch. Como le había advertido antes Pratt, el departamento había descuidado las pruebas durante décadas. Las cajas de pruebas eran registradas y almacenadas en estantes por orden cronológico y sin ninguna clase de separación relativa al tipo de delito. Consecuentemente, las pruebas de un asesinato podían estar en un estante junto a pruebas de un robo. Y cuando los funcionarios pasaban periódicamente para eliminar las pruebas de los casos que habían prescrito, en ocasiones tiraban la caja que no correspondía. Además, la seguridad del edificio fue durante años una cuestión de escasa prioridad. No era difícil que alguien con una placa del departamento tuviera acceso a cualquier prueba que hubiera en el complejo. Así que las cajas de pruebas eran objeto de hurtos. La desaparición de armas u otro tipo de pruebas de casos de criminales famosos como los de Dalia Negra, Charles Manson o el Fabricante de Muñecas no podía considerarse algo inusual.

En el caso Verloren no había indicios de robo. Probablemente se trataba más de un caso de negligencia al tratar de encontrar una caja almacenada diecisiete años atrás en una sala enorme repleta de cajas idénticas.

—La encontrarán —dijo Bosch—. Quizás incluso podrías conseguir que tu colega de la sexta les ponga el miedo en el cuerpo. Entonces seguro que la encuentran.

—Más les vale. La prueba de ADN no nos servirá sin la pistola.

—Eso no lo sé.

—Harry, es la cadena probatoria. No puedes ir a juicio con ADN y no mostrar al jurado el arma del que salió. Sin ella, ni siquiera podemos ir al fiscal del distrito. Nos echaría de una patada en el culo.

—Calma. Lo que estoy diciendo es que ahora mismo somos los únicos que sabemos que no tenemos la pistola. Podemos disimular.

—¿De qué estás hablando?

—¿No crees que todo esto terminará con Mackey y nosotros en una sala? Aunque tuviéramos la pistola como prueba, no podríamos probar más allá de toda duda que él dejó allí su sangre al disparar a Becky Verloren. Lo único que podemos probar es que la sangre es suya. Así que, si quieres saber mi opinión, va a reducirse a una confesión. Tendremos que ponerlo en la sala, enfrentarle al resultado de la prueba de ADN y ver si coopera. Eso es todo. Así que lo único que digo es que pongamos un poco de atrezo para el interrogatorio. Vamos a la armería y pedimos prestada una Colt del 45 y la sacamos de la caja cuando estemos con él en la sala. Le convencemos de que tenemos la cadena de pruebas y se lo traga o no.

—No me gustan los trucos.

—Los trucos forman parte de este oficio. No hay nada ilegal en eso. Incluso los tribunales lo han dicho.

—De todos modos, creo que vamos a necesitar más que el ADN para convencerlo.

—Yo también. Estaba pensando que...

Bosch se detuvo y esperó mientras la camarera dejaba dos platos humeantes. Él había pedido arroz frito con gambas; Rider, costillas de cerdo. Sin decir palabra, Bosch levantó su plato y sirvió la mitad del contenido en el plato de Rider. A continuación, pinchó con un tenedor tres de las seis costillas de cerdo. Casi sonrió al hacerlo. Llevaban menos de un día juntos en el trabajo y ya habían recuperado el ritmo fácil de su anterior compañerismo. Estaba feliz.

—Eh, ¿en qué anda Jerry Edgar?

—No lo sé. Hace mucho que no hablo con él. En realidad nunca superamos aquello.

Bosch asintió. Cuando Bosch había trabajado con Rider en la mesa de Homicidios de la División de Hollywood habían sido divididos en equipos de tres. Jerry Edgar era el tercer miembro del equipo. Bosch se retiró y poco después Rider fue ascendida. Edgar se quedó en Hollywood con la sensación de que se había quedado aislado y postergado. Y ahora que Bosch y Rider estaban trabajando otra vez y asignados a Robos y Homicidios, Edgar no había dicho esta boca es mía.

—Harry, ¿qué estabas diciendo cuando llegó la comida?

—Sólo que tienes razón. Necesitaremos más. Una cosa en la que estaba pensando era que he oído que desde el 11-S y la Patriot Act es más fácil conseguir pinchar conversaciones.

Rider se comió un trozo de gamba antes de responder.

—Sí, eso es cierto. Era una de las cosas que monitorizaba para el jefe. Nuestras peticiones se han multiplicado por treinta. Las aprobaciones también han subido. Se ha corrido la voz, y ahora es una herramienta a la que podemos recurrir. ¿Cómo piensas usarlo?

—Estaba pensando en pinchar los teléfonos a Mackey y después colar una historia en el periódico. Que digan que estamos otra vez trabajando el caso, mencionamos la pistola, quizá mencionamos el ADN, bueno, algo nuevo. No que tenemos un resultado con el ADN, sino que podemos tenerlo. Entonces nos retiramos y lo vigilamos. Escuchamos y vemos qué pasa. Después podríamos hacerle una visita, y a ver si algo se pone en marcha.

Rider reflexionó mientras se comía una costilla de cerdo con los dedos. Parecía inquieta por algo, y a buen seguro que no era por la comida.

—¿Qué? —preguntó Bosch.

—¿A quién llamaría?

—No lo sé. A aquel con quien lo hiciera o para el que lo hiciera.

Rider asintió pensativamente mientras masticaba.

—No lo sé, Harry. Llevas menos de un día en el trabajo después de tres años de tomar el sol y ya estás interpretando cosas en el caso que no veo. Supongo que todavía eres el maestro.

—Tú estás oxidada de estar sentada detrás de un escritorio enorme de la sexta.

—Hablo en serio.

—Yo también. Más o menos. Creo que he esperado tanto a esto que estoy plenamente alerta, supongo.

—Sólo cuéntame cómo lo ves, Harry. No hace falta que te excuses por tu instinto.

—De hecho, todavía no lo veo. Y es parte del problema. El nombre de Roland Mackey no está en ninguna parte del expediente, y ése es el primer problema. Sabíamos que estaba cerca, pero no tenemos nada que lo relacione con la víctima.

—¿De qué estás hablando? Tenemos la pistola con su ADN.

—La sangre lo relaciona con la pistola, no con la chica. Has leído el expediente. No podemos demostrar que su ADN se depositara en el momento del asesinato. Ese único informe podría dinamitar todo el caso. Es un gran agujero, Kiz. Tan grande que un jurado podría pasar por él. Todo lo que Mackey ha de hacer en el juicio es levantarse y decir: «Sí, robé la pistola en una casa de Winnetka. Después subí a la colina y disparé varias veces. Estaba imitando a Mel Gibson y ese maldito trasto me mordió, me arrancó un trozo de piel de la mano. Nunca había visto que eso le pasara a Mel. Así que me enfurecí y lancé la maldita pistola a los arbustos y me fui a casa para ponerme unas tiritas.» El informe del laboratorio —nuestro propio puto informe— lo respalda y se acabó la historia.

Rider no sonrió en ningún momento. Bosch sabía que le estaba entendiendo.

—No hace falta que diga nada más, Kiz, y conseguirá una duda razonable y nosotros no podremos demostrar lo contrario. No tenemos pruebas en la escena, no tenemos pelos, ni fibras, no tenemos nada. Y luego está su perfil. Y si hubieras visto su historial antes de meterte con el caso y tener

su ADN nun[...]
sino. Quizás e[...]
nunca algo con[...]
dieciocho años.

Rider negó [...]

—Hace unas[...]
bienvenida. Se su[...]

—El ADN ha[...]
sión. Ése es el pro[...]
soluciona todo. Ve[...]

—¿Es ésta tu ex[...]
hiciera él?

—Todavía no sé [...]

—Entonces lo se[...]
asustamos de alguna [...] quien llama y cómo
reacciona.

Bosch asintió con la cabeza.

—Eso estaba pensando —dijo.

—Antes ha de autorizarlo Abel.

—Seguimos las reglas, como me ha dicho el jefe hoy.

—Vaya, vaya... ¡El nuevo Harry Bosch!

—Lo tienes delante.

—Antes de pedir la escucha hemos de asegurarnos de que ninguno de los protagonistas conocía a Roland Mackey. Si se confirma, voto por ir a ver a Pratt por el pinchazo.

—Me parece bien. ¿Qué más has sacado de la lectura?

Quería ver si ella había captado la corriente racial subyacente antes de proponerlo.

—Sólo lo que había allí —respondió Rider—. ¿Había algo más que se me ha pasado?

—No lo sé, nada obvio.

—¿Entonces qué?

—Estaba pensando en el hecho de que la chica era mulata. Incluso en el ochenta y ocho tenía que haber gente a la que no le gustara la idea. Si a eso añadimos el robo del que adío. Dijo que lo esta-

pró la pistola.

nte mientras tragaba un boca-

derlo de vista —dijo ella—. Pero no

char las campanas al vuelo con eso.

nada en el expediente...

ron en silencio durante unos minutos. Bosch

e pensaba que Chinese Friends tenía las gambas más

es y dulces que había comido nunca con el arroz frito.

Las costillas de cerdo, tan finas como los platos de plástico en los que las comían, también eran exquisitas. Y Kiz tenía razón, era mejor comerlas con la mano.

—¿Y Green y García? —preguntó Rider al fin.

—¿Qué pasa con ellos?

—¿Cómo los calificarías en esto?

—No lo sé, quizás un suficiente, siendo generoso. Cometieron errores y retardaron las cosas. Después parece que cumplieron el expediente. ¿Y tú?

—Lo mismo. Escribieron un buen expediente, aunque da la sensación de que lo hicieron para cubrirse las espaldas, como si supieran que nunca iban a resolverlo. Se esmeraron en que el expediente mostrara que no habían dejado piedra sin mover.

Bosch asintió y miró su bloc en la silla vacía que tenía al lado. Leyó la lista de gente a interrogar.

—Hemos de hablar con los padres y con García y Green. También necesitamos una foto de Mackey. De cuando tenía dieciocho.

—Creo que es mejor dejar a los padres hasta que hayamos hablado con los demás. Puede que sean los más importantes, pero han de ser los últimos. Quiero saber lo más posible antes de sacudirlos con esto después de diecisiete años.

—Bien. Quizá deberíamos empezar con la condicional.

Hace sólo un año que terminó. Probablemente estaba asignado a Van Nuys.

—Sí. Podemos ir allí y después pasarnos a hablar con Art García.

—¿Lo has encontrado? ¿Sigue trabajando?

—No tuve que buscar. Ahora es jefe de la comandancia del valle.

Bosch asintió. No estaba sorprendido. A García le había ido bien. El puesto de inspector de comandancia lo situaba justo por debajo del subdirector. Eso significaba que era segundo al mando en las cinco divisiones de policía del valle de San Fernando, incluida la de Devonshire, donde años antes había investigado el caso Verloren.

Rider continuó.

—Además de nuestros proyectos regulares en la oficina del jefe, cada uno de los ayudantes especiales era una especie de enlace con una de los cuatro comandancias. Mi asignación era el valle. Así que el inspector de comandancia García y yo hablábamos de vez en cuando, aunque solía tratar con su ayudante, un tal Vartan.

—Ya te entiendo... Tengo una compañera muy bien conectada. Probablemente le estabas diciendo a Vartan y García cómo manejar el valle.

Ella negó con la cabeza simulando estar enfadada.

—No me vengas con hostias. Trabajar en la sexta planta me dio una buena visión del departamento y de cómo funciona.

—O cómo no funciona. Y hablando de eso, hay algo que debería contarte.

—¿Qué es?

—Me encontré con Irving cuando fui a buscar café. Justo después de que te fueras.

Rider inmediatamente se mostró preocupada.

—¿Qué pasó? ¿Qué dijo?

—No mucho. Me llamó recauchutado y mencionó que

voy a estallar y que, cuando me pase eso, el jefe caerá conmigo por haberme recontratado. Y, por supuesto, cuando pase la tormenta, Don Limpio estará allí para subir un peldaño.

—Joder, Harry. ¿Un día en el trabajo y ya tienes a Irving mordiéndote el culo?

Bosch separó las manos, casi golpeando el hombro del señor que estaba sentado en la mesa de al lado.

—Fui a buscar café y estaba allí. Fue Irving el que se me acercó, Kiz. Estaba ocupándome de mis asuntos, te lo juro.

Rider bajó la mirada y continuó comiendo sin hablarle. Dejó el último trozo de costilla de cerdo, a medio comer, en el plato.

—No puedo comer más, Harry. Vámonos de aquí.

—Yo estoy listo.

Bosch dejó más que suficiente dinero en la mesa y Rider dijo que la próxima vez pagaría ella. Se metieron en el coche de Bosch, un Mercedes SUV negro, y recorrieron Chinatown hasta la entrada norte de la 101. Llegaron hasta la autovía antes de que Rider volviera a hablar de Irving.

—Harry, no te lo tomes a la ligera —dijo ella—. Ten mucho cuidado.

—Siempre tengo cuidado, Kiz, y nunca me he tomado a ese hombre a la ligera.

—Lo único que digo es que le han pasado por delante dos veces para el puesto máximo. Podría estar un poco desesperado.

—Sí, pero ¿sabes lo que no entiendo? ¿Por qué tu hombre no se deshizo de él cuando llegó aquí? ¿Por qué no hizo limpieza? Mandar a Irving al otro lado de la calle no es poner fin a una amenaza. Eso lo sabe cualquiera.

—No podía deshacerse de él. Irving lleva más de cuarenta años de servicio. Tiene muchos contactos fuera del departamento y en el City Hall. Y sabe dónde están enterrados muchos cadáveres. El jefe no podía tomar ninguna medida contra él sin estar seguro de que no habría respuesta.

Otra vez se instauró el silencio. El tráfico de primera hora de la tarde hacia el valle era fluido. Tenían puesta la KFWB, la emisora de todo noticias e informes de tráfico y en la radio no hablaban de problemas más adelante. Bosch miró el indicador de gasolina y vio que todavía le quedaba medio depósito.

Antes habían decidido alternar el uso de sus coches particulares. Habían solicitado y obtenido la aprobación para compartir un vehículo del departamento, pero ambos sabían que ésa era la parte fácil. Podían pasar meses, o incluso más, antes de que dispusieran del vehículo. El departamento no tenía ni el coche sobrante ni presupuesto para comprar uno. La solicitud era un mero trámite burocrático previo a que el departamento pagara por gasolina y kilometraje de sus coches particulares. Bosch sabía que con el tiempo haría tantos kilómetros en su Mercedes que el gasto probablemente sería mayor que el del coche aprobado.

—Mira —dijo él al fin—. Ya sé lo que estás pensando, aunque no lo estés diciendo. No te preocupas sólo por mí. Te jugaste el cuello por mí y convenciste al jefe para que me contratara. Créeme, Kiz, sé que no sólo me la juego yo..., este recauchutado. No has de preocuparte y puedes decirle al jefe que no tiene que preocuparse. Lo he entendido. No habrá un reventón.

—Bien, Harry, me alegra oír eso.

Pensó en qué podía decir para convencerla más. Sabía que las palabras eran sólo palabras.

—¿Sabes? No sé si te lo he contado nunca, pero después de dejarlo al principio me gustó. No sé, estar fuera de la brigada y hacer lo que me apetecía, sin más. Luego empecé a echarlo de menos y volví a trabajar casos. Por mi cuenta. La cuestión es que empecé a andar con una especie de cojera.

—¿Cojera?

—Muy leve. Como si uno de mis talones fuera más bajo que el otro. Como si estuviera desequilibrado.

—Bueno, ¿te revisaste los zapatos?

—No tenía que revisar mis zapatos. No eran los zapatos, era la pistola.

Bosch la miró. Ella tenía la vista fija al frente, con las cejas en una profunda V que utilizaba mucho con él. Bosch volvió a concentrarse en la carretera.

—He llevado pistola tanto tiempo que cuando dejé de llevarla perdí el equilibrio. Estaba descompensado.

—Harry, es una historia extraña.

Estaban atravesando el paso de Cahuenga. Bosch miró por la ventanilla a la colina, buscando su casa, alojada entre las otras en los pliegues de la montaña. Creyó captar un atisbo de la terraza de atrás asomándose al matorral marrón.

—¿Quieres llamar a García y ver si podemos pasarnos a hablar con él después de ir a las oficinas de la condicional? —preguntó.

—Sí, lo haré. En cuanto me cuentes la moraleja de tu historia.

Bosch pensó un momento antes de responder.

—La moraleja es que necesito la pistola. Necesito la placa. Si no, estoy desequilibrado. Necesito todo esto, ¿vale?

Miró a Rider. Ella le devolvió la mirada, pero no dijo nada.

—Sé lo que vale esta oportunidad. Así que a la mierda Irving y que me llame recauchutado. No la cagaré.

8

Al cabo de veinte minutos llegaron a uno de los lugares de la ciudad que menos le gustaban a Bosch: la oficina de libertad condicional del Departamento Correccional del Estado, en Van Nuys. Era un edificio de una sola planta repleto de gente que esperaba para ver a los agentes de la condicional, para proporcionar muestras de orina, presentarse por exigencia del tribunal, entregarse para ser encarcelados o solicitar una nueva oportunidad de libertad. Era un lugar donde la desesperación, la humillación y la rabia se palpaban en el ambiente. Era un lugar donde Bosch trataba de no establecer contacto visual con nadie.

Bosch y Rider tenían algo que ninguno de los otros tenía: una placa. Eso les ayudó a saltarse las colas y tener una audiencia de inmediato con la agente a la que Roland Mackey había sido asignado tras su detención dos años antes por comportamiento lascivo. Thelma Kibble estaba enclaustrada en un cubículo estándar de funcionario del gobierno, en una sala repleta de cubículos idénticos. Su escritorio y el único estante que venía con el cubículo estaban repletos de archivos de los condenados por los que tenía que velar a través de la libertad condicional. Era de altura y complexión media. El brillo de sus ojos contrastaba con su piel marrón oscura. Bosch y Rider se presentaron como detectives de

Robos y Homicidios. Sólo había una silla delante del escritorio de Kibble, de modo que se quedaron de pie.

—¿De qué se trata, de un robo o de un homicidio? —preguntó Kibble.

—Homicidio —dijo Rider.

—Entonces ¿por qué uno de ustedes no coge una silla de ese cubículo de ahí? Ella sigue almorzando.

Bosch cogió la silla que la agente le había señalado y volvió. Rider y Bosch se sentaron y explicaron a Kibble que querían echar un vistazo al expediente correspondiente a Roland Mackey. Bosch se dio cuenta de que Kibble había reconocido el nombre, pero no el caso.

—Fue un caso de libertad condicional por conducta lasciva que tuvo hace un par de años —dijo Bosch—. Terminó después de doce meses.

—Ah, entonces no está en curso. Bueno, tengo que ir a buscarlo a los archivos. No lo recuer... Ah, sí, sí. Roland Mackey, sí. Disfruté bastante con ése.

—¿Cómo es eso? —preguntó Rider.

Kibble sonrió.

—Digamos que tenía ciertas dificultades en presentarse ante una mujer de color. Aunque mejor voy a buscar el expediente y así tendremos los detalles claros.

Comprobó la ortografía del apellido Mackey y los dejó solos en el cubículo.

—Eso podría ayudar —dijo Bosch.

—¿Qué? —preguntó Rider.

—Si tiene problemas con ella, probablemente también los tendrá contigo. Podríamos usarlo.

Rider asintió. Bosch vio que ella estaba mirando un artículo de periódico clavado en el tablero de la pared del cubículo. Estaba amarillento por el paso del tiempo. Bosch se inclinó y leyó, pero se encontraba demasiado lejos para leer otra cosa que el titular.

—¿Qué es eso? —le preguntó a Rider.

—Sé quién es —dijo Rider—. Le dispararon hace unos años. Fue a la casa de una ex presidiaria y alguien le disparó. La presidiaria llamó para pedir ayuda, pero luego se fue. Algo así. Le dimos un premio en la asociación. Dios, ha perdido muchísimo peso.

Algo de la historia encendió una bombilla en Bosch. Se fijó en que había dos fotografías que acompañaban el artículo. Una era de Thelma Kibble, de pie delante del edificio del Departamento Correccional, con una pancarta que le daba la bienvenida colgada del techo. Rider tenía razón. Kibble daba la impresión de haber perdido casi cuarenta kilos desde la foto. Bosch de pronto se acordó de que había visto la pancarta en la fachada del edificio unos años atrás cuando uno de sus casos estaba en juicio en el tribunal que se hallaba al otro lado de la calle. Asintió con la cabeza al recordarlo.

Luego, algo de la otra foto captó su atención y su recuerdo. Era una foto de ficha policial de una mujer blanca, la ex presidiaria que vivía en la casa donde habían disparado a Kibble.

—Ella no disparó, ¿verdad? —preguntó.

—No, ella es la que llamó, la que la salvó. Desapareció.

Bosch de repente se levantó y se inclinó por encima del escritorio, poniendo las manos encima de pilas de carpetas para apoyarse. Miró la foto de ficha policial. Era una imagen en blanco y negro que se había oscurecido al tiempo que envejecía el recorte de periódico. Pese a todo, Bosch reconoció la cara de la foto. Estaba seguro. El pelo y el color de los ojos eran diferentes. El nombre de debajo de la foto también era distinto, pero estaba seguro de que había conocido a aquella mujer en Las Vegas el año anterior.

—Eso que está chafando son mis archivos.

Bosch inmediatamente volvió a su posición al tiempo que Kibble rodeaba el escritorio.

—Lo siento, sólo trataba de leer el artículo.

—Es una vieja noticia. De cuando me comí esa bala. Ahora tengo muchos más años, y muchos menos kilos.

—Yo estuve en el homenaje que le hicieron en la Asociación de Agentes de Policía Negros —dijo Rider.

—¿En serio? —dijo Kibble, y su rostro se iluminó con una sonrisa—. Ésa fue una noche realmente inolvidable para mí.

—¿Qué le pasó a la mujer? —preguntó Bosch.

—¿Cassie Black? Ah, se dio a la fuga. Nadie ha vuelto a verla.

—¿Tiene cargos?

—Lo gracioso es que no. O sea, la acusamos porque se fugó, pero es lo único que tiene. Cielos, ella no me disparó. Lo único que hizo fue salvarme la vida. No iba a acusarla por eso. Pero no podía hacer nada con la violación de la condicional. Se largó. Por lo que sé, el tipo que me disparó podría haberla encontrado y haberla enterrado en el desierto. Aunque espero que no. Ella me echó una buena mano.

De repente, Bosch ya no estaba tan seguro de que la mujer que temporalmente había sido su vecina en un motel mientras visitaba a su hija en Las Vegas el año anterior hubiera sido Cassie Black. Se sentó y no dijo nada.

—¿Encontró el archivo? —preguntó Rider.

—Aquí está —dijo Kibble—. Puedo prestárselo, pero si quieren preguntarme por el chico, háganlo ahora. Mi pizarra de la tarde empieza en cinco minutos. Si me retraso provoco un efecto dominó que dura toda la tarde y salgo de aquí a las tantas. Esta noche no puedo, he quedado. —Estaba radiante ante la perspectiva de su cita.

—Muy bien, ¿qué recuerda de Mackey? ¿Ha mirado el expediente?

—Sí, lo he ojeado mientras volvía hacia aquí. Mackey era

sólo un meón bromista. Un pobre drogadicto de poca monta con un componente bastante racista. No era gran cosa. Me gustaba bastante tenerlo metido en un puño, pero nada más.

Rider había abierto la carpeta y Bosch se estaba inclinando hacia ella para mirarla.

—¿El caso de lascivia fue por exhibirse?

—De hecho, ahí descubrirán que el chico se pasó con el *speed* y el alcohol (mucho alcohol) y decidió aliviarse en el patio de alguien. Resultó que allí vivía una chica de trece años y estaba fuera jugando al baloncesto. El señor Mackey decidió después de ver a la niña que como ya había sacado su colita al viento lo mismo podía seguir adelante y decirle a la niña si quería probarla. ¿He mencionado que el padre de la niña trabajaba en la División Metropolitana del Departamento de Policía de Los Ángeles y que casualmente estaba fuera de servicio y en casa cuando ocurrió el incidente? Salió y redujo al señor Mackey. De hecho, el señor Mackey se quejó después de que casualmente, o quizá no tan casualmente, lo habían tirado al suelo justo encima del charco que acababa de hacer. No le hizo ninguna gracia.

Kibble sonrió al relatar la historia. Bosch asintió. Su versión era más colorista que el resumen del caso que figuraba en el expediente.

—Y simplemente pidió la condicional.

—Exacto. Le ofrecieron un acuerdo y lo aceptó. Me lo asignaron.

—¿Algún problema durante sus doce meses?

—Nada salvo sus problemas conmigo. Pidió otro agente, pero le denegaron la petición y se quedó clavado conmigo. Lo mantenía controlado, pero se notaba bajo la superficie. No podría decirle qué le molestaba más, si el hecho de que fuera negra o el hecho de que fuera mujer.

Miró a Rider al decir la última parte, y ésta asintió.

El archivo contenía detalles del pasado delictivo de Mackey y de su biografía. Había fotos tomadas durante sus primeras detenciones que serían el elemento base. Había demasiado en juego para tratarlo delante de Kibble.

—¿Podríamos disponer de una copia? —le preguntó Bosch—. Y también nos gustaría que nos prestara alguna de estas primera fotos, a ser posible.

Los ojos de Kibble se entornaron un momento.

—Están trabajando en un caso viejo, ¿eh?

Rider asintió.

—De hace mucho —dijo.

—Un caso aparcado, ¿eh?

—Los llamamos abiertos —dijo Rider.

Kibble asintió pensativamente.

—Bueno, aquí nada me sorprende: he visto a gente robar una pizza y ser detenida dos días antes del final de una condicional de cuatro años. Pero por lo que recuerdo de este Mackey, no me parecía que tuviera instinto asesino. En mi opinión. Es un discípulo, no un líder.

—Es una buena lectura —dijo Bosch—. No estamos seguros de que se trate de él. Sólo sabemos que estuvo implicado. —Se levantó, preparado para irse—. ¿Y la foto? Una fotocopia no sería lo bastante clara para enseñarla.

—Puede llevársela siempre que me la devuelva. Necesito mantener el archivo completo. La gente como Mackey tiene tendencia a volver, ¿entiende?

—Sí, y se la devolveremos. ¿Puede hacerme también una copia de ese artículo? Quiero leerlo.

Kibble miró el recorte de periódico clavado a la pared del cubículo.

—Pero no mire la foto. Ése es mi viejo yo.

Después de salir de las dependencias del Departamento Correccional, Rider y Bosch cruzaron la calle hasta los edificios municipales de Van Nuys y caminaron entre los dos tribunales para llegar al centro comercial que había en medio. Se sentaron en un banco junto a la biblioteca. Su siguiente cita era con Arturo García, en la División de Van

Nuys, que también era uno de los edificios del complejo gubernamental, pero era temprano y querían estudiar antes el expediente del Departamento Correccional.

El archivo contenía descripciones detalladas de todos los delitos por los que Roland Mackey había sido detenido desde su decimoctavo cumpleaños. También contenía información biográfica utilizada por los agentes de la condicional a lo largo de los años para determinar aspectos de su supervisión. Rider le pasó a Bosch la ficha policial, mientras empezaba a revisar los detalles biográficos. De inmediato Kizmin Rider interrumpió a Bosch en su lectura para mencionar datos de Mackey que pensaba que podían ser pertinentes en el caso Verloren.

—Se sacó el graduado escolar en Chatsworth High en el verano del ochenta y ocho —dijo—. Así que eso lo sitúa justo en Chatsworth.

—Si se sacó el graduado escolar, eso significa que antes había abandonado los estudios. ¿Dice en dónde?

—Aquí no hay nada. Dice que se educó en Chatsworth. Familia disfuncional. Mal estudiante. Vivía con su padre, soldador en la fábrica de General Motors en Van Nuys. No suena a alumno de Hillside Prep.

—Aun así hemos de comprobarlo. Los padres siempre quieren que a sus hijos les vaya mejor. Si fue allí y conoció a Rebecca y después lo echaron, eso explicaría por qué no lo entrevistaron en el ochenta y ocho.

Rider simplemente asintió. Continuó leyendo.

—Este tipo nunca salió del valle —dijo—. Todas las direcciones son de por aquí.

—¿Cuál es la última conocida?

—Panorama City. La misma que en AutoTrack. Pero si está aquí, probablemente es vieja.

Bosch asintió. Cualquiera que había pasado por el sistema penitenciario tantas veces como Mackey sabía que le convenía cambiarse de casa el día en que terminaba la condicional. Y sin dejar dirección. Bosch y Rider irían a la dirección de Panorama City a comprobarlo, pero Bosch sabía que Mackey ya no iba a estar. Allí donde se hubiera trasladado no había usado su nombre en los servicios públicos ni había actualizado su licencia de conducir o su registro de vehículo. Estaba volando por debajo del radar.

—Dice que estuvo con los Wayside Whities —dijo Rider al revisar el informe.

—No me sorprende.

Wayside Whities era el nombre de una banda carcelaria que había existido durante años en el Wayside Honor Rancho del norte del condado. Las bandas normalmente se formaban siguiendo líneas raciales en las prisiones del condado, más como medio de protección que por animadversión racial. No era raro encontrar a miembros judíos en la banda de orientación nazi Wayside Whities. La protección era la protección. Era una forma de pertenecer a un grupo y evitar las agresiones de otros grupos. Se trataba de una medida de supervivencia en prisión. La pertenencia de Mackey al grupo era sólo una conexión tenue con la teoría de Bosch de que la raza posiblemente había sido un factor a tener en cuenta en el caso Verloren.

—¿Algo más sobre eso? —preguntó.

—No que haya visto.

—¿Y la descripción física? ¿Algún tatuaje?

Rider pasó las hojas y sacó un formulario de la prisión.

—Sí, tatuajes —dijo, leyendo—. Lleva su nombre en un bíceps y supongo que el nombre de una chica en el otro, Ra HoWa.

Deletreó el nombre y Bosch empezó a sentir el primer cosquilleo de que su hipótesis era sólida.

—No es un nombre —dijo—. Es código. Significa Racial Holy War. Las dos primeras letras de cada palabra. El tipo es uno de los fieles. Creo que a García y Green se les pasó y lo tenían delante.

Sintió la subida de la adrenalina.

—Mira esto —dijo Rider con urgencia—. También tenía el número ochenta y ocho tatuado en la espalda. El tipo tiene un recordatorio de lo que hizo en el ochenta y ocho.

—Más o menos —dijo Bosch—. Es otro código. Trabajé en uno de esos casos de supremacía blanca y recuerdo todos los códigos. Para esos tipos ochenta y ocho significa doble H porque la H es la octava letra del alfabeto. Ochenta y ocho equivale a HH, es decir, Heil Hitler. También usan un noventa y ocho para Sieg Heil. Son muy listos, ¿no?

—Todavía creo que el año ochenta y ocho puede tener algo que ver con esto.

—Tal vez. ¿Tienes algo ahí sobre empleo?

—Parece que conduce un camión grúa. Iba conduciendo un camión grúa cuando se paró a mear y se ganó la acusación de lascivia la última vez. Enumera tres empleos anteriores: todos servicios de grúas.

—Bien. Es un buen punto de partida.

—Lo encontraremos.

Bosch volvió a mirar la hoja de detenciones que tenía delante. Había un robo de 1990. Un perro policía había atrapado a Mackey en la propiedad del Pacific Drive-in Theater. Había entrado después del cierre y se disparó una alarma silenciosa. Cogió lo poco que había en la caja registradora y se llenó una bolsa de plástico con doscientas barras de caramelo. Tardó en salir porque decidió conectar el calentador de queso y hacerse unos nachos. Todavía estaba en el interior del edificio cuando un agente con un perro envió al animal a la tienda. El informe decía que Mackey fue tratado por heridas debidas a mordiscos de perro en el brazo y el muslo izquierdos en el County USC Medical Center antes de ser inculpado.

El registro indicaba que Mackey se había declarado culpable de allanamiento de morada, un cargo menor, y fue sentenciado al tiempo pasado en prisión preventiva —sesenta y siete días en la prisión de Van Nuys— y a dos años de libertad condicional.

El siguiente informe se refería a una violación de esa condicional debida a una detención por agresión. Bosch estaba a punto de leer el informe cuando Rider le quitó de las manos el fajo de fotocopias.

—Es hora de ir a ver a García —dijo—. Su sargento dijo que si llegábamos tarde lo perderíamos.

Ella se levantó y Bosch la siguió. Se dirigieron hacia la División de Van Nuys. Las oficinas de la comandancia del valle estaban en la tercera planta.

—En mil novecientos noventa Mackey fue detenido por un robo en el viejo Pacific Drive-in —dijo Bosch mientras caminaban.

—De acuerdo.

—Estaba en Winnetka y Prairie. Ahora hay allí un multicine. Eso lo pone a unas cinco o seis manzanas de donde fue robada el arma del caso Verloren un par de años antes. El robo.

—¿Qué opinas?

—Dos robos a cinco manzanas de distancia. Creo que tal vez le gustaba trabajar en esa zona. Creo que robó la pistola. O estaba con la persona que la robó.

Rider asintió con la cabeza. Subieron la escalera que conducía al vestíbulo de la comisaría y a continuación cogieron el ascensor el resto del camino hasta la comandancia del valle de San Fernando. Llegaban a la hora, pero de todos modos les hicieron esperar. Mientras estaba sentado en el sofá, Bosch dijo:

—Recuerdo ese *drive-in*. Fui un par de veces cuando era un chaval. Al de Van Nuys también.

—También teníamos el nuestro en el Southside —dijo Rider.

—¿También lo convirtieron en un multicine?

—No. Es sólo un aparcamiento. Allí no invierten dinero en multicines.

—¿Y Magic Johnson?

Bosch sabía que el ex jugador de baloncesto de los Lakers había invertido mucho en la comunidad, entre otras cosas abriendo cines.

—Sólo es uno.

—Supongo que uno es un comienzo.

Una mujer con galones de cabo en las mangas del uniforme se les acercó.

—El jefe los recibirá ahora.

9

El inspector de comandancia Arturo García estaba de pie detrás de su escritorio, esperando a que la ayudante uniformada hiciera pasar a Bosch y Rider a su despacho. García también iba de uniforme, y lo vestía con orgullo. Tenía el pelo gris acerado y un poblado bigote del mismo color. Exudaba la confianza de que el departamento solía hacer gala y que estaba intentando recuperar.

—Detectives, pasen, pasen —dijo—. Tomen asiento y cuéntenle a un viejo detective de Homicidios cómo les va.

Tomaron asiento en las sillas que había delante de la mesa.

—Gracias por recibirnos tan pronto —dijo Rider.

Bosch y Rider habían decidido que ella llevaría la voz cantante con García, porque estaba más familiarizada con él a través del trabajo de enlace en la oficina del jefe. Además, Bosch no estaba seguro de ser capaz de disimular su desagrado por García y por los errores y pasos en falso que él y su compañero habían cometido en la investigación del caso Verloren.

—Bueno, cuando llaman de Robos y Homicidios, uno se hace un hueco, ¿no? —Sonrió de nuevo.

—En realidad trabajamos en la unidad de Casos Abiertos —dijo Rider.

García perdió la sonrisa y por un momento Bosch creyó ver un destello de dolor en sus ojos. Rider había concertado la cita a través de un ayudante desde la oficina del jefe y no había revelado en qué caso estaban trabajando.

—Becky Verloren —dijo el inspector de comandancia.

Rider asintió.

—¿Cómo lo sabe?

—¿Cómo lo sé? Fui yo quien llamó a ese tipo del centro, el agente al mando, y le dije que había ADN en aquel caso y que debería enviarlo a analizar.

—¿El detective Pratt?

—Sí, Pratt. En cuanto esa unidad empezó a ser operativa lo llamé y le dije: revise el caso de Becky Verloren, mil novecientos ochenta y ocho. ¿Qué han obtenido? Han conseguido una coincidencia, ¿verdad?

Rider asintió.

—Tenemos una coincidencia muy buena.

—¿Quién? He estado esperando diecisiete años a esto. Alguien del restaurante, ¿no?

Eso le dio que pensar a Bosch. En el expediente del caso había resúmenes de interrogatorios con gente que trabajaba en el restaurante de Robert Verloren, pero nada que se alzara por encima de una investigación de rutina. Nada que indicara sospecha o seguimiento. Nada en el sumario de la investigación señalaba hacia el restaurante. De pronto, escuchar a uno de los detectives originales del caso manifestar una sospecha largo tiempo albergada de que el asesino había venido de esa dirección era incongruente con todo aquello que habían pasado la mañana leyendo.

—Lo cierto es que no —dijo Rider—. El ADN pertenece a un hombre llamado Roland Mackey. Tenía dieciocho años en el momento del asesinato. Entonces vivía en Chatsworth. No creemos que trabajara en el restaurante.

García juntó las cejas como si estuviera desconcertado, o quizá decepcionado.

—¿El nombre significa algo para usted? —preguntó Rider—. No lo hemos encontrado en el expediente.

García negó con la cabeza.

—No lo sitúo ahora mismo, pero ha pasado mucho tiempo. ¿Quién es?

—Todavía no sabemos quién es. Lo estamos rodeando. Sólo estamos empezando.

—Estoy seguro de que habría recordado ese nombre. Su sangre está en la pistola, ¿no?

—Con eso es con lo que contamos. Tiene antecedentes. Robos, comerciar con mercancía robada, drogas. Creemos que podría ser el autor del robo en el que se llevaron la pistola.

—Rotundamente —dijo García, como si su entusiasmo por la idea pudiera convertirla en realidad.

—Podemos conectarlo con la pistola sin ninguna duda —dijo Rider—, pero estamos buscando la conexión con la chica. Pensábamos que tal vez recordaría algo.

—¿Aún no han hablado con la madre y el padre?

—Todavía no. Usted es nuestra primera parada.

—Esa pobre familia. Para ellos fue el fin.

—¿Ha permanecido en contacto con los padres?

—Inicialmente sí. Mientras tuve el caso. Pero cuando me hicieron teniente y volví a la patrulla tuve que renunciar al caso. En cierto modo, perdí contacto con ellos después de eso. Principalmente hablaba con Muriel, la madre. El padre... Había algo extraño en él. No lo llevó bien. Dejó la casa, se divorciaron, todo. Perdió el restaurante. Lo último que oí era que estaba viviendo en la calle. De cuando en cuando aparecía por la casa y le pedía dinero a Muriel.

—¿Qué le hizo pensar que fue alguien del restaurante cuando entramos aquí?

García negó con la cabeza, como si se sintiera frustrado al tratar de alcanzar un recuerdo que se le escurría.

—No lo sé —dijo—. No lo recuerdo. Era más bien una

sensación. Había cosas que iban mal en el caso. Había algo turbio.

—¿En qué sentido?

—Bueno, estoy seguro de que han leído el expediente. No la violaron. La cargaron por esa colina e hicieron que pareciera un suicidio. Lo hicieron mal. Fue realmente una ejecución. Así que no estábamos hablando de un intruso casual. Alguien al que conocía la quería muerta. Y, o bien entraron en la casa o enviaron a alguien a la casa.

—¿Cree que estaba relacionado con su embarazo? —preguntó Rider.

García asintió.

—Pensamos que estaba relacionado, pero nunca logramos establecerlo con certeza.

—MVA, las iniciales que Rebecca usó en su diario. Nunca descubrió qué significaban. Las mencionó en la entrevista formal con los padres. Mi verdadero amor, ¿recuerda?

—Ah, sí, las iniciales. Era como un código. Nunca lo supimos con seguridad. Nunca descubrimos quién era. ¿Están buscando el diario?

Bosch asintió y Rider habló.

—Estamos buscándolo todo. El diario, la pistola, toda la caja de pruebas se ha perdido en algún sitio de la DAP.

García sacudió la cabeza como un hombre que había pasado una carrera tratando con las frustraciones del departamento.

—Eso no me sorprende. Lo habitual.

—Sí.

—Aunque le diré una cosa. Si encuentran la caja, allí no estará el diario.

—¿Por qué?

—Porque lo devolví.

—¿A los padres?

—A la madre. Como he dicho, me ascendieron a teniente y me iba, al South Bureau. Ron Green ya se había retirado. Estaba transfiriendo el caso y sabía que sería el final de éste. Nadie iba a prestarle atención como nosotros. Así que le dije a Muriel que me iba y le entregué el diario...

»Esa pobre mujer... Era como si el tiempo se hubiera detenido para ella ese día de julio. Se quedó congelada. No podía seguir adelante, ni volver atrás. Recuerdo que fui a verla antes de irme. Fue un año o así después del asesinato. Me hizo mirar en el dormitorio de Becky. No lo habían tocado. Estaba exactamente igual que la noche en que se la llevaron.

Rider asintió sombríamente. García no dijo nada más. Bosch finalmente se aclaró la garganta, se inclinó hacia delante y habló, golpeando de nuevo a García con la misma pregunta.

—Cuando llegamos aquí diciendo que teníamos una coincidencia de ADN, supuso que era alguien del restaurante. ¿Por qué?

Bosch miró a Rider para ver si le había molestado que interviniera en el interrogatorio. Al parecer no.

—No sé por qué —dijo García—. Como he dicho, siempre pensé que podía haber llegado de ese lado, porque nunca sentí que hubiéramos concluido allí.

—¿Está hablando del padre?

García asintió.

—El padre era turbio. No sé si todavía se dice esa palabra. Pero entonces la palabra era turbio.

—¿En qué sentido? —preguntó Rider—. ¿En qué sentido era turbio el padre?

Antes de que García tuviera ocasión de responder a la pregunta uno de los ayudantes uniformados entró en el despacho.

—¿Jefe? Están todos en la sala de reuniones preparados para empezar.

—De acuerdo, sargento. Enseguida voy.

Después de que el sargento se hubiera ido, García miró a Rider como si hubiera olvidado la pregunta.

—No hay nada en el sumario de la investigación que arroje ninguna sospecha sobre el padre —dijo Rider—. ¿Por qué pensaba que era turbio?

—Ah, en realidad no lo sé. Era una especie de corazonada. Nunca reaccionaba como se supone que un padre ha de reaccionar. Era demasiado tranquilo. Jamás se enfurecía, jamás gritaba, o sea alguien le arrebató a su niña. Nunca nos cogió aparte a Ron o a mí y nos dijo: «Quiero que me dejen a ese tipo cuando lo encuentren.» Esperaba eso.

Por lo que a Bosch respectaba, todo el mundo seguía siendo sospechoso, incluso con el resultado ciego que vinculaba a Roland Mackey con el arma del crimen. Eso ciertamente incluía a Robert Verloren. Sin embargo, Bosch inmediatamente desechó la corazonada de García relacionada con las respuestas emotivas del padre ante el asesinato de su hija. Sabía por haber trabajado en cientos de asesinatos que no había forma alguna de juzgar tales respuestas para construir sobre ellas una sospecha. Bosch había visto todas las combinaciones posibles y ninguna significaba nada. Uno de los hombres que más gritaron y lloraron de todos los que se había encontrado en sus numerosos casos terminó siendo el asesino.

Al rechazar la corazonada y la sospecha de García, Bosch también estaba despreciando al antiguo detective. Él y Green sin duda habían cometido errores al principio, pero se habían recuperado para llevar a cabo una investigación formal del asesinato. El expediente lo reflejaba. No obstante, al hablar con García, Bosch supuso que aquello que se había hecho bien probablemente correspondía a Green. Sabía que tenía que haberlo sospechado al oír que García había cambiado la investigación de Homicidios por la gestión.

—¿Cuánto tiempo trabajó en Homicidios? —preguntó Bosch.

—Tres años.

—¿Todos en la División de Devonshire?

—Exacto.

Bosch rápidamente hizo sus cálculos. Devonshire tenía una carga de casos baja. Supuso que García habría trabajado a lo sumo en un par de docenas de asesinatos. No era suficiente experiencia para hacerlo bien. Decidió continuar.

—¿Y su antiguo compañero? —preguntó—. ¿Tenía la misma impresión de Robert Verloren?

—Él quería darle al tipo un poco más de cuerda que yo.

—¿Sigue en contacto con él?

—¿Con quién, con el padre?

—No, con Green.

—No, se retiró hace mucho.

—Lo sé, pero ¿sigue en contacto?

García negó con la cabeza.

—No, está muerto. Se trasladó al condado de Humboldt. Debería haber dejado la pistola aquí. Tanto tiempo y sin nada que hacer...

—¿Se suicidó?

García asintió.

Bosch bajó la mirada al suelo. No era la muerte de Green lo que le afectó. No conocía a Green. Lo que lamentaba era la pérdida de la conexión con el caso. Sabía que García no iba a ser de gran ayuda.

—¿Y la raza? —preguntó Bosch, otra vez pasando por delante de Rider.

—¿Qué pasa con eso? —preguntó García—. En este caso no la veo.

—Una pareja interracial, una chica mulata, la pistola procede de un robo en el que la víctima había sido acosada por cuestiones religiosas.

—Eso está pillado por los pelos. ¿Hay algo de eso en ese Mackey?

—Podría haber algo.

—Bueno, nosotros no teníamos el lujo de disponer de un sospechoso con nombre y apellidos. No vimos ningún aspecto racial en lo que teníamos entonces.

García lo dijo con energía, y Bosch se dio cuenta de que había pinchado en hueso. No le gustaba lo más mínimo que le corrigieran. A ningún detective le gustaba. Ni siquiera a uno inexperto.

—Ya sé que es jugar con ventaja empezar con el tipo e ir hacia atrás —dijo rápidamente Rider—. Es sólo algo que estamos mirando.

García pareció aplacado.

—Entiendo —dijo—. No dejen piedra sin levantar. —Se puso en pie—. Bueno, detectives, lamento acelerar esto. Ojalá pudiéramos hablar de este caso todo el día. Antes ponía a la gente en la cárcel, ahora voy a reuniones sobre presupuesto y despliegue.

«Es lo que te mereces», pensó Bosch. Miró a Rider, preguntándose si ella entendía que la había salvado de un destino similar cuando la convenció para que fuera su compañera en la unidad de Casos Abiertos.

—Háganme un favor —dijo García—. Cuando pillen a este tipo, Mackey, díganmelo. A lo mejor me paso por ahí y miro por la ventana. He estado esperando este momento.

—No hay problema, señor —dijo Rider, apartando la mirada de Bosch—. Lo haremos. Si se le ocurre algo más que pueda ayudarnos, llámeme. Todos mis números están aquí.

Rider se levantó, dejando una tarjeta en la mesa.

—Lo haré. —García empezó a rodear el escritorio para dirigirse a su reunión.

—Hay algo que puede que necesitemos que haga —dijo Bosch.

García se paró en seco y lo miró.

—¿Qué, detective? He de ir a esa reunión.

—Podríamos necesitar espantarlo con un artículo de periódico. Podría funcionar si viniera de usted. Ya sabe, antiguo detective de Homicidios, ahora inspector de comandancia, atormentado por un viejo caso. Llama a Casos Abiertos y solicita que hagan una comparación de ADN. Y mira por dónde encuentran un resultado ciego.

García asintió. Bosch se dio cuenta de que funcionaba a la perfección con su orgullo.

—Sí, podría funcionar. Lo que quieran hacer. Llámeme y lo organizaremos. ¿En el *Daily News*? Tengo contactos. Es el diario del valle.

Bosch asintió.

—Sí, en eso estábamos pensando —dijo.

—Bien. Avísenme. He de irme.

Rápidamente salió del despacho. Rider y Bosch se miraron el uno al otro y lo siguieron. En el pasillo, esperando el ascensor, Rider le preguntó a Bosch qué estaba haciendo cuando le preguntó acerca de colar una historia en el periódico.

—Sería perfecto para el artículo porque no sabe de qué está hablando.

—Entonces no es lo que queremos. Hemos de ser cuidadosos.

—No te preocupes, funcionará.

El ascensor se abrió y entraron. No había nadie más en la cabina. En cuanto se cerró la puerta, Rider se le echó encima.

—Harry, dejemos algo claro ya. O somos compañeros o no lo somos. Deberías haberme dicho que ibas a darle con eso. Deberíamos haberlo hablado antes.

Bosch asintió.

—Tienes razón —dijo—. Somos compañeros. No volverá a ocurrir.

—Bien.

La puerta del ascensor se abrió y Rider salió, dejando a Bosch detrás.

10

Hillside Preparatory School era una construcción de diseño español enclavada en las colinas de Porter Ranch. Su campus se distinguía por magníficos parterres verdes y la sobrecogedora estampa de las montañas que se alzaban detrás. Las montañas casi parecían acunar la escuela y protegerla. Bosch pensó que tenía el aspecto de un lugar al que cualquier padre querría llevar a sus hijos. Pensó en su propia hija, justo a un año de empezar la escuela, y se dijo que le gustaría que fuera a un colegio con ese aspecto, al menos por fuera.

Él y Rider siguieron los carteles indicadores hasta las oficinas de administración. En el mostrador de la entrada Bosch mostró la placa y explicó que querían averiguar si un estudiante llamado Roland Mackey había asistido alguna vez a Hillside. La secretaria desapareció en una oficina posterior y enseguida salió un hombre. Sus rasgos más notables eran una barriga del tamaño de un balón de baloncesto y gruesas gafas ensombrecidas por cejas pobladas. En su frente, el pelo dibujaba la línea bien definida de un tupé.

—Soy Gordon Stoddard, director de Hillside. La señora Atkins me ha dicho que son ustedes detectives. Le he pedido que busque ese nombre para ustedes. No me suena y llevo aquí casi veinticinco años. ¿Saben exactamente cuándo asistió? Podría ayudar en la búsqueda.

Bosch estaba sorprendido. Stoddard tenía aspecto de tener cuarenta y cinco años. Debía de haber llegado a Hillside al terminar sus propios estudios y nunca se había ido. Bosch desconocía si eso daba fe de lo que pagaban allí a los profesores o de la dedicación de Stoddard al lugar, pero, por lo que sabía de los maestros de escuelas públicas o privadas, dudaba de que fuera por la paga.

—Estaríamos hablando de los años ochenta, si es que estudió aquí. Hace mucho tiempo para que lo recuerde.

—Sí, pero recuerdo a los alumnos que han pasado por aquí. A la mayoría de ellos. No he sido director veinticinco años. Primero era profesor. Enseñaba ciencias y después fui jefe del departamento de ciencias.

—¿Recuerda a Rebecca Verloren? —preguntó Rider.

Stoddard palideció.

—Sí, claro que la recuerdo. Le di clase de ciencias. ¿De eso se trata? ¿Han detenido a ese chico, Mackey? O sea, supongo que ahora será un hombre. ¿Fue él?

—Eso no lo sabemos aún, señor —dijo rápidamente Bosch—. Estamos revisando el caso y ha surgido su nombre y hemos de comprobarlo. Eso es todo.

—¿Han visto la placa? —preguntó Stoddard.

—¿Disculpe?

—Fuera, en la pared del vestíbulo principal. Hay una placa dedicada a Rebecca. Los estudiantes de su curso recogieron fondos y mandaron hacerla. Es bonita, aunque por supuesto también es muy triste. La cuestión es que cumple su propósito. La gente de aquí recuerda a Rebecca Verloren.

—No la hemos visto. La miraremos al salir.

—Hay mucha gente que todavía la recuerda. Puede que esta escuela no pague demasiado bien, a decir verdad, la mayor parte del profesorado tiene dos trabajos para llegar a fin de mes, pero de todos modos tenemos un profesorado muy leal. Aún quedan aquí varios profesores que dieron clases a

Rebecca. Tenemos una, la señora Sable, que de hecho iba a su clase y después regresó aquí como maestra. En realidad, creo que Bailey era una de sus mejores amigas.

Bosch miró a Rider, que alzó las cejas. Tenían un plan para contactar con las amigas de Becky Verloren, pero de pronto se les presentaba una oportunidad. Bosch había reconocido el nombre de Bailey. Una de las tres amigas con las que Becky Verloren había pasado la tarde dos noches antes de su desaparición se llamaba Bailey Koster.

Bosch se dio cuenta de que era más que una oportunidad para interrogar a uno de los testigos del caso. Si no accedían a ella ya, probablemente Sable tendría noticias de Roland Mackey a través de Stoddard. A Bosch esa posibilidad no le interesaba. Quería controlar la información que se daba del caso a los implicados en él.

—¿Está aquí hoy? —preguntó Bosch—. ¿Podemos hablar con ella?

Stoddard miró el reloj que había en la pared, junto al mostrador.

—Bueno, ahora está en clase, pero termina la jornada dentro de veinte minutos. Si no les importa esperar estoy seguro de que podrán hablar con ella entonces.

—No hay problema.

—Bien, le enviaré un mensaje a su clase para que venga a la oficina después de la lección.

La señora Atkins, la secretaria, apareció detrás de Stoddard.

—De hecho, si no le importa —dijo Rider— preferiríamos ir a su aula a hablar con ella. No queremos que se sienta incómoda.

Bosch asintió. Rider iba en la misma frecuencia. No querían que la señora Sable recibiera ningún tipo de mensaje. No querían que pensara en Becky Verloren hasta que ellos estuvieran allí mirando y escuchando.

—Como ustedes prefieran —dijo Stoddard.

Se fijó en la señora Atkins, que se encontraba tras él y le pidió que explicara sus hallazgos.

—No tenemos ficha de ningún Roland Mackey que haya estudiado aquí —dijo ésta.

—¿Han encontrado a alguien con ese apellido? —preguntó Rider.

—Sí, un Mackey, de nombre Gregory, asistió dos años en mil novecientos noventa y seis y noventa y siete.

Existía una posibilidad lejana de que se tratara de un hermano menor o de un primo. Podría ser necesario cotejar ese nombre.

—¿Puede ver si dispone de alguna dirección o número de contacto de este Gregory Mackey? —preguntó Rider.

La señora Atkins miró a Stoddard en busca de aprobación y éste asintió con la cabeza. La secretaria desapareció para ir a buscar la información. Bosch miró el reloj de la pared. Les sobraban casi veinte minutos.

—Señor Stoddard, ¿tienen anuarios de finales de los años ochenta a los que podamos echar un vistazo mientras esperamos para entrevistar a la señora Sable? —preguntó.

—Sí, por supuesto, les acompañaré a la biblioteca.

De camino a la biblioteca, Stoddard los hizo pasar junto a la placa que los compañeros de clase de Rebecca Verloren habían instalado en la pared del vestíbulo principal. Era una simple dedicatoria con su nombre, los años de nacimiento y defunción y la juvenil promesa de «Siempre te recordaremos».

—Era una chica muy dulce —dijo Stoddard—. Siempre participativa. Y su familia también. ¡Qué tragedia!

Stoddard limpió con la manga de la camisa el polvo de una fotografía laminada de la sonriente Becky Verloren en la placa.

La biblioteca estaba al doblar la esquina. Había pocos estudiantes en las mesas o revisando los estantes cuando se acercaba el final de la jornada. Stoddard les dijo en un susurro que se sentaran a una mesa y él fue hacia una estantería. Al cabo de menos de un minuto volvió con tres anuarios y los puso en la mesa. Bosch vio que cada libro tenía la leyenda «Veritas» y el año en la cubierta. Stoddard les entregó anuarios de 1986, 1987 y 1988.

—Éstos son los últimos tres años —susurró Stoddard—. Recuerdo que ella asistió desde primer curso, así que si quieren ver los anteriores, díganmelo. Están en el estante.

Bosch negó con la cabeza.

—Gracias. Con esto bastará por ahora. Volveremos a pasar por la oficina antes de irnos. De todos modos necesitamos la información de la señora Atkins.

—De acuerdo, entonces les dejo.

—Ah, ¿podría decirnos dónde está el aula de la señora Sable?

Stoddard les dio el número de aula y les explicó cómo llegar hasta allí desde la biblioteca. Después se excusó, diciendo que tenía que volver a su despacho. Antes de irse, susurró unas palabras a unos chicos que ocupaban una mesa cercana a la puerta. Los chicos cogieron las mochilas que habían dejado en el suelo y las pusieron debajo de la mesa para no impedir el paso. Algo en el modo en que habían dejado las mochilas de cualquier manera le recordó a Bosch la forma en que lo hacían los chicos de Vietnam: allí donde estaban, sin preocuparse de nada que no fuera quitarse el peso de los hombros.

Después de que Stoddard se hubiera ido, los chicos hicieron muecas en la puerta cuando él pasó.

Rider cogió el anuario de 1988 antes que Bosch, y éste se quedó con la edición de 1986. No esperaba encontrar nada de valor una vez que la señora Atkins había acabado con su teoría de que Roland Mackey había asistido a la escuela pero la había abandonado antes del asesinato. Ya estaba resignado a la idea de que la conexión entre Mackey y Becky Verloren —si es que existía— habría que encontrarla en otro sitio.

Hizo los cálculos mentalmente y pasó el anuario hasta que encontró las fotos de octavo curso. Rápidamente descubrió la foto de Becky Verloren. Llevaba coletas y aparatos en los dientes. Sonreía, pero daba la impresión de que estaba empezando ese período de incomodidad prepubescente. Revisó las fotos de grupo que mostraban diferentes clubes y organizaciones de alumnos a fin de determinar sus actividades extracurriculares. Becky jugaba al fútbol y también aparecía en las fotos de los clubes de arte y ciencia, así como en las de los representantes del alumnado en el consejo escolar. En todas las fotografías estaba siempre en la fila de atrás y hacia un lado. Bosch se preguntó si era el lugar donde la colocaba el fotógrafo o bien se sentía cómoda allí.

Rider se estaba tomando su tiempo con la edición de 1988. Iba pasando página por página, y en un momento dado sostuvo el volumen para que Bosch lo viera cuando estaba mirando la sección del claustro. Señaló la foto de un joven Gordon Stoddard, con el pelo mucho más largo y sin gafas. También era más delgado y parecía más fuerte.

—Míralo —dijo Kiz—. Nadie debería hacerse mayor.

—Y todo el mundo tendría que tener la oportunidad de hacerlo.

Bosch pasó al anuario de 1987 y vio fotos de Becky Verloren como una jovencita que parecía estar floreciendo. Su sonrisa era más plena, más confiada. Si todavía llevaba aparatos en los dientes ya no resultaban visibles. En las fotos de grupo se había situado delante y en el centro. En las fotos del consejo escolar todavía no era una delegada de clase, pero tenía los brazos cruzados en ademán de quien se sabe importante. Su pose y su mirada sin pestañear a la cámara le decían a Bosch que iba a llegar lejos. Sólo que alguien la había parado.

Bosch hojeó unas cuantas páginas más y cerró el anuario. Estaba esperando que sonara la campana para poder ir a entrevistar a Bailey Koster Sable.

—¿Nada? —preguntó Rider.

—Nada de valor —dijo—, pero está bien verla en aquellos momentos. En su sitio. En su elemento.

—Sí, mira esto.

Estaban sentados uno enfrente del otro. Ella giró el anuario de 1988 en la mesa para que él pudiera verlo. Finalmente Kiz había llegado a la clase de segundo curso. La mitad superior de la página mostraba a la derecha a un chico y cuatro chicas posando en una pared que Bosch reconoció como la de la entrada del aparcamiento de estudiantes. Una de las chicas era Becky Verloren. El pie de foto decía «líderes de estudiantes». Debajo de la foto se identificaba a los alumnos y se mencionaban sus posiciones. Becky Verloren era representante en el consejo de estudiantes. Bailey Koster era la delegada de curso.

Rider trató de girar de nuevo el anuario, pero Bosch lo aguantó un momento para examinar la fotografía. Podía decir por su pose y su estilo que Becky Verloren había dejado atrás su incomodidad adolescente. No describiría a la estudiante de la foto como una niña. Estaba en camino de convertirse en una mujer atractiva y segura de sí misma. Dejó el volumen y Rider lo cogió.

—Iba a ser una rompecorazones —dijo Bosch.

—Quizá ya lo era, quizás eligió el corazón equivocado para romper.

—¿Algo más ahí?

—Echa un vistazo.

Ella abrió otra vez el libro. Las fotos del viaje del club de arte a Francia el verano anterior ocupaban la doble página. Había fotos de una veintena de estudiantes, chicos y chicas, y varios padres o profesores delante de Notre Dame, en el patio del Louvre y en un barco turístico en el Sena. Rider señaló a Rebecca Verloren en una de las fotos.

—Fue a Francia —dijo Bosch—. ¿Y?

—Podría haber conocido a alguien allí. Este asunto podría tener una conexión internacional. Quizá tendríamos que ir allí y comprobarlo. —Estaba tratando de contener una sonrisa.

—Sí —dijo Bosch—. Haz una petición y envíala a la sexta planta.

—Vaya, Harry, me parece que tu sentido del humor sigue retirado.

—Sí, supongo que sí.

El sonido de la campana de la escuela terminó con la discusión y con las clases del día. Bosch y Rider se levantaron, dejaron los anuarios en la mesa y salieron de la biblioteca. Ambos siguieron las indicaciones que les había dado Stoddard hasta el aula de Bailey Sable, esquivando por el camino a estudiantes que se apresuraban a salir de la escuela. Las chicas llevaban faldas lisas y blusas blancas, los chicos pantalones holgados y polos blancos.

Miraron por la puerta abierta del aula B-6 y vieron a una mujer sentada ante su mesa, en el centro de la parte delantera de la sala. No levantó la cabeza de los papeles que aparentemente estaba clasificando. Bailey Sable apenas se parecía a la delegada de la clase de segundo curso cuya foto Bosch y Rider habían estudiado en el anuario. Tenía el pelo más oscuro y corto, y el cuerpo más ancho y pesado. Como Stoddard, llevaba gafas. Bosch sabía que sólo tendría treinta y dos o treinta y tres años, pero parecía mayor.

Había una última estudiante en el aula, una chica guapa y rubia que estaba metiendo libros en una mochila. Cuando terminó, la joven cerró la cremallera de la mochila y se dirigió a la puerta.

—Hasta mañana, señora Sable.

—Adiós, Kaitlyn.

La estudiante miró a Bosch y Rider con curiosidad al pasar junto a ellos. Los detectives entraron en el aula y Bosch cerró la puerta. El sonido provocó que Bailey levantara la vista de sus papeles.

—¿Puedo ayudarles? —preguntó.

—Quizá pueda —dijo Bosch, tomando la iniciativa—. El señor Stoddard dijo que podíamos venir a su aula. —Se aproximó al escritorio.

La profesora lo miró con cautela.

—¿Son ustedes padres?

—No, somos detectives, señora Sable. Mi nombre es Harry Bosch, y ella es Kizmin Rider. Queremos hacerle unas preguntas sobre Becky Verloren.

Ella reaccionó como si acabaran de darle un puñetazo en el estómago. Después de todos los años transcurridos la herida seguía a flor de piel.

—Oh, Dios mío, oh, Dios mío —dijo.

—Lamentamos sobresaltarla con esto de repente —dijo Bosch.

—¿Ha ocurrido algo? ¿Han encontrado a...? —Sable no terminó.

—Bueno, estamos investigando otra vez —dijo Bosch—. Y podría ayudarnos.

—¿Cómo?

Bosch hurgó en el bolsillo y extrajo la foto de ficha policial que había sacado del archivo del Departamento Correccional. Era un retrato de Mackey de cuando era un ladrón de coches de dieciocho años. Bosch la puso encima de los papeles que la profesora había estado clasificando. Ella la miró.

—¿Reconoce a esta persona? —preguntó Bosch.

—Fue sacada hace diecisiete años —añadió Rider—. Alrededor del momento de la muerte de Becky.

La maestra observó la expresión desafiante de Mackey ante la cámara policial. No dijo nada durante un buen rato. Bosch miró a Rider y asintió, una señal de que quizás ella debería tomar la iniciativa.

—¿Se parece a alguien que usted o Becky o alguno de sus amigos pudieran haber conocido entonces? —preguntó Rider.

—¿Vino a esta escuela? —preguntó Sable.

—No, creemos que no. Pero sabemos que vivía en esta zona.

—¿Es el asesino?

—No lo sabemos. Sólo intentamos determinar si hay una conexión entre Becky y él.

—¿Cómo se llama?

Rider miró a Bosch y éste asintió de nuevo.

—Se llama Roland Mackey. ¿Le resulta familiar?

—En realidad no. Me cuesta acordarme de entonces. Recordar las caras de desconocidos, quiero decir.

—Entonces definitivamente no era alguien al que conociera, ¿cierto?

—Definitivamente.

—¿Cree que Becky podría haberlo conocido sin que usted lo supiera?

Ella pensó un largo momento antes de responder.

—Bueno, es posible. Verá, resultó que había estado embarazada. No sabía eso, así que supongo que podría no haber sabido nada de él. ¿Era el padre?

—No lo sabemos.

Por sí misma, Bailey Sable había propulsado la conversación hacia la siguiente línea de interrogatorio de Bosch.

—Señora Sable, ¿sabe?, han pasado muchos años desde entonces —dijo éste—. Si entonces estaba sacando la cara por una amiga, lo entendemos. Pero si sabe algo más, puede decírnoslo ahora. Probablemente es la última oportunidad que nadie va a tener para resolver este caso.

—¿Se refiere a su embarazo? De verdad no lo sabía. Lo siento. Me quedé tan impresionada como todos los demás cuando la policía empezó a hacer preguntas sobre eso.

—Si Becky iba a confiarse a alguien, ¿habría sido a usted?

De nuevo tardó en responder. Lo pensó un poco.

—No lo sé —dijo ella—. Éramos muy amigas, pero también tenía una relación de amistad con unas pocas chicas más. Cuatro de nosotras nos conocíamos desde primer grado. En primer grado nos llamábamos el club Kitty Cat porque todas teníamos gatos. En diferentes momentos y en diferentes años una de nosotras era más íntima de una de las otras. Cambiaba constantemente, pero como grupo nos mantuvimos siempre unidas.

Bosch asintió.

—El verano en que murió Becky, ¿quién diría que era la más cercana a ella?

—Probablemente Tara, fue la que peor se lo tomó.

Bosch miró a Rider, tratando de recordar los nombres de las chicas con las que Becky había estado dos noches antes de su muerte.

—¿Tara Wood? —preguntó Rider.

—Sí. Pasaron mucho tiempo juntas ese verano, porque el padre de Becky tenía un restaurante en Malibú y las dos estaban trabajando allí. Se partían un turno. Ese verano parecía que no hacían otra cosa más que hablar de eso.

—¿Qué decían? —preguntó Rider.

—Oh, ya sabe, qué estrellas iban, ese tipo de cosas. Decían que iba gente como Sean Penn y Charlie Sheen. Y a veces hablaban de los chicos que trabajaban allí y de quién era guapo. No era demasiado interesante para mí porque no trabajaba allí.

—¿Había algún chico del que hablaran en particular?

La profesora pensó un momento antes de responder.

—La verdad es que no. Al menos que yo recuerde. Sólo les gustaba hablar de ellos porque eran muy diferentes. Eran surfistas y aspirantes a actores. Tara y Becky eran chicas del valle. Para ellas era un impacto cultural.

—¿Salía con alguien del restaurante? —preguntó Bosch.

—No que yo supiera. Pero como le he dicho, no sabía nada del embarazo, así que obviamente había alguien en su vida del que yo no tenía noticia. Lo mantuvo en secreto.

—¿Estaba celosa de ellas porque trabajaban allí? —preguntó Rider.

—En absoluto. Yo no tenía necesidad de trabajar y estaba bastante satisfecha con eso.

Rider iba hacia alguna parte, de manera que Bosch la dejó seguir.

—¿Qué hacían para divertirse cuando estaban juntas? —preguntó ella.

—No lo sé, lo habitual —dijo Sable—. Íbamos a comprar y a ver películas, cosas así.

—¿Quién tenía coche?

—Tara, y yo también. Tara tenía un descapotable. Solíamos subir... —Se cortó cuando recordó algo.

—¿Qué? —preguntó Rider.

—Recuerdo que íbamos mucho a Limekiln Canyon después de clase. Tara tenía una nevera en el maletero y su padre nunca se enteraba si ella se llevaba unas cervezas de la nevera. Una vez nos paró un coche de policía. Escondimos las cervezas debajo de las faldas del uniforme. Funcionó perfectamente. El policía no se dio cuenta. —Sonrió al recordarlo—. Por supuesto, ahora que doy clases aquí estoy atenta a cosas así. Todavía tenemos los mismos uniformes.

—¿Y antes de que empezara a trabajar en el restaurante? —preguntó Bosch, llevando la entrevista de nuevo hacia Rebecca Verloren—. Estuvo enferma una semana, justo después de que terminara la escuela. ¿La visitó o habló con ella entonces?

—Estoy segura de que sí. Dijeron que fue entonces cuando ella probablemente puso fin al embarazo. Así que en realidad no estaba enferma. Se estaba recuperando. Pero yo no lo sabía. Yo me creí que estaba enferma, eso es todo. No puedo recordar si hablamos esa semana o no.

—¿Los detectives de entonces le hicieron todas estas preguntas?

—Sí, estoy convencida de que sí.

—¿Adónde iría una chica de Hillside Prep que estuviera embarazada? —preguntó Rider—. Entonces, me refiero.

—¿Se refiere a una clínica o un doctor?

—Sí.

El cuello de Bailey Sable se puso colorado. Se sentía incómoda por la pregunta. Negó con la cabeza.

—No lo sé. Eso fue tan impresionante como el hecho de que mataran a Becky. Nos hizo pensar a todas nosotras que en realidad no conocíamos a nuestra amiga. Fue realmente triste, porque me di cuenta de que no había confiado en mí lo suficiente para contarme esas cosas. ¿Sabe?, todavía pienso en eso cuando recuerdo cosas de entonces.

—¿Tenía algún novio que usted conociera? —preguntó Bosch.

—Entonces no. O sea, en ese momento. Tuvo un novio en primer año, pero se fue a vivir a Hawai con su familia. Eso fue el verano anterior. Después todo el año escolar pensé que estaba sola. No fue con nadie a ninguno de los bailes ni a los partidos. Aunque supongo que me equivocaba.

—Por el embarazo —dijo Rider.

—Bueno, sí. Es bastante obvio, ¿no?

—¿Quién era el padre? —preguntó Bosch, esperando que la pregunta directa pudiera suscitar algún tipo de respuesta nueva.

Sin embargo, Sable se encogió de hombros.

—No tengo ni idea, y no crea que he dejado nunca de preguntármelo.

Bosch asintió. No había conseguido nada.

—¿Cómo asimiló ella la ruptura con el chico que se trasladó a Hawai? —preguntó.

—Bueno, pensé que le había roto el corazón. Se lo tomó mal. Eran como Romeo y Julieta.

—¿En qué sentido?

—Rompieron por culpa de los padres.

—¿Se refiere a que ellos no querían que estuvieran juntos?

—No, el padre de él consiguió un trabajo en Hawai. Tuvieron que trasladarse allí y eso los separó.

Bosch asintió otra vez. No sabía si alguna parte de la información que estaban obteniendo iba a resultar útil, pero sabía que era importante extender la red lo más posible.

—¿Sabe dónde vive Tara Wood actualmente? —preguntó.

Sable negó con la cabeza

—Hicimos una reunión de diez años y ella no vino. Perdí contacto con ella. Todavía hablo con Grace Tanaka de vez en cuando. Pero ella vive en la zona de la bahía, así que no la veo demasiado.

—¿Puede darnos su número?

—Claro, lo tengo aquí.

La maestra se agachó, abrió un cajón del escritorio y sacó el bolso. Mientras ella estaba sacando una agenda, Bosch cogió la foto de Mackey del escritorio y se la guardó de nuevo en el bolsillo. Cuando Sable leyó en voz alta un número de teléfono, Rider lo anotó en una libretita.

—Quinientos diez —dijo Rider—. ¿De dónde es, de Oakland?

—Vive en Hayward. Quiere vivir en San Francisco, pero es demasiado caro para lo que gana.

—¿A qué se dedica?

—Es escultora en metal.

—¿Su apellido sigue siendo Tanaka?

—Sí. Nunca se casó. Ella...

—¿Qué?

—Resultó que es homosexual.

—¿Resultó?

—Bueno, lo que quiero decir es que nunca lo supimos. Nunca nos lo dijo. Se trasladó allí y hace unos ocho años fui a visitarla y entonces me enteré.

—¿Era obvio?

—Obvio.

—¿Fue a la reunión de diez años de la escuela?

—Sí, ella estuvo allí. Lo pasamos bien, aunque también fue bastante triste, porque la gente hablaba de Becky y de que el crimen nunca se resolvió. Creo que probablemente por eso no vino Tara. No quería que le recordaran lo que le ocurrió a Becky.

—Bueno, quizá nosotros cambiemos eso para la reunión de los veinte años —dijo Bosch, que inmediatamente lamentó el comentario frívolo—. Perdón, no ha sido un comentario agradable.

—Bueno, espero que lo cambien. Pienso en ella todo el tiempo. Siempre me pregunto quién lo hizo y por qué nunca los encontraron. Miro su foto en la placa todos los días al entrar en la escuela. Es raro. Ayudé a recoger el dinero para la placa como delegada de curso.

—¿Los? —preguntó Bosch.

—¿Qué?

—Ha dicho que nunca los encontraron. ¿Por qué ha dicho «los»?

—No lo sé, «lo», «la», lo que sea.

Bosch asintió.

—Señora Sable, gracias por su tiempo —dijo—. ¿Puede hacernos un favor y no hablar con nadie de esto? No queremos que la gente esté preparada para nosotros, ¿me entiende?

—¿Como conmigo?

—Exactamente. Y si piensa en algo más, cualquier cosa de la que quiera hablar, mi compañera le dará una tarjeta en la que constan todos nuestros números.

—De acuerdo.

Sable parecía sumida en un recuerdo lejano. Los detectives se despidieron y la dejaron con la pila de papeles para clasificar. Bosch pensó que probablemente estaba recordando un tiempo en el que cuatro chicas eran las mejores amigas y el futuro brillaba ante ellas como un océano.

Antes de salir de la escuela pasaron por la oficina para ver si la administración disponía de información de contacto actualizada de la ex estudiante Tara Wood. Gordon Stoddard le pidió a la señora Atkins que lo comprobara, pero la respuesta fue negativa. Bosch preguntó si podía llevarse el anuario de 1988 para hacer copias de algunas de las fotos y el señor Stoddard dio su aprobación.

—Ya me iba —dijo el director—. Les acompañaré.

Charlaron por el camino de regreso a la biblioteca y Stoddard les dio el anuario, que ya había sido devuelto al estante. En el camino de salida hacia el aparcamiento, Stoddard se detuvo con ellos una vez más delante de la placa conmemorativa. Bosch pasó los dedos por encima de las letras en relieve del nombre de Becky Verloren. Se fijó en que los bordes se habían suavizado con el paso de los años porque muchos estudiantes habían hecho lo mismo.

11

Rider se ocupó del archivo y el teléfono mientras Bosch conducía hacia Panorama City, que se hallaba justo al este de la 405 y al otro lado de los límites jurisdiccionales de la División de Devonshire.

Panorama City era un barrio de la zona norte de Van Nuys que se había segregado muchos años antes, cuando los residentes decidieron que necesitaban distanciarse de las connotaciones negativas adscritas a Van Nuys. En el nuevo municipio no había cambiado nada más que el nombre y unos pocos carteles de calles. Aun así, Panorama City sonaba más limpio y hermoso y a salvo del crimen, y los residentes se sentían más a gusto. Pero habían pasado muchos años y grupos de residentes habían solicitado renombrar otra vez sus barrios y distanciarse de las connotaciones negativas asociadas con Panorama City, si no físicamente, al menos en imagen. Bosch suponía que ésa era una de las formas en que la ciudad de Los Ángeles se reinventaba a sí misma. Como un escritor o un actor que no para de cambiar su nombre para dejar atrás fracasos del pasado y empezar de nuevo, aunque sea con la misma pluma o la misma cara.

Como suponían, Roland Mackey ya no estaba en la empresa de remolque de coches en la que había trabajado mientras cumplía su sentencia más reciente de libertad condicional. Sin embargo, como igualmente suponían, el ex presidiario no había sido especialmente hábil en cubrir su pista. El informe penitenciario contenía todo el historial laboral de una vida que había pasado en gran parte en libertad condicional. Había conducido una grúa para otras dos empresas en períodos anteriores en que estuvo en libertad vigilada por parte del Estado. Rider, haciéndose pasar por una conocida, llamó a cada uno de ellos y enseguida localizó a su actual empleador: Tampa Towing. A continuación llamó a dicho servicio de grúas y preguntó si Mackey estaba trabajando ese día. Al cabo de un momento cerró el teléfono y miró a Bosch.

—Tampa Towing. Entra a las cuatro.

Bosch miró el reloj. Mackey tenía que entrar a trabajar al cabo de diez minutos.

—Pasemos a echarle una mirada. Después comprobaremos su dirección. ¿Tampa y qué?

—Tampa y Roscoe. Debe de estar enfrente del hospital.

—El hospital está en Roscoe y Reseda.

—¿Qué hacemos después de echarle un vistazo?

—Bueno, subimos y le preguntamos si mató a Becky Verloren hace diecisiete años; él dice que sí y lo llevamos a comisaría.

—Vamos, Bosch.

—No lo sé. ¿Qué quieres hacer después?

—Comprobamos su dirección como has dicho, y entonces creo que estaremos preparados para los padres. Estoy pensando que necesitamos hablar con ellos de este tipo antes de preparar una trampa, especialmente en el diario. Voto por que vayamos a la casa y veamos a la madre. Total, ya estamos aquí arriba.

—Quieres decir si sigue aquí —dijo Bosch—. ¿También has hecho una búsqueda de ella en AutoTrack?

—No hace falta. Estará ahí. Has oído cómo hablaba García. El fantasma de su hija está en esa casa. No creo que se vaya nunca.

Bosch supuso que Rider tenía razón al respecto, pero no respondió. Se dirigió hacia el este por Devonshire Boulevard hacia Tampa Avenue y después bajó a Roscoe Boulevard. Llegaron a la intersección pocos minutos antes de las cuatro. Tampa Towing era de hecho una estación de servicio Chevron que disponía de dos elevadores hidráulicos. Bosch metió el coche en el estacionamiento de una pequeña galería comercial situada al otro lado de la calle y apagó el motor.

No se sorprendió cuando dieron las cuatro y siguieron pasando los minutos sin signo de Roland Mackey. No creía que fuera alguien ansioso por entrar a trabajar para remolcar coches.

A las cuatro y cuarto, Rider dijo:

—¿Qué opinas? ¿Crees que mi llamada podría haber...?

—Aquí está.

Un Camaro de treinta años con imprimación gris en los cuatro guardabarros entró en la estación de servicio y aparcó cerca de la bomba de aire. Bosch había captado sólo un atisbo del conductor, pero le bastó para saber que era Mackey. Sacó de la guantera unos gemelos que había comprado a través del catálogo de una aerolínea durante uno de sus vuelos a Las Vegas.

Se dejó resbalar en el asiento y vigiló a través de los prismáticos. Mackey salió del Camaro y caminó hacia el garaje abierto de la estación de servicio. Llevaba un uniforme con pantalones azul marino y una camisa de color azul más claro. Encima del bolsillo del pecho izquierdo había un óvalo que decía Ro y de uno de sus bolsillos traseros asomaban unos guantes de trabajo.

Había un viejo Ford Taurus en un elevador hidráulico en el garaje y un hombre trabajando debajo con un destornillador eléctrico. Cuando Mackey entró, el mecánico se estiró con aire despreocupado y le saludó chocando palmas. Mackey se detuvo cuando el hombre le dijo algo.

—Creo que le está hablando de la llamada telefónica —dijo Bosch—. Mackey no parece muy preocupado. Acaba de sacar el móvil del bolsillo. Está llamando a la persona que probablemente cree que le ha llamado.

Leyendo los labios de Mackey, Bosch dijo:

—Eh, ¿me has llamado?

Mackey rápidamente terminó la conversación.

—Creo que no —dijo Bosch.

Mackey volvió a guardarse el teléfono en el bolsillo.

—Ha intentado llamar a una persona —dijo Rider—. No debe de tener mucha vida social.

—El nombre en la insignia pone Ro —dijo Bosch—. Si su colega le ha dicho que han preguntado por Roland quizás ha llamado a la única persona que lo llama así. Quizás era su querido papá, el soldador.

—Bueno, ¿qué está haciendo?

—No puedo verlo. Ha ido a la parte de atrás.

—Diría que deberíamos salir de aquí antes de que empiece a echar un vistazo.

—Vamos. ¿Una llamada y ya crees que va a pensar que alguien le va detrás después de diecisiete años?

—No, no por Becky. Estoy preocupado por cualquier otra cosa en la que esté envuelto. Podríamos meternos en medio de algo y ni siquiera saberlo.

Bosch dejó los prismáticos. Rider tenía razón. Arrancó el coche.

—De acuerdo, ya hemos echado nuestro vistazo —dijo él—. Ya podemos salir de aquí. Vamos a ver a Muriel Verloren.

—¿Y Panorama City?

—Puede esperar. Los dos sabemos que ya no vive en esa casa. Comprobarlo es sólo una formalidad.

Empezó a salir marcha atrás.

—¿Crees que deberíamos llamar antes a Muriel? —preguntó Rider.

—No. Vamos a llamar a la puerta.

—Somos buenos en eso.

12

Al cabo de diez minutos estaban delante de la casa de los Verloren. El barrio en el que había vivido Becky Verloren todavía parecía agradable y seguro. Red Mesa Way era una avenida amplia, con aceras a ambos lados y no pocos árboles de copa frondosa. La mayoría de las casas eran *bungalows* con extensas parcelas de terreno. En los años sesenta, las propiedades más grandes atrajeron a la gente a establecerse en la esquina noroeste de la ciudad. Cuarenta años después, los árboles habían alcanzado la madurez y el barrio daba sensación de cohesión.

La casa de los Verloren era una de las pocas que tenía una segunda planta. Era de estilo *bungalow*, pero el tejado asomaba por encima de un garaje de dos plazas. Bosch sabía por el expediente del caso que el dormitorio de Becky se encontraba en el piso de arriba, encima del garaje y en la parte de atrás.

La puerta del garaje estaba cerrada. No había signo aparente de que hubiera alguien en la vivienda. Aparcaron en el sendero de entrada y caminaron hasta el portal. Al pulsar el timbre, Bosch oyó un repique, un único tono que parecía muy distante y solitario.

Salió a abrir una mujer que llevaba un vestido sin forma que la ayudaba a ocultar su cuerpo sin forma. Llevaba sandalias. Tenía el cabello teñido de un rojo demasiado anaranjado. Parecía un trabajo casero que no había ido según lo planeado, pero o bien la mujer no se había fijado o no le importaba. En cuanto abrió la puerta, un gato gris salió al patio delantero.

—*Smoke*, ¡ten cuidado! —gritó primero. Después dijo—: ¿Puedo ayudarles?

—¿Señora Verloren? —preguntó Rider.

—Sí, ¿qué desean?

—Somos de la policía. Nos gustaría hablar con usted de su hija.

En cuanto Rider dijo la palabra «policía» y antes de llegar a «hija», Muriel Verloren se llevó ambas manos a la boca y reaccionó como si se repitiera el momento en que descubrió que su hija había muerto.

—¡Oh, Dios mío! ¡Oh, Dios mío! Díganme que lo han detenido. Díganme que han detenido al malnacido que me arrebató a mi niña.

Rider puso una mano en el hombro de la mujer para reconfortarla.

—No es tan sencillo, señora —dijo—. ¿Podemos entrar y hablar?

Muriel Verloren retrocedió y les dejó entrar. Parecía estar susurrando algo y Bosch pensó que quizás era una oración. Una vez que estuvieron en el interior de la casa, la señora Verloren cerró la puerta después de gritar una vez más una advertencia al gato que se había escapado.

La casa olía como si el animal no se escapara con la frecuencia precisa. La sala de estar a la que los llevó estaba ordenada, pero los muebles tenían un aspecto viejo y gastado. En el lugar se percibía el característico olor de orín de gato. Bosch de repente lamentó no haber invitado a Muriel Verloren al Parker Center para el interrogatorio, aunque sabía que eso habría sido un error. Necesitaban ver la casa.

Los dos detectives se sentaron uno junto al otro en el sofá, y Muriel se colocó en una de las sillas que había al otro lado de la mesa baja de cristal. Bosch se fijó en las huellas de pezuñas gatunas en el cristal.

—¿De qué se trata? —preguntó desesperadamente—. ¿Hay noticias?

—Bueno, supongo que la noticia es que estamos investigando el caso otra vez —dijo Rider—. Soy la detective Rider y él es el detective Bosch. Trabajamos en la unidad de Casos Abiertos del Parker Center.

Mientras se dirigían a la casa, Bosch y Rider habían acordado ser cautelosos con la información que proporcionaban a los Verloren. Hasta que conocieran la situación de la familia sería preferible recibir antes que dar.

—¿Hay novedades? —preguntó Muriel con urgencia.

—Bueno, estamos empezando —replicó Rider—. Estamos revisando la investigación, tratando de ponernos al día. Sólo queríamos venir y decirle que estamos trabajando otra vez en el caso.

Muriel se mostró un poco alicaída. Aparentemente había pensado que tenía que haber algo nuevo para que la policía se presentara después de tantos años. Bosch sintió una punzada de culpa por reservarse el hecho de que el análisis de ADN les había proporcionado una pista sólida como una roca con la que trabajar, pero en ese momento sintió que era lo mejor.

—Hay un par de cosas —dijo, hablando por primera vez—. En primer lugar, al mirar en los archivos del caso, nos encontramos con esta foto.

Sacó del bolsillo la foto de Roland Mackey a sus dieciocho años y la puso en la mesa de centro, delante de Muriel. Ella inmediatamente se inclinó a mirarla.

—No estamos seguros de cuál es la conexión —continuó Bosch—. Pensamos que quizá podría reconocer a este hombre y decirnos si lo recuerda de entonces.

La mujer continuó mirando sin responder.

—Es una foto de mil novecientos ochenta y ocho —aclaró Bosch con la intención de animarla a hablar.

—¿Quién es? —preguntó ella finalmente.

—No estamos seguros. Se llama Roland Mackey. Tiene un historial de pequeños delitos cometidos después de la muerte de su hija. No estamos seguros de por qué estaba su foto en el expediente. ¿Lo reconoce?

—¿Le han preguntado a Art o a Ron?

Bosch iba a preguntarle quiénes eran Art y Ron cuando cayó en la cuenta.

—De hecho, el detective Green se retiró y falleció hace mucho tiempo. El detective García es ahora inspector García. Hablamos con él, pero no pudo ayudarnos con Mackey. ¿Y usted? ¿Podría haber sido uno de los conocidos de su hija? ¿Lo reconoce?

—Podría haber sido. Hay algo en él que reconozco.

Bosch asintió.

—¿Sabe cómo lo reconoce y de dónde?

—No, no lo recuerdo. ¿Por qué no me lo dice y quizás ayude a refrescarme la memoria?

Bosch cruzó una mirada fugaz con Rider. No era algo completamente inesperado, pero siempre complicaba las cosas que el progenitor de una víctima estuviera tan ansioso de ayudar que simplemente preguntara a la policía qué querían que dijera. Muriel Verloren había esperado diecisiete años a que el asesino de su hija fuera puesto a disposición del sistema judicial. Estaba muy claro que iba a elegir respuestas que en modo alguno entorpecieran la posibilidad de que eso ocurriera. En ese punto tal vez ni siquiera le importaba que se tratara de una pista falsa. Los años transcurridos habían sido crueles con ella y el recuerdo de su hija. Alguien tenía que pagar todavía.

—No podemos decírselo porque no lo sabemos, señora Verloren —explicó Bosch—. Piense en ello y díganoslo si lo recuerda.

Ella asintió con tristeza, como si considerara que era otra oportunidad perdida más.

—Señora Verloren, ¿cómo se gana la vida? —dijo Rider.

La pregunta pareció poner de nuevo a la mujer delante de ellos, sacándola de sus recuerdos y anhelos.

—Vendo cosas —respondió como si tal cosa—. En Internet.

Esperaron una explicación más profunda, pero no la consiguieron.

—¿De veras? —preguntó Rider—. ¿Qué cosas vende?

—Lo que encuentro. Voy a ventas de garaje. Encuentro cosas. Libros, juguetes, ropa. La gente compra lo más inimaginable. Y pagan lo que sea. Esta mañana he vendido dos servilleteros por cincuenta dólares. Eran muy viejos.

—Queremos preguntarle a su marido por la foto —dijo Bosch en ese momento—. ¿Sabe dónde podemos encontrarlo?

Muriel Verloren negó con la cabeza.

—En algún rincón de Toyland. No he tenido noticias suyas en mucho, mucho tiempo.

Pasaron unos segundos de sombrío silencio. La mayoría de las misiones de vagabundos del centro de Los Ángeles estaban apiñadas en el borde del llamado Toy District: varias manzanas donde se alineaban fabricantes y mayoristas de juguetes, e incluso unos pocos vendedores al por menor. No era inusual encontrar vagabundos durmiendo en la puerta de las jugueterías.

Lo que Muriel Verloren les estaba diciendo era que el marido se había perdido en aquel mundo de despojos humanos a la deriva. El restaurador de las estrellas había caído hasta una existencia sin hogar en las calles. Pero había una contradicción. Todavía tenía casa. Simplemente no podía estar en ella por lo que había ocurrido. En cambio, su mujer no iba a dejarla nunca.

—¿Cuándo se divorciaron? —preguntó Rider.

—No estamos divorciados. Supongo que siempre pensé que Robert se despertaría y se daría cuenta de que por más que se alejara no podría huir de lo que había ocurrido. Pensé que un día lo comprendería y volvería a casa, pero ese día todavía no ha llegado.

—¿Cree que conocía a todos los amigos de su hija? —preguntó Bosch.

Muriel pensó en ello durante un buen rato.

—Hasta la mañana en que desapareció lo creía. Pero después descubrí cosas. Tenía secretos. Creo que ésa es una de las cosas que más me molestaron. No el hecho en sí de que mantuviera secretos, sino que pensara que tenía que hacerlo. Creo que quizá si hubiera acudido a nosotros las cosas habrían sido diferentes.

—¿Se refiere al embarazo?

Muriel asintió con la cabeza.

—¿Qué le hace creer que eso está relacionado con lo que le ocurrió?

—Sólo el instinto materno. No tengo pruebas, pero creo que empezó con eso.

Bosch asintió con la cabeza, pero no podía culpar a la hija por mantener secretos. Cuando Bosch tenía la edad en la que murió Becky Verloren vivía solo, sin padres reales. No tenía idea de cómo habría sido esa relación.

—Hablamos con el inspector García —explicó Rider—. Nos dijo que hace varios años le devolvió el diario de su hija. ¿Todavía lo tiene?

Muriel pareció alarmada.

—Leo un trozo cada noche. No me lo van a quitar, ¿verdad? ¡Es mi biblia!

—Necesitamos que nos lo preste y hacer una copia. El inspector García debería haberla hecho entonces, pero no la hizo.

—No quiero perderlo.

—No lo perderá, señora Verloren, se lo prometo. Lo fotocopiaremos y se lo devolveremos enseguida.

—¿Lo quiere ahora? Está junto a mi cama.

—Sí, si puede conseguirlo.

Muriel Verloren los dejó y desapareció por un pasillo que conducía hacia el lado izquierdo de la casa. Bosch miró a Rider y levantó las cejas para preguntarle su opinión. Rider se encogió de hombros, dando a entender que hablarían de eso después.

—Una vez mi hija quería otro gato —susurró Bosch—. Mi ex dijo que con uno era suficiente. Ahora sé por qué.

Rider estaba sonriendo de manera inapropiada cuando Muriel volvió a entrar, cargada con un pequeño volumen con una cubierta de flores y las palabras «Mi diario» estampadas en relieve dorado. El dorado empezaba a descascararse. Habían manejado mucho el libro. Se lo dio a Rider, que se esforzó al máximo para cogerlo con reverencia.

—Si no le importa, señora Verloren, nos gustaría echar un vistazo —dijo Bosch—. Para relacionar lo que hemos visto y leído en el expediente con la distribución real de la casa. ¿Le importa que echemos un vistazo? Me gustaría ver la puerta de atrás y también echar un vistazo detrás de la casa.

La señora Verloren señaló con un brazo levantado el camino que tenían que seguir. Bosch y Rider se levantaron.

—Ha cambiado —dijo Muriel—. Antes había terreno sin edificar allí arriba. Salías por nuestra puerta y ya estabas en la montaña. Pero construyeron terrazas. Ahora hay casas de millones de dólares. Construyeron una mansión en el sitio donde encontraron a mi niña. La odio.

No había nada que decir a eso. Bosch se limitó a asentir y la siguió a la cocina a través de un pasillo. Muriel abrió una puerta cristalera que conducía al patio de atrás, y todos salieron. El patio estaba en una empinada pendiente que conducía a unos eucaliptos. A través de los árboles, Bosch distinguió el tejado de estilo colonial de una casa grande y lujosa.

—Antes sólo había árboles —dijo Muriel—, ahora hay

casas. Pusieron una verja. No me dejan subir como hacía antes. Creen que soy una vieja loca porque me gustaba subir allí en ocasiones a hacer pícnic en el lugar donde encontraron a Becky.

Bosch asintió y pensó por un momento en una madre que hace pícnic en el sitio donde su hija fue asesinada. Trató de descartar la idea y concentrarse en el estudio de la ladera. Según el informe de la autopsia, Becky Verloren sólo pesaba cuarenta y cuatro kilos. No obstante, subirla por esa pendiente tuvo que ser toda una pugna. Se preguntó por la posibilidad de que hubiera habido más de un asesino. Pensó en Bailey Sable diciendo «los».

Miró a Muriel Verloren, que permanecía quieta y en silencio, con los ojos cerrados. Había inclinado la cabeza de manera que el sol de última hora de la tarde le calentara la cara. Bosch se preguntó si se trataba de algún tipo de comunión con su hija perdida. Como si sintiera que la estaban mirando, Muriel habló, pero mantuvo los ojos cerrados.

—Me encanta este sitio. Nunca me iré.

—¿Podemos ver la habitación de su hija? —preguntó Bosch.

Muriel abrió los ojos.

—Sólo sacúdanse los pies al volver a entrar en casa.

Ella los condujo de nuevo al pasillo a través de la cocina. La escalera empezaba junto a la puerta que daba al garaje. La puerta estaba abierta, y Bosch atisbó una furgoneta abollada rodeada de pilas de cajas y cosas que aparentemente Muriel Verloren había recogido en sus rondas. También se fijó en lo cerca que estaba la puerta del garaje de la escalera. No sabía si este hecho tenía algún significado, pero recordó que en el expediente se sugería que el asesino se había escondido en algún lugar del interior de la casa y había esperado a que la familia se fuera a dormir. El garaje era el lugar más probable.

El paso de la escalera era estrecho, porque en uno de los

lados, y hasta arriba, se alineaban cajas de objetos comprados por Muriel. Rider subió delante. Muriel indicó a Bosch que la siguiera, y cuando éste pasó a su lado le susurró:

—¿Tiene hijos?

Bosch asintió, sabiendo que su respuesta le haría daño.

—Una hija.

Ella repitió el mismo gesto con la cabeza.

—Nunca la pierda de vista.

Bosch no le dijo que vivía con su madre muy lejos de su vista. Simplemente asintió y empezó a subir la escalera.

En el segundo piso había un rellano y dos habitaciones con un cuarto de baño entre ellas. El dormitorio de Becky Verloren estaba en la parte de atrás y tenía ventanas que daban a la ladera de la colina.

La puerta estaba cerrada, y Muriel la abrió. Entrar en el dormitorio fue como dar un salto en el tiempo. Bosch vio las mismas fotos de diecisiete años atrás que había estudiado en el expediente. El resto de la casa estaba lleno de basura y detritos de una vida desintegrada, pero la habitación donde Becky Verloren había dormido, hablado por teléfono y escrito su diario secreto no había cambiado. De hecho, la habían preservado más tiempo del que había vivido la chica.

Bosch se adentró despacio en el dormitorio y lo observó en silencio. Ni siquiera el gato entraba allí. El aire olía fresco y limpio.

—Está exactamente como el día en que se fue —dijo Muriel—. Salvo que hice la cama.

Bosch miró la colcha de los gatos que se extendía pulcramente hasta el suelo.

—Usted y su marido estaban durmiendo en el otro lado de la casa, ¿verdad? —preguntó Bosch.

—Sí. Rebecca estaba en esa edad en que quería su intimidad. Hay dos habitaciones abajo, una a cada lado de la casa. Su primera habitación estaba allí, pero a los catorce años se trasladó aquí.

Bosch asintió y miró a su alrededor antes de preguntar nada más.

—¿Con cuánta frecuencia sube aquí, señora Verloren? —preguntó Rider.

—Todos los días. A veces cuando no puedo dormir (y me pasa muchas veces) vengo y me tumbo aquí. Aunque no me meto debajo de las sábanas. Quiero que sea su cama.

Bosch se dio cuenta de que otra vez estaba asintiendo con la cabeza, como si lo que la mujer decía tuviera sentido para él. Se acercó a una de las paredes. Había fotos que se aguantaban en el marco del espejo. Bosch reconoció a una joven Bailey Sable en una de ellas. También había una foto en la que Becky aparecía sola delante de la torre Eiffel. Llevaba una boina negra. Ninguno de los otros chicos del club de arte estaba presente.

En el espejo había asimismo una foto de un chico con Becky. Parecía que estuvieran en Disneylandia, o quizás allí mismo, en el muelle de Santa Mónica.

—¿Quién es? —preguntó Bosch.

Muriel se acercó y miró.

—¿El chico? Es Danny Kotchof. Su primer novio.

Bosch asintió. El chico que se había trasladado a Hawai.

—Cuando se fue le rompió el corazón —agregó Muriel.

—¿Cuándo fue eso exactamente?

—El verano anterior, en junio. Justo después de que ella terminara primero, y él segundo. Él era un año mayor.

—¿Sabe por qué se trasladó la familia?

—El padre de Danny trabajaba en una empresa de alquiler de coches y lo destinaron a una nueva franquicia en Maui. Era un ascenso.

Bosch miró a Rider para ver si ella había captado el significado de la información que Muriel acababa de darles. Rider sutilmente negó con la cabeza. No lo entendía, pero Bosch quería insistir por esa línea.

—¿Danny fue a Hillside Prep?

—Sí, allí se conocieron.

Bosch miró el corcho de fotos y se fijó en un *souvenir* barato de un globo de nieve con la torre Eiffel. Parte del agua se había evaporado, dejando una burbuja en la parte superior del globo y la punta de la torre asomándose a la bolsa de aire.

—¿Danny iba al club de arte? —preguntó—. ¿Hizo el viaje a París con ella?

—No, ellos se mudaron antes —dijo Muriel—. Él se fue en junio y el club fue a París la última semana de agosto.

—¿Becky volvió a tener noticias de Danny?

—Ah, sí, se enviaban cartas y había llamadas de teléfono. Al principio llamaban los dos, pero era demasiado caro. Después llamaba siempre Danny. Todas las noches, justo antes de que Becky se fuera a acostar. Eso duró casi hasta... hasta que ella nos dejó.

Bosch se estiró y cogió la foto del borde del espejo. Miró de cerca a Danny Kotchof.

—¿Qué pasó cuando falleció su hija? ¿Cómo se enteró Danny? ¿Cómo reaccionó?

—Bueno... Llamamos y se lo dijimos a su padre para que pudiera sentar a Danny y darle la mala noticia. Nos dijo que no lo aceptó bien. ¿Y quién podía hacerlo?

—El padre se lo dijo a Danny. ¿Usted o su marido hablaron directamente con Danny?

—No, pero Danny me escribió una carta larga que hablaba de Becky y de lo mucho que significaba para él. Era muy triste y muy dulce.

—Estoy seguro de que lo era. ¿Vino al funeral?

—No, no vino. Sus... mmm... sus padres pensaron que era mejor para él que se quedara en la isla. El trauma, ¿sabe? El señor Kotchof llamó y nos avisó de que no iba a venir.

Bosch asintió. Se volvió del espejo, deslizando la foto en su bolsillo. Muriel no se fijó.

—¿Y después? —preguntó Bosch—. Me refiero a después de la carta. ¿Contactó con ustedes en alguna ocasión? ¿Quizá llamó y habló con ustedes?

—No, creo que nunca tuvimos noticias suyas. No después de la carta.

—¿Todavía guarda esa carta? —preguntó Rider.

—Por supuesto. Lo conservo todo. Tengo un cajón lleno de cartas que recibimos sobre Rebecca. Era una niña muy querida.

—Necesitamos que nos preste esa carta, señora Verloren —dijo Bosch—. Quizá también podríamos necesitar revisar todo el cajón en algún momento.

—¿Por qué?

—Porque nunca se sabe —dijo Bosch.

—Porque no queremos dejar piedra sin mover —añadió Rider—. Sabemos que es duro, pero por favor recuerde lo que estamos haciendo. Queremos encontrar a la persona que le hizo esto a su hija. Ha pasado mucho tiempo, pero eso no significa que el crimen vaya a quedar impune.

Muriel Verloren asintió. Sin reparar en ello, había cogido una pequeña almohada decorativa de la cama y estaba agarrándola con ambas manos delante del pecho. Parecía como si la hubiera hecho su hija muchos años atrás. Era un cuadradito azul con un corazón rojo de fieltro en medio. Sosteniendo la almohada, Muriel Verloren parecía una diana.

13

Mientras Bosch conducía, Rider leyó la carta que Danny Kotchof había enviado a los Verloren después del asesinato de Becky. Era una sola página, llena sobre todo de recuerdos cariñosos de su hija perdida.

—«Lo único que puedo decirles es que lamento muchísimo que tuviera que ocurrir esto. Siempre la echaré de menos. Con amor, Danny.» Y eso es todo.

—¿De cuándo es el matasellos?

Ella giró el sobre y lo miró.

—«Maui, veintinueve de julio de mil novecientos ochenta y ocho.»

—Se tomó su tiempo.

—Quizás era duro para él. ¿Por qué te centras en él, Harry?

—No lo hago. Es sólo que García y Green confiaron en una llamada telefónica para descartarlo. ¿Recuerdas lo que decía en el expediente? Decía que el supervisor del chico aseguró que había estado lavando coches en una agencia de alquiler de vehículos el día anterior y el día siguiente. No había tenido tiempo de volar a Los Ángeles, matar a Becky y volver a casa a tiempo para trabajar.

—¿Y qué?

—Bueno, ahora averiguamos por Muriel que su padre dirigía una agencia de alquiler de vehículos. No decía nada de eso en el expediente. ¿García y Green lo sabían? ¿Cuánto quieres apostar a que ese papá dirigía la empresa donde su hijo lavaba coches? ¿Cuánto quieres apostar a que ese supervisor que proporcionó la coartada al hijo trabajaba para el padre?

—Tío, hablaba en broma de ir a París. Parece que estás buscando un viaje a Maui.

—Simplemente no me gusta el trabajo chapucero. Deja cabos sueltos. Hemos de hablar con Danny Kotchof y descartarlo nosotros mismos. Si es que eso es posible después de tantos años.

—AutoTrack, cielo.

—Eso podría encontrarlo. No lo descartemos.

—Aunque quebráramos su coartada, ¿qué estás diciendo, que este chico de dieciséis años se escabulló desde Hawai, asesinó a su antigua novia y después volvió sin que nadie lo viera?

—Quizá no lo planeó así. Y tenía diecisiete... Muriel dijo que era un año mayor.

—Ah, diecisiete —dijo ella con sarcasmo, como si eso marcara toda la diferencia del mundo.

—Cuando yo tenía dieciocho me dieron una licencia de Vietnam a Hawai. No estaba permitido salir del estado desde allí, pero en cuanto llegué me cambié de ropa, compré una maleta de civil y pasé por delante de la policía militar para coger un avión a Los Ángeles. Creo que un chico de diecisiete años podría haberlo hecho.

—Vale, Harry.

—Mira, lo único que estoy diciendo es que fue un trabajo chapucero. Según el expediente, Green y García descartaron a este tipo con una llamada de teléfono. No dice nada allí de comprobar líneas aéreas, y ahora es demasiado tarde. Me jode.

—Lo entiendo. Pero recuerda que hemos de completar

un triángulo lógico. Podemos conectar a Danny con Becky con suficiente facilidad, y la pistola conecta a Becky con Mackey. Pero ¿qué conecta a Danny con Mackey?

Bosch asintió. Era una buena pregunta, pero no le hacía sentirse mejor respecto a Danny Kotchof.

—Otra cosa es lo que escribió en esa carta —insistió Bosch—. Dijo que lamentaba que «tuviera que ocurrir». Tuviera que ocurrir. ¿Qué significa eso?

—Es sólo una figura retórica, Harry. No puedes cimentar un caso en eso.

—No estoy hablando de cimentar un caso. Sólo me pregunto por qué eligió decirlo de esa forma.

—Si todavía está vivo, lo encontraremos y podrás preguntárselo.

Habían pasado por debajo de la 405 y ya estaban en Panorama City. Bosch dejó la discusión acerca de Danny Kotchof y Rider sacó a relucir a Muriel Verloren.

—La madre está petrificada —dijo Rider.

—Sí.

—Es lamentable. No había ninguna razón para que subieran a la chica por la colina. Podrían haberla matado en la casa. Lo hicieron de todos modos.

Bosch pensó que era una forma ruda de verlo, pero no dijo nada.

—¿La subieron? —preguntó en cambio.

—¿Qué?

—Dijiste que había una razón para que subieran a la hija por la colina. Has sonado como Bailey Sable.

—No lo sé. Mirando esa colina... Habría sido duro para una persona. Es muy empinado.

—Sí. Estaba pensando lo mismo. Dos personas.

—Tu idea de asustar a Mackey está mejorando. Si estaba allí, podría llevarnos al otro, tanto si es Kotchof como cualquier otro.

Bosch giró al sur en Van Nuys Boulevard y se detuvo delante de un avejentado complejo de apartamentos que ocupaba la mitad de la manzana. Se llamaba Panorama View Suites. Había un cartel que decía «Oficina de alquiler» a la izquierda de las puertas de cristal de un vestíbulo. También anunciaba que había apartamentos disponibles que se alquilaban por mes o por semana. Bosch puso la transmisión del cambio automático en la posición de bloqueo.

—Además de Kotchof, ¿en qué más estabas pensando, Harry?

—Estaba pensando que quería encontrar a las otras dos amigas y hablar con ellas. Tal vez podrías ocuparte de la lesbiana. Pero mi prioridad es el padre, si podemos encontrarlo.

—De acuerdo, tú ocúpate del padre y yo me ocuparé de la lesbiana. Quizá tenga que ir a San Francisco.

—Es Hayward. Y si necesitas ayuda, conozco allí a un inspector que podría localizarla y ahorrar a las arcas de Los Ángeles el coste del viaje.

—Eres muy gracioso. Me gustaría pasar un rato con las hermanas del norte.

—¿El jefe sabía lo tuyo?

—Al principio no, y cuando lo descubrió no le importó.

Bosch asintió. Le gustaba eso del jefe.

—¿Qué más? —preguntó Rider.

—Sam Weiss.

—¿Quién es?

—La víctima del robo. El propietario de la pistola que usaron para matar a la chica.

—¿Por qué él?

—Entonces no conocían a Roland Mackey. ¿Quizás estaría bien preguntarle por el nombre?

—Compruébalo.

—Después de eso, creo que estaremos preparados para hacer la jugada con Mackey y ver cómo reacciona.

—Pues terminemos con esto y vayamos a hablar con Pratt.

Abrieron las puertas al mismo tiempo y salieron. Al rodear el Mercedes, Bosch sintió que ella lo miraba, estudiándolo.

—¿Qué? —preguntó.

—Hay algo más.

—¿Qué quieres decir?

—Contigo. Cuando levantas de esa manera la ceja izquierda, sé que está pasando algo.

—Mi ex esposa siempre me decía que habría sido un mal jugador de póquer. La expresión me delata.

—Bueno, ¿qué es?

—Todavía no lo sé. Algo de la habitación.

—¿En la casa? ¿La habitación de ella? ¿Te refieres a que es espeluznante mantener el dormitorio así?

—No, de hecho no me importa que la mantenga así. Creo que lo entiendo. Es otra cosa. Algo que no encaja. Le daré vueltas y te lo contaré cuando lo sepa.

—Vale, Harry, ésa es tu especialidad.

Franquearon las puertas de cristal que daban acceso a los apartamentos Panorama View. En diez minutos confirmaron lo que ya sabían; que Mackey se había mudado en cuanto había completado su período de condicional.

Como esperaban, no había dejado ninguna dirección.

14

Abel Pratt estaba detrás de su escritorio, dando cuenta de una tarrina de plástico de yogur con cereales. Hacía sonidos de succión y crujidos mientras comía y estaba acabando con los nervios de Bosch. Llevaban veinte minutos sentados con él, poniéndole al día de los progresos del caso.

—Mierda, todavía tengo hambre —dijo Pratt después de terminar la última cucharada.

—¿Qué es eso, la dieta de South Beach? —preguntó Rider.

—No, sólo mi propia dieta. Aunque lo que necesito es la dieta de South Bureau.

—¿En serio? ¿Y qué es la dieta de South Bureau?

Bosch sintió que Rider se ponía tensa. En la jurisdicción del South Bureau vivía la mayor comunidad negra de la ciudad. Rider tenía que preguntarse si lo que Pratt acababa de decir era algún tipo de comentario racial de esos que uno no sabe por dónde tomarlos. Bosch había visto con frecuencia en el departamento que la ética del nosotros contra ellos se elevaba hasta el punto de que polis blancos hacían comentarios teñidos de sarcasmo racial delante de los polis negros o latinos, simplemente porque consideraban que entre las filas policiales el color azul estaba por encima del color de la piel. Rider estaba a punto de descubrir si Pratt era uno de esos polis.

—Baja la antena —dijo Pratt—. Lo único que estoy diciendo es que trabajé en South diez años y nunca tuve que preocuparme por el peso. Allí siempre estás corriendo. Después me trasladaron a Robos y Homicidios y aumenté siete kilos en dos años. Es triste.

Rider se relajó y Bosch también.

—Levanta el trasero y sal a la calle —dijo Bosch—. Ésa era la norma en Hollywood.

—Buena regla —asintió Pratt—. Salvo que es duro cuando te ponen de jefe. Tengo que sentarme aquí y oír cómo vosotros llamáis a las puertas.

—Pero se lleva unos buenos billetes —añadió Rider.

—Sí, claro.

Era una broma porque como supervisor Pratt no podía cobrar horas extras. En cambio, los que estaban en su brigada sí podían, lo cual abría la posibilidad de que algunos de sus detectives ganaran más que él, aunque él fuera el jefe de la unidad.

Pratt se volvió en su silla y abrió una nevera que tenía junto a él en el suelo. Sacó otra tarrina de yogur.

—A la mierda —dijo al tiempo que se enderezaba y la abría.

Esta vez no le añadió cereales. Bosch sólo tuvo que soportar el sorbeteo cuando el jefe empezó a meterse cucharadas de aquella inmunda crema blanca en la boca.

—Bueno, a lo que íbamos —continuó Pratt, con la boca llena—. Lo que me estáis diciendo es que al final del día podéis relacionar la pistola con este inútil Mackey. Disparó la pistola, pero no tenemos a nadie que lo conecte con la víctima, y por consiguiente no podemos relacionarlo con el disparo fatal.

—Eso y otras cosas —dijo Rider.

—Entonces si yo fuera abogado defensor —continuó Pratt— le diría a Mackey que se declarara culpable del robo de la pistola, porque el delito ha prescrito. Diría que la pistola le mordió cuando la probó, así que se deshizo del maldito chisme mucho antes del asesinato. Diría: «No, señor, yo no maté a esa niña, y usted no puede probarlo. No puede probar que le pusiera nunca un ojo encima.»

Rider y Bosch asintieron.

—O sea que no tenéis nada.

Asintieron otra vez.

—No está mal para un día de trabajo. ¿Qué queréis?

—Queremos un pinchazo —dijo Bosch—. Dos, quizá tres localizaciones. Una en su móvil, otra en el teléfono de la gasolinera. Y una en su casa, una vez que la encontremos y si es que tiene línea fija allí. Colamos un artículo en el diario que diga que estamos trabajando otra vez en el caso y nos aseguramos de que lo lea. Luego esperamos a ver si lo comenta con alguien.

—¿Y qué os hace pensar que vaya a hablar con alguien de un asesinato que él pudo haber cometido o no hace diecisiete años?

—Bueno, como hemos dicho, por el momento no podemos conectar a este tipo con la chica de ningún modo. Así que estamos pensando que hay alguien más metido en esto. Mackey o bien lo hizo para alguien o consiguió la pistola para que ese alguien cometiera el crimen.

—Hay una tercera posibilidad —agregó Rider—. Que colaborara. Esa chica fue llevada por una colina empinada. O bien fue alguien grande o alguien con ayuda.

Antes de responder, Pratt tomó dos cucharadas de yogur, enarcando las cejas al mirar en la tarrina.

—Vale, ¿y el periódico? ¿Podréis colar un artículo?

—Creemos que sí —dijo Rider—. Vamos a usar al inspector García de la comandancia del valle. Investigó el caso. Atormentado por un criminal que se escapó, esa clase de charla. Dice que tiene un contacto con el *Daily News*.

—De acuerdo, suena a plan. Escribid las órdenes y pasádmelas. El capitán ha de dar su visto bueno, y después han de ir a la oficina del fiscal para que las apruebe antes de acudir al juez. Llevará su tiempo. Una vez que encontremos a un juez que las firme sacaremos a los otros equipos de lo que estén haciendo y los pondré en la vigilancia.

Bosch y Rider se levantaron al mismo tiempo. Bosch sintió una pequeña descarga de adrenalina en la sangre.

—¿No hay posibilidad de que este tipo, Mackey, esté metido en algo ahora mismo? —preguntó Pratt.

—¿Qué quiere decir? —preguntó Bosch.

—Si podemos argumentar que está a punto de cometer un crimen podríamos acelerar las órdenes.

Bosch pensó en ello.

—No tenemos nada ahora —dijo—, pero podemos trabajar en ello.

—Bien, eso ayudará.

15

Rider era la encargada de escribir. Tenía facilidad con el ordenador y con la jerga legal. Bosch había visto que ponía en práctica esas cualidades en anteriores investigaciones. Así que fue una decisión tácita. Ella escribiría las órdenes a fin de obtener las autorizaciones del tribunal para rastrear y escuchar las llamadas que Roland Mackey hiciera o recibiera en su móvil, el teléfono de la oficina en la estación de servicio donde él trabajaba y su casa, si existía allí un teléfono adicional. Se trataba de un trabajo meticuloso; tenía que presentar la acusación contra Mackey, asegurándose de que la cadena lógica de causas probables no tenía eslabones débiles. La documentación que preparara Rider tenía que convencer primero a Pratt, después al capitán Norona, luego a un ayudante del fiscal del distrito encargado de asegurarse de que el cuerpo de orden local tenía en consideración los derechos civiles y, finalmente, a un juez con las mismas responsabilidades pero que también respondía ante el electorado si cometía un error que le estallaba en la cara. Disponían de una única oportunidad y tenían que hacerlo bien. Mejor dicho, Rider tenía que hacerlo bien.

Claro que todo eso vendría después de superar el obstáculo inicial de conseguir los diversos números de Mackey sin advertir al sospechoso de la investigación que se formaba en torno a él.

Empezaron con Tampa Towing, que hacía constar dos números de veinticuatro horas en el anuncio de media plana que publicaba en las páginas amarillas. A continuación, una llamada al servicio de información estableció que Mackey no disponía de ningún teléfono fijo privado, al menos a su nombre. Eso significaba que o bien no tenía teléfono en casa o que estaba viviendo en un lugar donde el teléfono estaba registrado a nombre de otra persona. Tendrían que ocuparse de ello después de establecer la residencia de Mackey.

La última parte, y la más difícil, era obtener el número de móvil de Mackey. El servicio de información telefónica no disponía de listas de móviles. Tardarían días, si no semanas, en comprobar todos los proveedores de servicios de móviles en busca de esa información, porque la mayoría exigía una orden judicial antes de revelar el número de un cliente. Por ese motivo, los detectives de los diferentes cuerpos policiales planeaban rutinariamente trucos para conseguir los números que necesitaban. Con frecuencia recurrían a dejar mensajes inocuos en lugares de trabajo para poder capturar el número de móvil después de una llamada de respuesta. El ardid más popular era el mensaje estándar de «llame para recoger su premio», prometiendo un televisor o un DVD a las cien primeras personas que contestaran la llamada. Sin embargo, este proceso implicaba preparar una línea no policial y podía resultar también en largos períodos de espera sin ninguna garantía de éxito si el objetivo había enmascarado el número de su móvil. Rider y Bosch no sentían que dispusieran del lujo del tiempo. Ya habían divulgado el nombre de Mackey en el curso de su investigación y tenían que moverse con rapidez hacia su objetivo.

—No te preocupes —le dijo Bosch a Rider—. Tengo un plan.

—Entonces yo sólo me siento y observo al maestro.

Puesto que sabía que Mackey estaba trabajando, Bosch simplemente llamó a la estación de servicio y explicó que necesitaba una grúa. Le dijeron que esperara y poco después se puso al aparato alguien con una voz que Bosch creyó que pertenecía a Roland Mackey.

—¿Necesita una grúa?

—Una grúa o que me arranquen el motor. Me he quedado sin batería.

—¿Dónde está?

—En el aparcamiento de Albertson, en Topanga, cerca de Devonshire.

—Estamos al otro lado, en Tampa. Puede encontrar a alguien más cerca.

—Ya lo sé, pero vivo al lado de ustedes. Al lado de Roscoe y detrás del hospital.

—De acuerdo. ¿Qué coche lleva?

Bosch pensó en el coche en el que había visto a Mackey antes. Decidió usarlo para que Mackey se definiera.

—Un Camaro del setenta y dos.

—¿Restaurado?

—Estoy trabajando en ello.

—Tardaré unos quince minutos.

—Vale, de acuerdo. ¿Cómo se llama?

—Ro.

—¿Ro?

—Roland, tío. Voy para allá.

Colgó. Bosch y Rider esperaron cinco minutos, durante los cuales Bosch le contó a su compañera el resto del plan y la parte que tenía que desempeñar ella. Su objetivo era conseguir dos cosas: el número del móvil de Mackey y su proveedor de servicio, a fin de poder entregar a la compañía apropiada la orden de escucha autorizada por el juez.

Siguiendo instrucciones de Bosch, Rider llamó a la estación de servicio Chevron y empezó a solicitar una reparación, describiendo con todo detalle el chirrido de los frenos del coche. Mientras Rider hablaba, Bosch llamó a la estación en la segunda línea que aparecía en la guía. Como esperaba pusieron a Rider en espera. Atendieron la llamada de Bosch, y éste dijo: «¿Tiene algún número en el que pueda localizar a Ro? Viene hacia aquí para arrancarme el coche, pero ya lo he puesto en marcha.»

La ocupada compañera de trabajo de Mackey dijo:

—Pruebe con el móvil.

Le dio el número y Bosch levantó los pulgares a Rider, quien concluyó con la llamada sin romper la actuación y colgó.

—Uno listo y otro en marcha —dijo Bosch.

—A ti te ha tocado el fácil —dijo Rider.

Contando ya con el número de Mackey, Rider se ocupó de la segunda parte, mientras Bosch escuchaba desde un supletorio. Poniendo un dejo de desinterés burocrático en la voz, Rider llamó al número recién obtenido y cuando Mackey respondió —presumiblemente mientras buscaba un Camaro del 72 parado en el aparcamiento de un centro comercial— le anunció que trabajaba para AT&T Wireless y que tenía una extraordinaria noticia para que ahorrara con su plan de llamadas de larga distancia.

—Sandeces —dijo Mackey, interrumpiéndola en medio de su discurso.

—Disculpe, señor —replicó Rider.

—He dicho que son sandeces. Esto es algún tipo de truco para hacerme cambiar de compañía.

—No entiendo, señor. Lo tengo en la lista como cliente de AT&T. ¿No es ése el caso?

—No, no es el caso. Estoy con Sprint y me gusta, y ni tengo ni quiero un servicio de larga distancia. Que les den por culo. ¿Eso lo ha oído bien?

Colgó y Rider empezó a reír.

—Estamos tratando con un tipo enfadado —dijo ella.

—Bueno, acaba de atravesar Chatsworth para nada —dijo Bosch—. Yo también estaría enfadado.

—Es de Sprint —dijo ella—. Ya lo tengo todo para meterme con el papeleo, pero quizá deberías llamarlo, así no sospechará cuando el tipo del taller le diga que le ha dado el número.

Bosch asintió y llamó a Mackey al móvil. Afortunadamente, salió el buzón de voz; Mackey probablemente estaba hecho una furia al teléfono, diciéndole al tipo del taller que no podía encontrar el coche que se suponía que tenía que remolcar. Bosch dejó un mensaje explicando que lo lamentaba, pero que había conseguido arrancar el coche y estaba intentando llegar a casa. Cerró el teléfono y miró a Rider.

Hablaron un poco más acerca de la organización y decidieron que ella trabajaría en exclusiva en la orden esa noche y al día siguiente, y luego se ocuparía del seguimiento a través de las distintas etapas de la aprobación. Rider dijo que quería que Bosch le acompañara en el momento de la autorización final. La presencia de los dos componentes del equipo de investigación en el despacho del juez ayudaría a consolidar la solicitud. Hasta entonces, Bosch continuaría con el trabajo de campo, buscando los nombres que quedaban en la lista de gente que debía ser entrevistada y poniendo en marcha el artículo de periódico. La sincronización sería el factor clave. No querían que el artículo sobre el caso se publicara hasta que tuvieran las escuchas preparadas en los teléfonos que usaba Mackey.

—Me voy a casa, Harry —dijo Rider—. Puedo poner esto en marcha en mi portátil.

—Suerte.

—¿Qué harás tú?

—Quiero acabar con unas cuantas cosas esta noche. Quizá vaya al Toy District.

—¿Solo?

—No hay más que vagabundos.

—Sí, y el ochenta por ciento de ellos son vagabundos porque no les funcionan los cables, ni los plomos, ni nada. Ten cuidado. Quizá deberías llamar a la División Central y ver si pueden enviar un coche contigo. Quizá puedan prestarte el submarino.

El submarino era un coche de un solo agente que se usaba como mil usos para el jefe de patrullas. Pero Bosch no creía que necesitara un acompañante. Le dijo a Rider que no se preocupara y que podía irse en cuanto le enseñara a usar AutoTrack.

—Bueno, Harry, en primer lugar has de tener ordenador. Yo lo hago desde mi portátil.

Él rodeó la mesa para colocarse a su lado y observó cómo ella se conectaba al sitio web de AutoTrack, introducía la información de usuario y contraseña y accedía a un formulario de búsqueda.

—¿Con quién quieres empezar? —preguntó ella.

—¿Qué tal Robert Verloren?

Ella escribió el nombre y estableció los parámetros de la búsqueda.

—¿Funciona deprisa? —preguntó Bosch.

—Sí.

Al cabo de un momento Rider localizó una dirección del padre de Rebecca Verloren, pero se detuvo en seco al ver que era la de la casa de Chatsworth. Robert Verloren no había actualizado su licencia de conducir ni comprado propiedades ni se había registrado para votar ni había solicitado una tarjeta de crédito ni figuraba como titular de ningún servicio público en más de diez años. Había desaparecido, al menos de la rejilla electrónica.

—Todavía estará en la calle —dijo Rider.

—Si es que sigue vivo.

Rider introdujo los nombres de Tara Wood y Daniel Kotchof en el sistema AutoTrack y obtuvo múltiples resultados con ambos. Luego, al introducir sus edades aproximadas y centrarse en Hawai y California, redujeron los resultados a dos direcciones que aparentemente correspondían a los correctos Tara Wood y Daniel Kotchof. Wood no había ido a la reunión de la escuela, pero no era porque se hubiera marchado muy lejos. Sólo se había trasladado desde el valle de San Fernando hasta Santa Mónica, al otro lado de las colinas. Entretanto, aparentemente, Daniel Kotchof había regresado de Hawai muchos años antes, había vivido en Venice unos pocos años y después había vuelto a Maui, donde estaba localizada su dirección actual.

El último nombre que Bosch dio a Rider para que buscara en el ordenador era Sam Weiss, la víctima del robo cuya pistola se utilizó para asesinar a Rebecca Verloren. Aunque había cientos de resultados con ese nombre, fue fácil encontrar al Sam Weiss correcto. Seguía viviendo en el mismo domicilio en que se había producido el robo e incluso tenía el mismo número de teléfono.

Rider imprimió los datos para Bosch y también le dio el número de teléfono de Grace Tanaka que les había proporcionado antes Bailey Sable. Hecho esto, recogió lo que necesitaría para trabajar en la orden de búsqueda en casa.

—Si me necesitas llámame al busca —dijo Rider al poner su ordenador en un estuche acolchado.

Después de que se hubiera ido, Bosch miró el reloj que había encima de la puerta de Pratt y vio que acababan de dar las seis. Decidió que pasaría alrededor de una hora buscando nombres antes de dirigirse al Toy District para encontrar a Robert Verloren. Sabía que sólo estaba demorando su visita a la zona de los desclasados, una visita que ciertamente iba a deprimirle, de manera que consultó el reloj otra vez y se prometió a sí mismo que no pasaría más de una hora al teléfono.

Decidió empezar por los locales, pero no tuvo fortuna. Sus llamadas a Tara Wood y Sam Weiss quedaron sin respuesta y le conectaron con contestadores automáticos. Dejó un mensaje para Wood, identificándose, dándole su número y mencionando que la llamada era en relación con Rebecca Verloren. Esperaba que mencionar el nombre de su amiga bastaría para intrigarla y obtener una respuesta. Con Weiss sólo dejó su nombre, pues no quiso avisarle de que la llamada era acerca de lo que podía ser una fuente de culpa para el hombre que indirectamente proporcionó el arma que mató a una chica de dieciséis años.

Después llamó al número de Grace Tanaka en Hayward y ésta le contestó al cabo de seis tonos. Desde el principio pareció enfadada por la llamada, como si hubiera interrumpido algo importante, pero sus modales y voz bronca se suavizaron en cuanto Bosch dijo que llamaba por Rebecca Verloren.

—Oh, Dios mío, ¿ha ocurrido algo? —preguntó.

—El departamento ha tomado un ávido interés en reinvestigar el caso —dijo Bosch—. Ha surgido un nombre nuevo. Es un individuo que pudo estar implicado en el crimen en mil novecientos ochenta y ocho, y estamos tratando de averiguar si encaja con Becky o con sus amigas de algún modo.

—¿Cómo se llama? —preguntó Tanaka con rapidez.

—Roland Mackey. Era un par de años mayor que Becky. No fue a Hillside, pero vivía en Chatsworth. ¿El nombre significa algo para usted?

—La verdad es que no. No lo recuerdo. ¿Cómo estaba conectado? ¿Era el padre?

—¿El padre?

—La policía dijo que estaba embarazada. O sea, que había estado embarazada.

—No, no sabemos si estaba relacionado de ese modo o no. ¿Así pues, no reconoce el nombre?

—No.

—Se hace llamar Ro.

—Tampoco.

—Y está diciendo que no sabía que ella estuvo embarazada, ¿no?

—No lo sabía. Ninguna de sus amigas lo sabíamos.

Bosch asintió con la cabeza, aunque sabía que su interlocutora no podía verlo. No dijo nada, esperando que pudiera sentirse incómoda con el silencio y aportara algo que pudiera resultar de valor.

—Hum, ¿tiene una foto de ese hombre? —preguntó ella finalmente.

No era lo que Bosch estaba buscando.

—Sí —dijo—. He de averiguar una forma de acercarme allí para que la vea, y ver si desencadena el recuerdo.

—¿No puede escanearla y enviármela por *mail*?

Bosch sabía lo que le estaba pidiendo, y aunque él no sabía hacerlo suponía que Kiz Rider probablemente no tendría ningún problema.

—Creo que podríamos hacerlo. Mi compañera es la que maneja el ordenador y no está aquí en este momento.

—Le daré mi dirección de correo y ella puede enviármela cuando llegue.

Bosch anotó en su libretita la dirección que Grace Tanaka le recitó. Le dijo que recibiría el mensaje de correo a la mañana siguiente.

—¿Alguna cosa más, detective?

Bosch sabía que podía colgar y dejar que Rider lo intentara con Grace Tanaka después de que le enviara la foto. Pero decidió no dejar pasar la oportunidad de remover antiguas emociones y recuerdos. Quizá tuviera más suerte.

—Sólo tengo unas pocas preguntas. Eh, ese verano, ¿cómo definiría su relación con Becky?

—¿Qué quiere decir? Éramos amigas. La conocía desde primer curso.

—De acuerdo, bueno, ¿cree que era su mejor amiga?

—No, creo que su mejor amiga era Tara.

Otra confirmación de que Tara Wood había sido la más cercana a Becky al final.

—Así que ella no se confió a usted cuando descubrió que estaba embarazada.

—No, ya se lo he dicho, no lo supe hasta después de que estuvo muerta.

—¿Y usted? ¿Confiaba en ella?

—Por supuesto.

—¿Del todo?

—Detective, ¿qué quiere decir?

—¿Sabía que es usted homosexual?

—¿Qué tiene eso que ver?

—Sólo intento formarme una idea del grupo. El Kitty Kat Club, creo que se llamaban ustedes cuatro...

—No —dijo ella abruptamente—. Ella no lo sabía. Ninguna de ellas lo sabía. No creo que ni siquiera yo misma lo supiera entonces. ¿De acuerdo, detective? ¿Cree que es suficiente?

—Lo siento, señorita Tanaka. Como le digo, sólo intento formarme una imagen lo más amplia posible. Aprecio su franqueza. Una última pregunta. Si Becky estuvo en una clínica y necesitaba que la llevaran a casa después del aborto porque no creía que pudiera conducir, ¿a quién habría llamado?

Hubo un largo silencio antes de que Grace Tanaka contestara.

—No lo sé, detective. Me habría gustado que fuera a mí. Que yo fuera ese tipo de amiga. Pero obviamente era otra persona.

—¿Tara Wood?

—Tendrá que preguntárselo a ella. Buenas noches, detective Bosch.

Tanaka colgó, y Bosch sacó el anuario para mirar su foto. En la imagen —de hacía muchos años— era una chica menuda de origen asiático. No coincidía con la bronca expresión de la voz que acababa de escuchar en el teléfono.

Bosch escribió una nota para Rider que contenía la dirección de correo electrónico e instrucciones para escanear y enviar la foto de Mackey. También anotó una pequeña advertencia acerca de haber encontrado resistencia de Tanaka cuando sacó a relucir su sexualidad. Colocó la nota encima de la mesa de Rider para que fuera lo primero que viera por la mañana.

Eso dejaba una última llamada, ésta a Daniel Kotchof, que vivía, según AutoTrack, en Maui, donde era dos horas más temprano.

Llamó al número que había obtenido de AutoTrack y contestó una mujer. Dijo que era la esposa de Daniel Kotchof y que su marido estaba trabajando en el hotel Four Seasons, donde estaba empleado como «director de hospitalidad». Bosch llamó al número que ella le dio y le pasaron a Daniel Kotchof. Éste argumentó que sólo podía hablar unos minutos y puso a Bosch en espera durante cinco de ellos mientras iba a un lugar más privado del hotel para mantener la conversación, que inicialmente fue improductiva. Como Grace Tanaka, no reconoció el nombre de Roland Mackey. Además, a Bosch le dio la sensación de que para Kotchof la llamada suponía un incordio o una intromisión. Explicó que estaba casado y que tenía tres hijos, y que ya rara vez pensaba en Becky Verloren. Le recordó a Bosch que él y toda su familia se habían trasladado desde el continente un año antes de la muerte de Rebecca.

—Según me han contado, después de que se trasladara a Hawai, los dos continuaron llamándose con bastante frecuencia —dijo Bosch.

—No sé quién se lo ha contado —dijo Kotchof—. O sea, hablamos. Sobre todo al principio. Tenía que llamar yo porque ella decía que sus padres le dijeron que costaba mucho dinero llamarme. Me pareció un cuento. Querían perderme de vista. Así que tenía que llamar yo, pero era como, bueno, ¿para qué? Yo estaba en Hawai y ella estaba en Los Ángeles. Se había terminado. Y enseguida tuve una novia aquí, de hecho, ahora es mi mujer, y dejé de llamar a Beck. Eso fue todo, hasta que, bueno, hasta que me enteré de lo ocurrido y el detective me llamó.

—¿Se enteró antes de que llamara el detective?

—Sí, lo había oído. La señora Verloren llamó a mi padre y él me dio la noticia. También me llamaron algunos de mis amigos de allí. Sabían que querría saber de ello. Era raro, joder, esta chica a la que conocía y la liquidan así.

—Sí.

Bosch pensó en qué más podía preguntar. La historia de Kotchof entraba en conflicto en pequeños detalles con el relato de Muriel Verloren. Sabía que tendría que cuadrar las historias en algún punto. La coartada de Kotchof continuaba molestándole.

—Eh, mire, detective, he de colgar —dijo Kotchof—. Estoy trabajando. ¿Hay algo más?

—Sólo unas pocas preguntas. ¿Recuerda cuánto tiempo antes de la muerte de Rebecca Verloren dejó de llamarla?

—Hum, no lo sé. Hacia el final del primer verano. Algo así. Había pasado un tiempo, casi un año.

Bosch decidió asustar a Kotchof y ver qué pasaba. Era algo que habría preferido hacer en persona, pero no había tiempo ni dinero para un viaje a Hawai.

—¿Así que su relación había terminado definitivamente cuando ella murió?

—Sí, definitivamente.

Bosch pensó que las oportunidades de recuperar los registros de llamadas de entonces eran escasas.

—¿Cuando llamaba era siempre en un momento determinado? ¿Sabe?, como una cita.

—Más o menos. Hay dos horas de diferencia, así que no llamaba muy tarde. Normalmente llamaba justo después de cenar, y eso era justo antes de que ella se fuera a acostar. Pero como le he dicho no duró mucho.

—De acuerdo. Ahora he de preguntarle algo bastante personal. ¿Tuvo relaciones sexuales con Rebecca Verloren?

Hubo una pausa.

—¿Qué tiene que ver con esto?

—No puedo explicárselo, Dan, pero forma parte de la investigación y tiene relación con el caso. ¿Le importa responder?

—No.

Bosch esperó, pero Kotchof no dijo nada más.

—¿Es ésa su respuesta? —preguntó finalmente Bosch—. ¿Ustedes dos nunca tuvieron relaciones?

—Nunca lo hicimos. Ella decía que no estaba preparada y yo no forcé la situación. Mire, he de irme.

—De acuerdo, Dan, sólo un par de cosas más. Estoy convencido de que quiere que detengamos al tipo que hizo esto, ¿verdad?

—Sí, por supuesto, pero estoy trabajando.

—Sí, ya me lo ha dicho. Deje que le pregunte cuándo fue la última vez que vio a Rebecca.

—No recuerdo la fecha exacta, pero fue el día que me fui. Cuando nos despedimos. Esa mañana.

—¿Entonces nunca regresó de Hawai después de que su familia se trasladara?

—No, al principio no. O sea, he vuelto desde entonces. Viví un par de años en Venice después de terminar los estudios, pero luego volví aquí.

—Pero no entre la vez en que su familia se trasladó y el momento del asesinato de Rebecca. ¿Es lo que está diciendo?

—Sí, exacto.

—Entonces si otra testigo con la que he hablado dice que lo vio en la ciudad el fin de semana del Cuatro de Julio, justo antes de la desaparición de Rebecca, ¿se equivoca?

—Sí, se equivoca. Oiga, ¿qué es esto? Le he dicho que no volví nunca. Tenía otra novia. O sea, ni siquiera fui al funeral. ¿Quién le dijo que me vio? ¿Fue Grace? Ella nunca me tragó, esa tortillera. Siempre estaba tratando de buscarme problemas con Beck.

—No puedo decirle quién es, Dan. Igual que si usted quiere decirme algo confidencial yo lo respetaré.

—Quien sea, es una puta mentirosa —dijo Kotchof, con voz estridente—. ¡Es una puta mentira! Compruebe sus registros, tío. Tengo coartada. Estuve trabajando el día que la raptaron y también al día siguiente. ¿Cómo podía haber ido y vuelto? ¡Quien se lo haya dicho es una cuentista!

—Su coartada es lo que es falso, Dan. Su padre podría habérselo pedido a su supervisor. Eso era fácil.

Pasó un momento de silencio antes de que llegara la respuesta.

—No sé de qué está hablando. Mi padre no le pidió nada a nadie y eso es un hecho. Tenemos tarjetas de fichar, joder, y mi jefe habló con los polis y punto. ¿Ahora me viene con esta mierda después de diecisiete años? ¿Está de broma, joder?

—Vale, Dan, tranquilo. A veces la gente comete errores. Especialmente cuando uno se remonta tantos años.

—Lo que me faltaba, que me meta en esto. Tío, tengo una familia aquí.

—Le he dicho que se calme. No le estoy metiendo en nada. Es sólo una llamada telefónica. Sólo una conversación, ¿vale? Ahora, ¿hay algo más que pueda decirme o que quiera decirme para ayudar en esto?

—No. Le he dicho todo lo que sabía, que es nada. Y he de colgar. Esta vez lo digo en serio.

—O sea que estaba cabreado cuando Rebecca le dijo que estaba embarazada y era obvio que lo estaba de otro tipo.

Al principio no hubo respuesta, y Bosch trató de hurgar más en la herida.

—Sobre todo porque ella nunca tuvo relaciones con usted cuando estuvieron juntos.

Bosch se dio cuenta de que había ido demasiado lejos y había enseñado las cartas. Kotchof comprendió que Bosch estaba jugando con él al poli bueno y al poli malo al mismo tiempo. Cuando respondió, su voz era calmada y modulada.

—Nunca me lo contó —dijo—. Nunca lo supe hasta que surgió después.

—¿De verdad? ¿Quién se lo dijo?

—No me acuerdo, alguno de mis amigos, supongo.

—¿En serio? Porque Rebecca tenía un diario. Y usted sale en todas las páginas. Y dice que se lo dijo y que no le hizo ninguna gracia.

Esta vez Kotchof se rió, y Bosch comprendió que había metido la pata.

—Detective, no cuela. Es usted quien está mintiendo. Esto es muy débil, tío. Oiga, veo *La ley y el orden*, ¿sabe?

—¿Ve *CSI*?

—Sí, ¿y?

—Tenemos el ADN del asesino. Si lo relacionamos con alguien, van a caer en picado. El ADN es definitivo.

—Bien. Compruebe el mío y quizás esto termine de una vez para mí.

Bosch sabía que ahora era él quien estaba retrocediendo. Tenía que terminar la llamada.

—Vale, Dan, se lo haremos saber. Entretanto, gracias por su ayuda. Una última pregunta. ¿Qué es un director de hospitalidad?

—¿Se refiere aquí en el hotel? Me ocupo de los grupos grandes y de bodas, conferencias y cosas así. Me aseguro de que todo funciona a la perfección cuando llegan aquí estos grupos grandes.

—Vale, bien, dejaré que vuelva a ocuparse de eso. Que pase un buen día.

Bosch colgó y se quedó sentado ante su escritorio, pensando en la llamada. Estaba avergonzado por la forma en que había dejado que la mejor mano se escurriera por la línea hasta Kotchof. Sabía que sus habilidades interrogatorias se habían adormecido a lo largo de los últimos tres años, pero eso no le ahorraba el escozor. Necesitaba mejorar, y tenía que hacerlo pronto.

Aparte de eso, había mucho contenido de la llamada que considerar. No interpretó gran cosa en la reacción airada de

Kotchof al hecho de haber sido supuestamente visto en Los Ángeles justo antes del asesinato. Al fin y al cabo, Bosch se había inventado la testigo y el enfado de Kotchof estaba ciertamente justificado. Lo que era notable era cómo la rabia de Kotchof se había concentrado en Grace Tanaka. Merecía la pena seguir explorando esa relación, quizás a través de Kiz Rider.

También consideró la afirmación de Kotchof de que no sabía nada del embarazo de Rebecca Verloren. Bosch instintivamente le creía. En resumen, la conversación no eliminaba a Kotchof de la lista de sospechosos, pero al menos lo aparcó. Discutiría todas las respuestas de Kotchof con Rider para ver si coincidían en la apreciación.

La información más interesante cosechada de la llamada estaba en los conflictos entre los recuerdos de Kotchof y aquellos de Muriel Verloren, la madre de la víctima. Muriel Verloren había dicho que Kotchof había llamado a su hija religiosamente, justo hasta el momento de su muerte. Kotchof aseguraba que no había hecho nada parecido. Bosch no veía ninguna razón para que Kotchof le mintiera al respecto. Si no lo había hecho, entonces el recuerdo de Muriel Verloren era equivocado. O fue su hija la que le había mentido acerca de quién la llamaba cada noche antes de irse a acostar. Puesto que la chica estaba ocultando una relación y el embarazo resultante, parecía probable que ella recibiera todas las noches llamadas de teléfono, sólo que no eran de Kotchof. Eran de otra persona, alguien a quien Bosch empezó a llamar «el señor X».

Después de buscar el número de teléfono en el expediente, Bosch llamó a la casa de Muriel Verloren. Se disculpó por entrometerse y dijo que tenía unas pocas preguntas de seguimiento. Muriel dijo que no le molestaba la llamada.

—¿Cuáles son sus preguntas?

—Vi el teléfono en la mesilla de al lado de la cama de su hija. ¿Era una extensión del número de la casa o tenía su propio número?

—Tenía su propio número. Era una línea privada.

—Así que cuando Daniel Kotchof la llamaba por la noche era ella la que respondía al teléfono, ¿no?

—Sí, en su habitación. Era la única extensión.

—Entonces la única forma que usted tenía de saber que estaba llamando Danny era porque ella se lo decía.

—No, a veces oía sonar el teléfono. Él llamaba.

—Lo que quiero decir, señora Verloren, es que usted nunca contestó esas llamadas y nunca habló con Danny Kotchof, ¿verdad?

—Exacto. Era su línea privada.

—Así que cuando ese teléfono sonaba y ella hablaba con alguien, la única forma que tenía de saber quién estaba en la línea era que ella se lo dijera. ¿Correcto?

—Eh, sí, creo que es correcto. ¿Está diciendo que no era Danny quien llamó todas esas veces?

—Todavía no estoy seguro. Pero he hablado con Danny en Hawai y dijo que dejó de llamar a su hija mucho antes de su desaparición. Tenía otra novia, ¿sabe? En Hawai.

La información fue recibida con una larga pausa. Finalmente, Bosch habló en el vacío.

—¿Tiene alguna idea de con quién podría haber estado hablando Becky, señora Verloren?

Después de otra pausa, Muriel Verloren ofreció débilmente una respuesta.

—Quizá con una de sus amigas.

—Es posible —dijo Bosch—. ¿Se le ocurre alguien más?

—No me gusta esto —respondió rápidamente—. Me da la sensación de que continuamente me estoy enterando de cosas.

—Lo siento, señora Verloren. Trataré de no sacudirla con estas cosas a no ser que sea necesario. Pero me temo que es necesario. ¿Su marido llegó alguna vez a alguna conclusión acerca del embarazo?

—¿A qué se refiere? No lo supimos hasta después.

—Eso lo entiendo. Lo que quiero decir es si creen que fue resultado de una relación oculta o fue simplemente un error que ella cometió un día, bueno, con alguien con quien en realidad no tenía una relación.

—¿Se refiere a una aventura de una noche? ¿Es eso lo que está diciendo de mi hija?

—No, señora, no estoy diciendo eso de su hija. Simplemente estoy haciendo preguntas. No quiero alterarla, lo único que quiero es encontrar a la persona que mató a Rebecca. Y necesito saber todo lo que haya que saber.

—Nunca pudimos explicarlo, detective —respondió ella con frialdad—. Ella se había ido y decidimos no hurgar en la herida. Se lo dejamos todo a la policía y tratamos de recordar a la hija que conocíamos y amábamos. Me dijo que tiene una hija. Espero que lo entienda.

—Creo que lo hago. Gracias por sus respuestas. Una última pregunta, y no hay presión en esto, pero ¿estaría dispuesta a hablar con un periodista acerca de su hija y el caso?

—¿Por qué iba a hacer eso? No lo hice antes. No creo en ventilar mi dolor delante del público.

—Admiro eso. Pero esta vez quiero que lo haga porque podría ayudarnos a levantar la liebre.

—¿Quiere decir que podría hacer que la persona que hizo esto saliera al descubierto?

—Exactamente.

—Entonces lo haré sin dudarlo.

—Gracias, señora Verloren, ya la avisaré.

16

Abel Pratt salió de su despacho con la chaqueta del traje puesta. Se fijó en Bosch, que estaba sentado ante su escritorio, escribiendo con dos dedos un informe sobre su conversación telefónica con Muriel Verloren. Los informes finalizados de las entrevistas telefónicas con Grace Tanaka y Daniel Kotchof estaban sobre la mesa.

—¿Dónde está Kiz? —preguntó Pratt.

—Está en casa preparando la solicitud de la orden. Allí puede pensar mejor.

—Yo no puedo pensar cuando llego a casa. Sólo puedo reaccionar. Tengo gemelos.

—Buena suerte.

—Sí, la necesito. Ahora iba hacia allí. Hasta mañana, Harry.

—Vale.

Pero Pratt no se alejó. Bosch levantó la cabeza de la máquina de escribir. Pensó que tal vez había hecho algo mal. Quizá se trataba de la máquina de escribir.

—La encontré en una mesa, al otro lado —dijo Bosch—. No parecía que la estuviera usando nadie.

—No la usa nadie. Ahora la mayoría de la gente usa ordenador. Definitivamente eres un tipo de la vieja escuela, Harry.

—Supongo. Normalmente los informes los hace Kiz, pero me sobraba un rato.

—¿Trabajas hasta tarde?

—Quiero ir al Nickel.

—¿A la calle Cinco? ¿Qué vas a hacer allí?

—Buscar al padre de la víctima.

Pratt sacudió la cabeza de manera sombría.

—Otro de ésos. Lo hemos visto antes.

Bosch asintió.

—Onda expansiva —dijo.

—Sí, onda expansiva —coincidió Pratt.

Bosch estaba pensando en ofrecerle a Pratt acompañarle, quizá conversar con él y empezar a conocerlo mejor, pero su teléfono móvil empezó a sonar. Lo sacó del cinturón y vio el nombre de Sam Weiss en la pantalla de identificación.

—Será mejor que conteste.

—De acuerdo, Harry. Ten cuidado allí.

—Gracias, jefe.

Harry abrió el teléfono.

—Detective Bosch —se identificó.

—¿Detective?

Bosch recordó que no había dejado esa información en su mensaje a Weiss.

—Señor Weiss, mi nombre es Harry Bosch. Soy detective del Departamento de Policía de Los Ángeles. Me gustaría hacerle unas preguntas acerca de una investigación que estoy llevando a cabo.

—Tengo todo el tiempo que necesite, detective. ¿Es sobre mi pistola?

La pregunta pilló a Bosch con la guardia baja.

—¿Por qué me pregunta eso, señor?

—Bueno, porque sé que se utilizó en un asesinato que no llegó a resolverse nunca. Y es la única cosa que se me ocurre por la que el departamento de policía pueda querer hablar conmigo.

—Bueno, sí, señor, se trata de la pistola. ¿Puedo hablar con usted de eso?

—Si significa que está tratando de encontrar a la persona que mató a esa chica, entonces puede preguntarme todo lo que quiera.

—Gracias. Creo que lo primero que me gustaría es que me contara cómo y cuándo supo o le dijeron que la pistola que le robaron fue utilizada en un homicidio.

—Estaba en los periódicos (el asesinato) y yo sumé dos y dos. Llamé al detective asignado a mi robo y se lo pregunté, y él me dio la respuesta que ojalá no me hubiera dado nunca.

—¿Por qué, señor Weiss?

—Porque he tenido que vivir con eso.

—Pero usted no hizo nada mal, señor.

—Lo sé, pero eso no hace que una persona se sienta mejor. Me compré la pistola porque estaba teniendo problemas con una banda de gamberros. Quería protección. Luego la pistola que compré terminó siendo el instrumento de la muerte de esa chica. No crea que no he pensado en cambiar la historia. O sea, ¿y si no hubiera sido tan testarudo? ¿Y si hubiera recogido mis cosas y me hubiera mudado en lugar de ir a comprar esa maldita arma? ¿Entiende lo que quiero decir?

—Sí, ya veo.

—Bueno, dicho esto, ¿qué más puedo decirle, detective?

—Tengo unas pocas preguntas. Llamarle ha sido una especie de palo de ciego. Pensé que podría ser más fácil que tratar de remontar diecisiete años de papeleo e historia departamental. Tengo el informe inicial del robo y el investigador consta como John McClellan. ¿Lo recuerda?

—Por supuesto que lo recuerdo.

—¿Logró resolver el caso?

—No que yo sepa. Al principio John pensó que podría estar relacionado con los gamberros que me habían amenazado.

—¿Y lo estaba?

—John me dijo que no. Pero yo nunca estuve seguro. Los ladrones destrozaron la casa. No era que estuvieran buscando algo concreto que robar. Simplemente estaban destrozando cosas, mis pertenencias. Entré y, Dios mío, sentí un montón de ira.

—¿Por qué ha dicho ladrones? ¿La policía creía que se trataba de más de uno?

—John suponía que habían sido al menos dos o tres. Sólo estuve fuera una hora... Fui a comprar. Un solo tipo no podría haber causado tanto daño en ese tiempo.

—El informe menciona que se llevaron la pistola, una colección de monedas y algo de efectivo. ¿Algo más que echara en falta después?

—No, eso era todo. Era suficiente. Al menos, recuperé las monedas, que era lo más valioso. Era la colección de mi padre de cuando él era niño.

—¿Cómo lo recuperó?

—John McClellan me las devolvió al cabo de un par de semanas.

—¿Dijo de dónde las recuperaron?

—Me contó que de un prestamista de West Hollywood. Y luego, por supuesto, supimos qué ocurrió con la pistola. Pero no me la devolvieron. No la habría aceptado de todos modos.

—Entiendo, señor. ¿Alguna vez el detective McClellan le dijo quién creía que había robado en su casa? ¿Tenía alguna hipótesis?

—Pensaba que era otro grupo de gamberros, ¿sabe? No los Ochos de Chatsworth.

La mención de los Ochos de Chatsworth removió un recuerdo en Bosch, pero no lograba situarlo.

—Señor Weiss, actúe como si yo no supiera nada. ¿Quiénes eran los Ochos de Chatsworth?

—Era una banda de aquí del valle. Eran todos chicos blancos. Cabezas rapadas. Y en mil novecientos ochenta y ocho cometieron una serie de delitos aquí. Eran delitos de odio. Así los llamaban en los diarios. Era el nuevo término para llamar a los crímenes motivados por la raza o la religión.

—¿Y usted era el objetivo de esa banda?

—Sí, empecé a recibir llamadas. El típico discurso de «mata al judío».

—Y entonces la policía le dijo que los Ochos no habían cometido el robo.

—Exacto.

—Es extraño, ¿no? No vieron ninguna conexión.

—Eso es lo que yo pensé en aquel momento, pero el detective era él, no yo.

—¿Qué hizo que los Ochos se centraran en usted, señor Weiss? Sé que es judío, pero ¿qué hizo que lo eligieran?

—Sencillo. Uno de los mierdecillas era un chico del barrio. Billy Burkhart vivía a cuatro casas de distancia. Puse una *menorá* en la ventana en la fiesta de Januká, y así empezó todo.

—¿Qué le ocurrió a Burkhart?

—Fue a la cárcel. No por lo que me hizo a mí, sino por otras cosas. Acusaron a él y a los demás de otros delitos. Quemaron una cruz a unas manzanas de mi casa. En el jardín delantero de una familia negra. No fue lo único que hicieron. Amenazas, vandalismo. También trataron de quemar un templo.

—Pero no el robo en su casa.

—Exacto. Eso es lo que me dijo la policía. Verá, no había pintadas ni indicación de motivación religiosa. El piso estaba patas arriba. Así que no clasificaron el delito como delito de odio.

Bosch vaciló, preguntándose si había algo más que preguntar. Decidió que no sabía lo suficiente para formular preguntas inteligentes.

—Muy bien, señor Weiss, le agradezco su tiempo. Y lamento haber despertado malos recuerdos.

—No se preocupe por eso, detective. Créame, no estaban dormidos.

Bosch cerró el teléfono. Trató de pensar en a quién podía llamar al respecto. No conocía a John McClellan, y las posibilidades de que siguiera en la División de Devonshire diecisiete años después eran exiguas. Entonces se le ocurrió: Jerry Edgar. Su antiguo compañero en la División de Hollywood había estado asignado previamente a la brigada de detectives de Devonshire. Estaría allí en 1988.

Bosch llamó a la mesa de Homicidios de Hollywood, pero le saltó el contestador. Todos se habían ido temprano. Llamó al número principal de la oficina de detectives y preguntó si Edgar estaba por allí. Bosch sabía que había un gráfico de entradas y salidas en el mostrador principal. El funcionario que respondió la llamada dijo que Edgar ya había marcado su salida.

La tercera llamada la hizo al móvil de Edgar. Su antiguo compañero respondió con rapidez.

—Os vais a casa temprano en Hollywood —dijo Bosch.

—¿Quién diablos...? Harry, ¿eres tú?

—Soy yo. ¿Cómo va, Jerry?

—Me estaba preguntando cuándo tendría noticias tuyas. ¿Has empezado hoy?

—El novato más viejo del mundo. Y Kiz y yo estamos trabajando en un caso.

Edgar no respondió, y Bosch comprendió que mencionar a Rider había sido un error. El abismo entre ambos no sólo seguía existiendo, sino que parecía estar ensanchándose.

—En cualquier caso, necesito ese gran cerebro tuyo. Se remonta a los días del Club Dev.

—Sí, ¿qué día?

—Mil novecientos ochenta y ocho. La banda de los Ochos de Chatsworth. ¿Los recuerdas?

Se hizo un silencio mientras Edgar pensaba un momento.

—Sí, recuerdo a los Ochos. Eran una banda de paletos

que creían que las cabezas rapadas y los tatuajes los hacían hombres. Montaron una buena, pero enseguida los aplastaron. No duraron mucho.

—¿Recuerdas a un tipo llamado Roland Mackey? Tendría dieciocho entonces.

Después de una pausa, Edgar dijo que no recordaba el nombre.

—¿Quién se ocupaba de los Ochos? —preguntó Bosch.

—No el Club Dev, tío. Todo lo suyo pasaba directamente por la madriguera.

—¿UOP?

—Premio.

La Unidad de Orden Público. Una sombría brigada del Parker Center que recopilaba datos e información sobre conspiraciones, pero que resolvía pocos casos. En 1988 la UOP habría estado bajo la égida del entonces inspector Irvin Irving. La unidad ya no existía. Cuando Irving ascendió a la categoría de subdirector enseguida desmanteló la UOP, y muchos en el departamento creyeron que era una medida para protegerse y distanciarse personalmente de sus actividades.

—Eso no va a ayudar —dijo Bosch.

—Lo siento. ¿En qué estáis trabajando?

—En el asesinato de una chica en Oat Mountain.

—¿La que se llevaron de su casa?

—Sí.

—Ése también lo recuerdo. No lo trabajé, acababa de llegar a la mesa de Homicidios. Pero lo recuerdo. ¿Estás diciendo que los Ochos estaban implicados?

—No. Sólo que ha surgido un nombre que podría tener relación con los Ochos. Podría. ¿Entonces Ochos significa lo que creo?

—Sí, tío, ocho por H. Ochenta y ocho por HH. Y HH por Heil...

—... Hitler. Sí, lo que pensaba.

Bosch cayó en la cuenta de que Kiz Rider había tenido razón al pensar que el año del crimen podría ser significativo. El asesinato y el resto de los crímenes cometidos por los Ochos de Chatsworth habían ocurrido en 1988. Todo formaba parte de una confluencia de detalles aparentemente menores que cuadraban. Y ahora Irving y la UOP estaban metidos en el ajo. El resultado ciego de un análisis de ADN correspondiente a un perdedor que conducía una grúa como medio de vida estaba abriéndose para convertirse en algo mayor.

—Jerry, ¿recuerdas a un tipo que trabajó en Devonshire llamado John McClellan?

—¿John McClellan? No, no lo recuerdo. ¿En qué trabajaba?

—Tengo su nombre aquí, en un informe de robo.

—No, en la mesa de Robos seguro que no. Yo trabajé en Robos antes de pasar a Homicidios. No había ningún McClellan en Robos. ¿Quién es?

—Como he dicho, sólo un nombre en un informe. Ya lo averiguaré.

Bosch sabía que eso significaba que probablemente McClellan estaba en la UOP en el momento en que la investigación del robo en la casa de Sam Weiss fue absorbida por la investigación de los Ochos de Chatsworth. No se molestó en discutir todo esto con Edgar.

—Jerry, ¿entonces eras nuevo en la mesa de Homicidios?

—Exacto.

—¿Conocías bien a Green y a García?

—No. Acababa de llegar a la mesa y ellos no estuvieron mucho más. Green entregó la placa y al cabo de un año a García lo hicieron teniente.

—Por lo que viste, ¿cuál es tu valoración?

—¿En qué sentido?

—Como detectives de Homicidios.

—Bueno, Harry, yo era bastante novato entonces. O sea,

¿qué sabía yo? Todavía estaba aprendiendo. Pero mi impresión era que Green mandaba. García sólo era el ama de casa. Lo que alguna gente decía de García era que no podía encontrar una miga de pan en su propio bigote con un peine y un espejo.

Bosch no respondió. Al calificar a García de ama de casa, Edgar estaba diciendo que García iba montado en el carro de su compañero. Green era el verdadero policía de Homicidios mientras que García era el tipo que lo respaldaba y mantenía los expedientes ordenados y al día. Muchas parejas de investigadores se enquistaban en ese tipo de relaciones: un perro alfa y su ayudante.

—Supongo que no lo necesitaba —dijo Edgar.

—¿No necesitaba qué?

—Encontrar pan en su bigote. Hizo carrera, tío. Se hizo teniente y salió de aquí. Sabes que ahora es segundo al mando en el valle, ¿verdad?

—Sí, lo sé. De hecho, si lo ves será mejor que no menciones esa parte del bigote.

—Sí, probablemente.

Bosch pensó un poco más en lo que esto podría significar para la investigación Verloren. Había una pequeña grieta bajo la superficie.

—¿Es todo, Harry?

—He oído que Green se comió su pistola poco después de entregar la placa.

—Sí, me enteré. No recuerdo que me sorprendiera. Siempre parecía un tipo que llevaba una carga muy pesada. ¿Vas a echar un vistazo en la UOP, Harry? Sabes que era la brigada de Irving, ¿no?

—Sí, Jerry, lo sé. Dudo que vaya por ese camino.

—Si lo haces ten cuidado, tío.

Bosch quería cambiar de tema antes de colgar. Edgar siempre había sido un cotilla del departamento. No quería que la lengua larga de su antiguo compañero difundiera la voz de que Bosch iba tras Irving ahora que había recuperado la placa.

—Bueno, ¿cómo van las cosas en Hollywood? —preguntó.

—Acabamos de volver a la oficina después de las consecuencias del terremoto. Te perdiste todo eso. Estuvimos apiñados arriba en la de reunión de patrullas durante casi un año.

—¿Cómo es eso?

—Ahora es como una oficina de seguros. Todo en gris gubernamental. Es bonito, pero no es lo mismo.

—Ya te entiendo.

—Después pusieron a los jefes de equipo en mesas con dos lados de cajones. Los demás tenemos un lado.

Bosch sonrió. Pequeños desaires como ése se magnificaban en el departamento y los administradores que tomaban tales decisiones nunca aprendían. Como cuando la mayor parte de la División de Asuntos Internos se trasladó del Parker Center al edificio Bradbury y entre el personal se corrió la voz de que el capitán tenía una chimenea en su despacho.

—Entonces ¿qué vas a hacer, Jerry?

—Lo mismo de siempre, eso es lo que voy a hacer. Levantar el trasero y salir a la calle.

—Di que sí, tío.

—Ten cuidado, Harry.

—Siempre.

Después de colgar, Bosch se quedó sentado en silencio ante su escritorio durante un momento, pensando en la conversación y en los nuevos significados del caso. Si existía una conexión entre el caso y la UOP la partida era completamente nueva.

Miró el expediente del caso, que seguía abierto por el informe del robo, y observó la firma garabateada de John McClellan. Levantó el teléfono y llamó al Departamento de

Operaciones del Parker Center y preguntó al agente de guardia por la localización de un detective llamado John McClellan. Leyó el número de placa de McClellan del informe del robo. Le dijeron que esperara y supuso que iban a decirle que McClellan se había retirado hacía mucho. Habían pasado diecisiete años.

Sin embargo, cuando el agente de servicio volvió a la línea le informó de que un agente llamado John McClellan, con el número de placa que Bosch le había proporcionado, era un teniente asignado a la Oficina de Planificación Estratégica. Las conexiones sinápticas en el cerebro de Bosch empezaron a sacar chispas. Diecisiete años antes, McClellan trabajaba para Irving en la UOP. Ahora, su posición y rango eran diferentes, pero seguía trabajando para él. Y casualmente Irving se había topado con Bosch en la cafetería del Parker Center el mismo día en que asignaron a Harry un caso con ramificaciones en la UOP.

—*High jingo* —susurró Bosch para sus adentros al tiempo que colgaba.

Como un acorazado virando lentamente, el caso se iba moviendo de manera certera e imparable hacia una nueva dirección. Bosch sintió una opresión en el pecho. Pensó en la coincidencia de que Irving se cruzara en su camino. Si era una coincidencia. Bosch se preguntó si el subdirector ya sabía en ese momento a qué caso correspondía el resultado ciego y adónde conduciría.

El departamento enterraba secretos todos los días. Era un hecho. Pero ¿quién podía pensar diecisiete años antes que un día una prueba química llevada a cabo en un laboratorio del Departamento de Justicia de Sacramento hundiría una pala en el suelo grasiento y removería el pasado, sacando a la luz este secreto?

17

Conduciendo hacia casa, Bosch pensó en las muy diversas ramificaciones de la investigación del asesinato de Rebecca Verloren. Sabía que tenía que mantener la mirada en la presa. Las pruebas eran la clave. Los elementos de política departamental y posible corrupción y encubrimiento se resumían en lo que se conocía como *high jingo*. Podía ser una amenaza y distraerle del objetivo pretendido. Tenía que evitarlo, y al mismo tiempo tenía que estar atento a ello.

Finalmente logró apartar los pensamientos de la sombra de Irving, que se cernía sobre la investigación, y concentrarse en el caso. Sus ideas de algún modo lo condujeron al dormitorio de Rebecca Verloren y a cómo su madre lo había mantenido intacto con el paso del tiempo. Se preguntó si el motivo era la pérdida de la hija o las circunstancias de esa pérdida. ¿Y si uno pierde un hijo por causas naturales o por un accidente o un divorcio? Bosch tenía una hija a la que rara vez veía. Era una carga que pesaba sobre él. Sabía que, estuviera cerca o lejos, su hija lo dejaba en una situación de completa vulnerabilidad, sabía que podía terminar como una madre que preservaba la habitación de su hija igual que un museo, o como el padre que había perdido la conexión con el mundo hacía tanto tiempo.

Más que esa cuestión, había algo en la habitación que le

obsesionaba. No podía averiguar lo que era, pero sabía que estaba ahí, y le fastidiaba. Miró hacia su izquierda desde la autovía elevada, en dirección a Hollywood. Todavía había algo de luz en el cielo, pero estaba empezando a anochecer. La oscuridad ya había esperado suficiente. Los reflectores, cuyo origen era la esquina de Hollywood y Vine, se entrecruzaban en el horizonte. A él le gustaba. Se sentía como en casa.

Cuando llegó a su casa de la colina abrió el buzón, comprobó si tenía mensajes en el teléfono y se cambió el traje que se había comprado para su vuelta al trabajo. Lo colgó cuidadosamente en el armario, pensando que podría ponérselo al menos otra vez antes de llevarlo a la tintorería. Se puso tejanos, zapatillas de deporte negras y un polo también negro. Se enfundó una cazadora que se estaba deshilachando en el hombro derecho; no gastaba demasiado dinero en ropa. Guardó en ella su pistola, placa y cartera y volvió a coger el coche para dirigirse al Toy District.

Decidió aparcar en Japantown, en el aparcamiento del museo, para no tener que preocuparse por que le desvalijaran o rompieran el coche. Desde allí caminó hasta la calle Cinco, encontrándose con una densidad creciente de vagabundos a medida que avanzaba. Los principales campamentos para la población sin techo de la ciudad, así como las misiones que se encargaban de alimentarlos, se alineaban en una extensión de cinco manzanas de la calle Cinco, al sur de Los Angeles Street. En el exterior de las misiones y los hostales baratos, las aceras estaban llenas de cajas de cartón y carros de la compra que contenían las exiguas y sucias pertenencias de la gente perdida. Era como si algún tipo de bomba de desintegración social hubiera estallado y la metralla de vidas heridas y despojadas se hubiera extendido por doquier. En la acera había hombres y mujeres que gritaban palabras ininteligibles o inquietantes incongruencias. Era una ciudad con sus propias reglas y razón de ser, una ciudad dolorida, con una herida tan profunda que las vendas que aplicaban las misiones no podían contener la hemorragia.

Mientras caminaba, Bosch se fijó en que no le pidieron ni una vez dinero o cigarrillos ni ninguna otra clase de dádiva. La ironía no se le escapó. Parecía que el lugar con la concentración más alta de gente sin hogar de la ciudad era también el lugar donde un ciudadano estaba más a salvo de sus súplicas.

La Misión de Los Ángeles y el Ejército de Salvación tenían allí grandes centros de ayuda. Bosch decidió empezar con ellos. Llevaba una foto de carné de conducir de hacía doce años de Robert Verloren y una fotografía incluso más vieja de él en el funeral de su hija. Las mostró a la gente que dirigía los centros de ayuda y a los trabajadores de la cocina que cada día servían centenares de platos de comida gratuita. Obtuvo escasa respuesta hasta que un trabajador de la cocina recordó a Verloren como un «cliente» que unos años antes se ponía en la cola del comedor popular con cierta regularidad.

—Hace bastante tiempo que no lo veo —dijo el hombre.

Después de pasar casi una hora en cada centro, Bosch empezó a recorrer la calle, entrando en las misiones más pequeñas y en albergues para vagabundos y mostrando las fotos. Varias personas reconocieron a Verloren, pero no consiguió nada nuevo, nada que lo acercara al hombre que había desaparecido completamente del radar social hacía tantos años. Continuó hasta las diez y media y decidió que volvería al día siguiente para terminar de peinar la calle. Al caminar de regreso a Japantown estaba deprimido por el mundo en el que se había sumergido y por la esperanza menguante de encontrar a Robert Verloren. Caminaba con la cabeza baja y las manos en los bolsillos, y por consiguiente no vio a los dos hombres hasta que éstos ya le habían visto a él. Salieron de los huecos de dos jugueterías situadas una a cada lado de la calle. Uno le cerró el paso. El otro se colocó a su espalda. Bosch se detuvo.

—Eh, misionero —dijo el que tenía delante.

Al brillo tenue de una farola situada a media manzana de distancia, Bosch vio el destello de un cuchillo en la mano del hombre. Se volvió ligeramente hacia el otro que tenía detrás. Era más pequeño. Bosch no estaba seguro, pero le pareció que simplemente sostenía un trozo de hormigón. Un trozo de acera rota. Ambos hombres iban vestidos con capas de ropa, una visión común en esta parte de la ciudad. Uno era negro y el otro, blanco.

—Todas las cocinas están cerradas y aún tenemos hambre —dijo el que empuñaba el cuchillo—. ¿Tienes unos pavos para nosotros? Un préstamo.

Bosch negó con la cabeza.

—No, la verdad es que no.

—¿La verdad es que no? ¿Estás seguro de eso, chico? Parece que tienes una buena cartera. No nos engañes.

Bosch sintió que una oscura rabia crecía en su interior. En un momento de concentración supo lo que podía e iba a hacer. Sacaría el arma y disparará a cada uno de esos hombres. En ese mismo instante supo que saldría airoso después de una investigación departamental superficial. El brillo de la hoja del cuchillo era el seguro de Bosch, y lo sabía. Los hombres que lo rodeaban no tenían ni idea de con qué se habían encontrado. Era como estar en los túneles muchos años antes. Todo se reducía a una única opción. Nada más que matar o morir. Había algo absolutamente puro en ello, sin zonas grises ni espacio para nada más.

De repente, el momento cambió. Bosch vio que quien empuñaba el cuchillo lo miraba intensamente, interpretando algo en sus ojos, un depredador tomando la medida del otro. El hombre del cuchillo parecía menguar en una medida casi imperceptible. Retrocedía sin retroceder físicamente.

Bosch sabía que había personas a las que consideraba intérpretes de la mente. La verdad es que eran lectores de rostros. Su habilidad consistía en interpretar el sinfín de músculos, las expresiones de los ojos, la boca, las cejas. A partir de esa información deducían la intención. Bosch tenía un buen nivel en esa habilidad. Su ex mujer se ganaba la vida jugando al póquer porque tenía una destreza incluso mayor. El hombre del cuchillo tenía también cierta dosis de esa capacidad y seguramente le había salvado la vida en esta ocasión.

—Bah, no importa —dijo el hombre. Dio un paso atrás hacia el hueco de la tienda—. Buenas noches, misionero —añadió al retroceder en la oscuridad.

Bosch se volvió por completo y miró al otro hombre. Sin decir ni una palabra, él también retrocedió para ocultarse y esperar la siguiente víctima.

Bosch paseó la mirada calle arriba y calle abajo. Ahora parecía desierta. Se volvió y se dirigió a su vehículo. Mientras caminaba, sacó el móvil y llamó a la patrulla de la División Central. Le habló al sargento de guardia de los dos hombres que se había encontrado y le pidió que enviara un coche patrulla.

—Esa clase de cosas pasan en cada manzana de ese agujero infernal —dijo el sargento—. ¿Qué quiere que haga?

—Quiero que envíe un coche y que los asuste. Se lo pensarán dos veces antes de hacer algo a alguien.

—Bueno, ¿por qué no lo ha hecho usted?

—Porque estoy investigando en un caso, sargento, y no puedo dejarlo para hacer su trabajo.

—Mire, colega, no me diga cómo he de hacer mi trabajo. Todos los detectives son iguales. Creen...

—Oiga, sargento, voy a mirar los informes de delitos por la mañana. Si leo que alguien resultó herido allí y los sospechosos son un equipo de un blanco y un negro, entonces va a tener más detectives a su alrededor que los que haya visto nunca. Se lo garantizo.

Bosch cerró el teléfono, cortando una última protesta del sargento de guardia. Aceleró el paso, llegó a su coche y volvió hacia la autovía 101 para enfilar de nuevo hacia el valle de San Fernando.

18

Era difícil permanecer a cubierto y disponer de una línea de visibilidad de Tampa Towing. Las dos galerías comerciales situadas en las otras esquinas estaban cerradas y sus estacionamientos desiertos. Bosch resultaría obvio si aparcaba en cualquiera de ellos. La estación de servicio de otra empresa en la tercera esquina continuaba abierta y, por consiguiente, no resultaba útil para la vigilancia. Después de considerar la situación, Bosch aparcó en Roscoe, a una manzana, y caminó hasta la intersección. Tomando prestada la idea de quienes habían intentado robarle hacía menos de una hora, encontró un rincón oscuro en una de las galerías comerciales desde donde podía vigilar la estación de servicio. Sabía que el problema de su posición sería regresar al coche lo bastante deprisa para no perder a Mackey cuando éste terminara el turno.

El anuncio que había visto antes en el listín telefónico decía que Tampa Towing ofrecía un servicio de veinticuatro horas. Pero ya casi era medianoche, y Bosch contaba con que Mackey, que había entrado a trabajar a las cuatro de la tarde, terminaría pronto. O bien lo sustituiría un empleado nocturno o bien estaría disponible telefónicamente por la noche.

Era en ocasiones como ésa cuando Bosch pensaba en volver a fumar. Siempre le parecía que con un cigarrillo el tiempo pasaba más deprisa y el filo de la angustia que acompañaba a una operación de vigilancia se suavizaba. Sin embargo, llevaba más de cuatro años sin fumar y no iba a ceder. Haber descubierto dos años antes que era padre le había ayudado a superar la debilidad ocasional. Pensó que de no ser por su hija probablemente estaría fumando otra vez. A lo sumo había controlado la adicción, pero en modo alguno la había superado.

Sacó el móvil y giró el ángulo de luz de la pantalla del aparato de manera que no se distinguiera el brillo desde la estación de servicio mientras marcaba el número de la casa de Kiz Rider. No respondió. Lo intentó en el móvil y no recibió respuesta. Supuso que había apagado los teléfonos para poder concentrarse en la redacción de la orden. Había trabajado así en el pasado. Sabía que ella habría dejado encendido el busca para las emergencias, pero no creía que las noticias que había recopilado durante las llamadas de la tarde se elevaran al nivel de emergencia. Decidió esperar hasta que la viera por la mañana para contarle lo que había averiguado.

Se guardó el teléfono en el bolsillo y levantó los prismáticos. A través del vidrio de la oficina de la estación de servicio divisaba a Mackey sentado detrás de un escritorio gris desgastado. Había otro hombre con un uniforme azul similar en la oficina. Al parecer era una noche tranquila. Ambos hombres tenían los pies encima del escritorio y estaban mirando hacia algo situado más alto, en la pared que daba a la fachada. Bosch no podía ver en qué estaban concentrados, pero por la luz cambiante en la sala supo que se trataba de una televisión.

El teléfono de Bosch sonó y él lo sacó del bolsillo sin bajar los binoculares. No se fijó en la pantallita porque supuso que era Kiz que le llamaba después de haberse perdido la llamada.

—Eh.

—¿Detective Bosch?

No era Rider. Bosch bajó los binoculares.

—Sí, soy Bosch. ¿En qué puedo ayudarla?

—Soy Tara Wood. Recibí su mensaje.

—Ah, sí, gracias por devolverme la llamada.

—Veo que es su teléfono móvil. Lamento llamar tan tarde. Acabo de llegar. Pensaba que iba a dejarle un mensaje en la línea de su oficina.

—No se preocupe. Todavía estoy trabajando.

Bosch siguió el mismo proceso de interrogación que había empleado con los otros implicados. Al mencionar a Mackey en la conversación observó a éste a través de los binoculares. Continuaba con los pies encima de la mesa, viendo la tele. Al igual que las otras amigas de Rebecca Verloren, Tara Wood no reconoció el nombre del conductor de grúa. Bosch añadió una nueva cuestión, preguntando si reconocía a los Ochos de Chatsworth, y su recuerdo al respecto también era vago. Finalmente, preguntó si al día siguiente podría continuar la entrevista y mostrarle una fotografía de Mackey. Wood accedió, pero le dijo que tendría que ir a los estudios de televisión de la CBS, donde ella trabajaba de publicista. Bosch sabía que la CBS estaba al lado del Farmers Market, uno de sus lugares favoritos de la ciudad. Decidió que iría al mercado y quizás almorzaría un plato de *gumbo* y después pasaría a visitar a Tara Wood para mostrarle la foto de Mackey y preguntarle por el embarazo de Rebecca Verloren. Estableció la cita para la una de la tarde, y ella accedió a estar en su despacho.

—Es un caso muy viejo —dijo Wood—. ¿Está en una brigada de casos antiguos?

—Sí, se llama unidad de Casos Abiertos.

—Sabe, tenemos una serie llamada *Caso Abierto*. La pasan los domingos por la noche. Es una de las series en las que trabajo. Estoy pensando... que quizá podría visitar el *set* y conocer a algunos de sus homólogos en la televisión. Estoy segura de que les gustaría conocerle.

Bosch se dio cuenta de que su interlocutora estaba viendo una posibilidad publicitaria en la entrevista. Miró a través de los cristales a Mackey, que seguía viendo la televisión, y pensó un momento en utilizar el interés de Tara Wood en la operación de escucha que estaban preparando. Rápidamente archivó la idea, concluyendo que sería más fácil empezar con un artículo en el periódico.

—Sí, quizá, pero creo que eso tendría que esperar un poco. Estamos trabajando este caso muy a fondo ahora, y necesito hablar con usted mañana.

—No hay problema. De verdad espero que encuentren al que están buscando. Desde que me asignaron a esta serie he estado pensando en Rebecca. No he parado de preguntarme si estaba ocurriendo algo. Y ahora usted llama de repente. Es extraño, pero de un modo positivo. Hasta mañana, detective.

Bosch le deseó buenas noches y colgó.

Al cabo de unos minutos, a medianoche, se apagaron las luces de la estación de servicio. Bosch se deslizó desde el lugar en el que estaba escondido y caminó deprisa por Roscoe hasta su coche. Justo al llegar a él oyó el rugido profundo del Camaro de Mackey al arrancar. Bosch puso el coche en marcha y se dirigió de nuevo al cruce. Se detuvo en el semáforo rojo cuando el Camaro con los parachoques pintados de gris se dirigía al sur hacia Tampa. Bosch esperó unos momentos, miró a ambos lados en busca de otros coches, y se saltó el semáforo rojo para seguirlo.

La primera parada de Mackey fue en un bar de Van Nuys llamado Side Pocket, en Sepulveda Boulevard, cerca de las vías de ferrocarril. Era un local pequeño con un cartel de neón azul y ventanas de barrotes pintados de negro. Bosch tenía una idea de cómo sería por dentro y de qué tipo de hombres se encontraría. Antes de bajar del coche, se quitó la cazadora, envolvió su pistola, esposas y cargador de reserva en la prenda y la puso en el suelo, delante del asiento del pasajero. Salió, cerró la puerta y se dirigió hacia el bar, sacándose la camisa por fuera de los tejanos por el camino.

El interior del bar era tal y como esperaba: un par de mesas de billar, una barra para beber de pie y una fila de reservados de madera rayada. Aunque estaba prohibido fumar en el interior del local, el humo azul flotaba en el aire y se cernía como un fantasma bajo la luz de cada mesa. Nadie se quejaba por ello.

La mayoría de los hombres se tomaban su medicina de pie ante la barra. Casi todos tenían cadenas en las carteras y tatuajes en los antebrazos. Incluso con los cambios en su apariencia, Bosch sabía que destacaría por su no pertenencia al grupo. Vio una abertura en las sombras, donde la barra se curvaba bajo la televisión montada en la esquina. Se abrió paso hasta allí y se inclinó sobre la barra, deseando que ayudara a ocultar su apariencia.

La camarera, una mujer de aspecto cansado, llevaba un chaleco de cuero negro encima de una camiseta. No hizo caso de Bosch durante un buen rato, pero eso no le importaba. No estaba allí para beber. Observó que Mackey ponía monedas de un cuarto de dólar en una de las mesas y esperó que llegara su turno de jugar. Él tampoco había pedido nada.

Mackey pasó diez minutos revisando los tacos de billar que había en los estantes de la pared hasta que encontró uno que le gustaba al tacto. Se quedó por allí, esperando y hablando con algunos de los hombres que había de pie en torno a la mesa de billar. No parecía otra cosa que conversación casual, como si sólo los conociera de jugar unas partidas en noches anteriores.

Mientras esperaba y observaba, con una cerveza y un chupito de whisky que la camarera finalmente le había servido, Bosch al principio pensó que la gente también lo estaba observando a él, pero después se dio cuenta de que sólo estaban mirando la pantalla de televisión instalada un palmo por encima de su cabeza.

Finalmente le llegó el turno a Mackey. Resultó que jugaba bien. Enseguida se hizo con el control de la mesa y derrotó a siete contrincantes, ganándoles a todos ellos dinero o cerveza. Al cabo de media hora parecía cansado por la falta de competición y se relajó en exceso. El octavo contrincante lo batió después de que Mackey fallara una oportunidad clara con la bola ocho. Mackey aceptó bien la derrota y dejó un billete de cinco dólares en la mesa de fieltro antes de alejarse. Según las cuentas de Bosch, le quedaban veinticinco dólares y cinco cervezas para pasar la noche.

Mackey se llevó su Rolling Rock a un hueco en la barra y ésa fue la señal de Bosch para retirarse. Puso un billete de diez debajo de su vaso de chupito y se volvió, sin dar la cara a Mackey en ningún momento. Salió del bar y se dirigió a su coche. La primera cosa que hizo fue ponerse la pistola en la cadera derecha, con la empuñadura hacia delante. Arrancó el coche y salió a Sepulveda y después una manzana hacia el sur. Dio la vuelta y aparcó junto al bordillo, al lado de una boca de incendios. Disponía de un buen ángulo de visión de la puerta principal del Side Pocket y estaba en posición de seguir a Mackey hacia el norte por Sepulveda hacia Panorama City. Mackey podía haber cambiado de apartamento desde que concluyó la condicional, pero Bosch esperaba que no hubiera ido demasiado lejos.

Esta vez la espera no fue larga. Mackey aparentemente sólo bebía la cerveza que le salía gratis. Abandonó el bar diez minutos después que Bosch, se metió en el Camaro y se dirigió al sur por Sepulveda.

Bosch se había equivocado. Mackey se estaba alejando de Panorama City y del valle de San Fernando, lo cual obligaba a Bosch a dar un giro de ciento ochenta grados en un casi desierto Sepulveda Boulevard para seguirlo. El movimiento sería muy perceptible en el espejo retrovisor de Mackey, de modo que esperó, observando cómo el Camaro se hacía más pequeño en su espejo lateral.

Cuando vio que el intermitente del Camaro empezaba a destellar, pisó el acelerador y dio un violento giro de ciento ochenta grados. Casi se le fue el coche, pero logró enderezarlo y enfiló Sepulveda Boulevard. Giró a la derecha en Victory y alcanzó al Camaro en la señal de tráfico del paso elevado de la 405. No obstante, Mackey no entró en la autovía, sino que continuó hacia el oeste por Victory.

Bosch empleó diversas maniobras para intentar evitar la detección, mientras Mackey conducía hasta las colinas de Woodland. En Mariano Street, una amplia calle cercana a la autovía 101, finalmente enfiló un largo sendero de entrada y aparcó detrás de una casita. Bosch pasó junto a la casa, estacionó más abajo y regresó a pie. Oyó que se cerraba la puerta de entrada de la casa y vio que se apagaba la luz del porche.

Bosch miró a su alrededor y se dio cuenta de que era un barrio de solares bandera. Cuando se diseñó el barrio décadas antes, las propiedades se cortaron en largos trozos porque se pretendía que fueran ranchos de caballos y pequeños huertos. Con el crecimiento de la ciudad, los caballos y verduras tuvieron que dejarle sitio. Las parcelas fueron divididas, con una casa que daba a la calle y un sendero estrecho que recorría el lateral de ésta hasta la propiedad de atrás: la parcela en forma de bandera.

Esta disposición dificultaba la vigilancia. Bosch avanzó por el largo sendero, observando tanto la propiedad que daba a la calle como la casa de Mackey, en la parte de atrás. Mackey había aparcado su Camaro junto a una cochambrosa camioneta Ford 150, lo cual significaba que podría tener compañero de piso.

Cuando se acercó, Bosch se detuvo para anotar la matrícula de la F150. Se fijó en un viejo adhesivo en el parachoques de la furgoneta que decía: «Por favor, que el último americano que salga de Los Ángeles se lleve la bandera.» Era sólo una pequeña pincelada sobre lo que Bosch sentía que era una imagen emergente.

Con el máximo sigilo posible, Bosch recorrió un caminito de piedra que bordeaba la casa. La edificación se alzaba sobre unos cimientos de sesenta centímetros, lo cual situaba las ventanas demasiado elevadas para que Bosch divisara el interior. Cuando llegó a la parte posterior de la casa oyó voces, pero al ver el brillo azul ondulante en las sombras de la habitación enseguida se dio cuenta de que era la televisión. Acababa de empezar a cruzar el patio trasero cuando de repente su teléfono empezó a sonar. Enseguida lo cogió y cortó el sonido, al tiempo que retrocedía rápidamente hasta el sendero de entrada y echaba a correr hacia la calle. Escuchó, pero no oyó ningún sonido tras él. Cuando alcanzó la calle miró a la casa, pero no vio nada que le indujera a creer que su móvil se había oído en el interior de la casa por encima de los sonidos de la televisión.

Bosch sabía que le había ido de poco. Estaba sin aliento. Caminó de nuevo hasta su coche, tratando de recuperarse de lo que había estado a punto de convertirse en un desastre. Igual que con el mal llevado interrogatorio de Daniel Kotchof, sabía que estaba mostrando signos de estar oxidado. Había olvidado poner el teléfono en modo silencioso antes de acercarse a la casa. Era un error que podía haberlo dinamitado todo y haberlo llevado a una confrontación con un objetivo de la investigación. Tres años atrás, antes de dejar el departamento, nunca le habría ocurrido. Empezó a pensar en lo que Irving le había dicho de que era un recauchutado que reventaría por las costuras.

En el interior del coche, comprobó el identificador de llamadas y vio que le había llamado Kiz Rider. Le devolvió la llamada.

—Harry, he visto que me has llamado hace un rato. Tenía los teléfonos desconectados. ¿Qué pasa?

—No mucho. Quería saber cómo te iba.

—Bueno, va bien. Lo tengo estructurado y casi escrito del todo. Terminaré mañana por la mañana y podremos mandarlo.

—Bien.

—Sí, voy a dejarlo por hoy. ¿Y tú? ¿Has encontrado a Robert Verloren?

—Todavía no. Pero tengo una dirección para ti. He seguido a Mackey después de que saliera del trabajo. Tiene una casita junto a la autovía, en las colinas de Woodland. Puede que haya una línea fija para añadir al pinchazo.

—Bien. Dame la dirección. Será fácil de comprobar, pero no me parece buena idea que hayas seguido tú solo al sospechoso. Eso no es sensato, Harry.

—Teníamos que encontrar su dirección.

No iba a hablarle de su casi fallo. Le dio la dirección y esperó un momento mientras ella lo apuntaba.

—También tengo otro material —dijo—. He hecho unas llamadas.

—Has estado muy ocupado para ser tu primer día en el trabajo. ¿Qué has encontrado?

Explicó a Rider las llamadas telefónicas que había hecho y recibido después de que ella se hubiera ido de la oficina. Rider no hizo preguntas y se quedó en silencio cuando Bosch concluyó.

—Eso te pone al día —dijo Bosch—. ¿Qué opinas, Kiz?

—Creo que puede estar formándose una imagen, Harry.

—Sí, estaba pensando lo mismo. Además, el año, mil novecientos ochenta y ocho. Creo que tenías razón con eso. Quizás estos capullos querían demostrar algo en el ochenta y ocho. El problema es que todo se coló por debajo de la puerta de la UOP. ¿Quién sabe dónde terminó todo esto? Irving probablemente lo echó en el incinerador de pruebas de la DAP.

—No todo. Cuando el nuevo jefe asumió el cargo, pidió una evaluación completa de la situación. Como suele decirse, quería saber dónde estaban enterrados los cadáveres. En cualquier caso, yo no participé en eso, pero me mantuve al corriente y oí que muchos de los archivos de la UOP se guardaron después de que la unidad se desmantelara. Irving puso una buena parte en Archivos Especiales.

—¿Archivos Especiales? ¿Qué diablos es eso?

—Significa que son de acceso limitado. Necesitas aprobación de dirección. Está todo en el sótano del Parker Center. Sobre todo son investigaciones internas. Cuestiones políticas. Cuestiones peligrosas. Este asunto de Chatsworth no parece que tuviera que clasificarse, a no ser que estuviera relacionado con algo más.

—¿Como qué?

—Como alguien del departamento o alguien de la ciudad.

Rider se refería a alguien poderoso en la política municipal.

—¿Puedes acceder y ver si todavía existen algunos archivos? ¿Y tu colega de la sexta? Quizá si él...

—Puedo intentarlo.

—Entonces inténtalo.

—En cuanto pueda. ¿Y tú? Pensaba que ibas a buscar a Robert Verloren esta noche, y ahora oigo que estabas siguiendo a nuestro sospechoso.

—Fui allí, no lo encontré.

Procedió a ponerla al día de su anterior peripecia a través del Toy District, sin mencionar su encuentro con los atracadores. Ese incidente y el fiasco del teléfono detrás de la casa de Mackey no eran cosas que pensara compartir con ella.

—Volveré mañana por la mañana —dijo a modo de conclusión.

—De acuerdo, Harry. Me parece un buen plan. Supongo que cuando tú llegues ya tendré lista la solicitud de orden. Y comprobaré los archivos de la UOP.

Bosch vaciló, pero decidió no guardarse ninguna advertencia o preocupación con su compañera. Miró por el parabrisas a la calle oscura. Oía el silbido de la autovía próxima.

—Kiz, ten cuidado.

—¿Qué quieres decir, Harry?

—¿Sabes qué significa que un caso es *high jingo*?

—Sí, significa que la dirección tiene los dedos en el pastel.

—Exacto.

—¿Y?

—Y ten cuidado. En este asunto veo a Irving por todas partes. No es muy obvio, pero está ahí.

—¿Crees que la visita que te hizo en la cafetería no fue una coincidencia?

—No creo en las coincidencias. No como ésa.

Se produjo un silencio un instante antes de que Rider contestara.

—Muy bien, Harry, tendré cuidado. Pero no vamos a dar marcha atrás, ¿de acuerdo? Iremos a donde el caso nos lleve y que pase lo que tenga que pasar. Todo el mundo cuenta o nadie cuenta, ¿recuerdas?

—Exacto. Lo recuerdo. Hasta mañana.

—Buenas noches, Harry.

Ella colgó y Bosch se quedó un buen rato sentado en el coche antes de girar la llave.

19

Bosch arrancó el motor, hizo lentamente un giro de ciento ochenta grados en Mariano y pasó junto al sendero de entrada que conducía a la casa de Mackey. Todo parecía en calma. No vio luces detrás de las ventanas.

Enfiló hacia la autovía y tomó hacia el este para atravesar el valle de San Fernando hasta el paso de Cahuenga. Por el camino llamó desde el móvil a la central para comprobar el número de la matrícula de la furgoneta Ford junto a la que Mackey había aparcado. Resultó que estaba registrada a nombre de William Burkhart, que tenía treinta y siete años y un historial delictivo que se remontaba a finales de los años ochenta, pero nada en los últimos quince años. La agente le dio a Bosch los códigos penales de California de sus detenciones porque era así como aparecían en el ordenador.

Bosch reconoció de inmediato el asalto con agravante y la recepción de mercancía robada, pero había un cargo en 1988 con un código que no reconoció.

—¿Hay alguien ahí con un libro de códigos que me pueda decir cuál es éste? —preguntó, esperando que la noche fuera lo bastante tranquila para que la agente lo hiciera por sí misma.

Sabía que en la central siempre había ejemplares del código penal porque los agentes llamaban con frecuencia para conseguir las citas adecuadas cuando estaban en las calles.

—Espere.

Bosch esperó. Entretanto, salió por Barham y dobló por Woodrow Wilson para subir la colina que llevaba a su casa.

—¿Detective?

—Sigo aquí.

—Es un delito de odio.

—De acuerdo. Gracias por buscarlo.

—De nada.

Bosch aparcó en su garaje y paró el motor. El compañero de piso de Mackey, o casero, había sido acusado de un delito de racismo en 1988, el mismo año del asesinato de Rebecca Verloren. William Burkhart era probablemente el mismo Billy Burkhart a quien Sam Weiss había identificado como uno de sus atormentadores. Bosch no sabía cómo encajaba la nueva información, pero sabía que era parte de la misma imagen. Lamentó no haberse llevado a casa el archivo del Departamento Correccional sobre Mackey. Estaba demasiado cansado para volver al centro a buscarlo. Decidió que lo dejaría por esa noche y lo leería de punta a punta cuando volviera a la oficina al día siguiente. También cogería el archivo sobre la detención de delito de odio de William Burkhart.

La casa estaba en silencio cuando llegó. Cogió el teléfono y una cerveza de la nevera y se dirigió a la terraza para ver la ciudad. Por el camino encendió el reproductor de cedés. Ya había un disco en la máquina y enseguida oyó a Boz Scaggs en los altavoces exteriores. Estaba cantando *For All We Know*.

La canción competía con el sonido ahogado procedente de la autovía. Bosch se fijó en que no había reflectores cortando el cielo desde Universal Studios. Era demasiado tarde para eso. Aun así, la vista era cautivadora de una manera que sólo podía serlo de noche. La ciudad titilaba como un millón de sueños, no todos ellos buenos.

Bosch pensó en llamar a Kiz Rider otra vez y hablarle de la conexión con William Burkhart, pero decidió dejarlo estar hasta la mañana. Miró la ciudad y se sintió satisfecho con las acciones y los logros del día, pero el *high jingo* le causaba desazón.

El hombre con el cuchillo no había estado muy desencaminado al llamarlo misionero. Casi tenía razón. Bosch sabía que tenía una misión en la vida, y después de tres años estaba de nuevo en la brecha. Aun así, no podía permitirse creer que todo era bueno. Sabía que, más allá de las luces titilantes y los sueños, había algo que no podía ver. Estaba esperándole.

Hizo clic en el teléfono y escuchó un sonido de dial ininterrumpido. Significaba que no tenía mensajes. Llamó al buzón de voz de todos modos y reprodujo un mensaje que había guardado la semana anterior. Era la voz débil de su hija, que había dejado el mensaje la noche que ella y su madre partieron de viaje, muy lejos de él.

«Hola, papi —dijo—. Buenas noches, papi.»

Era todo lo que había dicho, pero era suficiente. Bosch guardó el mensaje para la siguiente vez que lo necesitara y después colgó el teléfono.

SEGUNDA PARTE

HIGH JINGO

20

A las 7.50 de la mañana siguiente Bosch volvía a estar en el Nickel. Estaba observando la cola para desayunar en el albergue Metropolitano y tenía la mirada fija en Robert Verloren, que se hallaba en la cocina, detrás de las mesas de vapor. Bosch había tenido suerte. A primera hora de la mañana daba la sensación de que se había producido un cambio de turno entre los sin techo. La gente que patrullaba las calles en la oscuridad estaba durmiendo la borrachera de sus fracasos nocturnos y había sido sustituida por los sin techo del primer turno, aquellos que eran lo bastante listos para ocultarse de la calle durante la noche. La intención de Bosch había sido empezar otra vez por los centros grandes, pero ya antes de llegar, y tras aparcar otra vez en Japantown, empezó a mostrar la foto de Verloren a la gente de la calle más lúcida que encontró y casi de inmediato empezó a obtener respuestas. La población diurna reconocía a Verloren. Algunos dijeron que habían visto al tipo de la foto, pero que era mucho más viejo. Finalmente, Bosch se encontró con un hombre que de manera natural dijo «Sí, es Chef», y le señaló a Bosch hacia el albergue Metropolitano.

El Metropolitano era uno de los albergues satélite más pequeños que se agolpaban en torno al Ejército de Salvación y a la Misión de Los Ángeles y su función era aliviar el flujo excesivo de gente de la calle, particularmente en los meses de invierno, cuando el clima más benigno de Los Ángeles atraía hacia la ciudad una migración desde lugares más fríos del norte. Estos centros más pequeños carecían de medios para proporcionar tres comidas al día y por acuerdo se especializaban en un servicio. En el Metropolitano, el servicio era un desayuno que empezaba todos los días a las siete de la mañana. Cuando Bosch llegó allí, la fila de hombres y mujeres temblorosos y mal arreglados se extendía hasta más allá de la puerta del centro de comidas, y las largas filas de mesas estilo pícnic del interior estaban repletas. En la calle había corrido la voz de que el Metropolitano servía el mejor desayuno del Nickel.

Bosch se había abierto camino mostrando la placa y muy pronto localizó a Verloren en la cocina, detrás de las mesas de servir. No parecía que Verloren estuviera haciendo una labor en particular, sino que daba la sensación de estar supervisando la preparación de varias cosas, de estar al mando. Iba pulcramente vestido con una camisa cruzada blanca encima de pantalones oscuros, un delantal blanco inmaculado que le llegaba por debajo de las rodillas y un sombrero alto de chef.

El desayuno consistía en huevos revueltos con pimientos rojos y verdes, patatas y cebollas doradas en la sartén, sémola de maíz y salchichas. Tenía buen aspecto y olía apetecible para Bosch, que había salido de casa sin comer nada porque quería ponerse en marcha deprisa. A la derecha de la cola había una mesa con dos grandes termos de café para autoservicio y estantes con tazas hechas de porcelana gruesa que se habían astillado y se habían tornado amarillentas con el tiempo. Bosch cogió una taza y la llenó de café muy caliente. Dio un traguito y esperó. Cuando Verloren caminó hacia la mesa de servir, utilizando la camisa de su delantal para sostener una pesada bandeja caliente de huevos, Bosch hizo su movimiento.

—Eh, Chef —llamó por encima del tintineo de cucharas de servir y voces.

Verloren miró, y Bosch notó que su interlocutor inmediatamente determinó que Bosch no era un «cliente». Como la noche anterior, Bosch se había vestido de manera informal, pero pensó que Verloren podría haber sido capaz de adivinar que era poli. Éste se alejó de la mesa de servir y se acercó, aunque sin llegar hasta donde estaba Bosch. Parecía existir una línea invisible en el suelo que representaba la demarcación entre la cocina y el espacio para comer. Verloren no la cruzó. Se quedó allí de pie, utilizando su delantal para sostener la bandeja de servir casi vacía que había cogido de la mesa de vapor.

—¿Puedo ayudarle?

—Sí, ¿tiene un minuto? Me gustaría hablar con usted.

—No, no tengo un minuto, estoy en medio del desayuno.

—Es sobre su hija.

Bosch vio un ligero temblor en los ojos de Verloren. Cayeron durante un segundo y después volvieron a levantarse de nuevo.

—¿Es de la policía?

Bosch asintió.

—¿Me deja que termine? Ahora estamos sacando las últimas bandejas.

—No hay problema.

—¿Quiere comer? Parece que tiene hambre.

—Eh...

Bosch se fijó en que las mesas de la sala estaban repletas. No sabía dónde iba a poder sentarse. Ese tipo de comedores tenían las mismas normas no escritas y protocolos que las prisiones. Si se añadía un alto grado de enfermedad mental entre la población de los sin techo, el resultado era que uno podía cruzar algún tipo de frontera con sólo elegir un asiento determinado.

—Venga conmigo —dijo Verloren—. Tenemos una mesa en la parte de atrás.

Bosch se volvió hacia Verloren, pero el chef del desayuno ya se estaba dirigiendo hacia la cocina. Lo siguió y éste lo condujo a través de las zonas de cocina y preparación hasta una sala trasera donde había una mesa vacía de acero inoxidable con un cenicero lleno.

—Siéntese.

Verloren sacó el cenicero y lo ocultó a su espalda. No lo hizo como si lo estuviera escondiendo, sino como el camarero o el *maître* que quiere que la mesa esté en perfectas condiciones para el cliente. Bosch le dio las gracias y se sentó.

—Volveré enseguida —dijo Verloren.

En menos de un minuto, Verloren trajo un plato lleno de todas las cosas que Bosch había visto en la mesa de servir. Cuando puso los cubiertos, Bosch advirtió el temblor en su mano.

—Gracias, pero estaba pensando... ¿Habrá suficiente? Para la gente de la cola.

—No vamos a decirle que no a nadie, siempre que lleguen a tiempo. ¿Qué tal el café?

—Bien, gracias. ¿Sabe?, no es que no quisiera quedarme allí con ellos, sino que no sabía dónde sentarme.

—Lo entiendo. No hace falta que dé explicaciones. Déjeme que saque esas bandejas y podremos hablar. ¿Han detenido a alguien?

Bosch lo miró. Había una expresión de esperanza, casi de súplica en los ojos de Verloren.

—Todavía no —dijo Bosch—, pero nos estamos acercando a algo.

—Volveré lo antes posible. Coma. Yo lo llamo «Revuelto de Malibú».

Bosch miró su plato. Verloren volvió a la cocina.

Los huevos estaban buenos, y el desayuno en su conjunto. No había tostadas, pero eso habría sido pedir demasiado. La zona de separación en la que estaba sentado se hallaba entre el área de preparación de la cocina y la amplia sala donde dos hombres iban llenando un lavaplatos industrial. Había mucho bullicio, el ruido de ambas direcciones rebotaba en las paredes de baldosas grises. Una puerta de doble batiente daba acceso al callejón de la parte de atrás. Una de las hojas estaba abierta, y el aire frío que entraba hacía soportables el vapor del lavavajillas y el calor que emanaba de la cocina.

Después de que Bosch se acabara el desayuno y terminara de bajarlo con lo que le quedaba del café, se levantó y salió al callejón para hacer una llamada telefónica lejos del ruido. Inmediatamente vio que el callejón era un campamento. Las paredes traseras de las misiones que había a un lado y de los almacenes de juguetes del otro estaban recubiertas casi de extremo a extremo con refugios de cartón y lona. Reinaba el silencio. Probablemente aquéllos eran los refugios hechos a mano de los habitantes de la noche. No era que no hubiera sitio para ellos en los albergues de las misiones, sino que esas camas comportaban unas reglas básicas a las que la gente del callejón no quería someterse.

Harry Bosch llamó al móvil de Kiz Rider, quien respondió enseguida. Ya estaba en la sala 503 y acababa de terminar de repartir la solicitud de escucha. Bosch habló en voz baja.

—He encontrado al padre.

—Buen trabajo, Harry. Todavía lo tienes. ¿Qué dice? ¿Reconoce a Mackey?

—Aún no he hablado con él.

Explicó la situación y preguntó si había alguna novedad por su parte.

—La orden está en el escritorio del capitán. Abel va a meterle prisa si no tenemos noticias a las diez, después sube por la cadena.

—¿A qué hora has entrado?

—Pronto. Quería terminar con esto.

—¿Tuviste ocasión de leer el diario de la chica anoche?

—Sí, lo leí en la cama. No ayuda mucho. Son secretos

de escuela. Amor no correspondido, enamoramientos semanales, cosas así. Se menciona a MVA, pero no hay ninguna pista respecto a su identidad. Incluso podría ser un personaje de fantasía por la manera en que habla de lo especial que es. Creo que García no se equivocó al devolvérselo a la madre. No va a ayudarnos.

—¿En el diario se refiere a MVA en masculino?

—Humm, Harry, eso es inteligente. No me he fijado. Lo tengo aquí y lo comprobaré. ¿Sabes algo que yo no sepa?

—No, sólo trataba de cubrir las posibilidades. ¿Y Danny Kotchof? ¿Aparece?

—Al principio. Lo menciona por el nombre. Después desaparece y el misterioso MVA ocupa su lugar.

—El señor X...

—Escucha, voy a subir a la sexta enseguida. Intentaré conseguir acceso a aquellos viejos archivos de los que estábamos hablando.

Bosch se fijó en que ella no había mencionado que eran archivos de la UOP. Se preguntó si Pratt o algún otro andaban cerca y ella estaba tomando precauciones para que no la oyeran.

—¿Hay alguien ahí, Kiz?

—Exacto.

—Tomas todas las precauciones, ¿no?

—Exacto.

—Bien. Buena suerte. Por cierto, ¿encontraste un teléfono en Mariano?

—Sí —dijo ella—. Hay un teléfono y está a nombre de William Burkhart. Debe de ser un compañero de piso. Este tipo es sólo unos años mayor que Mackey y tiene un historial que incluye un delito de odio. No hay nada en años recientes, pero hay un delito de odio en el ochenta y ocho.

—¿Y sabes qué? —dijo Bosch—. También era vecino de Sam Weiss. Creo que olvidé mencionarlo cuando hablamos anoche.

—Demasiada información nueva.

—Sí. Me estaba preguntando una cosa. ¿Cómo es que los móviles de Mackey no aparecieron en AutoTrack?

—Te llevo ventaja en eso. Busqué el número y no es suyo. Está a nombre de Belinda Messier. Su dirección está en Melba, también en las colinas de Woodland. No tiene antecedentes, salvo infracciones de tráfico. Quizás es su novia.

—Quizá.

—Cuando tenga tiempo intentaré investigarla. Estoy sintiendo algo aquí, Harry. Todo empieza a cuadrar. Todo este material del ochenta y ocho. Intenté sacar el archivo sobre el delito de odio, pero...

—¿Orden Público?

—Exacto. Y por eso voy a subir a la sexta.

—De acuerdo. ¿Algo más?

—He llamado a la DAP antes que nada. Todavía no han encontrado la caja de pruebas. Aún no tenemos la pistola. Me estoy preguntando si la guardaron mal o se la llevaron.

—Sí —dijo Bosch, pensando en lo mismo. Si el caso se volvía hacia el interior del departamento, las pruebas podrían haberse perdido a propósito y de manera permanente—. Bueno, antes de que haga esta entrevista volvamos un minuto al diario. ¿Hay algo relacionado con el embarazo?

—No, no hablaba de eso. Las entradas están fechadas y dejó de escribir a finales de abril. Quizá fue cuando lo descubrió. Creo que quizá dejó de escribirlo por si sus padres lo estaban leyendo secretamente.

—¿No menciona ningún sitio al que pudiera haber ido?

—Menciona muchas películas —dijo Rider—. No con quién fue a verlas, sino las películas específicas que vio y lo que pensaba de ellas. ¿Qué estás pensando, adquisición de objetivo?

Necesitaban saber dónde se habían cruzado los caminos de Mackey y Rebecca Verloren. Era un agujero en el caso al margen de cuál fuera la motivación. ¿Dónde había establecido contacto Mackey con Verloren para adquirirla como objetivo?

—Cines —dijo él—. Podría ser el sitio en el que se cruzaron.

—Exactamente. Y creo que todos los cines del valle de San Fernando están en centros comerciales. Eso amplía todavía más la zona de cruce.

—Es algo en lo que pensar.

Bosch dijo que iría a la oficina después de hablar con Robert Verloren, y ambos colgaron. Cuando Bosch volvió a entrar, el ruido del lavaplatos parecía incluso mayor. El servicio de desayuno casi había terminado y el personal cerraba con fuerza los lavaplatos. Bosch se sentó a la mesa otra vez y se fijó en que alguien se había llevado su plato vacío. Trató de pensar en la conversación con Rider. Sabía que un centro comercial era un lugar descomunal para el cruce de caminos, un lugar donde resultaba fácil imaginar que alguien como Mackey se cruzara con alguien como Rebecca Verloren. Se preguntó si el crimen podría haberse reducido a un encuentro casual: Mackey viendo a una chica con la obvia mezcla de razas en la cara, el pelo y los ojos. ¿Podía haberlo irritado hasta el extremo de haberla seguido hasta su casa y después volver solo o con otros para secuestrarla y matarla?

Parecía una posibilidad remota, pero la mayoría de las teorías empezaban como posibilidades remotas. Pensó en la investigación original y la posibilidad de que hubiera sido empañada por el departamento. No había nada en el expediente que indicara hacia el ángulo racial. Sin embargo, en 1988, el departamento habría ido hasta el extremo para no representarlo. El departamento y la ciudad tenían un punto ciego. Una infección de animosidades raciales estaba pudriéndose bajo la superficie en 1988, pero ambos miraron hacia otro lado. La piel que cubría la herida purulenta se abrió por fin unos años después, y la ciudad fue destrozada durante tres días de disturbios, los peores en el país en un cuarto de siglo. Bosch tenía que considerar que la investigación del asesinato de Rebecca Verloren podía haber quedado atrofiada a fin de mantener la enfermedad bajo la superficie.

—¿Está preparado?

Bosch levantó la mirada y vio a Robert Verloren de pie ante él. Estaba sudando por el esfuerzo y tenía el sombrero del chef en la mano. Todavía se percibía un ligero temblor en el brazo.

—Sí, claro. ¿Quiere sentarse?

Verloren se sentó enfrente de Bosch.

—¿Siempre es así? —preguntó Bosch—. ¿Tan repleto?

—Cada mañana. Hoy hemos servido ciento sesenta y dos platos. Mucha gente cuenta con nosotros. No, espere, digamos ciento sesenta y tres platos. Me olvidé de usted. ¿Qué tal estaba?

—Francamente bien. Gracias, necesitaba el combustible.

—Es mi especialidad.

—Es un poco distinto a cocinar para Johnny Carson y la gente de Malibú, ¿eh?

—Sí, pero no lo echo de menos. En absoluto. Fue sólo una parada en el camino para descubrir el lugar al que pertenezco. Pero ahora estoy aquí, gracias a Jesucristo Nuestro Señor, y es aquí adonde quiero pertenecer.

Bosch asintió con la cabeza. Tanto si lo hacía de manera intencional como si no, Verloren estaba comunicando a Bosch que debía su nueva vida a la intervención de la fe. Bosch había descubierto con frecuencia que aquellos que más hablaban de la fe eran los que tenían menos.

—¿Cómo me ha encontrado? —preguntó Verloren.

—Mi compañera y yo hablamos con su mujer ayer, y ella nos dijo que la última vez que supo de usted estaba aquí abajo. Empecé a buscar anoche.

—Yo en su caso no iría por esas calles por la noche.

Había un ligero deje caribeño en su voz, pero que sin duda había disminuido con el curso del tiempo.

—Pensaba que iba a encontrarlo en la cola, no dando de comer a la gente de la cola.

—Bueno, no hace tanto tiempo que estaba en la cola. Tuve que estar allí para estar donde estoy hoy.

Bosch asintió otra vez. Había oído esos mantras del ir día a día con anterioridad.

—¿Cuánto tiempo lleva sobrio?

Verloren sonrió.

—¿Esta vez? Más de tres años.

—Mire, no quiero forzarle a revivir el trauma de diecisiete años atrás, pero hemos reabierto el caso.

—No importa, detective. Yo reabro el caso todas las noche cuando cierro los ojos y cada mañana cuando rezo mis plegarias a Jesús.

Bosch asintió otra vez.

—¿Quiere hacer esta entrevista aquí o prefiere dar un paseo hasta el Parker Center para que podamos sentarnos en una sala tranquila?

—Aquí está bien. Aquí estoy cómodo.

—De acuerdo, deje que le cuente un poco lo que está ocurriendo. Trabajo para la unidad de Casos Abiertos. Actualmente estamos investigando de nuevo el asesinato de su hija porque tenemos cierta información nueva.

—¿Qué información?

Bosch decidió adoptar un enfoque distinto con él. Donde se había guardado información con la madre, decidió contárselo todo al padre.

—Tenemos una coincidencia entre la sangre que encontraron en el arma utilizada en el crimen y un individuo del que estamos prácticamente seguros de que vivía en Chatsworth en el momento del crimen. Es una coincidencia de ADN. ¿Sabe lo que es eso?

Verloren asintió.

—Lo sé. Como con O.J.

—Ésta es sólida. No significa que sea quien mató a Rebecca, sino que significa que estuvo cerca del crimen, y eso nos acerca a nosotros.

—¿Quién es?

—Llegaré a eso en un minuto. Pero antes, señor Verloren, quisiera hacerle unas preguntas relacionadas con usted y con el caso.

—¿Conmigo?

Bosch sintió que la tensión aumentaba. La piel bajo los ojos de Verloren se tensó. Se dio cuenta de que podría haber sido descuidado con este hombre, equivocando su posición en la cocina como una señal de salud mental y olvidando la advertencia que Rider había planteado sobre la población sin hogar.

—Bueno —dijo—, me gustaría saber algo más acerca de lo que le ha ocurrido a usted en los años transcurridos desde la desaparición de Rebecca.

—¿Y eso qué tiene que ver?

—Quizá nada, pero quiero saberlo.

—Lo que me ocurrió a mí es que tropecé y caí en un agujero negro. Tardé mucho tiempo en ver la luz y encontrar una salida. ¿Tiene hijos?

—Una hija.

—Entonces ya sabe a qué me refiero. Si pierdes a un hijo del modo en que yo perdí a mi hija, se terminó, amigo. Fin. Eres como una botella vacía arrojada por la ventana. Los coches siguen pasando, pero tú estás en el arcén, roto.

Bosch asintió. Eso lo sabía. Vivía una vida de apabullante vulnerabilidad, consciente de que lo que pudiera ocurrir en una ciudad lejana podía causar que viviera o muriera, o que cayera en el mismo agujero negro que Verloren.

—¿Después de la muerte de su hija perdió el restaurante?

—Exacto. Era lo mejor que podía ocurrirme. Necesitaba que me ocurriera eso para descubrir quién era yo en realidad. Y para abrirme camino hasta aquí.

Bosch sabía que esas defensas emocionales eran frágiles.

Siguiendo la lógica de Verloren, cabía argumentar que la muerte de su hija era lo mejor que podía haberle ocurrido, porque le condujo a la pérdida del restaurante, lo cual desencadenó todos los maravillosos descubrimientos personales que había hecho. Era mentira y los dos hombres que estaban sentados a la mesa lo sabían; uno simplemente no podía admitirlo.

—Señor Verloren, hable conmigo —dijo Bosch—. Deje todas las lecciones de autoayuda para sus reuniones y para los desharrapados de la cola. Dígame cómo tropezó. Dígame cómo cayó en ese agujero negro.

—Simplemente pasó.

—No todo el mundo que pierde un hijo cae tan a fondo en el agujero. No es la única persona a la que le ha ocurrido, señor Verloren. Algunas personas terminan en la tele, otros se presentan al Congreso. ¿Qué le sucedió a usted? ¿Por qué usted es diferente? Y no me diga que es porque quería más a su hija. Todos amamos a nuestros hijos.

Verloren se quedó un momento en silencio. Apretó con fuerza los labios mientras se recomponía. Bosch sabía que lo había enfurecido. Pero eso estaba bien. Necesitaba forzar la situación.

—Muy bien —dijo Verloren—. Muy bien.

Pero eso fue todo. Bosch veía los músculos de la mandíbula trabajando. El dolor de los últimos diecisiete años estaba en su rostro. Bosch podía leerlo como un menú. Aperitivos, entrantes, postres. Frustración, rabia, pérdida irreparable.

—¿Muy bien qué, señor Verloren?

Verloren asintió con la cabeza. Había eliminado la última barricada.

—Podría culparles a ustedes, pero debo culparme a mí. Abandoné a mi hija en su muerte, detective. Y después el único lugar en el que podía esconderme de mi traición era la botella. La botella abre el agujero negro. ¿Entiende?

Bosch asintió.

—Lo estoy intentando. Dígame qué quiere decir con «culparles a ustedes». ¿Se refiere a los polis? ¿Se refiere a los blancos?

—Me refiero a todo eso.

Verloren se volvió en su silla de manera que su espalda quedó contra la pared de azulejos que había junto a la mesa. Miró hacia la puerta que daba al callejón. No estaba mirando a Bosch. Bosch deseaba el contacto visual, pero estaba dispuesto a dejar que las cosas siguieran su curso siempre y cuando Verloren continuara hablando.

—Entonces empecemos con los polis —dijo Bosch—. ¿Por qué culpa a los polis? ¿Qué hicieron los polis?

—Espera que hable con usted de lo que ustedes hicieron.

Bosch pensó cuidadosamente antes de responder. Sintió que era el punto de inflexión de la entrevista y sentía que aquel hombre tenía algo importante que contarle.

—Empezamos con el hecho de que amaba a su hija, ¿verdad? —dijo Bosch.

—Por supuesto.

—Bueno, señor Verloren, lo que le ocurrió nunca tendría que haber ocurrido. No puedo hacer nada al respecto. Pero intento hablar por ella. Por eso estoy aquí. Lo que los polis hicieron diecisiete años atrás no es lo que voy a hacer yo. De todas formas, la mayoría de ellos están muertos ahora. Si todavía ama a su hija, si ama su recuerdo, entonces me contará la historia. Me ayudará a hablar por ella. Es la única forma que tiene de compensar lo que hizo entonces.

Verloren empezó a asentir a mitad de la petición de Bosch. Bosch sabía que lo tenía, que se abriría. Era una cuestión de redención. No importaba cuántos años habían pasado. La redención siempre era la clave del éxito.

Una única lágrima resbaló por la mejilla izquierda de Verloren, casi imperceptible con el fondo de la piel oscura. Un hombre con un delantal de cocina sucio entró en la zona de separación con una tablilla en la mano, pero Bosch rápidamente le hizo una señal para que se alejara de Verloren. Bosch esperó y finalmente Verloren habló.

—Me puse a mí por delante de ella y al final yo me perdí de todas formas —dijo.

—¿Cómo ocurrió eso?

Verloren se tapó la boca con la mano, como si quisiera evitar que los secretos se difundieran. Finalmente la bajó y habló.

—Un día leí en el periódico que mi hija había sido asesinada con una pistola que había surgido de un robo. Green y García no me lo habían dicho. Así que le pregunté al detective Green al respecto y me dijo que el hombre de la pistola la tenía porque estaba asustado. Era un judío que había recibido amenazas. Pensé...

Se detuvo allí, y Bosch tuvo que animarlo a seguir.

—¿Pensó que quizá Rebecca había sido un objetivo por su mezcla de razas? ¿Porque su padre era negro?

Verloren asintió.

—Lo pensé, sí, porque de vez en cuando había algún comentario. No todo el mundo veía la belleza en ella. No como nosotros. Yo quería vivir en el Westside, pero Muriel, ella era de allí. Para ella era su hogar.

—¿Qué le dijo Green?

—Me dijo que no, que no iba por ahí. Lo habían investigado y no era una posibilidad. No era... No me parecía correcto. Me daba la sensación de que estaban volviendo la espalda. Seguí llamando y preguntando. Continué insistiendo. Finalmente, acudí a un cliente del restaurante que era miembro de la comisión policial. Le hablé de esto y me dijo que lo verificaría.

Verloren asintió, más para sí mismo que para Bosch. Estaba reforzando su fe en sus acciones como padre que busca justicia para su hija.

—¿Y entonces qué ocurrió? —le incitó Bosch.

—Entonces recibí la visita de dos policías.

—¿No eran Green y García?

—No, no eran ellos. Otros policías. Vinieron a mi restaurante.

—¿Cuáles eran sus nombres?

Verloren negó con la cabeza.

—Nunca me dijeron sus nombres. Sólo me enseñaron sus placas. Creo que eran detectives. Me dijeron que estaba equivocado con aquello con lo que estaba presionando a Green. Me dijeron que me retirara, porque estaba echando leña al fuego. Así fue como lo dijeron. Como si se tratara de mí y no de mi hija.

Negó con la cabeza, con la rabia todavía a flor de piel después de tantos años. Bosch formuló una pregunta obvia, obvia porque sabía muy bien cómo funcionaba el departamento entonces.

—¿Le amenazaron?

Verloren soltó una risotada.

—Sí, me amenazaron —dijo con calma—. Me dijeron que sabían que mi hija había estado embarazada, pero que no habían podido encontrar la clínica a la que había ido a abortar. Así que no había tejido que pudieran utilizar para identificar al padre. No había forma de decir quién fue o no fue. Dijeron que les bastaría con hacer algunas preguntas sobre mí y ella, como con mi cliente en la comisión de la policía, y que los rumores empezarían a extenderse. Dijeron que sólo harían falta unas pocas preguntas en los lugares adecuados para que la gente empezara a pensar que había sido yo.

Bosch no le interrumpió. Sentía que su propia rabia le cerraba la garganta. Verloren continuó.

—Dijeron que para mí sería difícil mantener mi negocio si todo el mundo pensaba que había... que había hecho eso a mi hija...

Ahora cayeron más lágrimas por su rostro oscuro. No hizo nada para contenerlas.

—Y yo hice lo que querían. Me retiré y lo dejé estar. Dejé

de echar leña al fuego. Me dije a mí mismo que no importaba, que no nos devolvería a Becky. Así que no volví a llamar al detective Green... y ellos nunca resolvieron el caso. Al cabo de un tiempo empecé a beber para olvidar lo que había perdido y lo que había hecho, para olvidar que había puesto mi orgullo y mi reputación y mi negocio por delante de mi hija. Y muy pronto, antes de darme cuenta, llegué a ese agujero negro del que le estaba hablando. Caí en su interior y todavía estoy escalando para salir.

Al cabo de un momento se volvió y miró a Bosch.

—¿Qué tal es la historia, detective?

—Lo siento, señor Verloren. Lamento que ocurriera eso. Todo eso.

—¿Era la historia que quería oír, detective?

—Sólo quería saber la verdad. Lo crea o no, va a ayudarme. Me ayudará a hablar por ella. ¿Puede describirme a los dos hombres que acudieron a usted?

Verloren negó con la cabeza.

—Ha pasado mucho tiempo. Probablemente no los reconocería si los tuviera delante. Sólo recuerdo que los dos eran blancos. Uno de ellos se parecía a Don Limpio porque tenía la cabeza afeitada y estaba de pie con los brazos cruzados como el del dibujo de la botella.

Bosch sintió que la rabia le tensaba los músculos de los hombros. Sabía quién era Don Limpio.

—¿Qué parte de todo esto conoce su esposa? —preguntó con voz calmada.

Verloren negó con la cabeza.

—Muriel no sabe nada de esto. Se lo oculté. Era mi carga.

Verloren se secó las mejillas. Daba la impresión de que había obtenido cierto alivio al contar finalmente la historia.

Bosch buscó en el bolsillo de atrás y sacó la vieja fotografía de Roland Mackey. La puso en la mesa delante de Verloren.

—¿Reconoce a este chico?

Verloren lo miró un buen rato antes de sacudir la cabeza para decir que no.

—¿Debería? ¿Quién es?

—Se llama Roland Mackey. Tenía un par de años más que su hija en el ochenta y ocho. No fue a la escuela de Hillside, pero vivía en Chatsworth.

Bosch esperó respuesta, pero no la obtuvo. Verloren sólo miró la foto que había sobre la mesa.

—Es una foto policial. ¿Qué hizo?

—Robó un coche. Pero tiene antecedentes por asociarse con extremistas del poder blanco. Dentro y fuera de la cárcel. ¿El nombre significa algo para usted?

—No. ¿Debería?

—No lo sé. Sólo estoy preguntando. ¿Puede recordar si su hija alguna vez mencionó su nombre o quizás a alguien llamado Ro?

Verloren negó con la cabeza.

—Lo que intentamos es averiguar si podían haberse cruzado en alguna parte. El valle de San Fernando es un sitio muy grande. Podrían...

—¿A qué escuela fue?

—Fue a Chatsworth High, pero no terminó. Luego se sacó el graduado escolar.

—Rebecca fue a Chatsworth High para sacarse el carné de conducir el año anterior a su muerte.

—¿En el ochenta y siete?

Verloren asintió.

—Lo comprobaré.

No obstante, a Bosch no le parecía una buena pista. Mackey lo había dejado antes del verano de 1987 y no había vuelto para sacarse el graduado escolar hasta 1988. Aun así, merecía una mirada concienzuda.

—¿Y las películas? ¿A Becky le gustaba ir al cine y al centro comercial?

Verloren se encogió de hombros.

—Era una chica de dieciséis años. Por supuesto que le gustaban las películas. La mayoría de sus amigas tenían coche. En cuanto cumplían dieciséis y tenían movilidad iban a todas partes.

—¿Qué centros comerciales? ¿Qué cines?

—Iban al Northridge Mall, porque estaba cerca, claro. También les gustaba el *drive-in* de Winnetka. Así podían quedarse sentadas en el coche y hablar durante la peli. Una de las chicas tenía un descapotable y les gustaba ir en él.

Bosch se centró en el *drive-in*. Lo había olvidado cuando había hablado de cines antes con Rider, pero Roland Mackey había sido detenido en una ocasión por robar en ese mismo *drive-in* de Winnetka. Eso lo convertía en una posibilidad clave como punto de intersección.

—¿Con qué frecuencia iban al *drive-in* Rebecca y sus amigas?

—Creo que les gustaba ir los viernes por la noche, cuando estrenaban las películas.

—¿Se encontraban con chicos allí?

—Supongo que sí. Verá, todo esto es a posteriori. No había nada raro ni antinatural en que nuestra hija fuera al cine con sus amigas y se encontraran allí con chicos y qué sé yo qué más. Sólo después de que se cumpla el peor escenario la gente piensa: «¿Por qué no sabías con quién estaba?» Pensábamos que todo iba bien. La enviamos a la mejor escuela que encontramos. Sus amigas eran de buenas familias. No podíamos verla todos los minutos del día. Los viernes por la noche (cielos, casi todas las noches) yo trabajaba hasta tarde en el restaurante.

—Entiendo. No le estoy juzgando como padre, señor Verloren. No veo nada malo en ello, ¿de acuerdo? Sólo estoy lanzando una red. Estoy recopilando la máxima información posible porque uno nunca sabe lo que puede ser importante.

—Sí, bueno, esa red se enganchó y se desgarró en las rocas hace mucho tiempo.

—Quizá no.

—¿Cree que fue este Mackey el que lo hizo?

—Está relacionado de algún modo, es lo único que sabemos a ciencia cierta. Muy pronto sabremos más, se lo prometo.

Verloren se volvió y miró directamente a los ojos de Bosch por primera vez durante la entrevista.

—Cuando llegue ese punto, responderá por ella, ¿verdad, detective?

Bosch asintió lentamente. Creía que sabía lo que Verloren le estaba preguntando.

—Sí, señor, lo haré.

21

Kiz Rider estaba sentada ante su escritorio con los brazos cruzados, como si llevara toda la mañana esperando a Bosch. Tenía una expresión sombría en el rostro y Bosch sabía que había pasado algo.

—¿Conseguiste el archivo de la UOP? —preguntó.

—Pude mirarlo. No me autorizaron a llevármelo.

Bosch se sentó en su silla, enfrente de ella.

—¿Buen material? —preguntó.

—Depende de cómo lo mires.

—Bueno, yo también tengo material.

Miró a su alrededor. La puerta de Abel Pratt estaba abierta y Bosch lo vio doblado sobre la pequeña nevera que tenía en su despacho. Pratt podía oírles desde allí. No era que Bosch no se fiara de Pratt. Lo hacía, pero no quería ponerlo en posición de oír algo que no querría oír o que no estaba preparado para oír. Lo mismo que Rider cuando habían estado hablando por teléfono antes.

Miró a su compañera.

—¿Quieres dar un paseo?

—Sí.

Se levantaron y salieron. Cuando Bosch pasó junto a la puerta de su jefe se inclinó hacia el interior. Pratt estaba hablando por teléfono. Bosch captó su atención e hizo mímica de beber de una taza y luego señaló a Pratt. Negando con la cabeza, Pratt levantó una tarrina de yogur como para indicar que tenía lo que necesitaba. Bosch vio pedacitos de verde en la pasta. Trató de pensar en una fruta verde y sólo se le ocurrió el kiwi. Se alejó pensando que la única posibilidad de que el yogur tuviera peor sabor era ponerle kiwi.

Bajaron en ascensor hasta el vestíbulo y salieron al lugar donde estaba la fuente monumento en honor a los caídos en acto de servicio.

—Bueno, ¿adónde quieres ir? —preguntó Kiz.

—Depende de cuánto haya que hablar.

—Probablemente mucho.

—La última vez que trabajé en el Parker Center era fumador. Cuando necesitaba caminar y pensar iba a la Union Station y compraba cigarrillos en el quiosco. Me gustaba el lugar. Hay sillas cómodas en el vestíbulo principal. O al menos las había.

—Me parece bien.

Se encaminaron en esa dirección, tomando Los Angeles Street hacia el norte. El primer edificio que pasaron era el de la Administración Federal, y Bosch se fijó en que las barreras de hormigón erigidas en 2001 para mantener a potenciales coches bomba lejos del edificio seguían en su lugar. La amenaza del peligro no parecía molestar a la gente que hacía cola desde la puerta del edificio. Estaban esperando para llegar a las oficinas de inmigración, cada uno de ellos aferrado a sus documentos y preparándose para presentar una solicitud de ciudadanía. Esperaban bajo los mosaicos de la fachada principal que representaban a gente vestida de ángeles, con los ojos hacia arriba, esperando en el cielo.

—¿Por qué no empiezas, Harry? —dijo Rider—. Háblame de Robert Verloren.

Bosch caminó un poco más antes de empezar.

—Me ha caído bien —dijo Bosch—. Está saliendo del pozo.

Prepara más de un centenar de desayunos cada día. Me dio un plato y estaba muy bueno.

—Y seguro que es mucho más barato que el Pacific Dining Car. ¿Qué te ha contado para que estés tan furioso?

—¿De qué estás hablando?

—Tú me interpretas y yo te interpreto. Sé que te ha contado algo que te ha cabreado.

Bosch asintió. Sin duda no parecía que habían pasado tres años desde la última vez que trabajaron juntos.

—Irving. O al menos yo creo que era Irving.

—Dime.

Bosch le explicó la historia que Verloren le había relatado hacía menos de una hora. Terminó con la descripción del padre de Becky, por limitada que fuera, de los dos hombres con placas que fueron a su restaurante y lo amenazaron para que se olvidara del enfoque racial.

—A mí también me suena a Irving —dijo Rider.

—Y uno de sus perritos falderos. Quizá fuera McClellan.

—Puede ser. Entonces ¿crees que Verloren tiene razón? Ha estado mucho en el Nickel.

—Eso creo. Asegura que lleva tres años sobrio esta vez. Aunque claro, después de darle vueltas y más vueltas a algo durante diecisiete años, las percepciones no tardan en convertirse en hechos. Aun así, me parece que todo lo que dice encaja con cómo está hilvanado el caso. Creo que lo desviaron, Kiz. Iba en una dirección y lo desviaron en la contraria. Quizá sabían lo que se avecinaba, que la ciudad iba a arder. Rodney King no fue la gasolina, sólo fue la cerilla. El ambiente se había ido enrareciendo, y quizá los mandamases vieron este caso y dijeron que por el bien público teníamos que ir en la otra dirección. Sacrificaron la justicia por Rebecca Verloren.

Estaban cruzando la autovía 101 por el paso elevado de Los Angeles Street. Ocho carriles de tráfico lento humeaban debajo de ellos. El sol brillante se reflejaba en los parabrisas y en los edificios y el hormigón. Bosch se puso las Ray-Ban.

El tráfico era denso, y Rider tuvo que levantar la voz.

—No es propio de ti, Harry.

—¿El qué?

—Buscar una buena razón para que ellos hubieran hecho algo mal. Normalmente buscas el ángulo siniestro.

—¿Me estás diciendo que has encontrado el ángulo siniestro en ese archivo de la UOP?

Rider asintió con tristeza.

—Eso creo —dijo ella.

—¿Y te dejaron entrar allí y conseguirlo?

—Subí a ver al jefe a primera hora de la mañana. Le llevé un café de Starbucks; odia el de la cafetería. Eso me valió la entrada. Luego le expliqué lo que teníamos y lo que quería hacer, y el resumen es que confía en mí. Así que, más o menos, me dejó echar un vistazo por Archivos Especiales.

—La Unidad de Orden Público se creó y se desmanteló mucho antes de que él estuviera aquí. ¿Lo sabía?

—Estoy seguro de que después de aceptar el puesto le informaron. Quizás incluso antes de que lo aceptara.

—¿Le hablaste específicamente de Mackey y de los Ochos de Chatsworth?

—No específicamente. Sólo le dije que el caso que nos asignaron estaba relacionado con una antigua investigación de la UOP y que necesitaba acceder a Archivos Especiales para consultar un expediente. Envió a Hohman conmigo. Entramos, encontramos el archivo y tuve que mirarlo mientras Hohman estaba sentado conmigo al otro lado de la mesa. ¿Sabes qué, Harry? Hay un montón de expedientes en Archivos Especiales.

—Donde están enterrados todos los cadáveres...

Bosch quería decir algo más, pero no estaba seguro de cómo decirlo. Rider lo miró y lo interpretó.

—¿Qué, Harry?

Al principio no dijo nada, pero ella esperó.

—Kiz, dijiste que el hombre de la sexta confía en ti. ¿Tú confías en él?

Ella lo miró a los ojos antes de responder.

—Como confío en ti, Harry. ¿De acuerdo?

Bosch la miró.

—Con eso me basta.

Rider hizo amago de ir a girar por Arcadia, pero Bosch le señaló hacia el pueblo viejo, el lugar donde se había fundado la Ciudad de Los Ángeles. Quería ir por el camino largo y atravesarlo.

—No he estado aquí desde hace tiempo. Echemos un vistazo.

Atravesaron el patio circular donde los padres fundadores bendecían a los animales cada Pascua y después pasaron el Instituto Cultural Mexicano. Siguieron la galería comercial en forma de curva formada por quioscos de recuerdos y puestos de churros. Sonaba música grabada de mariachis procedente de altavoces que no se veían, pero como contrapunto se oía el sonido en directo de una guitarra.

Encontraron al músico sentado delante de la casa más antigua de la ciudad, la de Francisco Ávila. Se detuvieron y escucharon mientras el guitarrista entrado en años interpretaba una melodía mexicana que Bosch creía haber escuchado con anterioridad, pero que no podía identificar.

Bosch examinó la estructura de adobe que había detrás del músico y se preguntó si don Francisco Ávila tenía alguna idea de lo que estaba ayudando a poner en movimiento cuando reclamó el lugar en 1818. Desde ese lugar una ciudad crecería a lo alto y a lo ancho. Una ciudad tan grande como cualquier otra. Y tan peligrosa. Una ciudad de destino, una ciudad de invención y reinvención. Un lugar donde el sueño parecía tan sencillo de alcanzar como la señal que pusieron en una colina, pero también un lugar donde la realidad era siempre algo diferente. La carretera a esa señal en la colina tenía una verja cerrada delante.

Era una ciudad llena de gente que tenía y de gente que no tenía, de estrellas de cine y extras, de los que conducían y los que eran conducidos, de depredadores y presas. Los gordos y los hambrientos sin apenas espacio entre unos y otros. Una ciudad donde, a pesar de todo, cada día había colas de gente que esperaba detrás de barreras contra coches bomba para entrar y quedarse.

Bosch sacó el fajo de billetes del bolsillo y echó cinco dólares a la cesta del viejo músico. Él y Rider cortaron después a través de la vieja Cucamonga Winery, cuyas salas en forma de tonel habían sido convertidas en galerías y puestos de artistas, y salieron a Alameda. Cruzaron la calle hacia la estación de tren, cuya torre del reloj se alzaba delante de ellos. En la pasarela de delante pasaron un reloj de sol con una inscripción tallada en su pedestal de granito.

> Visión para ver
> Fe para creer
> Valor para actuar

La Union Station estaba diseñada para ser espejo de la ciudad a la que servía y de la forma en la que se suponía que tenía que funcionar. Era un crisol de estilos arquitectónicos, donde entre otros se mezclaban el colonial español, el estilo misión, el *art déco*, el californiano, el morisco o el moderno. Pero a diferencia del resto de la ciudad, donde el crisol con mucha frecuencia se desbordaba, los estilos de la estación de tren estaban mezclados con suavidad en algo único y hermoso. A Bosch le gustaba.

A través de las puertas de cristal entraron en el oscuro vestíbulo, desde donde un alto pasadizo abovedado conducía a una inmensa sala de espera. Al recorrerlo, Bosch recordó que solía caminar por ahí no sólo por los cigarrillos, sino también para renovarse un poquito. Ir a la Union Station era como hacer una visita a la iglesia, una catedral donde las líneas elegantes de diseño, funcionalidad y orgullo cívico se entrecruzaban. En la sala de espera central las voces de los viajeros se elevaban en sus altos espacios y se transformaban en un coro de suspiros lánguidos.

—Me encanta este sitio —dijo Rider—. ¿Has visto la película *Blade Runner*?

Bosch asintió. La había visto.

—Era la comisaría de policía, ¿no? —preguntó.

—Sí.

—¿Has visto *Confesiones verdaderas*? —preguntó él.

—No, ¿era buena?

—Sí, deberías verla. Otra visión del caso de la Dalia Negra y la conspiración del departamento.

Ella gruñó.

—Gracias, pero creo que no es lo que necesito ahora mismo.

Compraron dos cafés en Union Bagel y accedieron a la sala de espera, donde había filas de asientos de cuero marrón que se alineaban como lujosos bancos de iglesia. Bosch levantó la mirada de la manera en que solía hacerlo. Doce metros por encima de sus cabezas colgaban seis enormes arañas en dos filas. Rider también levantó la mirada.

Bosch señaló entonces dos asientos libres que había cerca del quiosco de periódicos. Se sentaron en el suave cuero acolchado y dejaron sus tazas en los gruesos reposabrazos de madera.

—¿Ya estás preparado para hablar de esto? —preguntó Rider.

—Si tú lo estás —respondió—. ¿Qué había en el archivo que viste en Archivos Especiales? ¿Qué era tan siniestro?

—Para empezar, allí está Mackey.

—¿Como sospechoso del caso Verloren?

—No, el expediente no tiene nada que ver con Verloren. Verloren ni siquiera era un «bip» en el radar en aquel expediente. Todo se refiere a una investigación que se llevó a cabo y se finiquitó antes de que Rebecca Verloren estuviera ni siquiera embarazada.

—Muy bien, entonces ¿qué tiene que ver con nosotros?

—Puede que nada y puede que todo. ¿Sabes el tipo que vive con Mackey, William Burkhart?

—Sí.

—También está ahí. Sólo que entonces se le conocía como Billy *Blitzkrieg*. Era su apodo en la banda, los Ochos.

—Entendido.

—En marzo de mil novecientos ochenta y ocho, Billy *Blitzkrieg* fue condenado a un año por vandalismo en una sinagoga de North Hollywood. Daños a la propiedad, pintadas, defecación, todo.

—El delito de odio. ¿Fue el único acusado?

Rider asintió con la cabeza.

—Tenían una huella dactilar que encontraron en un espray hallado en una alcantarilla, a una manzana de la sinagoga. Aceptó un trato porque de lo contrario habrían hecho de él un ejemplo y lo sabía.

Bosch se limitó a decir que sí con la cabeza. No quería preguntar nada que interrumpiera la narración.

—En los informes y en la prensa, Burkhart (o Blitzkrieg o como quieras llamarlo) está representado como el líder de los Ochos. Decían que hacían un llamamiento para que el ochenta y ocho fuera un año de levantamiento racial y étnico en honor de su estimado Adolf Hitler. Ya conoces la cantinela. Guerra santa racial, venganza de la basura blanca y todo eso. Todos iban con sus jerséis de los Vikingos de Minnesota, porque aparentemente los vikingos eran una raza pura. Todos se habían tatuado el número ochenta y ocho.

—Me hago a la idea.

—El caso es que tenían mucho contra Burkhart. Lo habían pillado bien con lo de la sinagoga, y tenían a los federales mascando la idea de hacer un baile de derechos civiles en su cabeza puntiaguda. Había muchos delitos, empezando a principios de año, cuando brindaron por el Año Nuevo quemando una cruz en el jardín de una familia negra en Chatsworth. Después hubo más cruces quemadas, llamadas de teléfono amenazadoras y avisos de bomba. El asalto de la sinagoga. Incluso arrasaron una guardería judía en Encino. Todo eso fue a primeros de enero. También empezaron a coger trabajadores mexicanos en las esquinas y llevarlos al desierto, donde los asaltaban o los abandonaban, o ambas cosas, normalmente ambas cosas. Usando su terminología estaban fomentando la desarmonía, porque creían que eso conduciría a la separación de las razas.

—Sí, he oído esa canción.

—Muy bien, como he dicho, estaban preparados para hacer de Burkhart el chico del póster de todo esto y, si acudían al Departamento de Justicia, podría haber terminado con una condena mínima de diez años en un penal federal.

—Así que aceptó un trato.

Rider asintió con la cabeza.

—Cumplió un año en Wayside y una condicional de cinco años, y el resto se olvidó. Y los Ochos cayeron con él. Se disolvieron y fue el final de la amenaza. Todo pasó a finales de marzo, mucho antes de Verloren.

Al pensar en ello, Bosch observó a una mujer con prisa mientras llevaba de la mano a una niña hacia el acceso a las vías de Metroline. La mujer también cargaba con una maleta pesada y su foco estaba sólo en la puerta de delante. La niña era arrastrada con la cara hacia arriba mientras miraba al techo. Estaba sonriendo a algo. Bosch levantó la mirada y miró un globo infantil enganchado en uno de los cuadrados del techo. El desastre de un niño era una sonrisa secreta para otro. El globo era naranja y blanco y tenía forma de pez, y Bosch sabía por su hija que era un personaje animado llamado *Nemo*. Tuvo un *flash* de su hija, pero lo apartó rápidamente para poder concentrarse. Miró a Rider.

—Entonces ¿qué pintaba Mackey en todo esto? —preguntó.

—Era carne de cañón —respondió Rider—. Uno de los peces pequeños. Lo consideraban el recluta perfecto. Un fracasado del instituto sin expectativas en la vida. Estaba en condicional por robo, y su historial juvenil estaba plagado de robos de coches, atracos y drogas. Así que era justo el tipo que estaban buscando. Un perdedor que podían moldear como un guerrero blanco. Pero una vez que lo metieron en el grupo se dieron cuenta de que era (en palabras de Burkhart) más inútil que un negro en el agua. Aparentemente era tan estúpido que tuvieron que sacarlo del grupo de grafiteros porque ni siquiera sabía escribir su vocabulario racista básico. De hecho, su apodo en el grupo era Dujío, porque fue así como escribió «judío» con espray en el muro de una sinagoga.

—¿Disléxico?

—Diría que sí.

Bosch negó con la cabeza.

—Incluso con el regalo del ADN en la escena de Verloren, no veo a este tipo.

—Estoy de acuerdo. Creo que tuvo un papel, pero no el protagonista. Es un cabeza hueca.

Bosch decidió aparcar a Mackey y concentrarse en el principio del informe.

—Si tenían toda esta información confidencial sobre estos tipos, ¿cómo es que sólo cayó Burkhart?

—Estoy llegando a eso.

—¿Aquí es donde empieza el *high jingo*?

—Exacto. Verás, Burkhart era un líder de los Ochos, pero no era «el» líder.

—Ah.

—El líder se identificó como un tipo llamado Richard Ross. Era mayor que los demás. Un verdadero creyente. Tenía veintiún años y era el labia que reclutó a Burkhart y luego a la mayoría de los Ochos y el que puso todo en marcha.

Bosch asintió. Richard Ross era un nombre corriente, pero sabía adónde iban a ir a parar.

—¿Este Richard Ross, era como Richard Ross *junior*?

—Exactamente. El hijo pródigo del capitán Ross.

El capitán Richard Ross había sido largo tiempo el jefe de la División de Asuntos Internos durante la primera parte de la carrera de Bosch en el departamento. Ya estaba retirado.

Para Bosch el resto de la historia encajó.

—Así que no tocaron al hijo y salvaron del bochorno al padre y a todo el departamento —dijo—. Se lo cargaron todo a Burkhart, el segundo al mando de Ross. Burkhart fue a Wayside, y el grupo se separó. Achácalo todo a un error de juventud.

—Eso es.

—Y deja que lo adivine: toda la información secreta procedía de Richard Ross *junior*.

—Muy bien. Era parte del trato. Richard *junior* delató a todo el mundo, y eso era lo único que la UOP necesitaba para disgregar tranquilamente al grupo. Junior después salió airoso.

—Todo en una jornada de trabajo para Irving.

—¿Y sabes lo que es gracioso? Creo que Irving es un apellido judío.

Bosch negó con la cabeza.

—Tanto si lo es como si no, no tiene gracia —dijo.

—Sí, ya lo sé.

—No si Irving vio una ocasión.

—Leyendo entre líneas el informe, diría que vio todas las ocasiones.

—Este acuerdo le dio el control de Asuntos Internos. Me refiero al control real y absoluto sobre quién era investigado y cómo se conducía la investigación. Le puso a Ross en el bolsillo. Explica mucho acerca de lo que estaba pasando entonces.

—Fue antes de que yo llegara.

—Así que se ocuparon de los Ochos e Irving consiguió un buen premio al tener a Richard Ross padre de perrito faldero —dijo Bosch, pensando en voz alta—. Pero entonces mataron a Rebecca Verloren con una pistola robada a un tipo al que los Ochos habían estado acosando, una pistola probablemente robada por uno de los mequetrefes que quedaron impunes. Todo el acuerdo podía derrumbarse si el asesinato se volvía contra los Ochos y luego contra ellos.

—Exacto. Así que se entrometieron y desviaron la investigación. La confundieron y nadie cayó por eso.

—Hijos de puta —susurró Bosch.

—Pobre Harry. Todavía estás oxidado de tu retiro. Pensaste que podían haber enterrado el caso porque estaban tratando de evitar que la ciudad ardiera. No era nada tan noble.

—No, sólo estaban tratando de salvar el cuello y la posición que el acuerdo con Ross les había proporcionado. A Irving.

—Todo eso es suposición —le advirtió Rider.

—Claro, sólo leyendo entre líneas.

Bosch sintió el ansia de fumar más grande que había experimentado en al menos un año. Miró el quiosco y vio los paquetes en el estante, detrás del mostrador. Apartó la mirada y se fijó en el globo del techo. Pensó que sabía cómo se sentía *Nemo* atrapado allí arriba.

—¿Cuándo se retiró Ross? —preguntó.

—En el noventa y uno. Siguió hasta que cumplió veinticinco años (le permitieron eso) y se retiró. Lo comprobé, se trasladó a Idaho. También investigué a Junior, y ya se había trasladado allí antes que él. Probablemente es uno de esos enclaves blancos donde se siente a gusto.

—Y probablemente estaba allí partiéndose el culo de risa cuando esta ciudad saltó por los aires después de lo de Rodney King en el noventa y dos.

—Probablemente, pero no demasiado tiempo. Murió en

un accidente en el noventa y tres. Volvía de una concentración antigubernamental en el culo del mundo. Supongo que lo que va viene.

Bosch sintió un golpe sordo en el estómago. Había empezado a gustarle Richard Ross *junior* para el asesinato de Becky Verloren. Podría haberse servido de Mackey para que le consiguiera la pistola y quizá para ayudarle a subir a la víctima por la colina. Pero ahora estaba muerto. ¿La investigación podía llevarle a un callejón sin salida? ¿Terminarían acudiendo a los padres de Rebecca para decirles que su hija muerta hacía tanto tiempo había sido asesinada por alguien que también llevaba mucho tiempo muerto? ¿Qué clase de justicia sería ésa?

—Ya sé qué estás pensando —dijo Rider—. Podría haber sido nuestro tipo. Pero no lo creo. Según el ordenador, se sacó su licencia de conducir en Idaho en mayo del ochenta y ocho. Supuestamente ya estaba allí cuando cayó Verloren.

—Sí, supuestamente.

Bosch no estaba convencido por una simple búsqueda en Tráfico. Recapituló otra vez toda la información para ver si se le ocurría algo más.

—De acuerdo, revisémoslo un minuto, quiero asegurarme de que lo he entendido todo. En el ochenta y ocho teníamos a un puñado de esos chicos del valle que se llamaban los Ochos y que corrían con sus jerséis de los Vikingos tratando de iniciar una guerra santa racial. El departamento les echa el ojo y enseguida descubre que el cerebro que hay detrás de ese grupo es el hijo de nuestro propio capitán Ross, del Departamento de Asuntos Internos. El inspector Irving, mira por dónde, sopla el viento y piensa: «Hum, creo que puedo usar esto en mi beneficio.» Así que pone coto a la búsqueda de Richard hijo y sacrifican a William *Billy Blitz* Burkhart al dios de la justicia. Los Ochos se disgregan y los chicos buenos se apuntan un tanto. Y Richard hijo se escabulle, un tanto para Irving, porque tiene a Richard padre en el bolsillo. Desde entonces todos viven felices. ¿Me he perdido algo?

—En realidad es Billy *Blitzkrieg*.

—Pues Blitzkrieg. El caso es que todo quedó empaquetado a principios de la primavera, ¿sí?

—A finales de marzo. Y a principios de mayo Richard Ross *junior* se trasladó a Idaho.

—De acuerdo, así que en junio alguien entra en la casa de Sam Weiss y roba su pistola. Luego en julio, el día después de nuestra fiesta nacional, nada menos, una chica mestiza es raptada de su casa y asesinada. No violada, pero asesinada, lo cual es importante recordar. El asesinato se hace pasar como un suicidio. Pero lo hacen mal, y todo apunta a alguien nuevo en esto. El caso se asigna a García y Green, que finalmente se dan cuenta de que se trata de un asesinato y conducen una investigación que no les lleva a ninguna parte, porque, consciente o inconscientemente, los empujan en esa dirección. Ahora, diecisiete años después, el arma del crimen se relaciona de manera incontrovertible con alguien que sólo unos meses antes del asesinato formaba parte de los Ochos. ¿Qué me he perdido?

—Creo que lo tienes todo.

—Entonces la pregunta es: ¿cabe la posibilidad de que los Ochos no hubieran terminado? ¿Que continuaran fomentando sus ideas, sólo que trataban de ocultar su firma. Y que subieran la apuesta inicial para incluir el asesinato?

Rider negó lentamente con la cabeza.

—Cualquier cosa es posible, pero eso no tiene mucho sentido. El objetivo de los Ochos eran las afirmaciones, afirmaciones públicas. Quemaban cruces y pintaban sinagogas. Pero asesinar a alguien y después intentar camuflarlo como suicidio no es una gran afirmación.

Bosch asintió con la cabeza. Rider tenía razón. El razonamiento carecía de fluidez lógica.

—Ahora bien, sabían que tenían al departamento tras sus

pasos —dijo Bosch—. Quizás algunos de ellos continuaban operando, pero como un movimiento subterráneo.

—Como he dicho, cualquier cosa es posible.

—De acuerdo, así que tenemos a Ross *junior* supuestamente en Idaho y tenemos a Burkhart en Wayside. Los dos líderes. ¿Quién quedaba además de Mackey?

—Hay otros cinco nombres en el archivo. Ninguno de los nombres me decía nada.

—Por ahora es nuestra lista de sospechosos. Hemos de investigarlos y ver de dónde vinieron... Espera un momento, espera un momento. ¿Burkhart estaba todavía en Wayside? Dijiste que le cayó un año, ¿no? Eso significa que habría salido en cinco o seis meses a no ser que se metiera en problemas allí. ¿Cuándo ingresó exactamente?

Rider negó con la cabeza.

—No, tuvo que ser a finales de marzo o primeros de abril cuando ingresó en Wayside. No podría haber...

—No importa cuándo ingresó en Wayside. ¿Cuándo lo detuvieron? ¿Cuándo fue el asunto de la sinagoga?

—Fue en enero. Primeros de enero. Tengo la fecha exacta en el archivo.

—De acuerdo, primeros de enero. Dijiste que las huellas en una lata de espray lo vinculaban con Burkhart. ¿Cuánto tardarían en el ochenta y ocho, cuando probablemente todavía lo hacían a mano, una semana si era un caso caliente como éste? Si detuvieron a Burkhart a finales de enero y no presentó fianza...

Levantó las manos en alto, permitiendo que Rider terminara.

—Febrero, marzo, abril, mayo, junio —dijo ella con excitación—. Cinco meses. Si ganó créditos de tiempo podría fácilmente haber salido ¡en julio!

Bosch asintió. El sistema penitenciario del condado albergaba a internos que esperaban juicio o cumplían sentencias de un año o menos. Durante décadas el sistema había estado superpoblado y la población reclusa limitada a un máximo dictado por el juez. Esto resultó en la rutinaria liberación de internos a través de las ratios de reducción de condena que fluctuaban según la población penitenciaria de cada cárcel, pero que a veces llegaban hasta los tres días de reducción por cada uno cumplido.

—Esto tiene buen aspecto, Harry.

—Quizá demasiado bueno. Hemos de atarlo.

—Cuando volvamos, me meteré en el ordenador y descubriré cuándo salió de Wayside. ¿Qué tiene esto que ver con la escucha?

Bosch pensó un momento acerca de si deberían ralentizar las cosas.

—Creo que seguimos adelante con el pinchazo. Si la fecha de Wayside encaja, vigilaremos a Mackey y a Burkhart. De todos modos, asustaremos a Mackey porque es el débil. Lo haremos cuando esté en el trabajo y lejos de Burkhart. Si estamos en lo cierto, le llamará. —Se levantó—. Pero aún hemos de investigar los otros nombres, los otros miembros de los Ochos —añadió.

Rider no se levantó. Lo miró.

—¿Crees que va a funcionar?

Bosch se encogió de hombros.

—Ha de funcionar.

Miró en torno a la oscura estación de tren. Comprobó caras y ojos, buscando a alguien que apartara rápidamente la mirada. En parte había esperado ver a Irving entre la multitud de viajeros. Don Limpio en escena. Eso era lo que Bosch solía pensar cuando Irving aparecía en la escena de un crimen.

Rider se levantó. Tiraron las tazas vacías en una papelera y caminaron hacia las puertas principales de la estación. Cuando llegaron allí, Bosch miró detrás de ellos, buscando de nuevo a alguien que los estuviera siguiendo. Sabía que ahora tenía que considerar esas posibilidades. El lugar que veinte minutos antes le había parecido cálido y acogedor ahora le parecía sospechoso y ominoso. Las voces del interior ya no eran alegres susurros. Había un filo agudo en ellas. Sonaban enfadadas.

Cuando salieron, se fijó en que el sol se había desplazado detrás de las nubes. No iba a necesitar las gafas de sol en su paseo de vuelta.

—Lo siento, Harry —dijo Rider.

—¿Por qué?

—Pensaba que tu vuelta sería diferente. Aquí estamos, es tu primer caso y el *high jingo* está por todas partes.

Bosch asintió cuando franquearon la puerta principal. Vio el reloj de sol y las palabras grabadas en granito debajo. Sus ojos se fijaron en la última línea,

Valor para actuar

—No tengo miedo —dijo—, pero ellos sí deberían tenerlo.

22

—Listo para empezar —respondió el inspector García cuando Bosch le preguntó si estaba preparado.

Bosch asintió con la cabeza y se acercó a la puerta para dejar entrar a las dos mujeres del *Daily News*.

—Hola, soy McKenzie Ward —dijo la primera.

Obviamente era la periodista. La otra mujer llevaba una bolsa de cámara fotográfica y un trípode.

—Soy Emmy Ward —dijo la fotógrafa.

—¿Hermanas? —preguntó García, aunque la respuesta era obvia por lo mucho que se parecían las dos mujeres: ambas de veintitantos, ambas rubias atractivas con amplias sonrisas.

—Yo soy la mayor —dijo McKenzie—, pero no por mucho.

Se estrecharon las manos.

—¿Cómo acaban dos hermanas en el mismo diario, y luego en el mismo reportaje? —preguntó García.

—Yo llevaba varios años en el *News* y Emmy simplemente se presentó. No es tan difícil. Hemos trabajado mucho juntas. Los reportajes fotográficos se asignan al azar. Hoy trabajamos juntas, mañana tal vez no.

—¿Le importa si sacamos las fotos antes? —preguntó Emmy—. Tengo otro encargo y he de irme en cuanto termine.

—Por supuesto —dijo García, siempre complaciente—. ¿Dónde me quieren?

Emmy Ward preparó una foto de García sentado a la mesa de reuniones con el expediente del caso delante de él. Bosch se lo había llevado como atrezo. Mientras se realizaba la sesión fotográfica, Bosch y McKenzie se quedaron a un lado charlando. Antes, habían hablado en profundidad por teléfono y ella había accedido al acuerdo. Si publicaba el artículo en el diario al día siguiente sería la primera de la fila para la exclusiva cuando detuvieran al asesino. McKenzie no había accedido con facilidad. García había actuado con torpeza al inicio, antes de ceder la negociación a Bosch. Bosch era lo bastante listo para saber que ningún periodista permitiría que el departamento de policía le dictara cuándo se publicaría un artículo o cómo se escribiría éste. De manera que Bosch se concentró en el cuándo, no en el cómo. Partía de la suposición de que McKenzie Ward podría escribir un artículo que sirviera a sus propósitos. Sólo necesitaba que se publicara en el periódico cuanto antes. Kiz Rider tenía una cita con una jueza esa tarde. Si se aceptaba la solicitud de la escucha, estarían preparados para actuar a la mañana siguiente.

—¿Ha hablado con Muriel Verloren? —le preguntó la periodista a Bosch.

—Sí, estará allí toda la tarde y está preparada para hablar.

—Saqué los recortes y leí todo lo que se publicó en su momento (yo tenía ocho años entonces) y hay varias menciones al padre y a su restaurante. ¿Él también estará allí?

—No lo creo. Se fue. En cualquier caso es más una historia de la madre. Ella es la que ha mantenido la habitación de la hija sin tocarla durante diecisiete años. Dijo que puede hacer una foto allí si quieren.

—¿En serio?

—En serio.

Bosch vio que McKenzie observaba la preparación de la

foto con García. Sabía lo que estaba pensando. La madre en la habitación congelada en el tiempo sería una imagen mucho mejor que un viejo policía sentado ante su escritorio con una carpeta. La periodista miró a Bosch mientras empezaba a hurgar en su bolso.

—Entonces he de hacer una llamada para ver si puedo quedarme con Emmy.

—Adelante.

McKenzie salió de la oficina, probablemente porque no quería que García le oyera decirle a un jefe de redacción que necesitaba que Emmy se quedara en esa asignación porque tendría una foto mejor con la madre.

Volvió a entrar al cabo de tres minutos e hizo una señal con la cabeza a Bosch, que interpretó que Emmy iba a quedarse con ella para el artículo.

—¿Entonces esto va a salir mañana? —preguntó, sólo para asegurarse una vez más.

—Está preparado para la ventana, depende de la foto. Mi redactor quería guardarlo para el domingo, hacer un reportaje más largo, pero le dije que era una cuestión competitiva. Siempre que podemos adelantarnos al *Times* en una historia lo hacemos.

—Sí, ¿qué dirá cuando el *Times* no publique nada? Sabrá que le ha engañado.

—No, pensará que el *Times* eliminó el artículo porque les ganamos de mano. Ocurre constantemente.

Bosch asintió de manera pensativa; entonces preguntó:

—¿Qué quiere decir que está preparado para la ventana?

—Cada día publicamos una noticia con una foto en la cubierta. Lo llamamos la ventana porque está en el centro de la página, y porque la foto puede verse a través del cristal en las cajas de diarios de las calles. Es un lugar privilegiado.

—Bien.

Bosch estaba nervioso por el papel que iba a desempeñar el artículo.

—Si me joden con esto, no lo olvidaré —dijo McKenzie con tranquilidad.

Había cierta amenaza en el tono, la reportera dura saliendo a la palestra. Bosch levantó las manos, como si no tuviera nada que ocultar.

—No se preocupe. Tendrá la exclusiva. En cuanto detengamos a alguien, la llamaré a usted y sólo a usted.

—Gracias. Ahora, sólo para repasar otra vez las reglas, puedo citarle por su nombre en el artículo, pero no quiere salir en ninguna foto, ¿correcto?

—Sí. Podría tener que hacer algún trabajo secreto en esto. No quiero mi foto en el periódico.

—Entendido. ¿Qué trabajo secreto?

—Nunca se sabe. Sólo quiero mantener la opción abierta. Además, el inspector es mejor para la foto. Ha convivido con el caso más que yo.

—Bueno, creo que ya tengo lo que necesito de los recortes y de nuestra llamada de antes, pero todavía quiero sentarme con ustedes dos unos minutos.

—Lo que necesite.

—Listo —dijo Emmy, al cabo de unos minutos. La fotógrafa empezó a desmontar su equipo.

—Llama a la redacción —dijo la hermana—. Creo que ha habido un cambio y te quedas conmigo.

—Oh —dijo Emmy, a la que no pareció importarle.

—¿Por qué no haces la llamada fuera mientras seguimos con la entrevista? —propuso McKenzie—. Quiero volver al periódico para escribir esto lo antes que podamos.

La periodista y Bosch se sentaron a la mesa con García mientras la fotógrafa iba a comprobar sus nuevas órdenes. McKenzie empezó por preguntarle a García qué le había enganchado del caso durante tanto tiempo que le hizo pasarlo a la unidad de Casos Abiertos. Mientras García daba una respuesta que se iba por las ramas acerca de los casos que perseguían a un detective, Bosch sintió una oleada de desprecio.

Sabía lo que la periodista no sabía, que García, de manera consciente o inconsciente, había permitido que la investigación se desviara diecisiete años antes. El hecho de que al parecer García desconociera que su investigación había sido manipulada de algún modo era para Bosch el menor de los pecados. Si no mostraba corrupción personal o cesión a una presión de las altas esferas del departamento, cuando menos mostraba incompetencia.

Después de unas pocas preguntas más a García, la periodista desvió su atención a Bosch y le preguntó qué novedad había en el caso diecisiete años después.

—Lo principal es que tenemos el ADN del que disparó —dijo—. Nuestra División de Investigaciones Científicas conservó tejido y sangre hallados en el arma homicida. Esperamos que el análisis permita conectarlo con un sospechoso cuyo ADN ya esté en la base de datos del Departamento de Justicia, o usarlo en comparaciones para eliminar o identificar sospechosos. Estamos en el proceso de revisar a todos aquellos relacionados con el caso. El ADN de cualquiera que nos parezca sospechoso será cotejado con el que tenemos. Eso es algo que el inspector García no podía hacer en el ochenta y ocho. Esperamos que esto cambie las cosas esta vez.

Bosch explicó cómo el arma extrajo una muestra de ADN de la persona que la disparó. La periodista parecía muy interesada por la casualidad del caso y tomó detalladas notas.

Bosch estaba satisfecho. La pistola y la historia del ADN eran lo que quería que saliera en el periódico. Quería que Mackey leyera el artículo y supiera que su ADN ya estaba en el ordenador, que estaba siendo analizado y comparado. Mackey sabía que una muestra suya ya estaba en la base de datos del Departamento de Justicia. La esperanza era que le hiciera sentir pánico. Quizás intentaría huir, quizá cometería un error y haría una llamada en la que discutiría el crimen. Un error era todo cuanto necesitaban.

—¿Cuánto tardarán en tener resultados del Departamento de Justicia? —preguntó McKenzie.

Bosch se inquietó. Trataba de no mentir directamente a la periodista.

—Ah, es difícil de decir —respondió—. El Departamento de Justicia prioriza las solicitudes de comparaciones y siempre hay una demora. Deberíamos tener algo en cualquier momento a partir de ahora.

Bosch estaba satisfecho con su respuesta, pero entonces la periodista le lanzó otra granada a la madriguera.

—¿Y la raza? —dijo—. Leí todos los recortes y parecía que nunca se mencionó nada en un sentido u otro de que esta chica fuera mestiza. ¿Cree que eso intervino en el móvil de su asesinato?

Bosch echó una mirada a García y esperó que éste respondiera primero.

—El caso se exploró a fondo en ese sentido en mil novecientos ochenta y ocho —dijo García—. No encontramos nada que apoyara el ángulo racial. Por eso probablemente no estaba en los recortes.

La periodista se concentró en Bosch, buscando la opinión presente sobre la cuestión.

—Hemos revisado a conciencia el expediente del caso y no hay nada en él que apoye una motivación racial en el caso —dijo Bosch—. Obviamente vamos a revisar la investigación, de principio a fin, y buscaremos cualquier cosa que pueda haber desempeñado un papel en el móvil del crimen.

Bosch miró a Ward y se preparó para que ella no aceptara su respuesta y siguiera presionando. Sopesó la posibilidad de que la motivación racial flotara en el artículo. Eso podría mejorar las posibilidades de suscitar algún tipo de respuesta por parte de Mackey, pero también advertirle de lo cerca que estaban de él. Decidió dejar la respuesta tal cual.

La periodista no insistió y cerró el cuaderno.

—Creo que tengo lo que necesito por ahora —dijo—.

Voy a hablar con la señora Verloren y después tendré que darme prisa y redactar esto para que salga mañana. ¿Hay algún número en el que pueda localizarle, detective Bosch? Rápidamente, si es preciso.

Bosch sabía que ella lo tenía. Con reticencia le dio su número de móvil, sabiendo que significaba que en el futuro la periodista tendría una línea directa con él y la usaría en relación con cualquier caso o artículo. Era la última cuota a pagar en el trato que habían hecho.

Los tres se levantaron de la mesa y Bosch advirtió que Emmy Ward había vuelto a entrar en silencio en la oficina y se había quedado sentada junto a la puerta durante la entrevista. Él y García dieron las gracias por venir a las dos hermanas y se despidieron. Bosch se quedó en la oficina con García.

—Creo que ha ido bien —dijo García después de que se cerrara la puerta.

—Eso espero —dijo Bosch—. Me ha costado mi número de móvil. Tengo ese número desde hace tres años. Ahora tendré que cambiarlo y avisar a todo el mundo. Va a ser un grano en el culo, eso es lo que va a ser.

García no hizo caso de la queja.

—¿Cómo está seguro de que ese tipo, Mackey, va a ver el artículo?

—No estamos seguros. De hecho creo que es disléxico. Puede que ni siquiera sepa leer.

La boca de García se abrió.

—Entonces ¿qué estamos haciendo?

—Bueno, tenemos un plan para asegurarnos de que se entere del contenido del artículo. No se preocupe por eso. Lo hemos previsto. También hay otro nombre que ha surgido desde ayer. Un amigo de Mackey entonces y ahora. Se llama William Burkhart. Cuando usted estaba en el caso se le conocía como Billy *Blitzkrieg*. ¿Le suena?

García puso su mejor expresión de profunda reflexión,

como la que había usado para la cámara, y se situó detrás de la mesa. Negó con la cabeza.

—No creo que surgiera —dijo.

—Sí, probablemente lo habría recordado.

García permaneció de pie, pero se inclinó sobre el escritorio para mirar su agenda.

—Veamos, ¿qué tengo ahora?

—Me tiene a mí, inspector —dijo Bosch.

García lo miró.

—¿Disculpe?

—Necesito unos minutos más para aclarar parte de este material que ha surgido.

—¿Qué material? ¿Se refiere a este nuevo tipo Blitzkrieg?

—Sí, y al material por el que me preguntó la periodista y sobre el que mentimos. El ángulo racial.

Bosch observó la expresión pétrea de García.

—No le he mentido a ella y no le mentí a usted ayer. No lo encontramos. Nosotros no vimos un ángulo racial en esto.

—¿Nosotros?

—Mi compañero y yo.

—¿Está seguro de eso?

El teléfono de su escritorio sonó. García lo cogió y muy enfadado dijo: «Ni llamadas, ni intrusiones», antes de colgarlo de nuevo.

—Detective, quiero recordarle con quién está hablando —dijo García sin inmutarse—. Ahora, dígame, ¿qué coño quiere decir con que si estoy seguro? ¿Qué está diciendo?

—Con el debido respeto al rango, señor, el caso fue desviado del ángulo racial en el ochenta y ocho. Le creo cuando dice que no lo vio. De lo contrario, no me lo imagino llamando a Casos Abiertos y recordándole a Pratt que había ADN en el caso. Pero si no sabía lo que estaba ocurriendo, entonces su compañero ciertamente lo sabía. ¿En algún momento habló de la presión que sufrió en este caso por parte de la dirección?

—Ron Green era el mejor detective con el que he trabajado. No voy a permitirle que mancille su reputación.

Se quedaron a sólo unos palmos de distancia, con el escritorio entre ellos, y ambos con mirada desafiante.

—No me interesan las reputaciones. Me interesa la verdad. Ayer dijo que se comió la pistola unos años después de este caso. ¿Por qué? ¿Dejó alguna nota?

—La carga, detective. No podía llevarla más. Estaba atormentado por los que se escaparon.

—¿Y por los que dejó escapar?

García señaló con un dedo airado a Bosch.

—¿Cómo coño se atreve? Está en terreno resbaladizo, Bosch. Puedo hacer una llamada a la sexta planta y estará en la calle antes de que se ponga el sol. ¿Me entiende? Le conozco. Acaba de volver del retiro, y eso supone que depende de una sola llamada. ¿Me entiende?

—Claro. Le entiendo.

Bosch se sentó en una de las sillas que había delante del escritorio, esperando que pudiera diluir un poco la tensión reinante. García vaciló y después también se sentó.

—Considero que lo que acaba de decirme es completamente insultante —dijo, con la voz exprimida por la ira.

—Lo siento, inspector. Estaba intentando ver lo que sabía.

—No entiendo.

—Lo siento, señor, pero el caso fue decididamente bloqueado por la cadena de mando. No quiero entrar en nombres con usted en este punto. Algunos de ellos siguen en activo. Pero creo que este caso gira en torno a la raza, y la conexión de Mackey y ahora de Burkhart lo prueba. Y entonces no tenían a Mackey y Burkhart, pero tenían la pistola y había otras cosas. Necesitaba saber si formó parte de eso. Diría por su reacción que no.

—Pero me está diciendo que mi compañero sí estuvo implicado y que me lo ocultó.

Bosch asintió con la cabeza.

—Es imposible —protestó García—. Ron y yo teníamos una relación muy estrecha.

—Todos los compañeros la tienen, inspector. Pero no tanto. Por lo que yo entiendo, usted se ocupó del expediente y Green progresó en el caso. Si encontró resistencia en el interior del departamento, podría haber escogido ocultárselo. Creo que lo hizo. Quizá le estaba protegiendo, quizá se sentía humillado por ser vulnerable a la presión.

García bajó la mirada a su escritorio. Bosch comprendió que estaba mirando un recuerdo. La expresión pétrea de su rostro empezó a resquebrajarse.

—Creo que tal vez sabía que algo iba mal —dijo tranquilamente—. Hacia la mitad.

—¿Cómo es eso?

—Al principio decidimos dividirnos a los padres. Ron se ocupó del padre, y yo de la madre. Ya sabe, para establecer relaciones. Ron estaba teniendo problemas con el padre. Era imprevisible. Se había mostrado pasivo, y de repente, estaba siempre encima de Ron, buscando resultados. Pero había algo más, y Ron me lo ocultó.

—¿Le preguntó al respecto?

—Sí. Le pregunté. Sólo me dijo que el padre era un incordio. Dijo que estaba paranoico por la raza, que pensaba que su hija había sido asesinada por una cuestión racial. Y luego dijo algo más que todavía recuerdo. Dijo: «No podemos meternos en eso.» Ésas fueron sus palabras, y me impactó porque no me parecía el Ron Green que yo conocía. «No podemos meternos en eso.» El Ron Green que yo conocía se habría metido donde hubiera hecho falta para resolver el caso. No había barreras para él. No hasta este caso.

García levantó la mirada y Bosch asintió con la cabeza, su forma de darle las gracias por abrirse.

—¿Cree que tiene algo que ver con lo que ocurrió después? —preguntó Bosch.

—¿Se refiere al suicidio?

—Sí.

—Quizá. No lo sé. Cualquier cosa es posible. Después del caso seguimos direcciones diferentes. La cuestión con un compañero es que una vez que acaba el trabajo, no hay mucho de lo que hablar.

—Cierto —dijo Bosch.

—Yo estaba en una reunión de mando en la Setenta y siete, me asignaron allí después de hacerme teniente. Fue entonces cuando descubrí que había muerto. La noticia me llegó en una reunión de equipo. Supongo que eso muestra cuánto nos habíamos separado. Descubrí que se había suicidado un semana después de que lo hiciera.

Bosch se limitó a asentir. No había nada que pudiera decir.

—Creo que ahora tengo una reunión de dirección, detective —dijo García—. Es hora de que se vaya.

—Sí, señor, pero ¿sabe?, estaba pensando que para presionar a Ron Green de ese modo tenían que contar con algún arma. ¿Recuerda algo así? ¿Tenía en aquel momento alguna investigación de Asuntos Internos?

García negó con la cabeza. No estaba diciendo que no a la pregunta de Bosch, estaba diciendo que no a otra cosa.

—Mire, este departamento siempre ha tenido más policías asignados a investigar policías que a investigar asesinatos. Siempre pensaba que si llegaba a la cima cambiaría eso.

—¿Está diciendo que había una investigación?

—Estoy diciendo que era raro en el departamento el que no tenía nada en su historial. Había un archivo sobre Ron, seguro. Había sido acusado de agredir a un sospechoso. Era mentira. Cuando Ron lo estaba poniendo en la parte de atrás del coche el chico se golpeó la cabeza y hubieron de ponerle puntos. Gran caso, ¿eh? Resultó que el chico tenía contactos y Asuntos Internos no iba a dejarlo.

—De manera que podrían haberlo usado para manipular este caso.

—Podrían, depende de si usted tiene mucha fe en las conspiraciones.

Bosch pensó que cuando se trataba del Departamento de Policía de Los Ángeles tenía mucha fe, pero no lo dijo.

—De acuerdo, señor, me hago una idea —dijo en cambio—. Ahora me voy a ir. —Bosch se puso en pie.

—Entiendo su necesidad de conocer todo esto —dijo García—, pero no aprecio la forma en que me ha acorralado.

—Lo siento, señor.

—No, no lo siente, detective.

Bosch no dijo nada. Se acercó a la puerta y la abrió. Miró a García y trató de pensar en algo que decir. No se le ocurrió nada. Se volvió y salió, cerrando la puerta tras de sí.

23

Kiz Rider todavía estaba sentada en la sala de espera del despacho de la jueza Anne Demchak cuando llegó Bosch. Éste, que se había quedado atrapado en el tráfico de media tarde al volver al centro desde Van Nuys, ya temía perderse la conferencia con la jueza. Rider estaba leyendo una revista, y el primer pensamiento de Bosch fue que en ese punto del caso sería incapaz de empezar a hojear sin prisas una revista. En ese punto su concentración no podía dividirse. Estaba concentrado en una sola cosa. De un modo extraño, lo vinculaba con el surf, una práctica a la que no se había dedicado desde el verano de 1964, cuando se escapó de una casa de acogida y vivió en la playa. Habían pasado muchos años desde entonces, pero todavía recordaba el túnel de agua. El objetivo era meterte en el túnel, el lugar donde el agua te envolvía por completo, donde el mundo se reducía a deslizarse sobre el mar. Bosch estaba en el túnel. No existía nada salvo el caso.

—¿Cuánto tiempo llevas aquí? —preguntó.

Rider miró el reloj.

—Unos cuarenta minutos.

—¿Ha estado todo ese tiempo con la solicitud?

—Sí.

—¿Estás preocupada?

—No. He acudido a ella antes. Una vez en un caso de Hollywood después de que tú lo dejaras. Sólo es concienzuda. Lee todas las páginas. Tarda un rato, pero es una de las buenas.

—El artículo sale mañana. Necesitamos que lo firme hoy.

—Ya lo sé, Harry. Cálmate. Siéntate.

Bosch se quedó de pie. Los jueces de guardia seguían un turno de rotación. Que les hubiera tocado Demchak era pura suerte.

—Nunca he tratado antes con ella —dijo—. ¿Era fiscal?

—No, del otro lado. Abogada defensora.

Bosch gimió. Según su experiencia, los abogados defensores que se convertían en jueces siempre conservaban al menos la sombra de su lealtad hacia el banquillo de los acusados.

—Tenemos problemas —dijo él.

—No. No pasará nada. Por favor, siéntate. Me estás poniendo nerviosa.

—¿Judy Champagne aún lleva la toga? Quizá podamos llevárselo a ella.

Judy Champagne era una antigua fiscal casada con un ex policía. Solían decir que él los cazaba y ella los metía en el horno. Desde que se convirtió en jueza, era la favorita de Bosch para llevarle las órdenes. No porque tendiera hacia los polis. No lo hacía. Era justa y con eso podía contar Bosch.

—Sigue siendo jueza, pero no podemos ir paseando las órdenes por el edificio. Ya lo sabes, Harry. Ahora ¿puedes hacer el favor de sentarte? Tengo que enseñarte algo.

Bosch ocupó la silla que estaba junto a la de Rider.

—¿Qué?

—Tengo el expediente de la condicional de Burkhart.

Rider sacó una carpeta de la bolsa, la abrió y la puso en la mesita, delante de Bosch. Señaló con la uña una línea del documento de excarcelación. Bosch se inclinó para leerlo.

—Excarcelado de Wayside el primero de julio de mil novecientos ochenta y ocho. Enviado a presentarse en las oficinas de libertad condicional el cinco de julio en Van Nuys.

Se enderezó y miró a su compañera.

—Estaba en la calle.

—Eso es. Lo detuvieron por vandalismo en la sinagoga el veintiséis de enero. Nunca presentó fianza y, con la reducción de pena, salió de Wayside cinco meses después. Es un buen candidato.

Bosch sintió una inyección de excitación al ver que las cosas parecían encajar.

—Muy bien. ¿Has modificado la solicitud para incluirlo?

—Lo cito, pero no de manera prominente. Mackey sigue siendo el vínculo directo por la pistola.

Bosch asintió y miró al escritorio vacío que había al otro lado de la sala, donde normalmente se sentaba la ayudante de la jueza. La placa del escritorio decía «Kathy Chrzanowski», y Bosch se preguntó cómo se pronunciaría el apellido y dónde estaba, pero enseguida decidió tratar de no pensar en lo que estaba ocurriendo en el interior del despacho del juzgado.

—¿Quieres saber lo último del inspector García? —preguntó.

Rider estaba guardándose la carpeta en el bolso.

—Claro.

Bosch pasó los siguientes diez minutos contando su visita a García, la entrevista del periódico, y las revelaciones del inspector al final.

—¿Crees que te dijo todo? —preguntó ella.

—¿Te refieres a cuánto sabía de lo que ocurrió entonces? No, pero me contó todo lo que estaba dispuesto a admitir.

—Creo que tuvo que estar metido en el trato. No se me ocurre que un compañero hiciera un trato sin que el otro lo supiera. No un trato así.

—Entonces ¿por qué iba a pedir a Pratt que enviara el ADN al Departamento de Justicia? ¿No se habría quedado sentado como había estado haciendo durante diecisiete años?

—No necesariamente. Una conciencia culposa funciona de maneras extrañas, Harry. Quizás ha estado carcomiendo a García todos esos años y decidió llamar a Pratt para sentirse mejor al respecto. Además, pongamos que él estuviera en el trato de entonces con Irving. Tal vez se animó a telefonear porque se sentía seguro después de que Irving hubiera sido apartado por el nuevo jefe.

Bosch pensó en la reacción de García al decirle que Green podría haber estado atormentado por los que dejó escapar. Quizá García se había enfurecido porque era él quien estaba atormentado.

—No lo sé —dijo Bosch—. Quizá...

El teléfono móvil de Bosch zumbó. Cuando éste lo sacó del bolsillo, Rider dijo:

—Será mejor que lo apagues antes de que entremos. A la jueza Demchak no le gusta nada que suenen esos chismes en su despacho. Oí que le confiscó el teléfono a un fiscal.

Bosch asintió con la cabeza. Abrió el móvil y dijo «hola».

—¿Detective Bosch?

—Sí.

—Soy Tara Wood. Creía que teníamos una cita.

Antes de que ella terminara la frase, Bosch recordó de repente que se había olvidado de la reunión en la CBS y del plato de *gumbo* que había planeado comerse antes. Ni siquiera había tenido tiempo de almorzar.

—Tara, lo lamento profundamente. Ha surgido algo y hemos tenido que salir corriendo. Debería haber llamado, pero se me olvidó. Voy a necesitar reprogramar la entrevista, si todavía quiere hablar conmigo después de esto.

—Oh, claro, no hay problema. Sólo que tenía a un par de los guionistas del programa por aquí. Iban a intentar hablar con usted.

—¿Qué programa?

—*Caso Abierto*. Recuerda, le dije que tenía un...

—Ah, sí, el programa. Bueno, lo lamento.

Bosch ya no se sentía tan mal. Ella había estado intentando usar la entrevista con algún interés publicitario. Se preguntó si a Tara Wood le quedaba algún sentimiento por Rebecca Verloren. Como si adivinara sus pensamientos, ella preguntó por el caso.

—¿Está ocurriendo algo en el caso? ¿Por eso no ha venido?

—Más o menos. Estamos haciendo progresos, pero ahora mismo no puedo decirle..., bueno, de hecho, hay algo. ¿Ha pensado en el nombre que le mencioné anoche? ¿Roland Mackey? ¿Le suena de algo?

—No, todavía no.

—Tengo otro. ¿Qué me dice de William Burkhart? ¿Quizá Bill Burkhart?

Hubo un largo silencio mientras Wood hacía un escaneo de memoria.

—No, lo siento. No creo que lo conozca.

—¿Y el nombre Billy *Blitzkrieg*?

—¿Billy *Blitzkrieg*? ¿Está de broma?

—No, ¿lo reconoce?

—No, en absoluto. Me suena a estrella del *heavy metal*.

—No, no lo es. Pero ¿está segura de que no reconoce ninguno de los nombres?

—Lo siento, detective.

Bosch levantó la mirada y vio a una mujer que los llamaba desde la puerta abierta del despacho de la jueza. Rider lo miró y se pasó un dedo por el cuello.

—Mire, Tara, he de colgar. La llamaré para concertar la entrevista lo antes que pueda. Le pido disculpas otra vez y la llamaré pronto. Gracias.

Bosch cerró el teléfono antes de que ella pudiera responder e inmediatamente lo apagó. Siguió a Rider por la puerta que le sostenía una mujer que Bosch supuso que era Kathy Chrzanowski.

En el otro extremo de la sala, las cortinas estaban corridas en las ventanas de suelo a techo. Una única lámpara de escritorio iluminaba el despacho. Detrás de la mesa, Bosch vio a una mujer que aparentaba estar cercana a los setenta. Parecía menuda detrás de la enorme mesa de madera oscura. Tenía un rostro amable que a Bosch le dio esperanzas de poder salir del despacho con una aprobación de las escuchas telefónicas.

—Detectives, pasen y siéntense —dijo ella—. Lamento haberles hecho esperar.

—No hay problema, señoría —dijo Rider—. Le agradecemos que lo haya estudiado a fondo.

Bosch y Rider ocuparon sendas sillas delante del escritorio. La jueza no llevaba su toga negra; Bosch la vio en un colgador de la esquina. Junto a la pared había una fotografía enmarcada de Demchak con un magistrado del tribunal supremo notoriamente liberal. Bosch sintió que se le hacía un nudo en el estómago. Luego vio otras dos fotografías enmarcadas en el escritorio. Una era de un anciano y un niño con palos de golf. Su marido y un nieto, quizá. La otra foto mostraba a una niña de unos nueve años en un columpio. Pero los colores se estaban desvaneciendo. Era una foto vieja. Quizás era su hija. Bosch empezó a pensar que la conexión con los niños podría establecer la diferencia.

—Parece que tienen prisa con esto —dijo la jueza—. ¿Hay alguna razón que la justifique?

Bosch miró a Rider y ella se inclinó hacia delante para responder. Era su jugada. Él sólo estaba como refuerzo y para enviar a la jueza el mensaje de que se trataba de algo importante. Los polis tenían que ser corporativistas en alguna ocasión.

—Sí, señoría, un par de razones —empezó Rider—. La principal es que creemos que mañana se publicará un artículo de periódico en el *Daily News*. Eso podría causar que el sospechoso, Roland Mackey, contactara con otros sospechosos (uno de los cuales figura en la orden) y hablara del asesinato. Como puede ver por la orden, creemos que hay más de un individuo implicado en este crimen, pero sólo tenemos a Mackey relacionado directamente con él. Si tenemos preparadas las escuchas cuando se publique el artículo de periódico podríamos lograr identificar al resto de los implicados a través de sus llamadas y conversaciones.

La jueza asintió, pero no los estaba mirando. Tenía los ojos fijos en los formularios de solicitud y autorización. Su expresión era seria y Bosch empezó a tener una mala sensación. Al cabo de unos segundos, ella dijo:

—¿Y la otra razón para la prisa?

—Ah, sí —dijo Rider, simulando haberlo olvidado—. La otra razón es que creemos que Roland Mackey todavía podría estar implicado en actividades delictivas. No sabemos exactamente qué traman en este momento, pero creemos que cuanto antes empecemos a escuchar sus conversaciones antes podremos determinarlo y seremos capaces de impedir que alguien se convierta en víctima. Como puede ver por la solicitud, sabemos que ha estado implicado en al menos un asesinato. No creemos que debamos perder tiempo.

Bosch admiró la respuesta de Rider. Era una respuesta cuidadosamente concebida que podía poner mucha presión para que la jueza firmara la autorización. Al fin y al cabo, ella era una funcionaria elegida. Tenía que considerar las ramificaciones de que denegara la solicitud. Si Mackey cometía un delito que podría haberse impedido si la policía hubiera escuchado sus llamadas telefónicas, la jueza sería considerada responsable por parte de un electorado al que poco le importaría que ella hubiera tratado de salvaguardar los derechos personales de Mackey.

—Ya veo —dijo fríamente Demchak en respuesta a Rider—. ¿Y cuál es la causa probable para creer que está implicado en actividades delictivas en curso, puesto que no puede especificar un delito?

—Diversas cosas, jueza. Hace doce meses el señor Mackey terminó una condena de libertad condicional por un delito sexual e inmediatamente se trasladó a una nueva dirección donde su nombre no aparece en ninguna escritura ni contrato de alquiler. No dejó dirección de seguimiento a su anterior casero ni en la oficina postal. Está viviendo en la misma propiedad con un ex presidiario con el que ya había estado implicado en anteriores actividades delictivas documentadas. Por eso William Burkhart también consta en la solicitud. Y, como puede ver en la solicitud, está utilizando un teléfono que no está registrado a su nombre. Claramente está volando por debajo del radar, señoría. Todas esas cosas juntas trazan una imagen de alguien que toma sus precauciones para ocultar su implicación en actividades delictivas.

—O quizá sólo quiere evitar la intrusión del gobierno —dijo la jueza—. Sus argumentos siguen siendo muy débiles, detective. ¿Tiene alguna otra cosa? No estaría de más.

Rider miró de soslayo a Bosch, con los ojos bien abiertos. Estaba perdiendo la confianza de que había hecho gala en la sala de espera. Bosch sabía que lo había puesto todo en la solicitud y sus comentarios en la sala. ¿Qué quedaba? Bosch se aclaró la garganta y se inclinó para hablar por primera vez.

—La actividad delictiva previa en la que participó con el hombre con el que ahora vive eran delitos de odio, señoría. Estos tipos hirieron y amenazaron a mucha gente. Mucha gente.

Se acomodó en su asiento, con la esperanza de haber dado una vuelta de tuerca a la presión sobre la jueza Demchak.

—¿Y hace cuánto tiempo que se produjeron esos delitos? —preguntó ésta.

—Fueron perseguidos a finales de los años ochenta —dijo Bosch—. Pero ¿quién sabe cuánto tiempo continuaron? La asociación de estos dos hombres obviamente ha continuado.

La jueza no dijo nada durante un minuto mientras parecía estar leyendo y releyendo la sección de resumen de la solicitud de Rider. Una lucecita roja se encendió en un lado de la mesa. Bosch sabía que significaba que lo que fuera que tuviera programado en su sala estaba listo para empezar. Todos los abogados y partes habían llegado.

Finalmente, la jueza Demchak negó con la cabeza.

—Simplemente no creo que haya motivos suficientes, detectives. Lo tienen con la pistola, pero no en la escena del crimen. Podría haber usado la pistola en los días o semanas anteriores al asesinato.

La magistrada hizo un ademán de desprecio a los papeles que tenía extendidos delante de ella.

—Este fragmento acerca de que robó en un *drive-in* donde les gustaba ir a la víctima y sus amigas es a lo sumo tenue. Realmente me ponen contra las cuerdas al pedirme que firme algo que no está aquí.

—Está ahí —dijo Bosch—. Sabemos que está ahí.

Rider le puso una mano en el brazo a Bosch para advertirle de que no perdiera los nervios.

—No lo veo, detective —dijo Demchak—. Me está pidiendo que le saque de apuros. No tienen suficiente causa probable y me está pidiendo que establezca la diferencia. No puedo hacerlo. No tal como está.

—Señoría —dijo Rider—. Si no nos firma esto perderemos nuestra oportunidad con el artículo del periódico.

La jueza le sonrió.

—Eso no tiene nada que ver conmigo ni con lo que yo debo hacer aquí, detective. Ya lo sabe. Yo no soy un instrumento del departamento de policía. Soy independiente y he de tratar con los hechos del caso como se presentan.

—La víctima era mestiza —dijo Bosch—. Este tipo es un racista documentado. Robó la pistola que se utilizó para matar a una chica de razas mezcladas. La conexión está ahí.

—No es una conexión probatoria, detective. Es una conexión de inferencia circunstancial.

Bosch miró a la jueza un momento y ésta le devolvió la mirada.

—¿Tiene hijos, señoría? —preguntó Bosch.

El rubor inmediatamente subió a las mejillas de la jueza.

—¿Qué tiene que ver con esto?

—Señoría —intervino Rider—. Volveremos a usted con esto.

—No —dijo Bosch—. No vamos a volver. Lo necesitamos ahora, señoría. Este tipo ha estado en libertad diecisiete años. ¿Y si hubiera sido su hija? ¿Podría haber apartado la vista? Rebecca Verloren era sólo una niña.

Los ojos de la jueza Demchak se oscurecieron. Cuando habló, lo hizo con una combinación de calma y rabia.

—No estoy apartando la mirada de nada, detective. Resulta que soy la única persona en esta sala que lo está examinando a conciencia. Y podría agregar que, si continúa insultando y cuestionando al tribunal, le enviaré a prisión por desacato. Podría tener a un alguacil aquí en cinco segundos. Quizás el tiempo entre rejas le serviría para contemplar las deficiencias de su presentación.

Bosch presionó, impertérrito.

—La madre de la víctima todavía vive en la casa —dijo Bosch—. El dormitorio del que se la llevaron sigue igual que el día del asesinato. La misma colcha, las mismas almohadas, todo igual. La habitación, y la madre, están congeladas en el tiempo.

—Pero esos hechos no guardan relación con esto.

—Su padre se convirtió en un borracho. Perdió su negocio, después a su mujer y su casa. Lo he visitado esta mañana en la calle Cinco. Es donde vive ahora. Sé que eso tampoco guarda relación, pero pensaba que quizá le gustaría saberlo. Sé que no tenemos suficientes hechos, pero tenemos muchas ondas expansivas, señoría.

La jueza le sostuvo la mirada, y Bosch sabía que o bien terminaría en prisión o saldría con una orden firmada. No había punto medio. Al cabo de un momento, vio el brillo de dolor en los ojos de la mujer. Cualquiera que pasa tiempo en las trincheras del sistema de justicia penal (en cualquier lado) termina con esa mirada al cabo de un tiempo.

—Muy bien, detective —dijo la jueza finalmente.

Bajó la mirada y garabateó una firma en la parte inferior de la última página, luego empezó a cumplimentar los espacios que dictaban la duración de la escucha.

—Pero todavía no estoy convencida —dijo Demchak con severidad—. Así que le voy a dar setenta y dos horas.

—Señoría... —dijo Bosch.

Rider puso otra vez la mano en el brazo de Bosch, tratando de evitar que convirtiera un sí en un no. Habló ella.

—Señoría, setenta y dos horas es un período muy breve para esto. Estábamos esperando contar al menos con una semana.

—Dijo que el artículo de periódico se publica mañana —respondió la jueza.

—Sí, señoría, se supone, pero...

—Entonces sabrán algo enseguida. Si sienten que necesitan extenderlo, vengan a verme el viernes y traten de convencerme. Setenta y dos horas, y quiero informes diarios todas las mañanas. Si no veo los informes voy a detenerles por desacato. No voy a permitirles ir de pesca. Si lo que hay en los resúmenes no es ajustado les cerraré el grifo. ¿Está todo eso claro?

—Sí, señoría —respondieron Bosch y Rider al unísono.

—Bien. Ahora tengo una reunión de seguimiento en mi sala. Es hora de que se vayan y de que yo vuelva al trabajo.

Rider recogió los documentos y ambos le dieron las gracias. Al dirigirse a la puerta, la jueza Demchak habló a sus espaldas.

—¿Detective Bosch?

Bosch se volvió y la miró.

—¿Sí, señoría?

—Ha visto la foto, ¿verdad? —dijo ella—. De mi hija. Ha supuesto que sólo tenía una hija.

Bosch la miró un momento y asintió con la cabeza.

—Yo también tengo sólo una hija —dijo él—. Sé cómo es.

Ella le sostuvo la mirada un momento antes de hablar.

—Ahora pueden irse —concluyó.

Bosch asintió y siguió a Rider por la puerta.

24

No hablaron al salir del juzgado. Era como si quisieran alejarse de allí sin que les cayera el mal de ojo, como si pronunciar una sola palabra acerca de lo ocurrido pudiera causar eco a través del edificio y hacer que la jueza cambiara de opinión y volviera a llamarlos. Una vez que tenían la firma de la jueza en los formularios de autorización, su única preocupación era salir de allí.

Ya en la acera, delante del monolítico edificio de justicia, Bosch miró a Rider y sonrió.

—Nos ha ido de un pelo —dijo.

Ella sonrió y asintió en señal de aprobación.

—Onda expansiva, ¿eh? Has llegado hasta la línea con ella. Pensaba que iba a tener que presentar una fianza para ti.

Empezaron a caminar hacia el Parker Center. Bosch sacó su teléfono y volvió a encenderlo.

—Sí, ha ido de poco —dijo él—. Pero lo tenemos. Será mejor que llames a Abel para que se reúna con los otros.

—Sí, se lo diré. Sólo iba a esperar hasta llegar allí.

Bosch comprobó su teléfono y vio que se había perdido una llamada y que tenía un mensaje. No reconoció el número, pero tenía un código de área 818: el valle de San Fernando. Escuchó el mensaje y oyó una voz que no quería oír.

«Detective Bosch, soy McKenzie Ward, del *News*. Necesito hablar con usted de Roland Mackey lo antes posible. Necesito noticias suyas o tendré que contener el artículo. Llámeme.»

—Mierda —dijo Bosch mientras borraba el mensaje.

—¿Qué? —preguntó Rider.

—Es la periodista. Le dije a Muriel Verloren que no le mencionara a Mackey. Pero parece ser que se le ha escapado. O eso o la periodista está hablando con alguien más.

—Mierda.

—Es lo que he dicho.

Caminaron un poco más sin hablar. Bosch estaba pensando en una forma de tratar con la periodista. Tenían que evitar que el nombre de Mackey apareciera en el artículo, de lo contrario podría echar a correr sin preocuparse de llamar a nadie más.

—¿Qué vas a hacer? —preguntó finalmente Rider.

—No lo sé, tratar de convencerla. Le mentiré si hace falta. No puede mencionarlo en el artículo.

—Pero ha de publicarlo, Harry. Sólo tenemos setenta y dos horas.

—Lo sé. Déjame pensar.

Abrió el teléfono y llamó a Muriel Verloren. Ella contestó y Bosch le preguntó cómo había ido la entrevista. La madre de la víctima dijo que había ido bien y agregó que estaba contenta de que hubiera acabado.

—¿Tomaron fotos?

—Sí, querían fotos del dormitorio. No me sentí bien, abriéndome así a ellos. Pero lo hice.

—Entiendo. Gracias por hacerlo. Sólo recuerde que el artículo va a ayudarnos. Nos estamos acercando, Muriel, y el artículo del periódico acelerará las cosas. Le agradecemos que lo haya hecho.

—Si ayuda, me alegro de haberlo hecho.

—Bien. Déjeme que le pregunte otra cosa. ¿Ha mencionado el nombre de Roland Mackey a la periodista?

—No, me dijo que no lo hiciera. Así que no lo hice.

—¿Está segura?

—Estoy más que segura. Ella me preguntó qué me habían explicado, pero yo no le dije nada de él. ¿Por qué?

—Por nada. Sólo quería asegurarme, es todo. Gracias, Muriel. La llamaré en cuanto tenga noticias.

Cerró el teléfono. No pensaba que Muriel Verloren le hubiera mentido. La periodista tenía que disponer de otra fuente.

—¿Qué? —preguntó Rider.

—Ella no se lo ha dicho.

—Entonces ¿quién?

—Buena pregunta.

El teléfono empezó a vibrar y sonar mientras todavía lo sostenía en la mano. Miró la pantalla y reconoció el número.

—Es ella..., la periodista. He de contestar.

Contestó la llamada.

—Detective Bosch, soy McKenzie Ward. Estoy en el límite y hemos de hablar.

—Bien. Acabo de escuchar su mensaje. Tenía el teléfono apagado porque estaba en el juzgado.

—¿Por qué no me habló de Roland Mackey?

—¿De qué está hablando?

—Roland Mackey. Me dijeron que ya tenían un sospechoso llamado Roland Mackey.

—¿Quién le dijo eso?

—Eso no importa. Lo que importa es que me ocultó una pieza clave de información. ¿Roland Mackey es su sospechoso principal? Déjeme adivinarlo. Está jugando a dos bandas y dándoselo al *Times*.

Bosch tenía que pensar con rapidez. La periodista sonaba presionada y nerviosa. Una periodista enfadada podía ser un problema. Tenía que capear el temporal y al mismo tiempo sacar a Mackey de escena. La única cosa que tenía a su favor era que ella no había mencionado la conexión de la pistola y el ADN de Mackey, lo cual llevó a pensar a Bosch que la fuente de información de Ward estaba fuera del departamento. Era alguien con información limitada.

—En primer lugar, no estoy hablando de esto con el *Times*. Mientras se publique mañana, usted es la única con este artículo. En segundo lugar, sí importa de dónde ha sacado el nombre porque la información es errónea. Estoy tratando de ayudarla, McKenzie. Estaría cometiendo un gran error si pone ese nombre en el artículo. Incluso podrían demandarla.

—¿Entonces quién es?

—¿Quién es su fuente?

—Sabe que no puedo decirle eso.

—¿Por qué no?

Bosch estaba tratando de ganar tiempo para pensar. Mientras la periodista daba una respuesta cacareada acerca de las leyes de protección de las fuentes, Bosch estaba repasando los nombres de las personas de fuera del departamento con los que Rider y él habían hablado de Mackey. Entre ellos estaban las tres amigas de Rebecca Verloren: Tara Wood, Bailey Sable y Grace Tanaka. También estaban Robert Verloren, Danny Kotchof, Thelma Kibble, la agente de la condicional, y Gordon Stoddard, el director de la escuela, así como la señora Atkins, la secretaria que había buscado el nombre de Mackey en las listas de la escuela.

También estaba la jueza Demchak, pero Bosch la descartó como una posibilidad remota. El mensaje de Ward había sido dejado en su línea mientras él y Rider estaban dentro con la jueza. La idea de que la jueza pudiera haber levantado el teléfono y llamado a la periodista mientras ella había estado sola en el despacho estudiando la solicitud de la orden de búsqueda parecía descabellada. Entonces ni siquiera sabía nada del futuro artículo y menos el nombre de la periodista asignada a él.

Bosch suponía que, debido al poco tiempo que tenía, la periodista se había limitado a hacer unas pocas llamadas telefónicas al volver a la redacción para terminar de pulir el artículo. Alguien al que había llamado le había dado el nombre de Roland Mackey. Bosch dudaba que ella hubiera conseguido localizar a Robert Verloren en las pocas horas transcurridas desde la entrevista. También tachó a Grace Tanaka y Danny Kotchof porque no vivían en la ciudad. Sin el nombre de Mackey, no había contacto con Kibble. Eso dejaba a Tara Wood y la escuela, ya fuera Stoddard, Sable o la secretaria. La opción más verosímil era la escuela, porque era el nexo más fácil que podía establecer la periodista. Se sintió mejor y pensó que podría contener la amenaza.

—Detective, ¿sigue ahí?

—Sí, lo siento, estoy tratando de lidiar un poco con el tráfico.

—Entonces, ¿cuál es su respuesta? ¿Quién es Roland Mackey?

—No es nadie. Es un cabo suelto. O de hecho lo era. Ya lo hemos atado.

—Explíquese.

—Mire, heredamos este caso, ¿entiende? Bueno, a lo largo de los años el expediente del caso se archivó, se rearchivó y se movió un poco. Se mezclaron cosas. Así que parte de lo que tuvimos que hacer fue una limpieza básica. Pusimos las cosas en orden. Encontramos una foto de este Roland Mackey en el expediente y no estábamos seguros de quién era, ni de cuál era su conexión con el caso. Cuando estuvimos haciendo entrevistas, conociendo a los protagonistas del caso, mostramos su foto a algunas personas para ver si sabían quién era y dónde encajaba. En ningún momento, McKenzie, le dijimos a nadie que era un sospechoso principal. Ésa es la verdad. Así que o bien está exagerando, o quien sea que haya hablado con usted estaba exagerando.

Hubo un silencio y Bosch supuso que ella estaba repasando mentalmente la entrevista en la que le habían facilitado el nombre de Mackey.

—Entonces ¿quién es? —preguntó ella por fin.

—Sólo un tipo con antecedentes juveniles que entonces vivía en Chatsworth. Frecuentaba el *drive-in* de Winnetka, y aparentemente también lo frecuentaban Rebecca y sus amigas. Pero resultó que en 1988 fue descartado de toda implicación. No lo descubrimos hasta que enseñamos su foto a unas cuantas personas.

Era una mezcla de verdad y sombras de verdad. De nuevo la periodista se quedó en silencio mientras sopesaba su respuesta.

—¿Quién le habló de él, Gordon Stoddard o Bailey Sable? —preguntó Bosch—. Llevamos la foto a la escuela para ver si encajaba en Hillside, y resultó que ni siquiera fue a la escuela allí. Después de eso lo dejamos.

—¿Está seguro de eso?

—Mire, haga lo que quiera, pero si pone el nombre de ese tipo en el periódico sólo porque preguntamos por él, podría recibir llamadas suyas y de su abogado. Preguntamos por mucha gente, McKenzie, es nuestro trabajo.

Se produjo otro silencio. Bosch pensó que el silencio significaba que había desactivado la bomba con éxito.

—Fuimos a la escuela a mirar el anuario y hacer copias de fotos —dijo finalmente Ward—. Descubrimos que usted se llevó el único anuario del ochenta y ocho que había en la biblioteca.

Era su forma de confirmar que Bosch tenía razón, pero sin delatar su fuente.

—Lo siento —dijo Bosch—. Tengo el anuario en mi escritorio. No sé de cuánto tiempo dispone, pero puede enviar a alguien a recogerlo si quiere.

—No, no hay tiempo. Sacamos una foto de la placa que hay en la pared de la escuela. Eso servirá. Además, encontré una foto de la víctima en nuestros archivos. Usaremos ésa.

—Vi la placa. Es bonita.

—Están muy orgullosos de ella.

—¿Estamos de acuerdo pues, McKenzie?

—Sí, estamos de acuerdo. Disculpe, me puse un poco furiosa cuando pensé que me estaba ocultando algo importante.

—No tenemos nada importante de lo que informar. Todavía.

—Muy bien, entonces será mejor que me ponga a terminar el artículo.

—Todavía sale mañana en la ventana.

—Si lo termino. Llámeme mañana y dígame qué le parece.

—Lo haré.

Bosch cerró el teléfono y miró a Rider.

—Creo que estamos a salvo —dijo.

—Vaya, Harry, tienes el día hoy. El maestro de la convicción. Creo que podrías convencer a una cebra de que no tiene rayas si te hiciera falta.

Bosch sonrió. Después miró el anexo al City Hall de Spring Street. Irving, expulsado del Parker Center, trabajaba ahora desde el anexo. Bosch se preguntó si Don Limpio les estaría mirando en ese mismo momento desde detrás de las ventanas de espejo de la Oficina de Planificación Estratégica. Pensó en algo.

—¿Kiz?

—¿Qué?

—¿Conoces a McClellan?

—No mucho.

—Pero sabes qué aspecto tiene.

—Claro. Lo he visto en reuniones de dirección. Irving dejó de ir cuando lo trasladaron al anexo. La mayoría de las veces enviaba a McClellan como representante.

—¿Entonces podrías distinguirlo?

—Claro, pero ¿de qué estás hablando, Harry?

—Tal vez deberíamos hablar con él, quizás asustarlo y mandarle un mensaje a Irving.

—¿Te refieres a ahora mismo?

—¿Por qué no? Estamos aquí. —Hizo un gesto hacia el edificio anexo.

—No tenemos tiempo, Harry. Además, ¿para qué buscarse una pelea que se puede evitar? No tratemos con Irving hasta que sea necesario.

—Muy bien, Kiz. Pero tendremos que tratar con él. Lo sé.

No volvieron a hablar, cada uno se concentró en sus reflexiones sobre el caso hasta que llegaron a la Casa de Cristal y entraron en ella.

25

Abel Pratt convocó a la sala de la brigada a todos los miembros de la unidad de Casos Abiertos, así como a otros cuatro detectives de la unidad de Robos y Homicidios que iban a colaborar en la vigilancia. Pratt dio la palabra a Bosch y Rider, que explicaron la evolución del caso a lo largo de media hora. En el tablón de anuncios que tenían detrás colgaron ampliaciones de las fotos que aparecían en las licencias de conducir más recientes de Roland Mackey y William Burkhart. Los otros detectives hicieron pocas preguntas. Bosch y Rider cedieron la iniciativa de nuevo a Pratt.

—Muy bien, vamos a necesitaros a todos en esto —dijo—. Trabajaremos en seis doble. Dos parejas, en la sala de sonido, dos parejas siguiendo a Mackey y otras dos con Burkhart. Quiero a los equipos de Casos Abiertos en Mackey y la sala de vigilancia. Los cuatro prestados de Robos y Homicidios vigilarán a Burkhart. Kiz y Harry se han pedido el segundo turno con Mackey. El resto podéis decidir cómo queréis cubrir los turnos restantes. Empezamos mañana por la mañana a las seis, justo en el momento en que el periódico llegará a los quioscos.

El plan se traducía en seis parejas de detectives trabajando en turnos de doce horas. Los turnos cambiaban a las seis de la mañana y a las seis de la tarde. Puesto que era su caso,

Bosch y Rider tenían preferencia en la elección de turnos y habían elegido seguir a Mackey cada día a partir de las seis de la tarde. Eso significaba trabajar toda la noche, pero Bosch tenía la corazonada de que si Mackey iba a hacer un movimiento o una llamada, lo haría por la noche. Y Bosch quería estar ahí cuando ocurriera.

Se turnarían con uno de los otros equipos. Los otros dos equipos de Casos Abiertos alternarían su tiempo en la City of Industry, donde una empresa privada llamada ListenTech contaba con un centro de escucha que era utilizado por todas las agencias del orden del condado de Los Ángeles. Sentarse en una furgoneta junto al poste telefónico que llevaba la línea que estabas pinchando era cosa del pasado. ListenTech proporcionaba un centro tranquilo y con aire acondicionado donde las consolas electrónicas estaban configuradas para monitorizar y grabar conversaciones de llamadas entrantes y salientes de cualquier número de teléfono del condado, incluidos los teléfonos móviles. Incluso había una cafetería y máquinas expendedoras y se podía pedir pizza a domicilio.

ListenTech podía ocuparse de hasta noventa pinchazos al mismo tiempo. Rider le había explicado a Bosch que la compañía se había desarrollado en 2001, cuando las agencias del orden empezaron a sacar partido de las leyes menos restrictivas en relación con las escuchas. Una compañía privada que vio la necesidad creciente entró en escena con centros de escucha regionales también conocidos como salas de sonido. Facilitaban el trabajo, pero todavía había normas que seguir.

—Vamos a tener un inconveniente con la sala de sonido —explicó Pratt—. La ley todavía exige que cada línea sea monitorizada por un único individuo; no se permite escuchar en dos líneas a la vez. La cuestión es que hemos de monitorizar tres líneas con dos hombres, porque es cuanto tenemos. Entonces ¿cómo lo hacemos sin salirnos de la ley? Alternamos. Una línea es el móvil de Roland Mackey. La monitorizamos a tiempo completo. Pero las otras dos líneas son secundarias. Allí es donde alternamos. Son de su domicilio y del lugar donde trabaja. Así que lo que hacemos es quedarnos con la primera línea cuando esté en casa, y después, desde las cuatro a la medianoche, cuando esté trabajando, pasamos a la línea de la estación de servicio. Y al margen de qué líneas estemos escuchando, dispondremos de un registro de llamadas de veinticuatro horas de las tres.

—¿Podríamos conseguir un tercer hombre de Robos y Homicidios para la tercera línea? —preguntó Rider.

Pratt negó con la cabeza.

—El capitán Norona nos ha dado cuatro efectivos y es todo —dijo Pratt—. No nos perderemos mucho. Como he dicho tendremos los registros.

Los registros de llamadas formaban parte del proceso de monitorización de teléfonos. Aunque los investigadores estaban autorizados a escuchar en llamadas telefónicas de las líneas monitorizadas, el equipo también registraba todas las llamadas entrantes y salientes en las líneas enumeradas en la orden, aun en el caso de que no estuvieran siendo monitorizadas. Esto proporcionaría a los investigadores una lista con la hora y la duración de cada llamada, así como de los números marcados en las llamadas salientes y los números desde los que se habían recibido las llamadas entrantes.

—¿Alguna pregunta? —inquirió Pratt.

Bosch no creía que hubiera preguntas. El plan era lo bastante sencillo, sin embargo, un detective de Casos Abiertos llamado Renner levantó la mano y Pratt le hizo una señal con la cabeza.

—¿Este asunto autoriza horas extras?

—Sí —replicó Pratt—, pero como se ha dicho antes, por ahora la orden sólo nos autoriza durante setenta y dos horas.

—Bueno, esperemos que nos ocupe las setenta y dos —dijo Renner—. He de pagar el campamento de verano de mi hijo en Malibú.

Los otros rieron.

Tim Marcia y Rick Jackson se presentaron voluntarios para formar el otro equipo de calle que trabajaría con Bosch y Rider. A los otros cuatro les tocó la sala de sonido, con Renner y Robleto en el turno de día y Robinson y Nord compartiendo turno con Bosch y Rider. El centro de ListenTech era bonito y cómodo, pero a algunos polis no les gustaba estar encerrados bajo ninguna circunstancia. Algunos siempre elegían la calle, como Marcia y Jackson. Bosch sabía que él también era uno de ellos.

Pratt puso fin a la reunión repartiendo unas fotocopias en las que constaba el número de móvil de cada uno, así como el canal de radio que se les asignaría durante la vigilancia.

—Para los equipos sobre el terreno hay radios en el cuarto de material —dijo Pratt—. Aseguraos de tener la radio encendida. Harry, Kiz, ¿he olvidado algo?

—Creo que está todo cubierto —dijo Rider.

—Como disponemos de poco tiempo —intervino Bosch—, Kiz y yo estamos trabajando en algo para forzar la acción si no vemos ninguna señal mañana por la noche. Tenemos el artículo de periódico y vamos a asegurarnos de que lo ve.

—¿Cómo va a leerlo si es disléxico? —preguntó Renner.

—Se sacó el graduado escolar —dijo Bosch—. Debería poder leerlo. Sólo hemos de asegurarnos de que de alguna manera lo tenga delante.

Todos asintieron en señal de acuerdo y entonces Pratt puso el cierre.

—Bueno, cuadrilla, es todo —dijo Pratt—. Estaré en contacto con todo el mundo día y noche. Mantened la calma y tened cuidado con esos tipos. No queremos que nada se vuelva contra nosotros. Los que os ocupáis del primer turno podéis ir a casa y dormir bien. No olvidéis que el reloj corre. Tenemos hasta el viernes por la noche y después calabazas. Así que salgamos de aquí y a ver qué conseguimos. Hemos de cerrar este caso.

Bosch y Rider se levantaron y charlaron del caso con los demás durante unos minutos, y luego Bosch regresó a su mesa. Sacó la copia del archivo de condicional de la pila de carpetas del caso. No había tenido la oportunidad de leerlo a conciencia y ése era el momento.

Era un archivo de acumulación, lo cual significaba que a medida que Mackey era detenido, y continuaba una carrera de toda la vida a través del sistema penal, los informes y transcripciones de los juicios simplemente se añadían en la parte superior del archivo. Por consiguiente, los informes estaban en orden cronológico inverso. A Bosch le interesaban sobre todo los primeros años de Mackey. Fue al final del archivo con la idea de avanzar cronológicamente.

La primera detención de Mackey como adulto se produjo sólo un mes después de que cumpliera dieciocho. En agosto de 1987 fue detenido por robar un coche para ir a dar una vuelta con él. Mackey vivía entonces en casa y robó el Corvette de un vecino que había olvidado las gafas de sol y volvió a entrar en su casa dejando el coche en marcha. Mackey entró en el coche y se largó.

Roland Mackey se declaró culpable y el informe previo que contenía el archivo citaba su historial juvenil, pero no mencionaba los Ochos de Chatsworth. En septiembre de 1987, el joven ladrón de coches fue condenado a un año de libertad vigilada por un juez del tribunal superior, que trató de convencer a Mackey de que abandonara la vida delictiva.

La transcripción de la vista en que se le condenó estaba en el archivo. Bosch leyó el discurso de dos páginas del juez, en el cual le explicaba a Mackey que había visto a hombres jóvenes como él un centenar de veces con anterioridad. Le dijo a Mackey que estaba ante el mismo precipicio que los otros. Un delito podía ser una lección de vida, o podía ser el primer paso en una espiral descendente. Instó a Mackey a no seguir el camino equivocado. Le dijo que reflexionara a conciencia y que tomara la decisión acertada acerca de qué camino seguir.

Las palabras de advertencia obviamente habían caído en saco roto. Al cabo de seis semanas, Mackey fue detenido por robar en la casa de un vecino mientras el matrimonio que vivía allí estaba trabajando. Mackey había desconectado una alarma, pero el corte en el suministro eléctrico quedó registrado con la compañía de seguridad y se envió un coche patrulla. Cuando Mackey salió por la puerta de atrás con una cámara de vídeo y diversos objetos electrónicos y de joyería, había dos agentes esperándole con las pistolas desenfundadas.

Puesto que Mackey se hallaba en libertad vigilada por el robo del coche, ingresó en la prisión del condado mientras se esperaba la disposición del juez sobre el caso. Después de treinta y seis días entre rejas se presentó de nuevo ante el mismo juez y, según la transcripción, suplicó perdón y otra oportunidad. Esta vez el informe previo advertía de que el test de droga indicaba que Mackey era consumidor de marihuana y que había comenzado a frecuentar un grupo de jóvenes conflictivos de la zona de Chatsworth.

Bosch sabía que esos jóvenes eran probablemente los Ochos de Chatsworth. Fue a primeros de diciembre, y su plan de sembrar el terror y rendir un homenaje simbólico a Adolf Hitler estaba a sólo unas pocas semanas. Pero nada de eso constaba en el informe. Éste simplemente afirmaba que Mackey frecuentaba un grupo conflictivo. Al sentenciar a Mackey, el juez podría no haber sabido lo conflictivo que era ese grupo.

Mackey fue condenado a tres años de prisión que quedaron reducidos al tiempo que ya había cumplido. También le impusieron dos años de libertad vigilada. El juez, consciente de que la prisión sólo sería una escuela de posgrado para un delincuente como Mackey, le estaba dando una oportunidad y tratando de asustarlo al mismo tiempo. Mackey salió del tribunal en libertad, pero el juez estableció una serie de pesadas restricciones a su condicional. El magistrado dictó que Mackey pasara semanalmente pruebas de drogas, que mantuviera un empleo remunerado y que se sacara el graduado escolar en un período de nueve meses. Por último, advirtió a Mackey de que si incumplía cualquier requisito de la orden de condicional sería enviado a una prisión estatal para completar una sentencia de tres años.

«Puede considerarlo duro, señor Mackey —dijo el juez, según la transcripción—, pero yo lo considero muy amable. Le estoy concediendo una última oportunidad. Si me falla, sin ninguna duda irá a prisión. La sociedad renunciará a intentar ayudarle en ese punto. Simplemente le apartará. ¿Lo entiende?»

«Sí, señoría», dijo Mackey.

El archivo venía acompañado de los informes estudiantiles de Chatsworth High. Mackey obtuvo su graduado escolar en agosto de 1988, poco más de un mes después de que Rebecca Verloren fuera sacada de su cama y asesinada.

A pesar de los esfuerzos del juez para apartar a Mackey de una vida de crímenes, Bosch tenía que preguntarse si esos esfuerzos le habían costado la vida a Rebecca Verloren. Tanto si Mackey había disparado el arma como si no, había estado en posesión de la pistola que la había matado. ¿Era razonable pensar que la cadena de acontecimientos que conducía al asesinato se habría roto si Mackey hubiera estado entre rejas? Bosch no estaba seguro. Cabía la posibilidad de que Mackey sólo hubiera desempeñado un papel al ser la persona que proporcionó el arma. Si no hubiera sido él, habría sido cualquier otro. Bosch sabía que no tenía sentido desmontar la cadena de lo que podía haber ocurrido o no.

—¿Algo nuevo?

Bosch levantó la cabeza. Rider estaba de pie ante su escritorio. Harry cerró la carpeta.

—No, la verdad es que no. Estaba leyendo el archivo de

la condicional. El material más antiguo. Un juez se interesó por él al principio, pero después lo dejó ir. Lo mejor que pudo hacer fue conseguir que sacara el graduado escolar.

—Y le sirvió de mucho, ¿eh?

—Sí.

Bosch no dijo nada más. Él tampoco tenía más que un graduado escolar. También se había situado ante un juez como ladrón de coches. El coche en el que había salido a divertirse también era un Corvette. Salvo que no era de un vecino, sino de su padre adoptivo. Bosch se lo había llevado como una forma de enviarlo al cuerno. Pero fue el padre adoptivo el que le mandó al cuerno en última instancia. Bosch fue devuelto al reformatorio y tuvo que arreglárselas solo.

—Mi madre murió cuando yo tenía once años —dijo Bosch de repente.

Rider lo miró, y enarcó las cejas en su gesto habitual.

—Lo sé. ¿Por qué lo dices ahora?

—No lo sé. Pasé mucho tiempo en el reformatorio después de eso. O sea, pasé algunos períodos con familias adoptivas, pero nunca duró mucho. Siempre volvía.

Rider esperó, pero Bosch no continuó.

—¿Y? —le instó ella.

—Bueno, no había bandas en el reformatorio —dijo él—, pero había una especie de segregación. Ya sabes, los blancos se quedaban juntos. Los negros. Los hispanos. Entonces no había asiáticos.

—¿Qué estás diciendo, que te da pena este capullo de Mackey?

—No.

—Mató a una chica, o al menos ayudó a matarla, Harry.

—Ya lo sé, Kiz. No iba por ahí.

—¿Por dónde ibas?

—No lo sé. Supongo que me estaba preguntando qué hace que la gente siga caminos diferentes. ¿Cómo resulta que ese tipo se convierte en un racista? ¿Cómo es que yo no?

—Harry, estás pensando demasiado. Vete a casa y duerme bien. Lo necesitarás porque no vas a dormir mañana por la noche.

Bosch asintió con la cabeza, pero no se movió.

—¿Vas a irte? —preguntó Rider.

—Sí, dentro de un rato. ¿Tú te vas?

—Sí, a no ser que quieras que te acompañe a antivicio de Hollywood.

—No, no te preocupes. Hablemos por la mañana después de que tengamos el diario.

—Sí, no sé dónde podré conseguir el *Daily News* en el South End. A lo mejor tendré que llamarte para que me lo leas.

El *Daily News* gozaba de una gran circulación en el valle de San Fernando, pero en ocasiones resultaba difícil encontrarlo en otras partes de la ciudad. Rider vivía cerca de Inglewood, en el mismo barrio en el que había crecido.

—Perfecto. Llámame y te lo leeré. Hay una caja de diarios al pie de la colina de mi casa.

Rider abrió uno de los cajones y sacó el bolso. Miró a Bosch y volvió a mover la ceja.

—¿Estás seguro de hacer esto, de marcarte así?

Se estaba refiriendo al plan de su compañero para que Mackey viera el diario al día siguiente. Bosch asintió.

—He de poder convencerlo —dijo—. Además, puedo llevar manga larga un tiempo. Aún no es verano.

—Pero ¿y si no es necesario? ¿Y si ve el artículo en el periódico y entonces coge el teléfono y empieza a contar todas sus penas?

—Algo me dice que eso no va a pasar. De todos modos, no es permanente. Vicki Landreth me dijo que duraba dos semanas a lo sumo, dependiendo de con qué frecuencia uno se duche. No es como esos tatuajes de alheña que se hacen los chicos en el muelle de Santa Mónica. Ésos duran más.

—De acuerdo, Harry. Te llamo por la mañana, pues.

—Hasta luego, Kiz. Buenas noches.

Rider se dirigió hacia la salida.

—Eh, Kiz —la llamó Bosch.

—¿Qué? —dijo ella, deteniéndose para mirar a Bosch.

—¿Qué te parece? ¿Estás contenta de haber vuelto?

Ella sabía de qué estaba hablando. De volver a Homicidios.

—Sí, Harry, estoy contenta. Y estaré delirando en cuanto detengamos a este jinete pálido y resolvamos el misterio.

—Sí —dijo Bosch.

Después de que ella se fuera, Bosch pensó unos segundos en qué quería decir ella llamando a Mackey jinete pálido. Pensó que tal vez se trataba de alguna referencia bíblica, pero no podía ubicarla. Quizás en la zona sur llamaban así a los racistas. Decidió que se lo preguntaría al día siguiente. Empezó a examinar otra vez el informe de la condicional, pero enseguida se rindió. Sabía que era el momento de concentrarse en el aquí y ahora. No en el pasado. No en las elecciones tomadas y en los caminos que no se habían seguido. Se levantó y se puso el expediente del caso bajo el brazo. Si la vigilancia iba para largo al día siguiente quizá tendría ocasión de leerlo a fondo. Metió la cabeza en el despacho de Pratt para decir adiós.

—Buena suerte, Harry —dijo Pratt—. Ciérralo.

—Vamos a hacerlo.

26

Bosch estacionó en el aparcamiento trasero y entró en la comisaría de Hollywood por las puertas de atrás. Hacía mucho tiempo que no estaba allí y la notó diferente. La renovación a consecuencia del terremoto a la que se había referido Edgar aparentemente había afectado a todos los espacios del edificio. Encontró la oficina de guardia en el lugar donde antes había un calabozo. Había una sala para que los agentes de patrulla escribieran sus informes, mientras que antes tenían que robar espacio en la brigada de detectives.

Antes de subir a la unidad de antivicio tenía que pasar por la sala de detectives para ver si podía sacar un expediente. Recorrió el pasillo de atrás, cruzándose con un sargento de patrulla llamado McDonald cuyo nombre no podía recordar.

—Eh, Harry, ¿has vuelto? Cuánto tiempo sin verte, tío.

—He vuelto, Seis.

—Bien hecho.

Seis era la designación de la División de Hollywood en las comunicaciones por radio. Llamar al sargento de patrulla Seis era como llamar a un detective de Homicidios Roy. Funcionó y salvó a Bosch del bochorno por su espantosa pérdida de memoria. Cuando llegó al final del pasillo recordó que el nombre del sargento era Bob.

La unidad de Homicidios estaba en la parte de atrás del enorme espacio asignado a los detectives. Edgar tenía razón. No se parecía a ninguna oficina de detectives que Bosch hubiera visto antes. Era gris y aséptica. Recordaba a un almacén donde los comerciales podían hacer llamadas telefónicas a ciegas a empresas y ancianas para colocarles estilográficas a precios exorbitados o venderles apartamentos de multipropiedad. Reconoció la parte superior de la cabeza de Edgar, que asomaba justo por encima de una de las mamparas de separación. Parecía que era el único que quedaba en toda la oficina. Era tarde, pero no tanto.

Se acercó y miró por encima de la mampara a Edgar. Tenía la cabeza baja y estaba concentrado en el crucigrama del *Times*. Siempre había sido un ritual para Edgar. Hacía el crucigrama todos los días, se lo llevaba al lavabo y a comer, y también en las vigilancias. No le gustaba volver a casa sin terminarlo.

Edgar no había advertido la presencia de Bosch, que retrocedió en silencio y se agachó en el cubículo contiguo. Cuidadosamente, levantó la papelera de acero que estaba al pie del escritorio y salió reptando del cubículo para situarse justo detrás de Edgar. Se levantó y dejó caer la papelera en el suelo de linóleo nuevo, desde más de un metro de altura. El sonido, fuerte y seco, resonó como un disparo. Edgar saltó de su silla, y el lápiz con el que estaba haciendo el crucigrama voló hacia el techo. Estaba a punto de gritar algo cuando vio que era Bosch.

—Maldita sea, Bosch.

—¿Cómo va, Jerry? —dijo Bosch, de manera casi ininteligible por las risas.

—Maldita sea, Bosch.

—Sí, ya lo has dicho. Diría que las cosas están calmadas en Hollywood.

—¿Qué coño estás haciendo aquí? O sea, además de asustarme.

—Estoy trabajando, tío. Tengo una cita con la artista de antivicio. ¿Qué estás haciendo?

—Estoy terminando. Estaba a punto de salir.

Bosch se inclinó hacia delante y vio que la rejilla del crucigrama estaba casi llena de palabras. Había varias marcas de goma de borrar. Edgar nunca hacía los crucigramas en tinta. Bosch se fijó en que el viejo diccionario rojo de Edgar no estaba en el estante, sino sobre la mesa.

—¿Otra vez haciendo trampas, Jerry? Se supone que no has de usar el diccionario.

Edgar volvió a sentarse en su silla. Parecía exasperado, primero por el susto y luego por las preguntas.

—Chorradas. Puedo hacer lo que quiera. No hay reglas, Harry. ¿Por qué no subes por la escalera y me dejas en paz? Anda y que te ponga un poco de perfilador y a la calle.

—Sí, te gustaría. Serías mi primer cliente.

—Vale, vale. ¿Necesitas algo o sólo te has pasado para tocarme los huevos?

Edgar sonrió finalmente, y Bosch comprendió que ya todo estaba bien entre ellos.

—Un poco de cada cosa —dijo Bosch—. Necesito un viejo archivo. ¿Dónde los guardan en este palacio?

—¿Cómo de viejo? Empezaron a enviar el material al centro para que lo microfilmaran.

—Debió de ser en el dos mil. ¿Te acuerdas de Michael Allen Smith?

Edgar asintió.

—Por supuesto que sí. Alguien como yo no va a olvidarse de Smith. ¿Qué quieres de él?

—Sólo quería su foto. ¿Ese archivo sigue aquí?

—Sí, todo lo reciente sigue aquí. Acompáñame.

Condujo a Bosch hasta una puerta cerrada. Edgar tenía una llave y enseguida estuvieron en una pequeña sala llena de estanterías repletas de carpetas azules. Edgar localizó el expediente del asesinato de Michael Allen Smith y lo sacó de un estante. Lo dejó en las manos de Bosch. Era pesado. Había sido un caso complicado.

Bosch se llevó el expediente al cubículo contiguo al de Edgar y empezó a pasar páginas hasta que llegó a una sección de fotografías que mostraban el torso de Smith y diversos primeros planos de sus tatuajes. Éstos habían servido para identificarlo y acusarlo de los asesinatos de tres prostitutas cinco años antes. Bosch, Edgar y Rider habían investigado el caso. Smith era un declarado defensor de la supremacía blanca que secretamente contrataba los servicios de travestis que recogía en el bulevar de Santa Mónica. Después, sintiéndose culpable por haber cruzado las fronteras racial y sexual, los mataba. De algún modo le hacía sentir mejor acerca de sus transgresiones. La clave de la resolución del caso llegó cuando Rider encontró a una prostituta que había visto que una de las víctimas se metía con un cliente en una furgoneta. Fue capaz de describir un tatuaje en una de las manos del cliente. Eso finalmente los condujo a Smith, que había recopilado diversos tatuajes en varias prisiones del país. Fue juzgado, declarado culpable y enviado al corredor de la muerte, donde todavía se resistía a la inyección letal con una batería de recursos de apelación.

Bosch cogió las fotos que mostraban los tatuajes del cuello, manos y bíceps de Smith, todos los cuales estaban hechos con tinta de prisión.

—Las necesitaré allí arriba. Si te vas y has de cerrar el archivo puedo dejártelas en tu escritorio.

Edgar asintió.

—Vale. ¿En qué te has metido, tío? ¿Vas a ponerte esta mierda en la piel?

—Exacto, quiero ser como Mike.

Edgar entornó los ojos.

—¿Está relacionado con ese material de los Ochos de Chatsworth del que hablamos ayer?

Bosch sonrió.

—¿Sabes, Jerry? Tendrías que ser detective. Eres muy bueno.

Edgar asintió con la cabeza, resignado a soportar otro ataque sarcástico.

—¿También te vas a rapar? —preguntó.

—No, no pensaba llegar tan lejos —dijo Bosch—. Creo que voy a ser una especie de *skinhead* reformado.

—Entiendo.

—Oye, ¿estás ocupado esta noche? No creo que tarde mucho. Si quieres esperar y acabar el crucigrama, podríamos ir a comer un bistec en Musso's.

Sólo decirlo hizo que a Bosch le apeteciera el bistec. Y un martini de vodka.

—No, Harry, he de ir al otro lado de la colina, al Sportsmen's Lodge, por el asunto del retiro de Sheree Riley. Por eso estaba perdiendo el tiempo aquí. Estaba esperando que haya menos tráfico.

Sheree Riley era una investigadora de delitos sexuales. Bosch había trabajado con ella en alguna ocasión, pero nunca habían tenido una relación próxima. Cuando el sexo y el crimen se entrelazaban, los casos normalmente eran tan brutales y difíciles que no había sitio para nada que no fuera el trabajo. Bosch no sabía que se retiraba.

—Quizá podamos comernos ese bistec otro día —dijo Edgar—. ¿Vale?

—Claro, Jerry. Que vaya bien allí arriba y salúdala y deséale buena suerte de mi parte. Y gracias por las fotos. Las dejaré en tu escritorio.

Bosch retrocedió hacia el pasillo, pero oyó que Edgar maldecía. Se volvió y vio a su antiguo compañero de pie y mirando en su cubículo con los brazos extendidos.

—¿Dónde ha ido a parar mi maldito lápiz?

Bosch examinó el suelo y no lo vio. Finalmente, levantó la mirada y vio el lápiz encajado en las placas de absorción de sonido del techo, encima de la cabeza de Edgar.

—Jerry, a veces lo que sube no baja.

Edgar miró al techo y vio su lápiz. Tuvo que saltar dos veces para recuperarlo.

La puerta de la unidad de antivicio de la segunda planta estaba cerrada, pero eso no era raro. Bosch llamó y enseguida le contestó un agente al que Bosch no reconoció.

—¿Está Vicki? Me está esperando.

—Entonces pase.

El agente se apartó para dejar paso a Bosch. Vio que la sala no había cambiado tan drásticamente con la remodelación. Era una sala grande, con mesas de trabajo en ambos lados. Encima del espacio de cada agente de antivicio colgaba el póster enmarcado de una película. En la División de Hollywood sólo se permitía colgar en las paredes los carteles de películas filmadas en la división. Encontró a Vicki Landreth en un puesto de trabajo, debajo de un cartel de *Blue Neon Night*, una película que Bosch no había visto. Ella y el otro agente eran los únicos en el despacho. Bosch adivinó que todos los demás estaban en la calle para el turno de noche.

—Eh, Bosch —dijo Landreth.

—Hola, Vic. ¿Todavía tienes tiempo para esto?

—Para ti, cielo, siempre tengo tiempo.

Landreth era una antigua maquilladora de Hollywood. Un día, veinte años antes, uno de los agentes fuera de servicio que trabajaban en la seguridad del plató la convenció de acompañarlo en el coche patrulla. El tipo sólo trataba de ligar, esperando que tal vez la experiencia resultara excitante para ella y eso llevara a algo más. A lo que llevó fue al ingreso de Landreth en la academia de policía. La maquilladora se convirtió en agente de reserva, trabajando dos turnos al mes en la patrulla y presentándose donde se la necesitaba. Después, alguien de antivicio descubrió su trabajo durante el día y le pidió que trabajara los dos turnos en antivicio, donde podían utilizarla para hacer que los agentes encubiertos se parecieran más a prostitutas, macarras, drogadictos o gente de la calle. Vicki no tardó en encontrar que el trabajo policial era más interesante que el de las películas. Abandonó la industria y se convirtió en policía a tiempo completo. Sus habilidades con el maquillaje eran muy valoradas y su nicho en la División de Hollywood estaba asegurado.

Bosch le mostró fotos de los tatuajes de Michael Allen Smith y ella los estudió durante unos segundos.

—Simpático, ¿no? —dijo ella finalmente.

—De los que más.

—¿Y quieres que haga todo esto esta noche?

—No, estaba pensando en los relámpagos del cuello y quizás en el bíceps, si puedes hacerlo.

—Es todo carcelario. No hay mucho arte. Un color. Puedo hacerlo. Siéntate y quítate la camisa.

Ella lo condujo a un box de maquillaje donde él se sentó en un taburete junto a un estante lleno de diversas pinturas corporales y polvos. En un estante superior había cabezas de maniquí con pelucas y barbas. Debajo de éstos alguien había escrito los nombres de diversos supervisores de la división.

Bosch se quitó la camisa y la corbata. Llevaba una camiseta debajo.

—Quiero que se vean, pero no quiero que resulte demasiado obvio —dijo—. Pensaba que podría funcionar si llevo una camiseta como ésta y puede verse parte de los tatuajes asomando. Lo suficiente para saber lo que son y lo que significan.

—No hay problema. No te muevas.

Usó una tiza para marcar en la piel el lugar al que llegaban las mangas y el cuello de la camiseta.

—Éstas serán las líneas de visibilidad —explicó ella—. Sólo dime cuánto quieres que sobresalga.

—Entendido.

—Ahora, quítatelo todo, Harry.

Ella lo dijo con indisimulada sensualidad. Bosch se quitó la camiseta por encima de la cabeza y la dejó en una silla, junto con la camisa y la corbata. Se volvió de nuevo hacia Landreth y ésta estaba estudiando su pecho y hombros. La maquilladora se inclinó y le tocó la cicatriz en el hombro izquierdo.

—Ésta es nueva —dijo.

—Es vieja.

—Bueno, hace mucho que no te veía desnudo, Harry.

—Sí, supongo que sí.

—Cuando eras un chico de azul y podías convencerme de cualquier cosa, incluso de ingresar en la policía.

—Te convencí para que entraras en mi coche, no en el departamento. Eso fue culpa tuya.

Bosch se sintió avergonzado y sintió que se ruborizaba. Su relación de veinte años atrás se había desvanecido sin ningún otro motivo salvo que ninguno de los dos quería un compromiso con nadie. Siguieron caminos separados, pero siempre continuaron siendo amigos con derecho a roce, especialmente cuando Bosch fue trasladado a la brigada de homicidios de la División de Hollywood, y trabajaban en el mismo edificio.

—Mira, te estás ruborizando —dijo Landreth—. Después de tantos años.

—Bueno, sabes...

No dijo nada más. Landreth giró su taburete para colocarse más cerca de Bosch. Se estiró y pasó el pulgar sobre el tatuaje de la rata de los túneles que tenía en la parte superior de su hombro derecho.

—Éste lo recuerdo —dijo ella—. No se aguanta muy bien.

Landreth tenía razón. Las líneas del tatuaje que Bosch se había hecho en Vietnam se habían difuminado y los colores también. El personaje de una rata con un arma emergiendo de un túnel no resultaba reconocible. Parecía un moratón doloroso.

—Yo tampoco me aguanto muy bien, Vicki —dijo Bosch.

Ella no hizo caso de la queja y se puso a trabajar. Primero usó un perfilador de ojos para esbozar los tatuajes en el cuerpo de Harry. Michael Allen Smith tenía lo que había llamado galones de la Gestapo tatuados en el cuello. A ambos lados estaban los relámpagos gemelos de la insignia de las SS, como los que llevaban en el cuello de las camisas de los uniformes del cuerpo de elite de Hitler. Landreth los grabó en la piel de Bosch con facilidad y rapidez. Le hacía cosquillas y a Bosch le costó lo suyo mantenerse quieto. Entonces llegó el momento de la parte del bíceps.

—¿En qué brazo? —preguntó ella.

—Creo que en el izquierdo.

Bosch estaba pensando en el engaño a Mackey. Consideró que había más probabilidades de que terminara sentado a la derecha de Mackey, lo cual significaba que su brazo izquierdo estaría en la línea de visión de éste.

Landreth le pidió que sostuviera la foto del brazo tatuado de Smith al lado del suyo para poder copiarlo. En el bíceps de Smith estaba tatuada una calavera con una esvástica. A pesar de que Smith nunca había admitido los crímenes de los que se le acusó, siempre había sido muy franco acerca de sus ideas racistas y el origen de sus numerosos tatuajes. La calavera del bíceps, dijo, había sido copiada de un cartel de propaganda de la Segunda Guerra Mundial.

Cuando Landreth pasó del cuello al brazo, Bosch pudo respirar con más facilidad y Landreth pudo trabar conversación con él.

—Bueno, ¿qué novedades me cuentas? —preguntó ella.

—Poca cosa.

—¿El retiro era aburrido?

—Podrías decir eso.

—¿Qué has hecho este tiempo, Harry?

—Trabajé en un par de casos viejos, pero sobre todo pasé el tiempo en Las Vegas, tratando de conocer a mi hija.

Ella se apartó de su trabajo y miró a Harry con expresión de sorpresa.

—Sí, a mí también me sorprendió cuando lo descubrí —dijo él.

—¿Qué edad tiene?

—Casi seis.

—¿Vas a poder seguir viéndola ahora que estás trabajando?

—No importa, no está aquí.

—Vaya, ¿dónde está?

—Su madre se la ha llevado un año a Hong Kong.

—¿Hong Kong? ¿Qué hay en Hong Kong?

—Un trabajo. Firmó un contrato de un año.

—¿No lo consultó contigo?

—No sé si «consultar» es el término correcto. Me dijo que se iba. Yo hablé con un abogado y no podía hacer gran cosa al respecto.

—No es justo, Harry.

—Estoy bien. Hablo con ella una vez a la semana. En cuanto consiga unas vacaciones iré a verla.

—No hablo de que no sea justo para ti. No es justo para ella. Una niña debería estar con su padre.

Bosch asintió con la cabeza, porque era lo único que podía hacer. Al cabo de unos minutos, Landreth terminó su esbozo, abrió una caja y sacó un frasco de tinta de Hollywood junto con un aplicador en forma de boli.

—Es azul Bic —dijo ella—. Es lo que más se usa en las cárceles. No perforaré la piel, así que debería desaparecer en un par de semanas.

—¿Debería?

—La mayoría de las veces. Pero trabajé con un actor al que le puse un as de picas en el brazo. Y lo curioso es que no se le fue. No del todo. Así que terminó haciéndose un tatuaje de verdad encima del mío. No le hizo mucha gracia.

—Igual que a mí no me va a hacer gracia tener unos relámpagos en el cuello el resto de mi vida. Antes de que empieces a ponerme eso, Vicki, ¿hay...? —Se detuvo cuando se dio cuenta de que Landreth se estaba riendo de él.

—Era broma, Bosch. Es la magia de Hollywood. Se va con frotarlo un par de veces, ¿vale?

—De acuerdo, pues.

—Entonces quédate quieto y terminemos con esto.

Ella se puso a trabajar con el boli para aplicar la tinta azul oscura a la piel de Bosch. Secaba periódicamente la piel con un trapo y repetidamente le pidió que dejara de respirar, algo que él le dijo que no podía hacer. Landreth terminó en menos de media hora. Le dio un espejo de mano y él se examinó el cuello. Le parecía auténtico. También le resultaba extraño ver semejantes símbolos de odio en su propio cuello.

—¿Puedo ponerme la camisa ya?

—Dame unos minutos más.

Ella le tocó otra vez la cicatriz en el hombro.

—¿Es de cuando te dispararon en el túnel del centro?

—Sí.

—Pobre Harry.

—Más bien, afortunado Harry.

Landreth empezó a recoger el material mientras él se quedaba sentado sin camisa y sintiéndose incómodo por eso.

—Bueno, ¿cuál es tu misión esta noche? —preguntó Bosch, sólo por decir algo.

—¿Para mí? Nada. Ya me voy.

—¿Has terminado?

—Sí, hoy hemos trabajado en turno de día. Unas chicas trabajadoras habían invadido el hotel del Kodak Center. No lo podemos tolerar en el nuevo Hollywood, ¿verdad? Así que detuvimos a cuatro.

—Lo siento, Vicki. No sabía que te estaba reteniendo. Habría venido antes. Joder, estaba abajo charlando con Edgar antes de subir. Deberías haberme dicho que me estabas esperando.

—No pasa nada. Me he alegrado de verte. Y quería decirte que me alegro de que hayas vuelto al trabajo.

Bosch de repente pensó en algo.

—Eh, ¿quieres ir a cenar a Musso's o vas al Sportsmen's Lodge?

—Olvídate del Sportsmen's Lodge. Esas cosas me recuerdan demasiado a las fiestas de despedida. Tampoco me gustan.

—Entonces ¿qué me dices?

—No sé si quiero que me vean en ese sitio con un cerdo racista tan obvio.

Esta vez Bosch sabía que estaba de broma. Sonrió y ella también sonrió, y le dijo que lo de la cena estaba hecho.

—Iré con una condición —agregó ella.

—¿Cuál?

—Que te vuelvas a poner la camisa.

27

Bosch se despertó a las cinco y media a la mañana siguiente sin necesidad de despertador. No era algo excepcional para él. Sabía que eso era lo que ocurría cuando te metías en el túnel de un caso. Las horas de vigilia dominaban a las de sueño. Hacías todo lo que podías para mantenerte en esa tabla y en el túnel. Aunque no tenía que empezar a trabajar hasta al cabo de más de doce horas, sabía que ése sería el día clave del caso. No podía dormir más.

Se vistió en la oscuridad, y en un entorno desconocido, y fue a la cocina, donde encontró una libretita para anotar los artículos que faltaban en la cocina. Escribió una nota y la dejó delante de la cafetera automática, la misma que Vicki había programado la noche anterior para que se pusiera en marcha a las siete de la mañana. La nota decía poco más que gracias por la velada y adiós. No había promesas de hasta luego. Bosch sabía que ella no las esperaba. Ambos sabían que poco había cambiado en sus veinte años de relaciones. Se gustaban el uno al otro, pero eso no bastaba para construir una vida en común.

Las calles entre la casa de Vicki Landreth en Los Feliz y el paso de Cahuenga estaban grises y cubiertas de niebla. La gente conducía con las luces encendidas, ya fuera porque llevaban la noche conduciendo o porque pensaban que podía ayudar a que el mundo se despertara. Bosch sabía que el amanecer no superaba al anochecer. El alba siempre se levantaba enfadada, como si el sol estuviera torpe y apresurado. El anochecer era más suave, la Luna más colmada de gracia. Quizás era porque la Luna era más paciente. En la vida y en la naturaleza, pensó Bosch, la oscuridad siempre espera.

Trató de apartar las ideas de la noche de su cabeza para poder concentrarse en el caso. Sabía que los otros estarían en ese momento ocupando sus posiciones en Mariano Street en las colinas de Woodland y en la sala de escucha de Listen-Tech, en la City of Industry. Mientras Roland Mackey dormía, las fuerzas de la justicia se iban cerrando como una tenaza en torno a él. Así lo veía Bosch. Eso era lo que le ponía las pilas. Todavía creía que era poco probable que Mackey fuera el autor del disparo que había acabado con Rebecca Verloren, pero no le cabía duda de que había proporcionado el arma homicida y que ese día les conduciría al asesino, tanto si se trataba de William Burkhart como si había sido otra persona.

Bosch aparcó en el estacionamiento que había delante de Poquito Más, al pie de la colina en la que se alzaba su casa. Dejó el Mercedes en marcha y salió a la fila de máquinas expendedoras. Vio el rostro de Rebecca Verloren mirándole a través de la ventanilla de plástico manchada de la caja. Sintió que el corazón le daba un vuelco. No importaba lo que dijera el artículo, sabía que estaban en marcha.

Echó las monedas en la ranura y sacó el periódico. Repitió el proceso para coger un segundo diario. Uno para los archivos, y otro para Mackey. No se molestó en leer el artículo hasta que hubo regresado a su casa. Se sirvió un café y abrió el diario, de pie en la cocina. La foto de la ventana era una imagen de Muriel Verloren sentada en la cama de su hija. La habitación estaba ordenada y la cama perfectamente hecha, incluido el volante que rozaba el suelo. Había una fotografía insertada de Rebecca Verloren en la esquina superior. Resultó que en los archivos del *Daily News* conservaban la misma foto que en el anuario. El titular de encima de la imagen rezaba: «La larga vigilia de una madre.»

En el crédito de la fotografía del dormitorio se leía Emerson Ward; al parecer la fotógrafa usó su nombre oficial. Debajo había un pie de foto en el que se leía: «Muriel Verloren sentada en el dormitorio de su hija. La habitación, como la pena de la señora Verloren, ha permanecido intacta a lo largo de los años.»

Debajo de la foto y encima del cuerpo del artículo estaba lo que una vez un periodista le había dicho a Bosch que era una entradilla, una descripción más completa de la historia. Decía: «Acechada: Muriel Verloren ha esperado 17 años para saber quién le quitó la vida a su hija. En un esfuerzo renovado, la policía de Los Ángeles podría estar cerca de descubrirlo.»

Bosch pensó que la entradilla era perfecta. Si Mackey la veía, y en el momento en que la viera, sentiría el dedo gélido del miedo en el pecho. Bosch leyó el artículo con ansiedad.

Por McKenzie Ward, de la redacción

En el verano de hace diecisiete años, una joven y hermosa chica de escuela superior llamada Rebecca Verloren fue raptada de su domicilio en Chatsworth y brutalmente asesinada en Oat Mountain. El caso nunca se resolvió, dejando a una familia rota, a agentes de policía angustiados y a una comunidad sin sentido de justicia por el crimen.

Sin embargo, en lo que constituye una dosis de esperanza para la madre de la víctima, el Departamento de Policía de Los Ángeles ha puesto en marcha una nueva investigación del caso que podría dar resultados y un cierre para Muriel Verloren. En esta ocasión, los detectives tienen algo nuevo que no tenían en 1988: el ADN del asesino.

La unidad de Casos Abiertos del departamento de policía inició una nueva vía de investigación en el caso Verloren después de que uno de los detectives originales —ahora inspector de la comandancia del valle— instara hace dos años a que se reabriera cuando se formó la brigada para investigar casos aparcados.

«En cuanto me enteré de que íbamos a empezar a investigar casos archivados los llamé por teléfono —dijo ayer el inspector Arturo García desde su oficina en el centro de mando del valle—. Éste es el caso que siempre me atormentó. Esa bonita chica arrebatada de su casa así. Ningún asesinato es aceptable en nuestra sociedad, pero éste me dolió más. Me ha acechado todos estos años.»

Lo mismo le ocurrió a Muriel Verloren. La madre de Rebecca ha seguido viviendo en la casa de Red Mesa Way en la cual fue raptada su hija de 16 años. El dormitorio de Rebecca permanece inalterado desde la noche en que fue sacada por una puerta de atrás, y nunca regresó.

«No quiero cambiar nada —dijo ayer la madre llorosa mientras alisaba la colcha de la cama de su hija—. Es mi forma de permanecer cerca de ella. Nunca cambiaré esta habitación y nunca dejaré esta casa.»

El detective Harry Bosch, que está asignado a la nueva investigación, le dijo al *News* que ahora hay varias pistas prometedoras en el caso. La mayor ayuda en la investigación han sido los avances tecnológicos que se han realizado desde 1988. En el interior de la pistola homicida se halló sangre que no pertenecía a Rebecca Verloren. Bosch explicó que el percutor de la pistola «mordió» en la mano a la persona que la disparó, llevándose una muestra de sangre y tejido. En 1988 podía ser analizado, tipificado y preservado. Ahora puede ser relacionado directamente con un sospechoso. El desafío es encontrar a ese sospechoso.

«El caso fue investigado a conciencia previamente

—dijo Bosch—. Se interrogó a cientos de personas y se siguieron centenares de pistas. Estamos volviéndolas a analizar todas, pero nuestra esperanza real está en el ADN. Confío en que será el elemento que resolverá el caso.»

El detective explicó que, aunque la víctima no fue agredida sexualmente, había elementos de un crimen de naturaleza psicosexual. Hace diez años, el Departamento de Justicia de California puso en marcha una base de datos que contenía muestras de ADN de todas las personas condenadas por un delito de naturaleza sexual. El ADN del caso Verloren está siendo comparado con esas muestras. Bosch cree que es probable que la muerte de Rebecca Verloren no fuera un crimen aislado.

«Creo que es improbable que este asesino sólo cometiera este único crimen y después llevara una existencia de cumplimiento de la ley. La naturaleza de este crimen nos indica que esta persona probablemente cometiera otros. Si alguna vez lo detuvieron y pusieron su ADN en una base de datos, sólo es cuestión de tiempo que lo identifiquemos.»

Rebecca fue raptada de su casa en plena noche del 5 de julio de 1988. Durante tres días, la policía y los miembros de la comunidad la buscaron. Una mujer que paseaba a caballo en Oat Mountain encontró el cadáver oculto junto a un árbol caído. A pesar de que la investigación reveló muchas cosas, entre ellas que Rebecca había abortado unas seis semanas antes de su muerte, la policía no fue capaz de determinar quién había sido su asesino y cómo entró en la casa.

En los años transcurridos, el crimen ha tenido eco en muchas vidas. Los padres de la víctima se han separado, y Muriel Verloren no sabe dónde se encuentra su marido, Robert Verloren, que poseía un restaurante en Malibú. Ella atribuye directamente la desintegración de su matrimonio a la tensión y la pena que les produjo el asesinato de su hija.

Uno de los investigadores originales del caso, Ronald Green, se retiró pronto del departamento y luego se suicidó. García declara que en su opinión la no resolución del caso Verloren influyó en la decisión de su antiguo compañero de terminar con su vida.

«A Ronnie los casos le afectaban mucho, y creo que éste nunca dejó de inquietarle», declara García.

Y en la Hillside Preparatory School, donde Rebecca Verloren era una estudiante muy popular, hay un recordatorio diario de su vida y su muerte. Una placa que erigieron sus compañeros de clase permanece fijada en la pared del vestíbulo principal de la selecta escuela.

«No queremos olvidar nunca a Rebecca», asegura el director, Gordon Stoddard, que era profesor cuando Verloren era alumna en la escuela.

Una de las amigas y compañeras de clase de Rebecca es ahora profesora en Hillside. Bailey Koster Sable pasó una tarde con Rebecca sólo dos días antes de que ésta fuera asesinada. La pérdida la ha perseguido, y dice que piensa constantemente en su amiga.

«Creo que es porque podría haberle ocurrido a cualquiera —explicó Sable después de las clases de ayer—. Así que eso me lleva a hacerme siempre la misma pregunta: ¿por qué ella?»

Ésa es la pregunta que la policía de Los Ángeles espera poder responder pronto.

Bosch miró la foto de la página interior a la que saltaba la historia. Mostraba a Bailey Sable y Gordon Stoddard de pie a ambos lados de la placa instalada en la pared del vestíbulo de Hillside Prep. La autora de la foto era asimismo Emerson Ward. El pie de foto decía: «Amiga y profesor; Bailey Sable asistía a la escuela con Rebecca Verloren y

Gordon Stoddard les enseñaba ciencias. Ahora director de la escuela, Stoddard dice: "Becky era una buena chica. Esto nunca tendría que haber ocurrido."»

Bosch se sirvió café en una taza y volvió a leer el artículo mientras se lo tomaba. Después cogió con nerviosismo el teléfono de la encimera y llamó a casa de Kizmin Rider. Ella respondió con voz nebulosa.

—Kiz, el artículo es perfecto. Ha puesto todo lo que queríamos.

—¿Harry? ¿Qué hora es, Harry?

—Casi las siete. Estamos en marcha.

—Harry, hemos de trabajar toda la noche. ¿Qué estás haciendo despierto? ¿Qué estás haciendo llamándome a las siete de la mañana?

Bosch se dio cuenta de su error.

—Lo siento. Estoy demasiado excitado.

—Llámame dentro de dos horas.

Rider colgó. No había usado un tono de voz agradable.

Impertérrito, Bosch sacó una hoja de papel doblada del bolsillo de su chaqueta. Era la hoja con los números que Pratt había distribuido durante la reunión de equipo. Llamó al móvil de Tim Marcia.

—Soy Bosch —dijo—. ¿Estáis en posición?

—Sí, estamos aquí.

—¿Algún movimiento?

—No, tranquilo como un cementerio. Suponemos que este tipo trabajó hasta la medianoche, así que dormirá hasta tarde.

—¿Su coche está ahí? ¿El Camaro?

—Sí, Harry, aquí está.

—Bueno. ¿Habéis leído el artículo en el periódico?

—Todavía no. Pero tenemos a dos equipos en esta casa sentados por Mackey y Burkhart. Vamos a hacer una pausa para tomar café y comprar el diario.

—Es bueno. Va a funcionar.

—Esperemos.

Después de colgar, Bosch comprendió que hasta que Mackey o Burkhart salieran de la casa en Mariano habría doble vigilancia sobre el sitio. Era una pérdida de tiempo y dinero, pero no veía forma de sortear la cuestión. No había forma de determinar cuándo uno de los sujetos vigilados podía salir de la casa. Sabían muy poco de Burkhart, ni siquiera sabían si tenía trabajo.

Después llamó a Renner a la sala de sonido de Listen-Tech. Era el detective de más edad de la brigada y había usado su veteranía para conseguir para él y su compañero el turno de día en la sala de sonido.

—¿Todavía nada? —le preguntó Bosch.

—Todavía no, pero serás el primero en saberlo.

Bosch le dio las gracias y colgó. Miró el reloj. Ni siquiera eran las siete y media, y sabía que iba a ser un día largo esperando a que empezara su turno de vigilancia. Llenó otra vez su taza de café y miró de nuevo el periódico. La foto del dormitorio de la joven muerta le inquietaba de un modo que no podía precisar. Había algo ahí, pero no sabía qué. Cerró los ojos para contar hasta cinco y volvió a abrirlos, con la esperanza de que el truco funcionara, pero la foto no reveló su secreto. Empezaba a crecer en él una sensación de frustración justo cuando sonó el teléfono.

Era Rider.

—Te felicito, ahora no puedo volver a dormirme. Será mejor que estés bien alerta esta noche, Harry, porque yo no lo estaré.

—Lo siento, Kiz. Estaré alerta.

—Léeme el artículo.

Bosch lo hizo, y cuando hubo terminado ella parecía haber captado parte de su excitación. Ambos sabían que la historia serviría a la perfección para suscitar una respuesta de Mackey. La clave sería asegurarse de que lo veía y lo leía, y pensaban que eso lo tenían resuelto.

—De acuerdo, Harry, me voy a poner en marcha. Tengo cosas que hacer hoy.

—Muy bien, Kiz, te veo allí arriba. ¿Qué te parece si nos reunimos en Tampa, una manzana al sur de la estación de servicio?

—Allí estaré a no ser que ocurra algo antes.

—Sí, yo también.

Después de colgar, Bosch fue a su dormitorio y se vistió con ropa cómoda para pasar una noche de vigilancia y útil para la representación que quería hacer con Mackey. Eligió una camiseta blanca que había sido lavada demasiadas veces y se había encogido de manera que las mangas quedaban apretadas y cortas en los bíceps. Antes de ponerse encima una camisa, verificó su imagen en el espejo. La mitad de la calavera quedaba expuesta y los relámpagos de las SS apuntaban por encima del algodón del cuello.

Los tatuajes parecían más auténticos que la noche anterior. Se había dado una ducha en casa de Vicki Landreth, y ella le había dicho que el agua difuminaría ligeramente la tinta en su piel, como ocurría con la mayoría de los tatuajes hechos en la prisión. Le advirtió que la tinta empezaría a borrarse al cabo de dos o tres duchas y que, si lo necesitaba, ella podía mantener el aspecto con posteriores aplicaciones. Bosch le explicó que no pensaba utilizar los tatuajes más de un día. Tanto si funcionaban como si no, lo sabría enseguida.

Bosch se puso una camisa de manga larga encima de la camiseta. Se miró en el espejo y pensó que distinguía los detalles del tatuaje de la calavera a través del algodón. Se trasparentaba la gruesa esvástica negra que asomaba del cráneo.

Listo para salir horas antes de que fuera necesario, Bosch paseó con nerviosismo por la sala de estar unos momentos, preguntándose qué hacer. Decidió llamar a su hija, con la esperanza de que su voz dulce y su alegría le dieran una inyección de fuerza adicional para el día.

Leyó el número del hotel Intercontinental de Kowloon

de un Post-it que tenía en la nevera y lo marcó en su teléfono. Eran casi las ocho de la tarde allí. Su hija debería estar despierta. Sin embargo, cuando pasaron la llamada a la habitación de Eleanor Wish, no hubo respuesta. Se preguntó si había calculado mal la diferencia horaria. Quizás estaba llamando demasiado temprano o demasiado tarde.

Después de seis tonos, se conectó un contestador que le dio a Bosch instrucciones en inglés y en cantonés para dejar un mensaje. Dejó un mensaje breve para Eleanor y su hija y colgó el teléfono.

Como no quería preocuparse por su hija ni empezar a elucubrar dónde podía estar, Bosch abrió el expediente del caso y comenzó a revisar su contenido una vez más, siempre en busca de detalles que pudiera haber pasado por alto. A pesar de todo lo que sabía del caso y de cómo éste había sido manipulado por los poderes fácticos, todavía creía en el expediente. Creía que las respuestas a los misterios siempre se encontraban en los detalles.

Terminó una primera lectura y estaba a punto de empezar con el archivo de la condicional de Mackey cuando pensó en algo y llamó a Muriel Verloren. Ella estaba en casa.

—¿Ha visto el artículo en el diario? —le preguntó.

—Sí, me ha hecho sentir muy triste leerlo.

—¿Por qué?

—Porque me lo hace muy real.

—Lo siento, pero va a ayudarnos. Se lo prometo. Me alegro de que lo hiciera. Gracias.

—Quiero hacer cualquier cosa que ayude.

—Gracias, Muriel. Escuche, quería decirle que localicé a su marido. Hablé con él ayer por la mañana.

Hubo un largo silencio antes de que Muriel hablara.

—¿En serio? ¿Dónde está?

—En la calle Cinco. Lleva un comedor de beneficencia para los sin techo. Les sirve desayunos. Pensé que quizá le gustaría saberlo.

De nuevo hubo silencio. Bosch supuso que ella querría hacerle preguntas y él estaba dispuesto a esperar.

—¿Quiere decir que trabaja allí?

—Sí. Ahora está sobrio. Me dijo que desde hace tres años. Supongo que primero fue a buscar comida y de algún modo se ha abierto camino. Ahora dirige la cocina. Y la comida es buena. Comí ayer allí.

—Ya veo.

—Eh, tengo un número que me dio él. No es una línea directa. No tiene teléfono en su habitación. Pero es de la cocina y está allí todas las mañanas. Dice que la cosa se calma a partir de las nueve.

—De acuerdo.

—¿Quiere el número, Muriel?

Esta pregunta fue seguida por el silencio más largo de todos. Finalmente, Bosch respondió su propia pregunta.

—Le diré el qué, Muriel. Yo tengo el número, y si algún día lo quiere sólo ha de llamarme. ¿De acuerdo?

—De acuerdo, detective. Gracias.

—De nada. Ahora he de irme. Esperamos que hoy haya novedades en el caso.

—Llámeme, por favor.

—Será la primera llamada que haré.

Después de colgar, Bosch se dio cuenta de que hablar acerca de desayunos le había abierto el apetito. Era casi mediodía y no había comido nada desde el bistec de la noche anterior en Musso's. Decidió que iría a la habitación a descansar un rato y después comería tarde antes de presentarse a la vigilancia. Iría a Dupar's en Studio City. Estaba de camino a Northridge. Las *crêpes* eran la comida perfecta para una vigilancia. Pediría una pila de *crêpes* con mantequilla que se asentarían en su estómago como arcilla y lo mantendrían lleno toda la noche si era necesario.

En el dormitorio, se tendió boca arriba y cerró los ojos. Trató de pensar en el caso, pero su mente vagó al recuerdo etílico de cuando le pusieron el tatuaje en el brazo en un estudio sucio de Saigón. Al caer en el sopor del sueño, recordó al hombre con la aguja y su sonrisa y su olor corporal. Recordó que el hombre le dijo: «¿Está seguro? Recuerde que quedará marcado con esto para siempre.»

Bosch le había devuelto la sonrisa y había dicho: «Ya lo estoy.»

Entonces en su sueño el rostro sonriente del hombre se transformó en el de Vicki Landreth. Ella tenía una mancha de pintalabios rojo en la boca. Levantó una aguja de tatuar.

—Estás preparado, Michael —dijo ella.

—Yo no soy Michael —repuso él.

—Muy bien —dijo ella—. No importa quién seas. Todo el mundo se resiste a la aguja, pero nadie escapa de ella.

28

Kiz Rider ya estaba en el lugar de reunión cuando Bosch llegó allí. Éste bajó de su coche y se llevó el expediente del caso y los otros documentos al vehículo de Rider, un Taurus sin identificar.

—¿Tienes sitio en el maletero? —preguntó antes de entrar.

—Está vacío. ¿Por qué?

—Ábrelo. Olvidé dejar mi rueda de repuesto en casa.

Volvió a su coche, un Mercedes Benz ML 55, cogió la rueda de recambio de la parte de atrás y la trasladó al maletero de Rider. Luego, con un destornillador de la caja de herramientas, cambió las matrículas de su coche y puso las auténticas en el maletero. Entonces entró con ella y condujeron por Tampa hasta el centro comercial que había al otro lado de la estación de servicio en la que trabajaba Mackey. Marcia y Jackson, el equipo diurno, estaban esperando en su coche en el aparcamiento.

El espacio contiguo al de ellos estaba libre y Rider aparcó allí. Todos bajaron las ventanillas para poder hablar y pasarse las radios sin tener que salir de los coches. Bosch cogió las radios, aunque sabía que él y Rider no iban a usarlas.

—¿Y bien? —preguntó Bosch.

—Bien, nada —dijo Jackson—. Parece que estamos taladrando en un pozo seco, Harry.

—¿Nada de nada? —preguntó Rider.

—No hay absolutamente ninguna indicación de que haya visto el periódico o de que alguien al que conoce lo haya visto. Hemos hablado con la sala de sonido hace veinte minutos y este tipo no ha recibido ni una llamada telefónica. Ni siquiera ha tenido que salir con la grúa desde que entró.

Bosch asintió. Todavía no estaba preocupado. A veces las cosas requerían un empujoncito y él estaba preparado para darlo.

—Espero que tengas un plan, Harry —dijo Marcia en voz alta. Estaba en el asiento del conductor de su coche y Bosch estaba en el otro extremo, en el lado del pasajero del coche de Rider.

—¿Queréis quedaros? —replicó Bosch—. No hace falta esperar si no ha habido ninguna acción. Estoy preparado.

Jackson asintió.

—No me importa —dijo—. ¿Vas a necesitar apoyo?

—Lo dudo. Sólo voy a plantar una semilla. Pero nunca se sabe. No vendrá mal.

—De acuerdo. Observaremos de todos modos. Por si acaso, ¿cuál será tu señal?

Bosch no había pensado en cómo enviar una señal si las cosas se torcían y tenía que pedir refuerzos.

—Supongo que haré sonar el claxon —dijo—. O ya oiréis los tiros.

Sonrió y los demás asintieron con la cabeza. Rider salió del lugar para aparcar y se dirigieron de nuevo a Tampa, al coche de Bosch.

—¿Estás seguro de esto? —preguntó Rider al aparcar al lado del Mercedes.

—Estoy seguro.

Se había fijado por el camino en que ella había llevado consigo un archivo de acordeón. Estaba en el reposabrazos de entre los asientos.

—¿Qué es eso?

—Como me has despertado temprano, he decidido trabajar. He rastreado a los otros cinco miembros de los Ochos de Chatsworth.

—Buen trabajo. ¿Alguno de ellos sigue aquí?

—Dos de ellos siguen aquí, pero parece que han superado sus llamadas indiscreciones de juventud. No hay historiales. Tienen trabajos bastante buenos.

—¿Y los demás?

—El único que todavía parece que es un creyente en la causa es un tipo llamado Frank Simmons. Vino desde Oregón cuando iba al instituto. Un par de años después se unió a los Ochos. Ahora vive en Fresno, pero cumplió dos años en Obispo por vender ametralladoras.

—Podría servirme. ¿Cuándo estuvo allí?

—Espera un segundo.

Rider abrió el archivo y hurgó en él hasta que sacó una pequeña subcarpeta con el nombre de Frank Simmons. La abrió y le mostró a Bosch una foto de prisión de Simmons.

—Hace seis años —dijo ella—. Salió hace seis años.

Bosch examinó la foto, memorizando los detalles del aspecto de Simmons. Éste tenía el pelo corto y oscuro, y ojos oscuros. Tenía la piel muy pálida y su rostro mostraba cicatrices de acné, que trataba de cubrir con una perilla que también le daba un aspecto más duro.

—¿El caso fue aquí? —preguntó.

—No, de hecho ocurrió en Fresno. Aparentemente se trasladó allí cuando aquí empezaron los problemas.

—¿A quién le vendió las ametralladoras?

—Llamé al FBI y hablé con el agente. No quería cooperar conmigo hasta que me chequeara. Todavía estoy esperando que me devuelva la llamada.

—Genial.

—Tengo la sensación de que el señor Simmons sigue siendo de interés para el FBI y el agente no estaba muy dispuesto a compartirlo.

Bosch asintió.

—¿Dónde vivía Simmons en el momento del caso Verloren?

—No lo sé. Era uno de los menores, probablemente vivía con sus padres. AutoTrack no tiene rastro de él más allá del noventa. Entonces estaba en Fresno.

—O sea, que a no ser que sus padres se mudaran después de este asunto, él probablemente estaba en el valle.

—Es posible.

—Muy bien, esto es bueno, Kiz. Podría usar parte de la información. Sígueme hasta el parque Balboa por Woodley. Creo que es un buen sitio. Hay un campo de golf con aparcamiento. Habrá muchos coches. Podéis aparcar allí y será un buen refugio. ¿Vale?

—Vale.

—Díselo a los demás.

Sacó la cartera que contenía la placa, sus esposas y su pistola de servicio y las dejó en el suelo del coche.

—Harry, ¿tienes una de repuesto?

—Te tengo a ti, ¿no?

—Lo digo en serio.

—Sí, Kiz, tengo una pistolita en el tobillo. No te preocupes.

Salió y se metió en su coche. De camino al parque repasó mentalmente la función. Se sentía preparado y nervioso.

Al cabo de diez minutos se detuvo en el arcén de la carretera del parque, paró el motor y salió. Fue a la parte delantera derecha del coche y dejó que saliera todo el aire de la rueda a través de la válvula. Como sabía que algunas grúas llevaban aire comprimido, abrió su navaja de bolsillo y cortó la base de la válvula del neumático. El neumático tendría que ser reparado, no hinchado.

Listo para ponerse en marcha, abrió el móvil y llamó a la estación de servicio en la que trabajaba Mackey. Dijo que necesitaba una grúa y le pusieron en espera. Pasó un minuto entero antes de que otra voz apareciera en la línea. Roland Mackey.

—¿Qué necesita?

—Necesito una grúa. Tengo un pinchazo y la válvula parece jodida.

—¿Qué clase de coche es?

—Un Mercedes SUV negro.

—¿Y la de recambio?

—Me la robó un ne... Me la robaron la semana pasada cuando estuve en South Central.

—Vaya. No debería ir allí.

—No tenía elección. ¿Puede remolcarme o no?

—Vale, vale. ¿Dónde está?

Bosch se lo dijo. Era lo bastante cerca para que esta vez Mackey no tratara de convencerle de que llamara a otro.

—Muy bien, tardo diez minutos —dijo Mackey—. Esté al lado de su coche cuando llegue allí.

—No tengo otro sitio adonde ir.

Bosch cerró el teléfono móvil y abrió la parte trasera del Mercedes. Se sacó la camisa por fuera de los pantalones y se la quitó. La puso en la parte de atrás. Sus nuevos tatuajes eran ahora parcialmente visibles. Se sentó en la puerta trasera y esperó. Al cabo de dos minutos sonó su móvil. Era Rider.

—Harry, han podido pasarme la llamada desde Listen-Tech. Sonabas auténtico.

—Bien.

—Acabo de hablar con los chicos. Mackey se mueve. Están con él.

—Vale. Estoy preparado.

—Ahora lamento no haberte puesto un micrófono. Nunca se sabe lo que puede decirte este tipo.

—Es demasiado arriesgado con sólo una camiseta. Además, las posibilidades de que el tipo le diga a un desconocido que fue él quien mató a la chica del artículo de periódico son menores a que yo gane la lotería sin comprar un número.

—Supongo.

—He de colgar, Kiz.

—Buena suerte, Harry. Ten cuidado.

—Siempre.

Cerró el teléfono.

29

El camión grúa frenó al aproximarse al Mercedes. Bosch levantó la cabeza desde la parte trasera, donde estaba sentado a la sombra de la puerta y leyendo el *Daily News.* Hizo una seña al conductor de la grúa con el periódico y se levantó. El vehículo pasó de largo, se detuvo en el arcén delante del Mercedes y retrocedió hasta pararse a un metro y medio de éste. El conductor salió. Era Roland Mackey.

Mackey llevaba guantes de cuero que presentaban manchas oscuras de grasa en las palmas. Sin saludar a Bosch, rodeó la parte delantera del Mercedes para examinar la rueda pinchada. Cuando Bosch llegó, todavía con el periódico en la mano, Mackey se agachó y miró la válvula de la rueda. Se estiró hacia ella y la dobló adelante y atrás, exponiendo el tajo.

—Casi parece que la hayan cortado —dijo Mackey.

—Quizás había cristal en la carretera —propuso Bosch.

—Y no tiene recambio. Menuda putada.

Miró a Bosch, entornando los ojos a la luz del sol que estaba empezando a caer detrás de Bosch.

—Y que lo diga.

—Bueno, puedo remolcarle y pedirle a mi socio que le ponga una válvula nueva en el neumático. Tardaremos quince minutos una vez que lleguemos al garaje.

—Bueno, hágalo.

—¿Será a cuenta de AAA o seguro?

—No, en efectivo.

Mackey le dijo que le costaría ochenta y cinco dólares por el enganche del vehículo más dos dólares por cada kilómetro de arrastre. El importe del cambio de la válvula sería de otros veinticinco más el coste de la válvula.

—Bueno, hágalo —repitió Bosch.

Mackey se levantó y miró a Bosch. Dio la sensación de fijarse directamente en el cuello de Harry antes de apartar la mirada. No dijo nada de los tatuajes.

—Debería cerrar la parte de atrás —dijo en cambio—, a no ser que quiera perderlo todo por el camino.

Sonrió. Un poco de sentido del humor de grúa.

—Cojo la camisa y la cierro —dijo Bosch—. ¿Le importa que vaya con usted?

—A no ser que quiera llamar un taxi y viajar con estilo.

—Prefiero viajar con alguien que hable inglés.

Mackey prorrumpió en una carcajada mientras Bosch iba a la parte posterior de su coche. Bosch se apartó entonces para dejar que Mackey llevara a cabo las maniobras de enganchar el vehículo al camión grúa. Tardó menos de diez minutos en colocarse al lado de su camión, apretando una palanca que elevó la parte delantera del Mercedes en el aire. Cuando estuvo a la altura correcta para Mackey, éste comprobó las cadenas y los arneses y le dijo a Bosch que estaba listo para partir. Bosch entró en la cabina del camión grúa con la camisa echada sobre el brazo y el periódico doblado en la mano. Los pliegues del periódico dejaban a la vista la foto de Rebecca Verloren.

—¿Esto tiene aire acondicionado? —preguntó Bosch al cerrar la puerta—. Me estaba derritiendo ahí fuera.

—Y yo igual. Debería haberse quedado en el Mercedes con el aire acondicionado mientras esperaba. Este trasto no tiene aire en verano ni calefacción en invierno. Como mi ex mujer.

Más humor de grúa, supuso Bosch. Mackey le pasó una tablilla con portapapeles en la que había un bolígrafo y una hoja de información.

—Rellene esto —dijo—, y estamos listos.

—Vale.

Bosch empezó a cumplimentar el formulario con el nombre y la dirección falsos que había pensado antes. Mackey sacó un micrófono del salpicadero y habló a través de él.

—Eh, ¿Kenny?

Al cabo de unos segundos llegó la respuesta.

—Adelante.

—Dile a Araña que no se vaya todavía —dijo Mackey—. Llevo un neumático que necesita una válvula.

—No le va a hacer gracia. Ya se ha ido a lavar.

—Tú díselo. Corto.

Mackey volvió a colocar el micrófono en el soporte del salpicadero.

—¿Cree que se quedará? —preguntó Bosch.

—Será mejor que sí, de lo contrario tendrá que esperar hasta mañana para que se lo arreglen.

—No puedo esperar. He de volver a la carretera.

—¿Sí? ¿Adónde?

—A Barstow.

Mackey arrancó el camión grúa y giró el cuerpo hacia la izquierda para poder mirar por la ventanilla lateral y asegurarse de que no había peligro para incorporarse a la carretera. No podía ver a Bosch desde esa posición. Bosch rápidamente se levantó la manga izquierda de la camiseta de manera que más de la mitad del tatuaje de la calavera quedó a la vista.

La grúa se incorporó a la calzada y se pusieron en camino. Bosch miró por la ventanilla y vio los coches que pertenecían a Rider y al otro equipo de vigilancia en el campo de golf. Apoyó el codo en la ventanilla abierta y puso la mano en el marco superior. Fuera del campo de visión de Mackey, pudo levantar el pulgar a sus compañeros de la vigilancia para indicar que todo iba bien.

—¿Qué hay en Barstow? —preguntó Mackey.

—Mi casa. Quiero llegar a casa esta noche.

—¿Qué ha estado haciendo aquí?

—Esto y lo otro.

—¿Y en South Central? ¿Qué estuvo haciendo con esa gente la semana pasada?

Bosch entendió que «esa gente» era una referencia a la población de la minoría predominante en South L. A. Se volvió y miró a Mackey a los ojos, como para decirle que estaba haciendo demasiadas preguntas.

—Esto y lo otro —dijo con tono uniforme.

—Muy bien —respondió Mackey, levantando las manos del volante en un gesto de retirada.

—Pero le diré una cosa, no importa lo que estuviera haciendo, esta puta ciudad no se aguanta, socio.

Mackey sonrió.

—Sé a qué se refiere —dijo.

Bosch pensó que estaban cerca de compartir algo más que charla intrascendente. Creía que Mackey había divisado los tatuajes y estaba tratando de captar de Bosch una señal acerca de qué tipo de persona era. Pensó que era el momento adecuado para hacer otro movimiento sutil hacia el artículo del *Daily News*.

Bosch dejó el periódico en el asiento que había entre ellos, asegurándose de que la foto de Rebecca Verloren era todavía visible, y empezó a ponerse otra vez la camisa. Se inclinó hacia delante y extendió los brazos al hacerlo. No miró a Mackey, pero sabía que la calavera de su brazo izquierda sería plenamente visible con aquel movimiento. Puso el brazo derecho en la camisa primero y después se llevó la camisa hacia atrás y pasó el brazo izquierdo por la manga. Apoyó la espalda en el asiento y empezó a abrocharse la camisa.

—Simplemente hay demasiado tercer mundo por aquí para mi gusto —dijo Bosch.

—Comparto esa idea.

—¿Sí? ¿Es de aquí?

—De toda la vida.

—Bueno, colega, debería coger la bandera y a su familia, si es que tiene familia, e irse. Hay que largarse de aquí, joder.

Mackey se rió y asintió.

—Tengo un amigo que siempre dice lo mismo. Siempre.

—Sí, bueno, no es una idea original.

—Claro.

Entonces la radio interrumpió la inercia de la conversación.

—Eh, Ro.

Mackey cogió el micro.

—¿Sí, Ken?

—Voy a pasarme por el Kentucky mientras Araña te espera. ¿Quieres algo?

—No, saldré tarde. Corto.

Colgó el micrófono. Circularon en silencio unos segundos mientras Bosch trataba de pensar en una forma de llevar de nuevo la conversación en la dirección adecuada. Mackey había llegado a Burbank Boulevard y había girado a la derecha. Estaban llegando a Tampa. Volvería a girar a la derecha y luego seguiría todo recto hasta la estación de servicio. En menos de diez minutos habrían llegado.

Pero fue Mackey quien reanudó la conversación.

—Bueno, ¿en qué trena estuviste? —preguntó de repente.

Bosch esperó un momento para que su entusiasmo no se mostrara.

—¿De qué está hablando? —preguntó.

—He visto tus tatuajes, tío. No es gran cosa. Pero o te los han hecho en casa o en prisión, eso es obvio.

Bosch asintió.

—En Obispo. Cinco años.

—¿Sí? ¿Por qué?

Bosch lo miró de nuevo.

—Esto y lo otro.

Mackey asintió, aparentemente sin cabrearse por la resistencia a abrirse de su pasajero.

—Está bien, tío. Tengo un amigo que pasó un tiempo allí. A finales de los noventa. Decía que no estaba tan mal, que era una especie de sitio de cuello blanco. Al menos no hay tantos negros como en otros sitios.

Bosch se quedó un buen rato en silencio. Sabía que el uso de la difamación racial era una especie de contraseña para Mackey. Si Bosch respondía de la manera adecuada sería aceptado. Era una cuestión de códigos.

—Sí —dijo Bosch, asintiendo con la cabeza—. Eso hacía que las condiciones fueran un poco más soportables. Aunque probablemente no conocí a tu amigo. Yo salí a principios del noventa y ocho.

—Frank Simmons se llama. Sólo estuvo dieciocho meses o así. Era de Fresno.

—Frank Simmons de Fresno —dijo Bosch como si tratara de recordar el nombre—. No creo que lo conociera.

—Es buen tío.

Bosch asintió.

—Había un tipo que entró unas semanas antes de que yo saliera de allí —dijo—. Oí que era de Fresno, pero, tío, no me quedaba mucho y no iba a conocer a más gente, ¿entiendes?

—Sí, claro.

—¿Tu amigo tenía el pelo oscuro y muchas cicatrices de granos en la cara y tal?

Mackey empezó a sonreír y asintió.

—¡Es él! Ése es Frank. Solíamos llamarle Caracráter.

—Seguro que le encantaba.

La grúa giró en Tampa y enfiló hacia el norte. Bosch sabía que tal vez dispondría de más tiempo con Mackey en el taller mientras le reparaban el neumático, pero no podía contar con eso. Podía haber otra llamada para la grúa o un sin-fín de otras distracciones. Tenía que terminar su actuación y plantar la semilla mientras estuviera solo con el objetivo. Cogió el periódico y lo sostuvo en el regazo, mirando hacia abajo como si estuviera leyendo los titulares, buscando una manera natural de girar la conversación directamente hacia el artículo de Verloren.

Mackey levantó la mano derecha del volante y se quitó un guante mordiéndose uno de los dedos. Le recordó a Bosch la forma en que lo haría un niño. Mackey entonces extendió la mano a Bosch.

—Soy Ro, por cierto.

Bosch negó con la cabeza.

—¿Ro?

—De Roland. Roland Mackey. Encantado de conocerte.

—George Reichert —dijo Bosch, dando el nombre que se le había ocurrido ese mismo día después de mucho pensar.

—¿Reichert? —dijo Mackey—. Alemán, ¿verdad?

—Significa «corazón del Reich».

—Guapo. Y supongo que eso explica el Mercedes. ¿Sabes? Estoy con coches todo el puto día. Puedes decir muchas cosas de la gente por los coches que conducen y cómo los cuidan.

—Supongo.

Bosch asintió con la cabeza. Vio el camino directo a su objetivo. Una vez más, Mackey le había ayudado sin darse cuenta.

—Ingeniería alemana —dijo Bosch—. Los mejores fabricantes de coches del mundo. ¿Qué coche llevas tú cuando no estás en este camión?

—Estoy restaurando un Camaro del setenta y dos. Irá fino, fino cuando termine.

—Buen año —propuso Bosch.

—Sí, pero no compraría nada hecho en Detroit ahora. ¿Sabes quién está haciendo nuestros coches ahora mismo?

Putos monos. No conduciría uno, y menos aún pondría mi familia allí.

—En Alemania —comentó Bosch—, entras en una fábrica y todo el mundo tiene ojos azules, ¿entiendes? He visto fotos.

Mackey asintió de manera pensativa. Bosch consideró que era el momento de hacer el movimiento adecuado. Desdobló el periódico en su regazo. Lo levantó de manera que toda la primera página, y el artículo de Verloren completo estaban a la vista.

—Hablando de monos —dijo—. ¿Has leído este artículo?

—No. ¿Qué dice?

—Esta madre sentada en una cama llorando por su hijita negra a la que mataron hace diecisiete años. Y la pasma sigue en el caso. Pero, quiero decir, ¿a quién le importa, tío?

Mackey miró el diario y vio la foto con la imagen insertada del rostro de Rebecca Verloren. Pero no dijo nada y su propia cara no delataba ningún reconocimiento. Bosch bajó el diario para no ser demasiado obvio al respecto. Lo dobló otra vez y lo dejó en el asiento que había entre ellos. Forzó la situación otra vez.

—Joder, mezclas las razas así y ¿qué esperas conseguir? —preguntó.

—Exactamente —dijo Mackey.

No era una réplica fuerte. Era casi vacilante, como si Mackey estuviera pensando en otra cosa. Bosch lo tomó como una buena señal. Quizá Mackey acababa de sentir el dedo gélido del miedo en la espalda. Quizás era la primera vez en diecisiete años.

Bosch decidió que lo había hecho lo mejor posible. Si insistía podía cruzar la frontera de la obviedad y delatarse. Decidió circular el resto del camino en silencio, y Mackey pareció tomar la misma decisión.

Sin embargo, al cabo de unas manzanas, Mackey viró el camión en el segundo carril para adelantar a un Pinto lento.

—¿Puedes creer que todavía queden coches así en la calle? —dijo.

Al adelantar al pequeño vehículo, Bosch vio a un hombre de origen asiático acurrucado tras el volante. Pensó que podía ser camboyano.

—Lo suponía —dijo Mackey al ver al conductor—. Mira.

Mackey se colocó de nuevo en el carril original apretando al Pinto entre el Mercedes remolcado y una fila de coches aparcados en el bordillo. El conductor del Pinto no tuvo otra opción que hundir el pie en el freno. La risa de Mackey ahogó el débil bocinazo del Pinto.

—¡Jódete! —dijo Mackey—. ¡Vuelve a tu puta barca!

Miró a Bosch para buscar apoyo, y éste sonrió. Fue lo más duro que había tenido que hacer en mucho tiempo.

—Eh, tío, que era mi coche con lo que casi le das a ese tipo —dijo en una protesta falsa.

—Eh, ¿estuviste en Vietnam? —preguntó Mackey.

—¿Por qué?

—Estuviste allí, ¿verdad?

—¿Y?

—Y, tío, tenía un amigo que estuvo allí. Decía que aplastaban a esos tipos como si nada. Una docena para desayunar y otra docena para comer. Ojalá hubiera estado allí, es lo único que digo.

Bosch apartó la mirada hacia la ventanilla lateral. La afirmación de Mackey había dejado abierta una puerta para que preguntara por pistolas y matar a gente, pero Bosch no podía permitirse llegar tan lejos. De repente, sólo quería separarse de Mackey.

Sin embargo, Mackey continuó hablando.

—Traté de alistarme para ir al Golfo, la primera vez, pero no me aceptaron.

Bosch se recuperó y volvió a la carga.

—¿Por qué no? —preguntó.

—No lo sé. Supongo que necesitaban guardarle el sitio a un negro.

—O puede que tuvieras antecedentes.

Bosch se había girado para mirarlo al decirlo. Inmediatamente pensó que había sonado demasiado acusatorio. Mackey giró el cuello y mantuvo la mirada lo más posible hasta que tuvo que volver a concentrarse en la calle.

—Tengo antecedentes, tío, ¿y qué? De todas formas podrían haberme usado allí.

La conversación murió allí, y al cabo de unas manzanas estaban aparcando en el taller.

—No creo que tengamos que ponerlo en el garaje —dijo Mackey—. Araña puede sacar la rueda mientras lo tengo colgado. Lo haremos deprisa.

—Lo que quieras —dijo Bosch—. ¿Estás seguro de que no se ha ido todavía?

—No, es ése de ahí.

Cuando la grúa entró en el garaje, un hombre salió de las sombras y se dirigió a la parte posterior del camión. Llevaba un destornillador eléctrico en una mano y con la otra tiraba de la manguera de aire. Bosch vio el tatuaje en el cuello. Azul carcelario. Algo en el rostro del hombre inmediatamente le sonó familiar. En un momento de pánico pensó que conocía al tipo porque había tratado con él como policía. Lo había detenido o interrogado antes, quizás incluso lo había enviado a la prisión donde le habían hecho el tatuaje.

Bosch comprendió que tenía que mantenerse alejado del hombre llamado Araña. Sacó el teléfono del cinturón.

—¿Te importa si me quedo aquí sentado y hago una llamada? —le preguntó a Mackey, que estaba saliendo del camión.

—Adelante. No tardará mucho.

Mackey cerró la puerta, dejando a Bosch solo. Al oír que empezaban a sacar los tornillos de la rueda de su Mercedes, Bosch subió la ventanilla y llamó al móvil de Rider.

—¿Cómo va? —preguntó ella a modo de saludo.

—Iba bien hasta que hemos llegado al garaje —dijo Bosch en voz baja—. Creo que conozco al mecánico. Si él me conoce a mí, va a ser un problema.

—¿Te refieres a que podría conocerte como poli?

—Exactamente.

—Mierda.

—Exactamente.

—¿Qué quieres que hagamos? Tim y Rick siguen por aquí.

—Llámalos y cuéntales lo que está ocurriendo. Diles que de momento estén tranquilos. Voy a quedarme en el camión lo máximo que pueda. Si mantengo el teléfono levantado como si estuviera hablando no podrá verme la cara.

—De acuerdo.

—Sólo espero que Mackey no quiera presentarme. Creo que le he impresionado. Quizá quiera exhibirme.

—Vale, Harry, mantén la calma y nosotros entraremos en acción si hemos de...

—No estoy preocupado por mí, estoy preocupado por la jugada con...

—Eh, ya vuelve.

Justo cuando ella estaba expresando la advertencia hubo un golpeteo en la ventanilla. Bosch apartó el teléfono y se volvió hacia Mackey. Bajó la ventanilla.

—Ya está —dijo.

—¿Ya?

—Sí, puedes ir a la oficina y pagar mientras él vuelve a colocar la rueda. Llegarás a casa en un par de horas.

—Genial.

Sosteniendo el teléfono junto a su oreja derecha, Bosch bajó de la grúa y caminó hasta la oficina, sin permitir en ningún momento que Araña tuviera una perspectiva decente de su rostro. Habló con Rider mientras caminaba.

—Parece que me voy —dijo.

—Bien —dijo ella—. El hombre en cuestión está volviendo a ponerte la rueda. Ten cuidado al salir.

—Lo tendré.

Una vez que estuvo en el pequeño despacho, Bosch cerró el teléfono. Mackey se había situado detrás de un escritorio repleto y grasiento. Tardó varios segundos en usar una calculadora para hacer una simple suma del importe de la grúa y la reparación.

—Son ciento veinticinco justos —dijo—. Seis kilómetros de arrastre, y la válvula son tres pavos.

Bosch se sentó en una silla delante del escritorio y sacó su fajo de billetes.

—¿Puedes hacerme una factura?

Mientras contaba seis billetes de veinte y uno de cinco oyó el destornillador eléctrico. Estaban volviendo a colocar la rueda. Estiró el dinero, pero Mackey estaba preocupado mirando un Post-it que había encontrado en el escritorio. Lo sostuvo en un ángulo que permitía a Bosch leerlo.

Ro. Visa llamó para confirmar empleo en tu solicitud.

Bosch lo leyó en un par de segundos, pero Mackey lo miró un buen rato antes de finalmente dejar la nota otra vez en el escritorio y coger el dinero. Mackey puso los billetes en el cajón de efectivo y empezó a buscar un talonario de recibos en el escritorio. Estaba tardando mucho.

—Normalmente los recibos los hace Kenny —dijo—. Y ha ido a buscar pollo.

Bosch estaba a punto de decir que se olvidara del recibo cuando oyó el crujido de un escalón detrás de él y supo que alguien acababa de entrar en el despacho. No se volvió por si era Araña.

—Muy bien, Ro, ya está hecho. Sólo has de bajarlo.

Bosch sabía que era el momento más peligroso. Mackey podía presentarle o no.

—Gracias, Araña —dijo Mackey.

—Me voy.

—Vale, tío, gracias por quedarte. Te veo mañana.

Araña salió del despacho sin que Bosch se volviera en ningún momento. Mackey encontró lo que estaba buscando en el cajón central y garabateó algo. Se lo dio a Bosch. Era el recibo en blanco. En la parte inferior había escrito 125 $ en una caligrafía infantil.

—Rellénalo tú —dijo Mackey al tiempo que se levantaba—. Iré a bajar el coche y podrás irte.

Bosch lo siguió afuera, dándose cuenta de que había dejado el periódico en el asiento del camión. Se preguntó si debería dejarlo allí o pensar en una excusa para volver al camión a fin de cogerlo y dejarlo en la oficina en la que sabía que Mackey veía la televisión en los ratos menos ajetreados de su turno.

Decidió no intervenir más. Había plantado la semilla lo mejor que había podido. Era el momento de retroceder y ver si germinaba.

El Mercedes ya estaba desenganchado de la grúa. Bosch lo rodeó hasta el asiento del conductor. Mackey estaba guardando el arnés en la parte de atrás del camión grúa.

—Gracias, Roland —dijo Bosch.

—Sólo Ro, tío —respondió Mackey—. Ten cuidado, tío. Y hazte un favor y no te acerques a South Central.

—Descuida, no tengo ninguna intención —dijo Bosch.

Mackey sonrió y guiñó un ojo mientras se sacaba otra vez el guante y le ofrecía la mano a Bosch. Bosch se la estrechó y le devolvió la sonrisa. Luego bajó la mirada a las manos de Mackey y vio una pequeña cicatriz blanca en la parte carnosa entre el pulgar y el índice derechos del conductor de grúas. El tatuaje de un Colt 45.

—Nos vemos —dijo.

30

Bosch se dirigió hasta el lugar donde se había reunido con Rider al principio del turno de vigilancia, y ella estaba allí esperándolo. Aparcó y salió de su Taurus.

—Ha ido de poco —dijo ella—. Resulta que probablemente sí que conocías a ese tipo. Jerry Townsend. ¿Te suena? Miramos la matrícula de su furgoneta cuando salió de trabajar y conseguimos la identidad.

—¿Jerry Townsend? No, el nombre, no. Sólo reconocí la cara.

—Lo condenaron por homicidio sin premeditación en el noventa y seis. Cumplió cinco años. Suena a caso de abuso doméstico, pero era todo lo que sacaron del ordenador. Apuesto a que si conseguimos el expediente saldrá tu nombre. Por eso lo reconociste.

—¿Crees que puede estar relacionado con el asunto que estamos trabajando?

—Lo dudo. Probablemente lo que ocurre es que al dueño del garaje no le importa contratar a ex presidiarios. Salen baratos, ¿sabes? Y si está haciendo trampas con los recambios, ¿quién lo va a denunciar?

—Bueno, volvamos y veremos qué ocurre.

Ella puso el coche en marcha y salieron a Tampa para dirigirse de nuevo al cruce donde estaba el garaje.

—¿Cómo ha ido con Mackey? —preguntó Rider.

—Muy bien. Hice todo menos leerle el artículo. No mostró nada, ningún reconocimiento, pero la semilla está plantada definitivamente.

—¿Vio los tatuajes?

—Sí, han funcionado bien. Empezó a hacer preguntas en cuanto los vio. Tu archivo de Simmons también me sirvió. Surgió en la conversación. Y por si sirve de algo, tiene una cicatriz en la carne junto al pulgar. Del mordisco.

—Harry, tío, no se te escapa nada. Supongo que lo único que hemos de hacer ahora es sentarnos y esperar a ver qué pasa.

—¿Los otros se han largado?

—En cuanto volvamos al puesto, se van.

Cuando llegaron al cruce de Tampa y Roscoe vieron el camión grúa de Mackey esperando para meterse en Roscoe y dirigirse hacia el oeste.

—Está en marcha —dijo Bosch—. ¿Por qué no nos lo ha dicho nadie?

Justo cuando Bosch lo decía, sonó el móvil de Rider. Ella se lo pasó a Bosch para poder concentrarse en la conducción. Se colocó en el carril de girar a la izquierda para poder seguir a Mackey a Roscoe. Bosch abrió el móvil. Era Tim Marcia. Explicó que Mackey se había puesto en marcha sin que en el garaje se recibiera ninguna llamada pidiendo una grúa. Jackson lo había verificado con la sala de sonido. No se habían recibido llamadas en las líneas que estaban escuchando.

—Está bien —dijo Bosch—. Comentó algo de ir a buscar cena cuando estaba con él en la grúa. Quizá sea eso.

—Quizá.

—Vale, Tim, ahora lo tenemos. Gracias por quedaros por aquí. Dale las gracias también a Rick.

—Buena suerte, Harry.

Siguieron al camión grúa hasta un centro comercial y observaron que Mackey entraba en un restaurante de comida rápida Subway. No cogió el periódico que Bosch había dejado en la grúa, pero después de elegir su comida se sentó a una de las mesas interiores y empezó a cenar.

—¿Vas a tener hambre, Harry? —preguntó Rider—. Ésta podría ser la ocasión.

—He parado en Dupar's de camino, gracias. A no ser que veamos un Cupid's. A eso me apunto.

—Ni hablar. Hay una cosa que superé después de que lo dejases. Ya paso de la comida basura.

—¿Qué quieres decir? Comíamos bien. ¿No íbamos a Musso's cada jueves?

—Si te parece que el estofado de pollo con hojaldre es una comida sana, sí, comíamos bien. Además, estoy hablando de las vigilancias. ¿Has oído hablar de Arroz y Frijoles, en Hollywood?

Arroz y Frijoles era como llamaban a un par de detectives de robos de la División de Hollywood llamados Choi y Ortega. Estaban allí cuando Bosch trabajaba en la división.

—No, ¿qué ocurrió?

—Estaban en una movida de vigilancia de esos tíos que robaban a las prostitutas de Hollywood, y Ortega estaba sentado en el coche comiéndose un perrito caliente. De repente empezó a atragantarse y no podía respirar. Se puso morado y empezó a señalarse la garganta, y Choi mirándolo con cara de ¿qué coño te pasa? Así que Frijoles saltó del coche y Choi por fin entendió lo que estaba pasando. Llegó corriendo para hacerle una Heimlich. Ortega vomitó el perrito caliente en el capó del coche. Y a la mierda la vigilancia.

Bosch se rió al imaginárselo. Sabía que a Arroz y Frijoles les tomarían el pelo toda la vida en el departamento. Al menos mientras hubiera gente como Edgar para contar y recontar la anécdota a cualquiera que llegara.

—Bueno, a ver, no hay un Cupid's en Hollywood —dijo—. Si hubieran estado comiendo un buen perrito caliente de Cupid's no habrían tenido ese problema.

—No me importa, Harry. No hay perritos calientes en las vigilancias. Nada de comida basura. Es mi regla. No me gustaría que la gente hablara de mí así el resto de mi...

El móvil de Bosch sonó. Era Robinson, que estaba en el último turno de la sala de sonido, con Nord.

—Acaban de recibir una llamada de grúa en el garaje. Después han llamado a Mackey. No debe de estar en el garaje.

Bosch explicó la situación y se disculpó por no haber mantenido informada a la sala de sonido.

—¿Dónde está el coche? —preguntó.

—Es un accidente en Reseda y Parthenia. Supongo que el coche está siniestro total. Ha de llevarlo a un concesionario.

—Vale, estamos con él.

Al cabo de unos minutos, Mackey salió del restaurante de comida rápida llevando un vaso grande de gaseosa con una pajita que sobresalía. Lo siguieron al cruce de Reseda Boulevard y Parthenia Street, donde había un Toyota con el morro hundido en un lado de la carretera. Otra grúa estaba llevándose el otro coche, un todoterreno grande que tenía la parte de atrás abollada por el accidente. Mackey habló brevemente con el otro conductor de grúa —cortesía profesional— y se puso manos a la obra con el Toyota. Había un coche patrulla del Departamento de Policía de Los Ángeles en el aparcamiento de la esquina del centro comercial y el agente que se hallaba en su interior estaba escribiendo un atestado. Bosch no vio conductores. Pensó que eso significaba que los habían llevado a Urgencias por las heridas.

Mackey llevó el Toyota hasta un concesionario que se encontraba en la otra punta de Van Nuys Boulevard. Mientras estaba allí, dejando el vehículo siniestrado, Bosch recibió otra llamada. Robinson le dijo que habían vuelto a llamar a Mackey. Esta vez al Northridge Fashion Center, donde un empleado de la librería Borders se había quedado sin batería.

—Este tío no va a tener tiempo de leer el periódico si sigue así de ocupado —dijo Rider después de que Bosch le explicara la llamada telefónica.

—No lo sé —dijo Bosch—. Me pregunto si sabe leer siquiera.

—¿Te refieres a la dislexia?

—Sí, pero no sólo a eso. No le he visto leer ni escribir. Me pidió que rellenara yo el formulario de la grúa. Después tampoco quería rellenar un recibo al final, o no podía. Y había esa nota para él en el escritorio.

—¿Qué nota?

—La cogió y la miró un buen rato, pero no estoy seguro de que supiera lo que decía.

—¿Pudiste leerla? ¿Qué decía?

—Era una nota de la gente del turno de día. Visa había llamado para confirmar una solicitud que había hecho, supongo.

Rider juntó las cejas.

—¿Qué? —preguntó Bosch.

—Sólo me parece extraño, él pidiendo una tarjeta de crédito. Eso lo haría localizable, y pensaba que era lo que trataba de evitar.

—Quizás está empezando a sentirse seguro.

Mackey fue directamente del concesionario Toyota al centro comercial, donde puso en marcha el coche de una mujer. A continuación dirigió su grúa de nuevo hacia la base. Eran casi las diez en punto cuando aparcó en el garaje. Las esperanzas tenues de Bosch se mantuvieron a flote cuando miró a través de los prismáticos desde el centro comercial al otro lado de la calle y vio a Mackey caminando desde el camión a la oficina.

—Podríamos estar todavía en juego —le dijo a Rider—. Lleva el periódico.

Era difícil no perder a Mackey en el interior del garaje. La oficina delantera tenía cristal en dos de los lados y no suponía un problema. Sin embargo, ya habían cerrado las puertas del garaje, y en ocasiones daba la sensación de que Mackey desaparecía en esas áreas, donde Bosch no podía verlo.

—¿Quieres que sea tus ojos un rato? —preguntó Rider.

Bosch bajó los prismáticos y la miró. Apenas podía interpretar su rostro en la oscuridad del coche.

—No, estoy bien. De todos modos tú has conducido todo el rato. ¿Por qué no descansas? Hoy te he despertado temprano.

Bosch volvió a levantar los prismáticos.

—Estoy bien —dijo Rider—, cuando necesites un descanso...

—Además —dijo Bosch—, casi me siento responsable por este tipo.

—¿Qué quieres decir?

—Bueno, todo el asunto. O sea, podríamos haber detenido a Mackey y apurarlo en comisaría. En cambio, hemos venido en este sentido, y es mi plan. Soy responsable.

—Todavía podemos apurarlo. Si esto no funciona, probablemente será lo que tendremos que hacer.

El teléfono de Bosch sonó.

—Quizás ésta es la que estamos esperando —dijo al contestar.

Era Nord.

—Pensaba que nos habías dicho que este tipo se sacó el graduado escolar, Harry.

—Lo hizo. ¿Qué pasa?

—Acaba de llamar a alguien para que le leyera el artículo del periódico.

Bosch se sentó un poco más firme. Estaban en juego. No importaba cómo le hubieran comunicado la historia a Mackey, lo importante era que quería saber lo que decía.

—¿A quién ha llamado?

—A una mujer llamada Michelle Murphy. Sonaba como una antigua novia. Le ha preguntado si todavía compraba el periódico todos los días, como si ya no estuviera seguro. Ella le ha dicho que sí, y Mackey le ha pedido que le leyera el artículo.

—¿Lo comentaron después de que ella se lo leyera?

—Sí. Ella le ha preguntado si conocía a la chica del artículo. Él ha dicho que no, pero luego ha dicho: «Conocía la pistola.» Tal cual. Entonces ella ha dicho que no quería saber nada más, y eso ha sido todo. Han colgado.

Bosch pensó en la nueva información. La trampa que había llevado a cabo había funcionado. Había golpeado una roca que no se había movido en diecisiete años. Estaba excitado, y sentía la inyección de adrenalina en la sangre.

—¿Puedes reproducirnos la grabación por la línea? —preguntó—. Quiero oírla.

—Creo que podemos —dijo Nord—. Deja que vaya a buscar a uno de los técnicos que rondan por aquí... Eh, Harry, volveré a llamarte. Mackey está haciendo una llamada.

—Vuelve a llamarme.

Bosch cerró rápidamente el teléfono de manera que Nord pudiera volver a su monitor. Excitadamente recontó a Rider el informe sobre la llamada de Mackey a Michelle Murphy. Se dio cuenta de que Rider también había captado la tensión.

—Puede que funcione, Harry.

Bosch estaba mirando a Mackey a través de los prismáticos. Estaba sentado detrás de la mesa de la oficina y hablando por su teléfono móvil.

—Vamos, Mackey —susurró Bosch—. Vomítalo . Cuéntanos la historia.

Pero entonces Mackey cerró el teléfono. Bosch sabía que la llamada había sido demasiado corta.

Diez segundos después Nord volvió a llamar a Bosch.

—Acaba de llamar a Billy *Blitzkrieg*.

—¿Qué ha dicho?

—Ha dicho «puede que esté en apuros» y «podría necesitar perderme», y entonces Burkhart le ha cortado y ha dicho «no me importa lo que sea, no hables de esto por teléfono». Han acordado reunirse cuando Mackey salga de trabajar.

—¿Dónde?

—Parecía que en la casa. Mackey ha dicho «¿estarás ahí?», y Burkhart ha dicho que estaría. Mackey ha preguntado: «¿Y Belinda? ¿Sigue ahí?», y Burkhart ha dicho que estaría durmiendo y que no se preocupara por ella. Lo dejaron ahí.

Bosch inmediatamente sintió un mazazo a sus esperanzas de cerrar el caso esa noche. Si Mackey se reunía con Burkhart en el interior de la casa, no oirían lo que se dijera dentro. Quedarían al margen de la confesión para la cual habían organizado la operación de vigilancia.

—Llámame si hace alguna otra llamada —dijo rápidamente, y colgó.

Miró a Rider, que aguardaba expectante en la oscuridad.

—¿No es bueno? —preguntó ella. Obviamente había interpretado algo en el tono que Bosch había usado con Nord.

—No es bueno.

Le explicó las llamadas y el obstáculo con el que iban a encontrarse si Mackey se reunía con Burkhart para hablar de su «problema» detrás de unas puertas cerradas.

—No todo es malo, Harry —dijo ella después de oír el relato completo—. Ha hecho una admisión sólida con la mujer, Murphy, y una admisión menor con Burkhart. Nos estamos acercando, así que no te desanimes. Lo resolveremos. ¿Qué podemos hacer para conseguir que se reúnan fuera de la casa? En un Starbucks, por ejemplo.

—Sí, claro. Mackey pidiendo un cortado.

—Ya sabes a qué me refiero.

—Aunque los arrastremos fuera de la casa, ¿cómo vamos a acercarnos a ellos? No podemos. Necesitamos que sea una llamada telefónica. Es el punto ciego, mi punto ciego, en todo este asunto.

—Sólo hemos de quedarnos bien sentados y ver qué pasa. Es lo único que podemos hacer ahora mismo. Mira, sería bueno tener una oreja en esto, pero quizá no sea el fin del mundo. Todavía tenemos a Mackey al teléfono diciendo que tendría que perderse. Si lo hace, si huye, un jurado podría verlo como una sombra de culpa. Y si cogemos eso y lo que ya tenemos en la cinta podría ser suficiente para sacarle más cuando finalmente lo detengamos. No está todo perdido, ¿vale?

—Vale.

—¿Quieres que se lo cuente yo a Abel? Querrá estar informado.

—Sí, bien, llámalo. No hay nada de qué informar, pero adelante.

— Harry, cálmate, ¿vale?

Bosch la silenció levantando los prismáticos y mirando a Mackey. Todavía estaba detrás del escritorio y parecía sumido en sus pensamientos. El otro hombre del turno de noche, el que Bosch suponía que era Kenny, estaba sentado en otra silla y tenía la cara levantada en ángulo para mirar la televisión. Se estaba riendo de algo que estaba viendo.

Mackey no reía ni miraba. Tenía la cabeza gacha, estaba recordando algo.

La espera hasta medianoche se convirtió en los noventa minutos de vigilancia más largos que Bosch había pasado nunca. No ocurrió nada mientras esperaban que la estación de servicio cerrara y Mackey se dirigiera a su cita con Burkhart. Los teléfonos permanecieron en silencio, Mackey no se movió del sitio en su escritorio, y a Bosch no se le ocurrió ningún plan para evitar la cita o infiltrarse de algún modo. Era como si estuvieran paralizados hasta que el reloj diera las doce.

Finalmente las luces exteriores del garaje se apagaron y

los dos hombres cerraron el negocio hasta el día siguiente. Cuando Mackey salió, llevaba el diario que no podía leer. Bosch sabía que iba a mostrárselo a Burkhart y que muy probablemente discutirían el asesinato.

—Y nosotros no estaremos allí —musitó Bosch mientras seguía a Mackey a través de los prismáticos.

Mackey se metió en su Camaro y aceleró el motor sonoramente después de encenderlo. Después salió a Tampa y se dirigió al sur, hacia su casa, el lugar previsto para la cita. Rider esperó un lapso prudencial y salió del aparcamiento del centro comercial, atravesó los carriles de Tampa que iban en dirección norte y se dirigió también hacia el sur. Bosch llamó a Nord a la sala de sonido y le dijo que Mackey había salido del garaje y que deberían cambiar la monitorización a la línea de la casa.

Las luces del coche de Mackey estaban tres manzanas por delante. El tráfico era escaso, y Rider se mantenía a cierta distancia. Al pasar el aparcamiento en el que Bosch había dejado su coche se fijó en el Mercedes sólo para asegurarse de que seguía allí.

—Oh, oh —dijo Rider.

Bosch miró de nuevo hacia la calle que tenía delante justo a tiempo de ver el coche de Mackey completando un rápido giro de ciento ochenta grados. Se dirigía hacia Bosch y Rider.

—Harry, ¿qué hago? —preguntó Rider.

—Nada. No hagas nada obvio.

—Viene hacia nosotros. ¡Ha de haber visto que le seguíamos!

—Calma. Quizás ha visto mi coche aparcado allí.

El motor bronco del Camaro se oyó mucho antes de que el coche les alcanzara. Sonaba amenazador y malvado, como un monstruo que rugía y venía hacia ellos.

31

El viejo Camaro pasó rugiendo junto a Bosch y Rider sin vacilar. Se saltó el semáforo en Saticoy y siguió adelante. Bosch vio que sus luces desaparecían en el norte.

—¿Qué ha sido eso? —dijo Rider—. ¿Crees que sabe que lo están siguiendo?

—No lo...

El móvil de Bosch sonó y él respondió rápidamente. Era Robinson.

—Acaban de llamarlo del servicio de asistencia telefónica de AAA. Parecía bastante cabreado, pero supongo que tenía que aceptarlo.

—¿Qué quieres decir? ¿Tiene un servicio?

—Sí, de AAA. Supongo que si no lo aceptaba recurrirían a otra empresa y eso podría suponer un problema. Como perder los clientes de AAA.

—¿Dónde es el servicio?

—Es una avería en la Reagan. En el lado oeste, cerca del paso elevado de Tampa Avenue. Así que está cerca. Ha dicho que iba en camino.

—Vale. Lo tenemos.

Bosch cerró el teléfono y pidió a Rider que diera la vuelta. Su tapadera seguía intacta, Mackey simplemente tenía prisa por ir a coger el camión grúa.

Para cuando llegaron al cruce de Tampa y Roscoe, el camión grúa estaba saliendo del garaje a oscuras. Mackey no estaba perdiendo tiempo.

Puesto que conocían el destino final de Mackey, Rider podía permitirse el lujo de entretenerse y no arriesgarse a ser reconocida en el espejo retrovisor del camión. Se dirigieron por el norte a Tampa y hacia la autovía. La Reagan era la 118, que discurría de este a oeste a través de la expansión urbanística del norte del valle de San Fernando. Se trataba de una de las pocas autovías que no estaban repletas de tráfico veinticuatro horas al día. Nombrada en honor del difunto gobernador y presidente, conducía a Simi Valley, donde estaba localizada la biblioteca presidencial Reagan. Aun así, a Bosch le había resultado chocante que Robinson la llamara Reagan. Para él era simplemente la 118.

La entrada oeste de la 118 era una rampa descendente desde la avenida Tampa a los diez carriles de la autovía. Rider redujo la velocidad y se quedó atrás, y observaron que el camión grúa giraba a la izquierda y se alejaba por la rampa hasta perderse de vista. Ella aceleró e hizo el mismo giro. Al llegar a la rampa y empezar a bajar, se dieron cuenta de inmediato de su problema. El coche averiado no estaba en la autovía como había dicho Nord, sino en la misma rampa de entrada. Se estaban acercando rápidamente al camión grúa, que se había detenido en el arcén de la rampa, unos cincuenta metros más adelante. Llevaba las luces de marcha atrás encendidas y retrocedía hacia un pequeño coche rojo que estaba parado en el arcén con las luces de emergencia puestas.

—¿Qué hacemos, Harry? —dijo Rider—. Si paramos va a cantar.

Ella tenía razón, la vigilancia quedaría en evidencia.

—Pasa de largo —replicó Bosch.

Tenía que pensar con rapidez. Sabía que en cuanto estuvieran en la autovía podían aparcar en el arcén y esperar hasta que el camión grúa pasara con el coche averiado colgado del gancho. Aunque eso era peligroso. Mackey podría reconocer el coche de Rider, o incluso parar y preguntarles si necesitaban asistencia. Si veía a Bosch, la vigilancia se iría al traste.

—¿Tienes una guía Thomas?

—Debajo del asiento.

Rider pasó junto al coche averiado y el camión grúa mientras Bosch buscaba la guía debajo del asiento. Una vez que se alejaron del camión grúa, Bosch encendió la luz cenital y rápidamente pasó las páginas de planos. Una guía Thomas era la Biblia del conductor de Los Ángeles. Bosch tenía años de experiencia con ellas y enseguida encontró la página que describía la sección de la ciudad en la que se hallaban. Llevó a cabo un rápido estudio de su situación y le dio instrucciones a Rider.

—La siguiente salida es Porter Ranch Drive —dijo—. A poco más de un kilómetro. Salimos, doblamos a la derecha y luego otra vez a la derecha por Rinaldi. Nos llevará de vuelta a Tampa. O esperamos encima del paso elevado y observamos, o vamos dando vueltas.

—Mejor esperamos arriba —dijo Rider—. Si no paramos de dar vueltas con el mismo coche podría notarlo.

—Suena a plan.

—No me gusta, pero no sé qué elección tenemos.

Cubrieron la distancia que los separaba de la salida de Porter Ranch con rapidez.

—¿Te has fijado en el coche averiado? —preguntó Bosch—. Yo estaba mirando el mapa.

—Pequeño, de importación —respondió Rider—. Parecía que sólo iba el conductor. Las luces del camión eran demasiado brillantes para ver nada más.

Rider siguió acelerando hasta que llegaron al carril de salida de Porter Ranch Drive. Siguiendo las indicaciones, ella giró a la derecha y luego otra vez a la derecha, y rápidamente estuvieron dirigiéndose de nuevo hacia Tampa. Se detuvieron en el semáforo de Corbin, pero Rider enseguida se lo saltó después de asegurarse de que no había peligro. Hacía menos de tres minutos que habían pasado junto al camión grúa y ya se hallaban de nuevo en Tampa. Rider aparcó a un lado de la carretera en medio del paso elevado. Bosch entreabrió su puerta.

—Iré a mirar —dijo.

Salió del coche. Desde ese ángulo no divisaba el camión grúa, pero las luces de la parte superior de la cabina arrojaban un brillo sobre la rampa de entrada.

—Harry, llévate esto —le gritó Rider.

Bosch volvió a meterse en el coche y cogió la radio que Rider le tendía.

Caminó de nuevo por el paso elevado. La autovía no estaba repleta, pero aun así era muy ruidosa con los coches que pasaban por debajo de él. Al llegar a la parte superior de la rampa, miró hacia abajo. Tardó unos segundos en ajustar su visión, porque las luces de la parte de atrás del camión grúa lo deslumbraron en la oscuridad.

En cambio, enseguida reparó en la ausencia de las luces intermitentes del coche averiado. Se acercó y vio que el coche ya no estaba en el arcén. Su mirada viajó por la rampa a la autovía y vio decenas de coches moviéndose hacia el oeste en la distancia.

Volvió a fijarse en el camión grúa. Todo estaba en calma. No había rastro de Mackey.

Bosch se llevó la radio a la boca y pulsó el botón del micrófono.

—¿Kiz?

—¿Sí, Harry?

—Será mejor que vengas aquí.

Bosch empezó a bajar por la rampa. Al hacerlo sacó el arma y la llevó a su costado. Al cabo de treinta segundos, unas luces relampaguearon tras él y Rider detuvo el coche en el arcén. Salió con una linterna y continuaron bajando la rampa.

—¿Qué está pasando?

—No lo sé.

Todavía no había señales de Mackey dentro o alrededor del camión grúa. Bosch sintió una presión en el pecho. Instintivamente sabía que algo iba mal. Cuanto más se acercaban más seguro estaba.

—¿Qué decimos si está aquí y no pasa nada? —susurró Rider.

—Algo pasa —dijo Bosch.

La luz de la parte posterior del camión era casi cegadora, y Bosch comprendió que se hallaban en una posición vulnerable. No vio a nadie en el lado delantero del camión grúa. Se fue hacia su derecha para que él y Rider pudieran separarse. Rider no podía desplazarse hacia su izquierda o se habría metido en el carril de entrada.

Un semirremolque rugió al pasar por la rampa, lanzando una bocanada de viento con un matiz de petróleo y un sonido atronador, y haciendo temblar el suelo como un terremoto. Bosch estaba ahora caminando por los matojos que ocupaban la pendiente que se alzaba a la derecha del arcén. Todavía no veía a nadie por delante.

Bosch y Rider no se comunicaron. El ruido del tráfico que pasaba por la autovía, justo debajo de ellos, hacía eco desde la parte inferior del paso elevado. Tendrían que gritar, y eso limitaría su concentración.

Volvieron a reunirse cuando llegaron al camión grúa. Bosch examinó la cabina, pero no vio a Mackey. El camión seguía en marcha. Harry retrocedió y miró en el suelo iluminado por la barra de luces. Había marcas de neumáticos, negras y curvadas, que conducían hasta la puerta posterior del camión. Y en la gravilla Bosch vio uno de los guantes de cuero, con la palma manchada de grasa, que había visto utilizar a Mackey ese mismo día.

—Déjame esto —dijo, cogiendo la linterna de Rider.

Se fijó en que era un modelo corto de goma, de los aprobados por el jefe de policía después de que un agente fuera grabado en vídeo golpeando a un sospechoso con una de las pesadas linternas de acero.

Bosch apuntó el haz de luz al portón trasero de la grúa, pasándolo por la parte inferior que había estado bañada en sombras por la luz del techo.

La sangre se reflejaba de manera brillante en el acero oscuro. No podía ser confundida con aceite. Era tan roja y tan real como la vida misma. Bosch se agachó y enfocó el haz de luz debajo del camión.

Vio el cuerpo de Mackey acurrucado contra el eje diferencial trasero. Tenía la mitad de la cara completamente bañada en sangre como consecuencia de una larga y profunda laceración en el lado izquierdo de la cabeza. Su camisa de uniforme azul estaba granate por la parte delantera por otras heridas no visibles. La entrepierna de los pantalones estaba manchada de sangre, orina o ambas cosas. El único brazo que Bosch podía ver estaba extrañamente doblado en el antebrazo, y un hueso mellado y de color marfil sobresalía de la carne. El brazo estaba apoyado contra el pecho de Mackey, que respiraba con jadeos sincopados. Todavía estaba vivo.

—¡Oh, Dios! —gritó Rider desde detrás de Bosch.

—¡Llama a una ambulancia! —ordenó Bosch mientras empezaba a reptar por debajo del camión.

Mientras oía el crujido de la gravilla bajo los pies de Rider, que corría en busca de la radio del coche, Bosch se acercó a Mackey todo lo que pudo. Sabía que podría estar destrozando una escena del crimen, pero tenía que acercarse.

—Ro, ¿puedes oírme? Ro, ¿quién ha sido? ¿Qué ha ocurrido?

Mackey pareció removerse al oír su nombre. Su boca empezó a moverse, y fue entonces cuando Bosch se dio cuenta de que tenía la mandíbula rota o dislocada. Sus movimientos eran descoordinados. Era como si Mackey no hubiera hecho nunca ese gesto.

—Tómate tu tiempo, Ro. Dime quién ha sido. ¿Lo viste?

Mackey susurró algo, pero el ruido de un coche que aceleraba por la rampa de entrada ahogó sus palabras.

—Dímelo otra vez, Ro. Repítelo.

Bosch se echó hacia delante e inclinó la cabeza hacia la boca de Mackey. Lo que oyó fue un medio jadeo, un medio susurro.

—... sworth...

Se echó atrás y miró a Mackey. Le puso la luz en la cara, con la esperanza de que se despertara. Vio que la estructura ósea que rodeaba el ojo de Mackey también estaba aplastada y con signos visibles de una hemorragia interna. No iba a salvarse.

—Ro, si tienes que decir algo, dilo ahora. ¿Mataste a Rebecca Verloren? ¿Estuviste allí esa noche?

Bosch se inclinó hacia delante. Si Mackey dijo algo quedó ahogado por el sonido de otro coche que pasaba. Cuando Bosch se echó atrás para mirarlo otra vez, parecía muerto. Bosch puso dos dedos en el lado ensangrentado del cuello de Mackey y no logró encontrar el pulso.

—¿Ro? Roland, ¿sigues conmigo?

El único ojo sano estaba abierto, pero a media asta. Bosch acercó la linterna y no vio movimiento de pupilas. Había muerto.

Bosch salió cuidadosamente de debajo del camión. Rider estaba esperando allí, con los brazos cruzados ante el pecho.

—La ambulancia está en camino —dijo Rider.

—Diles que no vengan. —Le devolvió a Rider la linterna.

—Harry, si crees que está muerto, el personal médico lo confirmará.

—No te preocupes, está muerto. Se meterán allí debajo y arruinarán la escena del crimen. Avisa de que no vengan.

—¿Ha dicho algo?

—Me ha parecido que decía «Chatsworth». Nada más. Nada más que haya podido oír.

Ella parecía estar paseando, en un metro de terreno, moviéndose adelante y atrás con nerviosismo.

—Oh, Dios —dijo ella—. Creo que me voy a marear.

—Entonces vete atrás, lejos de la escena.

Rider se alejó hacia la parte trasera de su coche. Bosch también se sentía mareado, pero sabía que no iba a vomitar. No había sido ver el cuerpo desgarrado y roto de Mackey lo que había causado la subida de la bilis a su garganta. Bosch, como Rider, había visto cosas mucho peores. Eran las circunstancias las que lo mareaban. Instintivamente, sabía que no había sido un accidente. Había sido un asesinato. Y él lo había puesto en marcha todo.

Estaba mareado porque acababa de conseguir que mataran a Roland Mackey. Y con esa muerte podría haber perdido también la mejor conexión con el asesino de Rebecca Verloren.

TERCERA PARTE

LA OSCURIDAD ESPERA

32

La rampa de entrada a la autovía Ronald Reagan de Tampa Avenue estaba cerrada y el tráfico era desviado por Rinaldi hasta la entrada de Porter Ranch Drive. Todo el acceso a la autovía estaba obstruido por vehículos oficiales de la policía. La División de Investigaciones Científicas del Departamento de Policía de Los Ángeles, la Patrulla de Autopistas de California y la Oficina del Forense estaban representados, junto con miembros de la unidad de Casos Abiertos. Abel Pratt había hecho llamadas y había facilitado las cosas para que la unidad asumiera el caso. Puesto que el asesinato de Roland Mackey se había producido en la entrada de una autovía estatal, el caso técnicamente pertenecía a la jurisdicción de la Patrulla de Autopistas de California. Sin embargo, la patrulla de autopistas estaba más que satisfecha de cederlo, sobre todo porque la muerte era vista como parte de una investigación en curso del Departamento de Policía de Los Ángeles. En otras palabras, se iba a permitir que el departamento limpiara su propia basura.

El jefe del cuartel local de la PAC ofreció su mejor experto en accidentes de la brigada, y Pratt aceptó la oferta. Además, Pratt había reunido algunos de los mejores profesionales forenses de que podía disponer el departamento, todo ello en plena noche.

Bosch y Rider pasaron la mayor parte del tiempo de la

investigación de la escena del crimen sentados en la parte de atrás del coche de Pratt, donde fueron interrogados en profundidad por su superior y después por Tim Marcia y Rick Jackson, que fueron llamados a sus casas para dirigir la investigación de la muerte de Mackey. Puesto que Bosch y Rider habían de algún modo tomado parte de algunos de los acontecimientos y eran testigos de otros, se determinó que no podían ser los encargados del caso. Se trataba de una formalidad técnica, pues estaba claro que Bosch y Rider iban a seguir con la investigación del caso Verloren, y al hacerlo obviamente perseguirían al asesino de Roland Mackey.

Alrededor de las tres de la mañana los investigadores forenses se reunieron con los detectives de Homicidios para repasar la información recopilada hasta entonces. El cadáver de Mackey acababa de ser sacado de debajo del camión y la escena había sido fotografiada, grabada en vídeo y dibujada a conciencia. Ya se consideraba una escena abierta y todos podían caminar con libertad por ella.

Pratt pidió al investigador de la PAC, un hombre alto llamado David Allmand, que empezara. Allmand utilizó un puntero láser para delinear las marcas de neumáticos en la carretera y la gravilla que a su entender estaban relacionadas con la muerte de Mackey. También señaló la parte trasera del camión grúa, donde habían dibujado con tiza círculos en torno a varios arañazos, abolladuras y golpes en la pesada puerta de acero. Su conclusión era la misma a la que habían llegado Bosch y Rider al cabo de segundos de encontrar a Mackey. Había sido asesinado.

—Las marcas de los neumáticos nos dicen que la víctima detuvo el camión grúa en el arcén, a unos treinta metros al oeste de este punto —explicó Allmand—. Probablemente lo hizo para esquivar al vehículo averiado. El camión grúa retrocedió después por el arcén hasta esta posición de aquí. El conductor puso la transmisión en bloqueo y echó el freno de mano antes de salir del camión. Si tenía prisa, como indica parte de la información secundaria, podría haber ido directamente a la parte de atrás para bajar el material de arrastre. Fue entonces cuando lo embistieron.

»El coche averiado obviamente no estaba averiado. El conductor pisó a fondo el acelerador y arrancó, arrollando al conductor del camión contra la parte posterior de su vehículo y el gancho de la grúa. Para preparar la maniobra, la víctima se habría inclinado para soltar el gancho. Probablemente estaba haciendo eso cuando fue golpeado, lo cual explicaría las heridas en la cabeza. Golpeó de cara en el gancho. Hay sangre en el brazo del gancho.

Allmand hizo un barrido con la luz roja del láser sobre el engranaje del gancho de la grúa para ilustrar su explicación.

—El coche retrocedió —continuó el investigador—. Y eso es lo que provocó las marcas estriadas de los neumáticos en el asfalto. Luego aceleró para un segundo golpe. La víctima probablemente ya había recibido una herida fatal del primer impacto, pero seguía con vida. Es probable que cayera al suelo después del primer golpe y con sus últimas fuerzas se metiera debajo del camión para evitar un segundo impacto. Y por supuesto, la víctima sucumbió a sus heridas mientras estaba debajo del camión.

Allmand hizo una pausa para permitir que le plantearan preguntas, pero su intervención fue acogida con un macabro silencio. A Bosch no se le ocurrió ninguna pregunta. Allmand concluyó su informe señalando dos líneas de neumáticos hechas en la gravilla y el asfalto.

—La rueda del vehículo que golpeó no es muy ancha —dijo—. Eso reducirá algo las posibilidades. Probablemente será un coche de importación. He tomado medidas, y en cuanto consulte los catálogos de los fabricantes podré elaborar una lista de los coches que pueden haber dejado estas marcas. Se lo comunicaré.

Al ver que nadie decía nada, Allmand usó su láser para rodear una pequeña mancha de aceite en el asfalto.

—Además, el vehículo que golpeó perdía aceite. No mucho, pero si resulta importante para que un fiscal sepa cuánto tiempo esperó aquí el asesino a la víctima, podríamos cronometrar la filtración una vez que se recupere el vehículo y obtener una estimación del tiempo que habría hecho falta para dejar aquí esta pequeña mancha.

Pratt asintió.

—Es bueno saberlo —dijo.

Pratt le dio las gracias a Allmand y solicitó al ayudante del forense, Ravi Patel, que expusiera su informe del examen preliminar del cadáver. Patel empezó enumerando las múltiples fracturas óseas y heridas que resultaban obvias tras un examen externo del cadáver. Explicó que el impacto probablemente fracturó el cráneo de Mackey, le aplastó la órbita de su ojo izquierdo y le dislocó la mandíbula. Las caderas y el costado izquierdo del torso de la víctima se aplastaron. El brazo y el muslo izquierdos también estaban rotos.

—Es probable que estas heridas se produjeran en un impacto inicial —dijo—. La víctima probablemente estaba de pie y el impacto provino del lado trasero derecho.

—¿Podría haber conseguido meterse debajo del camión? —preguntó Rick Jackson.

—Es posible —respondió Patel—. Hemos visto que el instinto de supervivencia permite a la gente hacer cosas increíbles. No lo sabré hasta que lo abra, pero lo que solemos ver en casos como éste es que la compresión perfora los pulmones. Los pulmones se llenan de sangre. Tarda un poco. Podría haber reptado a lo que creía que era un lugar seguro.

«Y ahogarse en el arcén de la autopista», pensó Bosch.

El siguiente en exponer su informe fue el investigador jefe de la División de Investigaciones Científicas, que resultó ser el hermano de Ravi Patel, Raj. Bosch conocía a ambos de casos anteriores y sabía que los dos estaban entre los mejores.

Raj Patel expuso los aspectos esenciales de la investigación de la escena del crimen e informó de que los esfuerzos de Mackey para salvar su vida al meterse debajo del camión podrían en última instancia permitir a los investigadores capturar a su asesino.

—El segundo impacto en el camión se produjo sin el cuerpo como parachoques, por así decirlo. Fue metal contra metal. Tenemos transferencia de metal y pintura y hemos recogido diversas muestras. Si encontramos el vehículo del asesino, podremos relacionarlo con el caso con un ciento por ciento de precisión.

Bosch pensó que era un rayo de luz en medio de tanta oscuridad.

Después de que Patel concluyera su informe, los reunidos en la escena del crimen empezaron a dispersarse. Los investigadores se encaminaron a cumplir diversos cometidos que Pratt quería llevar a cabo antes de que toda la unidad se reuniera en el Pacific Dining Car a las nueve de la mañana para discutir el caso.

A Marcia y Jackson se les asignó el registro del domicilio de Mackey, lo cual implicaría despertar a un juez y conseguir que firmara una orden judicial, porque Mackey compartía la casa con William Burkhart, y Burkhart era un posible sospechoso en el asesinato. La casa —en la cual se presumía que estaba Burkhart— se hallaba bajo vigilancia en el momento en que Mackey fue interceptado en la autovía. Sin embargo, Burkhart podía haber enviado a alguien a ejecutar el asesinato y era visto como sospechoso hasta que se le eximiera de implicación.

Una de las primeras llamadas que Bosch y Rider habían hecho después de encontrar a Mackey debajo del camión grúa había sido a Kehoe y Bradshaw, los dos detectives de Robos y Homicidios que vigilaban la casa de Mariano Street. Ellos inmediatamente entraron en la casa y pusieron bajo custodia a Burkhart y a una mujer identificada como Belinda Messier. Ambos estaban esperando para ser interrogados en el Parker Center, y Bosch y Rider consiguieron ese encargo de Pratt.

Sin embargo, al volverse para subir por la pendiente de la salida de la autovía hacia el coche de Rider, Pratt les pidió que esperaran. Se acercó a ellos y les habló de modo que no pudiera oírles nadie más presente en la escena del crimen.

—Supongo que no hace falta que os diga que van a saltar chispas con esto —advirtió.

—Lo sabemos —dijo Rider.

—No sé qué forma tomará la investigación, pero creo que podéis contar con que la habrá —dijo Pratt.

—Estaremos preparados —dijo Rider.

—Puede que queráis hablar de eso de camino al centro —propuso Pratt—. Para asegurar que todos estamos en la misma sintonía.

Bosch sabía que Pratt les estaba diciendo que cuadraran sus historias para que pudieran ser presentadas al unísono y del modo en que mejor les sirviera, incluso si eran interrogados por separado.

—No se preocupe —dijo Rider.

Pratt miró a Bosch y después apartó la mirada, dirigiéndola de nuevo al camión grúa.

—Lo sé —dijo Bosch—. Soy un novato. Si alguien ha de cargar con la culpa por esto, seré yo. No pasa nada. Todo fue idea mía.

—Harry —dijo Rider—. Eso no...

—Era mi plan —dijo Bosch, interrumpiéndola—. Soy el culpable.

—Bueno, quizá no hagan falta culpables —dijo Pratt—. Cuanto antes resolvamos esto mejor para todos. El éxito hace que la basura se marche por el desagüe. Así que encerremos a ese cabrón a la hora de desayunar.

—Hecho, jefe —dijo Rider.

Al subir la cuesta, Bosch y Rider no hablaron.

33

El Parker Center estaba desierto cuando llegaron Bosch y Rider. A pesar de que muchas unidades de investigación operaban desde el edificio que albergaba el cuartel general, sobre todo estaba ocupado por el personal de mando y los servicios de apoyo. El edificio no cobraba vida hasta después de que amaneciera. En el ascensor, Bosch y Rider se separaron. Bosch fue directamente a la División de Robos y Homicidios de la tercera planta para relevar a Kehoe y Bradshaw mientras Rider hacía una parada en la oficina de la unidad de Casos Abiertos para coger el archivo con la información que había reunido antes sobre William Burkhart.

—Te veo enseguida —le dijo a Bosch cuando éste salió del ascensor—. Espero que Kehoe y Bradshaw hayan hecho café.

Bosch dobló la esquina de la zona de espera de los ascensores y se dirigió por el pasillo hasta las puertas de doble batiente de Robos y Homicidios. Una voz lo detuvo desde atrás.

—¿Qué le dije de los recauchutados?

Bosch se volvió. Era Irving, que llegaba desde el pasillo opuesto. No había nada en aquella dirección más que los servicios informáticos. Bosch supuso que había estado esperándole en el pasillo. Trató de no demostrar sorpresa por el hecho de que aparentemente Irving ya estuviera al corriente de lo que había ocurrido en la autovía.

—¿Qué está haciendo aquí?

—Oh, quería empezar temprano. Va a ser un gran día.

—¿Ah, sí?

—Sí. Y le haré una advertencia justa. Por la mañana la prensa estará alertada de esta cagada suya de medianoche. Los periodistas sabrán cómo usó a este tipo, Mackey, de cebo, sólo para conseguir que lo mataran de la forma más horrible. Preguntarán cómo se aceptó la entrada en el departamento de un detective retirado para que hiciera esto. Pero no se preocupe. Lo más probable es que esas preguntas se las planteen al jefe de policía que puso todo esto en marcha.

Bosch se rió y sacudió la cabeza, como si no sintiera la amenaza.

—¿Eso es todo? —preguntó.

—También instaré al jefe de la División de Asuntos Internos para que abra una investigación acerca de cómo condujo este caso, detective Bosch. Yo de usted no me acostumbraría demasiado a haber vuelto.

Bosch dio un paso hacia Irving, esperando volver hacia él parte de la amenaza.

—Bien, jefe, hágalo. Espero que también prepare al jefe para lo que diré a sus investigadores así como a los periodistas respecto a su culpabilidad en todo esto.

Hubo una larga pausa antes de que Irving mordiera el anzuelo.

—¿Qué tonterías está diciendo?

—Este hombre del que le preocupa tanto que fuera usado como cebo fue dejado en libertad hace diecisiete años por ustedes, jefe. Quedó en libertad para que usted pudiera hacer un trato con Richard Ross. Mackey debería haber estado en prisión. En cambio, utilizó la pistola de uno de sus pequeños robos para matar a una chica inocente de dieciséis años.

Bosch esperó, pero Irving no dijo nada.

—Es cierto —dijo Bosch—, puede que yo tenga las manos manchadas con la sangre de Roland Mackey, pero usted las tiene manchadas con la de Rebecca Verloren. ¿Quiere ir a los medios y a Asuntos Internos con eso? Bien, inténtelo lo mejor que pueda, y ya veremos qué ocurre.

Irving demudó el semblante. Dio un paso hacia Bosch hasta que sus rostros estuvieron a sólo unos centímetros.

—Se equivoca, Bosch. Entonces se eximió de culpabilidad en el caso Verloren a todos esos chicos.

—¿Sí? ¿Cómo? ¿Quién los eximió? Green y García seguro que no. Usted los sacó de en medio. Como al padre de la chica. Usted y uno de sus sabuesos lo apartaron del camino también a él. —Bosch señaló con un dedo al pecho de Irving—. Dejó que asesinos quedaran libres para poder mantener a salvo su pequeño trato.

La urgencia entró en la voz de Irving cuando éste respondió.

—Se equivoca por completo en esto —dijo—. ¿De verdad cree que habríamos dejado libres a los asesinos?

Bosch sacudió la cabeza, dio un paso atrás y casi se echó a reír.

—De hecho, lo creo.

—Escúcheme, Bosch. Comprobamos las coartadas de hasta el último de esos chicos. Estaban todos limpios. Para algunos de ellos, nosotros éramos su coartada porque los estábamos vigilando. De todos modos, también nos aseguramos de que todos los miembros del grupo estaban limpios en esto, y solamente entonces les dijimos a Green y García que se retiraran. Al padre también se lo dijimos, pero no hizo caso.

—Así que lo aplastaron, ¿no, jefe? Lo hundieron en el pozo.

—Había que actuar. Existía mucha tensión en la ciudad entonces. No podíamos permitirnos que el padre anduviera diciendo cosas que no eran ciertas.

—No me suelte ese rollo de que lo hicieron por el bien de la comunidad, jefe. Usted había hecho un trato, y eso era lo que le preocupaba. Tenía a Ross y a Asuntos Internos en el bolsillo y quería que se mantuviera así. Pero se equivocó de medio a medio. El ADN lo prueba. Mackey pudo matar a Verloren y su investigación no valía una mierda.

—No, espere un momento. Sólo prueba una cosa. Que él tenía la pistola. Yo también he leído la historia que coló hoy en el periódico. El ADN lo relaciona con la pistola, no con el asesinato.

Bosch hizo un gesto de desdén. Sabía que no tenía sentido discutir con Irving. Su única esperanza era que su propia amenaza de ir a los medios y a Asuntos Internos neutralizara la amenaza de Irving. Creía que estaban en una posición de tablas.

—¿Quién comprobó las coartadas? —preguntó con calma.

Irving no respondió.

—Deje que lo adivine. McClellan. Metió sus zarpas en todo esto.

De nuevo Irving no respondió. Era como si se hubiera sumido en el recuerdo de diecisiete años atrás.

—Jefe, quiero que llame a su perro guardián. Sé que todavía trabaja para usted. Cuéntele que quiero información de las coartadas. Quiero detalles. Quiero informes. Quiero todo lo que tenga a las siete de la mañana de hoy, o se acabó. Haremos lo que tengamos que hacer y que sea lo que tenga que ser.

Bosch estaba a punto de volverse cuando Irving habló por fin.

—No hay informes de coartadas —dijo—. Nunca los hubo.

Bosch oyó que se abría la puerta del ascensor y enseguida Rider dobló la esquina con una carpeta en la mano. Se detuvo en seco al ver la confrontación. No dijo nada.

—¿No hay informes? —le dijo Bosch a Irving—. Pues será mejor que tenga buena memoria. Buenas noches, jefe.

Bosch se volvió y enfiló el pasillo. Rider se apresuró a alcanzarlo. Miró por encima del hombro para asegurarse de que Irving no les estaba siguiendo. Después de que franquearan las puertas de doble batiente de Robos y Homicidios, ella habló.

—¿Tenemos problemas, Harry? ¿Va a volver esto contra la sexta planta?

Bosch la miró. Por la mezcla de pánico y miedo en el rostro de ella comprendió lo importante que iba a ser su respuesta.

—No si puedo evitarlo —le dijo.

34

William Burkhart y Belinda Messier estaban en salas de interrogatorios distintas. Bosch y Rider decidieron empezar por Messier para que Burkhart tuviera que esperar y devanarse los sesos. También les daría tiempo para que Marcia y Jackson consiguieran la orden y entraran en la casa de Mariano. Lo que encontraran allí podría resultar útil durante el interrogatorio de Burkhart.

Belinda Messier ya había surgido antes en la investigación. El número del móvil que utilizaba Mackey estaba registrado a nombre de ella. En el informe que Kehoe y Bradshaw les habían dado a Bosch y Rider después de que éstos llegaran, la describieron como la novia de Burkhart. Había proporcionado esa información de *motu proprio* cuando los detectives de Robos y Homicidios habían detenido a ambos. Después apenas les dijo nada más.

Belinda Messier era una mujer menuda con un pelo castaño desvaído que le enmarcaba el rostro. Su aspecto resultaba engañoso por lo dura que iba a ser. Pidió un abogado en cuanto Rider y Bosch entraron en la sala.

—¿Para qué quiere usted ver a un abogado? —preguntó Bosch—. ¿Cree que está detenida?

—¿Me está diciendo que puedo irme? —Messier se levantó.

—Siéntese —dijo Bosch—. Esta noche han matado a Roland Mackey y usted también podría estar en peligro. Está en custodia de protección. Eso significa que no va a salir de aquí hasta que aclaremos algunas cosas.

—No sé nada de eso. Estuve toda la noche con Billy hasta que aparecieron ustedes.

Durante los siguientes cuarenta y cinco minutos, Messier sólo dio información a regañadientes. Explicó que conocía a Mackey a través de Burkhart y que accedió a solicitar un móvil para Mackey y darle el aparato porque él no disponía de un informe de crédito viable. Explicó a los detectives que Burkhart no trabajaba y que vivía de una pensión de daños que había recibido a raíz de un accidente de coche sufrido dos años antes. Compró la casa de Mariano Street con la indemnización y cobraba alquiler a Mackey. Messier explicó que ella no vivía en la casa, pero que pasaba muchas noches allí con Burkhart. Cuando le preguntaron por los vínculos pasados de Burkhart y Mackey con grupos de supremacía blanca fingió sorpresa. Cuando le preguntaron por la pequeña esvástica que llevaba tatuada entre el pulgar y el índice de la mano derecha dijo que pensaba que era un símbolo navajo de buena suerte.

—¿Sabe quién mató a Roland Mackey? —preguntó Bosch después del largo preámbulo de preguntas.

—No —dijo ella—. Era un buen tipo. Es lo único que sé.

—¿Qué dijo su novio después de que llamara Mackey?

—Nada. Sólo que iba a quedarse despierto para hablar con Ro de algo cuando él llegara a casa. Dijo que quizá saldrían para tener un poco de intimidad.

—¿Nada más?

—Eso fue lo que dijo.

La abordaron varias veces y desde distintos ángulos, con Bosch y Rider turnándose en llevar la iniciativa, pero el interrogatorio no proporcionó ningún fruto a la investigación.

El siguiente era Burkhart, pero antes de empezar con el

interrogatorio Bosch llamó a Marcia y Jackson para que les pusieran al día.

—¿Aún estáis en la casa? —preguntó Bosch a Marcia.

—Sí, estamos aquí. Todavía no hemos encontrado nada.

—¿Y un móvil?

—De momento no. ¿Crees que Burkhart podría haberse escabullido de Kehoe y Bradshaw?

—Todo es posible, pero lo dudo. No estaban durmiendo.

Se quedaron un momento en silencio como si reflexionaran, y entonces habló Marcia.

—¿Cuánto tiempo transcurrió desde que Mackey murió y tú llamaste a Kehoe y Bradshaw y les dijiste que lo detuvieran?

Bosch repasó sus acciones en la autovía antes de responder.

—Fue muy rápido —dijo finalmente—. Máximo diez minutos.

—Pues ahí lo tienes —dijo Marcia—. ¿Llegar de la ciento dieciocho en Porter Ranch hasta Mariano Street, en las colinas de Woodland, en diez minutos máximo? ¿Y sin que nuestros chicos lo vieran? Imposible. No fue él. Kehoe y Bradshaw son su coartada.

—Y no hay móvil en la casa...

Ya sabían que la línea fija de la vivienda no había sido utilizada para hacer una llamada porque ésta se habría registrado en el equipo de monitorización de ListenTech.

—No —dijo Marcia—. No hay móvil ni llamadas desde el fijo. No creo que sea nuestro hombre.

Bosch todavía no estaba dispuesto a dar el brazo a torcer. Le dio las gracias y colgó, después le dio las malas noticias a Rider.

—Entonces ¿qué hacemos con él? —preguntó ella.

—Bueno, podría no ser nuestro hombre con Mackey, pero Mackey lo llamó a él después de que le leyeran el artículo. Aún podría ser bueno para Verloren.

—Pero eso no tiene sentido. El que mató a Mackey ha de ser su socio con Verloren, a no ser que estés diciendo que lo que ocurrió en la rampa de entrada es sólo una coincidencia en todo esto.

Bosch negó con la cabeza.

—No, no estoy diciendo esto. Sólo nos estamos saltando algo. Burkhart tuvo que enviar un mensaje desde esa casa.

—¿Te refieres a que llamó a un pistolero? No funciona, Harry.

Bosch asintió. Sabía que ella tenía razón. No encajaba.

—Muy bien, entonces vamos a entrar ahí dentro y a ver qué nos cuenta.

Rider accedió y pasaron unos minutos preparando una estrategia de interrogatorio antes de volver a salir al pasillo de detrás de la sala de brigada y entrar en la sala de interrogatorios donde esperaba Burkhart.

El ambiente en la sala estaba cargado con el olor corporal de Burkhart; Bosch dejó la puerta abierta. Burkhart tenía la cabeza apoyada en sus brazos cruzados. Cuando no se levantó de su sueño fingido, Bosch le dio una patada a la pata de la silla y esto hizo que levantara la cabeza.

—Arriba, Billy *Blitzkrieg* —dijo Bosch.

Burkhart tenía un cabello negro y rebelde, que le caía en el rostro de tez pálida. Tenía aspecto de no salir mucho durante el día.

—Quiero un abogado —dijo Burkhart.

—Todos queremos uno. Pero empecemos por el principio. Me llamo Bosch, y ella es Rider. Usted es William Burkhart y está detenido como sospechoso de asesinato.

Rider empezó a leerle los derechos, pero él la cortó.

—¿Están locos? No he salido de casa. Mi novia ha estado todo el tiempo conmigo.

Bosch se llevó un dedo a los labios.

—Déjela terminar, Billy, y entonces podrá mentirnos todo lo que quiera.

Rider terminó de leerle sus derechos de la parte posterior de una de sus tarjetas de visita, y Bosch volvió a asumir el control del interrogatorio.

—Ahora, ¿qué estaba diciendo?

—Estoy diciendo que la han cagado. Estuve en casa todo el tiempo y tengo un testigo que puede probarlo. Además, Ro era mi amigo. ¿Por qué iba a matarlo? Esto es un chiste malo, así que ¿por qué no me dejan llamar a mi abogado para que se ría un rato?

—¿Ha terminado, Bill? Porque tengo una noticia que darle. No estamos hablando de Roland Mackey. Estamos hablando de hace diecisiete años con Rebecca Verloren. ¿La recuerda? ¿Usted y Mackey? ¿La chica que subieron por la colina? Es de ella de quien estamos hablando.

Burkhart no mostró nada. Bosch había estado esperando algo que lo delatara, algún tipo de señal de que estaba en la pista correcta.

—No sé de qué está hablando —dijo Burkhart, con el rostro pétreo.

—Le tenemos en cinta. Mackey llamó anoche. Ha terminado, Burkhart. Diecisiete años es una buena fuga, pero ha terminado.

—No tienen una mierda. Si tienen una cinta, entonces lo único que tienen es a mí diciendo que se callara. No tengo teléfono móvil y no me fío de ellos. Es una medida de precaución. Si iba a empezar a contarme sus problemas no quería que lo hiciera en un puto teléfono móvil. Por lo que respecta a esa Rebecca como se llame, no sé nada de eso. Creo que tendría que habérselo preguntado a Ro mientras tuvo la ocasión.

Miró a Bosch y guiñó un ojo. Bosch sintió ganas de agarrarlo, pero no lo hizo.

Estuvieron haciendo guantes verbalmente durante otros veinte minutos, pero ni Bosch ni Rider consiguieron mellar siquiera la armadura de Burkhart. Finalmente, Burkhart dejó de participar en el tira y afloja repitiendo una vez más que quería un abogado y sin responder en modo alguno a cualquier pregunta que le plantearan.

Rider y Bosch abandonaron la sala para discutir sus opciones y coincidieron en que éstas eran mínimas. Se habían echado un farol con Burkhart, y éste les había calado. Ya sólo les quedaba presentar cargos y conseguirle su abogado o dejarlo en libertad.

—No lo tenemos, Harry —dijo Rider—. No deberíamos engañarnos a nosotros mismos. Yo digo que lo soltemos.

Bosch asintió. Sabía que su compañera tenía razón. No tenían pruebas en ese momento, y para el caso podrían no tenerlas nunca. Mackey, el único vínculo directo que tenían con Verloren, estaba muerto. Las propias acciones de Bosch lo habían perdido. Ahora tendrían que retroceder en el tiempo e investigar a fondo a Burkhart en busca de algo que se pasara por alto o se desconociera diecisiete años antes. La completa depresión de la situación del caso le estaba cayendo a plomo.

Abrió el teléfono y llamó otra vez a Marcia.

—¿Algo?

—Nada, Harry. Ningún teléfono, ninguna prueba, nada.

—Vale. Sólo para que lo sepáis, vamos a soltarlo. Podría aparecer por allí dentro de un rato.

—Genial. No le va a gustar lo que se va a encontrar.

—Bien.

Bosch cerró el teléfono y miró a Rider. Los ojos de ella contaban la historia. Desastre. Sabía que la había deprimido. Por primera vez pensó que tal vez Irving tenía razón, quizá no debería haber vuelto.

—Voy a decirle que es un hombre libre —dijo.

Después de que se alejara, Rider lo llamó.

—Harry, no te culpo.

Bosch la miró.

—Yo aprobé todos los pasos que dimos. Era un buen plan.

Bosch asintió.

—Gracias, Kiz.

35

Bosch fue a su casa a ducharse, cambiarse de ropa y quizá cerrar un rato los ojos antes de dirigirse de nuevo al centro para la reunión de la unidad. Una vez más condujo a través de una ciudad que apenas se estaba despertando. Y una vez más le pareció grotesca, llena de aristas afiladas y miradas severas. Ahora todo le parecía grotesco.

Bosch no deseaba que llegara la reunión de la unidad. Sabía que todas las miradas estarían puestas en él. Todo el mundo en Casos Abiertos comprendía que a partir de ese momento sus acciones serían analizadas y cuestionadas a posteriori después de la muerte de Mackey. También entendían que si estaban buscando una razón que constituyera una amenaza potencial a sus carreras no tenían que buscar muy lejos.

Bosch dejó las llaves en la encimera de la cocina y escuchó el contestador. No había mensajes. Miró su reloj y determinó que disponía de al menos un par de horas antes de salir hacia el Pacific Dining Car. Mirar la hora le recordó el ultimátum que le había dado a Irving durante su confrontación en el pasillo, fuera de Robos y Homicidios. Pero Bosch dudaba de que tuviera noticias de Irving o McClellan. Al parecer, todo el mundo calaba sus faroles.

Era consciente de que, con todo lo que pesaba sobre él,

dormir un par de horas no era una opción realista. Se había llevado a casa el expediente y los archivos acumulados. Decidió que trabajaría en ellos. Sabía que cuando todo lo demás se torcía siempre quedaba el expediente del caso. Tenía que mantener la mirada fija en la presa. El caso.

Puso en marcha la cafetera, se dio una ducha de cinco minutos y empezó a trabajar releyendo el expediente mientras en el reproductor de discos compactos sonaba una versión remezclada de *Kind of Blue*.

Le machacaba la sensación de que se estaba perdiendo algo que tenía delante de las narices. Sentía que se vería acosado por el caso, que cargaría con él para siempre, a no ser que lo desmenuzara y encontrara lo que faltaba. Y sabía que si tenía que encontrarlo en algún sitio sería en el expediente.

Decidió que esta vez no leería los documentos en el orden en que se los habían presentado los primeros investigadores del caso. Abrió las anillas y sacó los documentos. Empezó a leerlos en orden aleatorio, tomándose su tiempo, asegurándose de que asimilaba cada nombre, cada palabra, cada foto.

Al cabo de quince minutos estaba mirando otra vez las fotos del dormitorio de Rebecca Verloren cuando oyó que la puerta de un coche se cerraba delante de su casa. Con curiosidad por saber quién aparcaría tan temprano se levantó y se acercó a la puerta. A través de la mirilla vio a un hombre solo que se aproximaba. Era difícil verlo con claridad a través de la lente convexa de la mirilla. Bosch abrió la puerta de todos modos antes de que el hombre tuviera la oportunidad de llamar.

Al hombre no le sorprendió que su aproximación hubiera sido vista. Bosch podía asegurar por su actitud que era poli.

—¿McClellan?

Éste asintió.

—Teniente McClellan. Y supongo que usted es el detective Bosch.

—Podría haber llamado.

Bosch retrocedió para dejarle pasar. Ninguno de los dos hombres tendió la mano. Bosch pensó que era típico de Irving enviar al hombre a la casa. Se trataba de un procedimiento estándar en la estrategia intimidatoria del «sé dónde vives».

—Pensé que sería mejor que habláramos cara a cara —dijo McClellan.

—¿Pensó? ¿O lo pensó el jefe Irving?

McClellan era un hombre alto, con cabello rubio casi transparente y mejillas rubicundas. A Bosch se le ocurrió que podría describirse como bien alimentado. Sus mejillas se tornaron de un tono más oscuro ante la pregunta de Bosch.

—Mire, he venido a cooperar con usted, detective.

—Bien. ¿Puedo ofrecerle algo? Tengo agua.

—Agua estará bien.

—Siéntese.

Bosch fue a la cocina, sacó del armario el vaso más sucio de polvo y lo llenó de agua del grifo. Apagó el interruptor de la cafetera. No iba a dejar que McClellan se sintiera a gusto.

Cuando volvió a la sala de estar, McClellan estaba contemplando el paisaje a través de las puertas correderas de la terraza. El aire era claro en el paso de Sepúlveda. Pero todavía era temprano.

—Bonita vista —dijo McClellan.

—Lo sé. No veo que lleve ninguna carpeta en la mano, teniente. Espero que no sea una visita de cortesía como las que le hizo a Robert Verloren hace diecisiete años.

McClellan se volvió hacia Bosch y aceptó el vaso de agua y el insulto con la misma impavidez.

—No hay archivos. Si los había, desaparecieron hace mucho tiempo.

—¿Y qué? ¿Ha venido a convencerme con sus recuerdos?

—De hecho, tengo una gran memoria de aquel período. Ha de entender una cosa. Yo era detective de primer grado asignado a la UOP. Si me daban un trabajo, lo hacía. No se cuestionan las órdenes en esa situación. Si lo haces, estás fuera.

—Así que era un buen soldado que hacía su trabajo. Entiendo. ¿Y los Ochos de Chatsworth y el asesinato Verloren? ¿Qué hay de las coartadas?

—Había ocho actores principales en los Ochos. Los descarté a todos. Y no crea que quería exonerarlos a todos y así lo hice. Me pidieron que viera si alguno de esos capullos podía estar implicado. Y lo comprobé, pero todos estaban limpios..., al menos del asesinato.

—Hábleme de William Burkhart y Roland Mackey.

McClellan tomó asiento en una silla que había junto a la televisión. Dejó el vaso de agua, del que todavía no había bebido, en la mesa de centro. Bosch cortó a Miles Davis en medio de *Freddie Freeloader* y se quedó de pie junto a las puertas correderas, con las manos en los bolsillos.

—Bueno, en primer lugar, Burkhart era fácil. Ya lo estaban vigilando esa noche.

—Explíquelo.

—Acababa de salir de Wayside unos días antes. Nos habían avisado de que mientras estuvo allí había estado subiendo de tono con la religión racial, de manera que se consideró prudente vigilarlo para ver si quería volver a poner en marcha las cosas.

—¿Quién lo ordenó?

McClellan se limitó a mirarlo.

—Irving, por supuesto —respondió Bosch—. Para mantener el trato seguro. Así que la UOP estaba observando a Burkhart. ¿Quién más?

—Burkhart salió y contactó con dos tipos del grupo viejo. Un tipo llamado Withers y otro llamado Simmons. Parecía que podían estar planeando algo, pero la noche en cuestión estaban en una sala de billar de Tampa, emborrachándose. Las coartadas eran sólidas. Dos secretas estuvieron con ellos todo el tiempo. Eso es lo que he venido a decirle. Eran todo coartadas sólidas, detective.

—¿Sí? Bueno, hábleme de Mackey. La UOP no lo estaba vigilando, ¿verdad?

—No, a Mackey no.

—Entonces ¿qué es lo que era tan sólido?

—Lo que recuerdo de Mackey es que en la noche en que raptaron a la niña estaba con su tutor en Chatsworth High. Iba a la escuela nocturna, para sacarse el graduado escolar. Un juez lo había ordenado como condición de su libertad vigilada. Pero tenía que aprobar y no le iba demasiado bien, de manera que asistía a clases en las noches libres, cuando no había escuela. Y la noche que se llevaron a la chica estaba con su tutor. Yo lo comprobé.

Bosch negó con la cabeza. McClellan estaba tratando de soltarle un rollo.

—¿Me está diciendo que Mackey estaba yendo a clase con un tutor en plena noche? O me toma el pelo o se creyó una sarta de mentiras de Mackey y su tutor. ¿Quién era el tutor?

—No, no, estuvieron juntos esa misma tarde. No recuerdo el nombre del tipo ahora, pero terminaron a las once como mucho, y después siguieron caminos separados. Mackey fue a su casa.

Bosch puso cara de asombro.

—Eso no es una coartada, teniente. La muerte de la chica se produjo en la madrugada. ¿No lo sabía?

—Por supuesto que lo sabía, pero la hora de la muerte no era el único punto de la coartada. Me pasaron los resúmenes recopilados por los tipos del caso. No hubo entrada forzada en la casa. Y el padre había dado una vuelta y comprobado todas las puertas y cierres después de llegar a casa esa noche a las diez. Eso significa que el asesino tenía que estar ya en la casa en ese momento. Estaba allí escondido, esperando que todos se fueran a dormir.

Bosch se sentó en el sofá y se inclinó hacia delante, con los codos en las rodillas. De repente se dio cuenta de que McClellan tenía razón y de que todo era diferente. Había leído el mismo informe que había estado en manos de McClellan diecisiete años antes, pero no había asimilado su significado. El asesino estaba dentro cuando Robert Verloren llegó a casa desde el trabajo.

Bosch sabía que eso cambiaba muchas cosas. Cambiaba no sólo la forma en que veía la primera investigación, sino también la forma en que veía la suya.

Sin registrar la agitación interior de Bosch, McClellan continuó.

—Así que Mackey no podía haber entrado en esa casa porque estaba con su tutor. Se descartó. Todos esos pequeños capullos se descartaron. Así que le di a mi jefe un informe verbal, y después él se lo dio a los tipos que trabajaban el caso. Y ahí acabó todo hasta que surgió esa cuestión del ADN.

Bosch estaba asintiendo a lo que McClellan decía, pero estaba pensando en otras cosas.

—Si Mackey estaba limpio, ¿cómo explica su ADN en el arma homicida? —preguntó.

McClellan parecía anonadado. Negó con la cabeza.

—No sé qué decir. No puedo explicarlo. Los exoneré de implicación en el asesinato real, pero debió...

No terminó. Bosch pensó que realmente parecía herido por la idea de que podría haber ayudado a escapar a un asesino, o al menos a la persona que proporcionó el arma para un asesinato. Parecía como si de repente se hubiera dado cuenta de que Irving lo había corrompido. Bosch lo vio abatido.

—¿Irving todavía planea avisar a los medios y a Asuntos Internos de todo esto? —preguntó Bosch con calma.

McClellan negó lentamente con la cabeza.

—No —dijo—. Me dijo que le diera un mensaje. Me pidió que le dijera que un pacto sólo es un pacto si cada parte cumple lo suyo. Es todo.

—Una última pregunta —dijo Bosch—. La caja de pruebas del caso Verloren ha desaparecido. ¿Sabe algo de eso?

McClellan lo miró. Bosch se dio cuenta de que había ofendido gravemente al hombre.

—Tenía que preguntarlo —dijo Bosch.

—Lo único que sé es que allí desaparecen cosas —dijo McClellan a través de la mandíbula tensa—. Cualquiera podría haber salido con ella en diecisiete años. Pero no fui yo.

Bosch asintió. Se levantó.

—Bueno, he de volver a ponerme a trabajar de nuevo en esto —dijo.

McClellan entendió la indirecta y se levantó. Pareció tragarse la rabia por la última pregunta, aceptando quizá la explicación de Bosch de que tenía que formularla.

—Muy bien, detective —dijo—. Buena suerte con esto. Espero que encuentre al culpable. Y lo digo en serio.

Le tendió la mano a Bosch. Bosch no conocía la historia de McClellan. No conocía las circunstancias de la vida en la UOP en 1988. Sin embargo, le parecía que McClellan se iba de la casa con más peso encima que cuando había entrado. Así que Bosch decidió estrecharle la mano.

Después de que McClellan se fue, Bosch volvió a sentarse, considerando la idea de que el asesino de Rebecca Verloren había estado escondido en la casa. Se levantó y fue a la mesa del comedor, donde estaban esparcidos los archivos del expediente del caso. Las fotos de la habitación de la niña muerta estaban en el centro. Miró los informes hasta que encontró el de la policía científica sobre el análisis de las huellas dactilares.

El informe tenía varias páginas y contenía el análisis de varias huellas sacadas de superficies de la casa de los Verloren.

El resumen principal concluía que ninguna de las huellas obtenidas en la vivienda era desconocida, por consiguiente era probable que el sospechoso o sospechosos hubieran llevado guantes o sencillamente hubieran evitado tocar superficies susceptibles de retener huellas.

El resumen decía que todas las huellas dactilares sacadas de la casa se correspondían con muestras tomadas a miembros de la familia Verloren o gente que tenía una razón apropiada para haber estado en la casa y tocado las superficies donde fueron halladas las huellas.

Esta vez Bosch leyó el informe de manera diferente y en su totalidad. Esta vez ya no estaba interesado en el análisis, sino que quería saber dónde habían buscado huellas los técnicos.

El informe estaba fechado al día siguiente del hallazgo del cadáver de Rebecca. Detallaba una búsqueda rutinaria de huellas en la casa. Todas las superficies tópicas fueron examinadas. Todos los pomos y cierres. Todas las repisas y los marcos de las ventanas. Todos los sitios donde era lógico pensar que el asesino-secuestrador podría haber tocado una superficie al cometer el crimen. A pesar de que había varias huellas en las repisas de las ventanas y pestillos que se recuperaron e identificaron con las de Robert Verloren, el informe señalaba que no se habían recuperado huellas útiles de los pomos de las puertas de la casa. Señalaba asimismo que no era inusual debido a la frotación que se producía rutinariamente al girar los pomos.

Era en lo que no estaba incluido en el informe donde Bosch vio el resquicio a través del cual podía haber escapado un asesino. El equipo de huellas había ido a la casa al día siguiente del descubrimiento del cadáver de la víctima. Eso había sido después de que el caso se interpretara mal dos veces, primero como un caso de personas desaparecidas y después como un suicidio. A ello había que añadir que cuando se organizó una investigación por asesinato el equipo de huellas fue enviado a ciegas. En ese punto no existía ningún conocimiento del caso. La idea de que el asesino podía haberse escondido en el garaje o en algún otro lugar todavía no se había formulado. La búsqueda de huellas dactilares y otras pruebas, como cabellos y fibras, nunca fue más allá de lo obvio, más allá de la superficie.

Bosch sabía que ya era demasiado tarde. Habían pasado demasiados años. Un gato vagaba por la casa y quién sabe cuántos objetos de ventas de garaje habían entrado y salido de una vivienda en la que un asesino se había ocultado y había esperado.

Entonces su mirada se posó en las fotos esparcidas por la mesa y se dio cuenta de algo. La habitación de Rebecca era el único lugar que no estaba contaminado por el paso del tiempo. Era como un museo con sus obras de arte encajadas y casi herméticamente cerrado.

Bosch esparció las fotos del dormitorio delante de él. Había algo en aquellas fotos que le corroía desde la primera vez que las había visto. Todavía no lograba determinarlo, pero ahora sentía una urgencia en ello. Examinó las fotos del escritorio y la mesilla y después las del armario abierto. Por último, examinó la cama.

Pensó en la foto que se había publicado en el *Daily News* y sacó el ejemplar del archivo que contenía todos los informes y documentos acumulados durante la reinvestigación del caso. Desdobló el periódico y examinó la foto de Emmy Ward y acto seguido la comparó con las fotografías de diecisiete años antes.

La habitación parecía exactamente igual, como si permaneciera intacta por el dolor que emanaba de ella como de un horno. De pronto, Bosch se fijó en una pequeña diferencia. En la foto del *Daily News* la cama estaba cuidadosamente estirada y alisada por Muriel antes de que hicieran la foto. En las fotos más viejas de la policía, la cama estaba hecha, pero el volante estaba ahuecado hacia fuera por un lateral de la cama y hacia dentro a los pies.

Los ojos de Bosch se movieron de una foto a la otra. Sintió una pequeña gota de adrenalina en la sangre. Eso era lo que le había inquietado. Eso era lo que no cuadraba.

—Dentro y fuera —dijo en voz alta.

Sabía que era posible que el volante hubiera sido tirado hacia dentro a los pies de la cama por alguien que se colara debajo, del mismo modo que era probable que el volante exterior de la colcha hubiera salido hacia fuera por el lateral cuando esa misma persona saliera de debajo de la cama.

Después de que todos estuvieran durmiendo.

Bosch se levantó y empezó a pasearse mientras lo pensaba otra vez. En la foto tomada después del secuestro y asesinato, la cama mostraba claramente la posibilidad de una entrada y una salida. El asesino de Rebecca podría haber estado esperando justo debajo de ella mientras ésta se quedaba dormida.

—Dentro y fuera —repitió Bosch.

Y podía ir más lejos. Sabía que no se habían recuperado huellas útiles en la casa. Pero sólo se habían comprobado las superficies obvias. Eso no significaba necesariamente que el asesino hubiera llevado guantes. Sólo significaba que era lo bastante listo para no tocar lugares obvios con las manos desnudas, o para emborronar las huellas cuando lo necesitó. Aunque el asesino hubiera llevado guantes al entrar en la casa, ¿no podría habérselos quitado mientras esperaba —posiblemente durante horas— debajo de la cama?

Merecía la pena intentarlo. Bosch fue a la cocina para llamar a la División de Investigaciones Científicas y preguntar por Raj Patel.

—Raj, ¿qué estás haciendo?

—Estoy catalogando las pruebas que recogimos ayer en la autovía.

—Necesito que tu mejor hombre de huellas se reúna conmigo en Chatsworth.

—¿Ahora?

—Ahora mismo, Raj. Después puede que ni siquiera tenga trabajo. Hemos de hacerlo ahora.

—¿Qué vamos a hacer?

—Quiero levantar una cama y mirar debajo. Es importante, Raj. Si encontramos algo, nos llevaría al asesino.

Hubo un breve silencio y entonces Patel respondió.

—Yo soy mi mejor hombre de huellas, Harry. Dame la dirección.

—Gracias, Raj.

Le dio la dirección a Patel y colgó el teléfono. Tamborileó con los dedos en el mostrador, preguntándose si debería llamar a Kiz Rider. Había estado tan afligida y desanimada al salir del Parker Center que le había dicho que sólo quería irse a casa a dormir. ¿Debería despertarla por segundo día consecutivo? Sabía que ésa no era la cuestión. La cuestión era si debería esperar a ver si había algo debajo de la cama antes de contárselo y levantar sus esperanzas.

Decidió retrasar la llamada hasta que tuviera algo sólido que contarle. En cambio, cogió el teléfono y despertó a Muriel Verloren. Le dijo que iba en camino.

36

Bosch llegó tarde a la reunión en el Pacific Dining Car por culpa del tráfico procedente del valle de San Fernando. Todo el mundo estaba en un comedor privado de la parte de atrás del restaurante. La mayoría ya tenía platos de comida delante.

Su excitación debió de trasparentarse. Pratt interrumpió un informe de Tim Marcia para mirar a Bosch y dijo:

—O has tenido suerte en el tiempo que has estado fuera o no te preocupa el marrón en el que estamos.

—He tenido suerte —dijo Bosch al ocupar la única silla vacía que quedaba—. Pero no de la forma en que usted quiere decirlo. Raj Patel acaba de sacar la huella de una palma y dos dedos de una tabla de madera que estaba debajo de la cama de Rebecca Verloren.

—Está bien —dijo Pratt secamente—. ¿Y eso qué significa?

—Significa que en cuanto Raj compare las huellas en la base de datos podríamos tener a nuestro asesino.

—¿Cómo es eso? —preguntó Rider.

Bosch no la había llamado y sintió de inmediato una vibración hostil por parte de su compañera.

—No quería despertarte —le dijo Bosch, y luego, dirigiéndose a los demás—: He estado revisando el informe original de dactiloscopia en el expediente del caso. Me di cuenta de que ellos fueron a buscar huellas al día siguiente de que se encontrara el cadáver de la chica. No volvieron después de que se elaborara la hipótesis de que el secuestrador había entrado en la casa ese mismo día cuando el garaje se quedó abierto y se había ocultado hasta que todo el mundo estuvo dormido.

—Entonces ¿por qué en la cama? —preguntó Pratt.

—Las fotos de la escena del crimen mostraban que el volante en la parte de los pies de la cama había sido empujado hacia dentro. Como si alguien se hubiera metido debajo. Se les pasó porque no lo estaban buscando.

—Buen trabajo, Harry —dijo Pratt—. Si Raj encuentra un resultado, cambiamos de dirección y nos movemos hacia ello. Vale, volvamos a nuestros informes. Tu compañera te pondrá al corriente de lo que hemos visto hasta el momento.

Pratt se volvió entonces hacia Robinson y Nord en el otro extremo de la larga mesa y dijo:

—¿Qué ha surgido con la llamada del camión grúa?

—No gran cosa que ayude —dijo Nord—. Como la llamada se hizo después de que cambiáramos nuestra monitorización a la línea de la propiedad de Burkhart, no teníamos audio grabándolo. Pero tenemos los registros y muestran que la llamada llegó directamente a Tampa Towing antes de que la rebotaran al servicio contestador de AAA, la Asociación Americana de Automóviles. La llamada se realizó desde un teléfono público situado en el exterior del Seven-Eleven de Tampa, junto a la entrada de la autovía. Probablemente hizo la llamada y después se metió en la autovía y esperó.

—¿Huellas en el teléfono? —preguntó Pratt.

—Pedimos a Raj que echara un vistazo después de que terminara en la escena —dijo Robinson—. Habían limpiado el teléfono.

—Lo suponía —dijo Pratt—. ¿Hablasteis con AAA?

—Sí. Nada que ayude salvo que el que llamó era un hombre. —Se volvió a Bosch—. ¿Tienes algo que añadir que Rider no nos haya contado ya?

—Probablemente sólo más de lo mismo. Burkhart parece que está limpio la noche pasada y parece que también está limpio en Verloren. Ambas noches parecía estar bajo vigilancia del departamento.

Rider lo miró con ceño. Todavía tenía más información que ella no conocía. Bosch apartó la mirada.

—Genial, ¿dónde nos deja eso? —preguntó Pratt.

—Bueno, básicamente, nuestro plan del periódico nos estalló en las manos —dijo Rider—. Podría haber funcionado en términos de llevar a Mackey a querer hablar de Verloren, pero nunca tuvo la ocasión. Alguien más vio el artículo.

—Ese alguien podría ser el asesino —dijo Pratt.

—Exactamente —dijo Rider—. La persona a la que Mackey ayudó o a la que le dio la pistola hace diecisiete años. Esa persona también vio el artículo y supo que la sangre de la pistola no era suya, y eso significaba que tenía que ser de Mackey. Sabía que Mackey era la conexión con él, así que Mackey tenía que morir.

—Entonces ¿cómo lo preparó? —preguntó Pratt.

—O bien era lo bastante listo para averiguar que el artículo era una trampa y estábamos vigilando a Mackey, o bien supuso que la mejor manera de llegar a Mackey es la forma en que lo hizo. Sacarlo de allí solo. Como he dicho, era listo. Eligió un tiempo y lugar en que Mackey estuviera solo y fuera vulnerable. En la rampa de entrada estás muy por encima de la autovía. Ni con las luces de la grúa encendidas lo habría visto nadie allí.

—También era un buen sitio en caso de que estuvieran siguiendo a Mackey —añadió Nord—. El asesino sabía que un coche que lo estuviera vigilando habría tenido que seguir adelante y eso lo habría dejado a solas con Mackey.

—¿No le estamos dando demasiado crédito a este tipo?

—preguntó Pratt—. ¿Cómo iba a saber que la poli iba detrás de Mackey? ¿Sólo por un artículo de diario? Vamos.

Ni Bosch ni Rider respondieron, y todos los demás digirieron en silencio la insinuación tácita de que el asesino tuviera una conexión con el departamento o, más concretamente, con la investigación.

—De acuerdo, ¿qué más? —dijo Pratt—. Creo que podremos contenerlo otras veinticuatro horas. Después de eso estará en los periódicos y subirá a la sexta planta, y rodarán cabezas si no lo resolvemos antes. ¿Qué hacemos?

—Nos ocuparemos de los registros de llamadas —dijo Bosch, hablando en su nombre y en el de Rider—. Ése es el punto de partida.

Bosch había estado pensando en la nota a Mackey que había visto en el escritorio del garaje el día anterior. Una llamada de Visa para verificar el empleo. Como Rider había señalado cuando lo oyó por primera vez, Mackey no iba a dejar rastros como tarjetas de crédito. Era algo que no encajaba y que había que investigar.

—Tenemos los listados aquí —dijo Robinson—. La línea más ocupada era la del garaje. Todo tipo de llamadas de negocios.

—Vale, Harry, Kiz, ¿queréis los registros? —preguntó Pratt.

Rider miró a Harry y después a Pratt.

—Es lo que Harry quiere. Parece que hoy está en racha.

Como para dar la razón a Rider, el teléfono de Bosch empezó a sonar. Harry miró la pantalla. Era Raj Patel.

—Ahora veremos qué tipo de racha —dijo al abrir el teléfono.

Patel explicó que tenía una noticia buena y una mala.

—La buena noticia es que todavía conservamos el faldón de las huellas recogidas en la casa. Las que recuperamos esta mañana no coinciden con ninguna de ellas. Has encontrado a alguien nuevo, Harry. Podría ser tu asesino.

Lo que significaba era que las huellas dactilares de los miembros de la familia Verloren y otros cuyo acceso a la casa estaba justificado todavía se conservaban en el laboratorio dactilográfico de la División de Investigaciones Científicas y que ninguna de ellas coincidía con las huellas del índice y de la palma recogidas esa mañana de debajo de la cama de Rebecca Verloren. Por supuesto las huellas dactilares no podían fecharse, y era posible que las huellas descubiertas esa mañana hubieran sido dejadas por quien hubiera instalado la cama. Pero parecía poco probable. Las huellas se sacaron de la parte inferior de la tabla de madera. Quien la había dejado probablemente estaba debajo de la cama.

—¿Y la mala noticia? —preguntó Bosch.

—Acabo de comprobarlas en la red de California. No hay coincidencias.

—¿Y el FBI?

—Es el siguiente paso, pero no será tan rápido. Han de procesarlas. Las enviaré con aviso de urgencia, pero ya sabes lo que pasa.

—Sí, Raj. Tenme al corriente, y gracias por el esfuerzo.

Bosch cerró el teléfono. Se sentía un punto abatido y su rostro lo mostraba. Se dio cuenta de que los demás también sabían cómo había ido antes de que diera la noticia.

—No hay resultados en la base de datos del Departamento de Justicia —dijo—. Probará con la base del FBI, pero tardará un poco.

—¡Mierda! —dijo Renner.

—Hablando de Raj Patel —dijo Pratt—, su hermano ha programado la autopsia para hoy a las dos en punto. Quiero un equipo allí. ¿Quién quiere ocuparse?

Renner levantó débilmente la mano. Él y Robleto se encargarían. Era una misión fácil siempre y cuando a uno no le importara asistir a semejante espectáculo.

La reunión enseguida se levantó después de que Pratt asignara a Robinson y Nord para que se ocuparan de los interrogatorios de los compañeros de trabajo de Mackey en el garaje. Marcia y Jackson se ocuparían de reunir los informes en un expediente. Ellos todavía eran los investigadores oficiales del caso y coordinarían las operaciones desde la sala 503.

Pratt miró la factura, la dividió por nueve y pidió a cada uno de ellos que pusiera diez dólares. Eso significaba que Bosch tenía que poner un billete de diez a pesar de que ni siquiera se había tomado un café. No protestó. Era el precio por llegar tarde, y por ser el tipo que los había llevado por ese camino.

Cuando todos se levantaron, Bosch captó la mirada de Rider.

—¿Has venido directamente o te ha traído alguien?

—Abel me ha traído.

—¿Quieres que volvamos juntos?

—Claro.

En el exterior del restaurante, Rider le dio a Bosch un castigo de silencio mientras esperaban que el aparcacoches les trajera el Mercedes. Miró el gran novillo de plástico que formaba parte del letrero del restaurante. Debajo del brazo, Rider llevaba una carpeta que contenía los listados del registro de llamadas.

Finalmente llegó el coche y entraron. Antes de salir del aparcamiento, Bosch se volvió y la miró.

—Muy bien, dilo —dijo.

—¿Decir qué?

—Lo que quieras decir para sentirte mejor.

—Deberías haberme llamado, Harry, eso es todo.

—Mira, Kiz, te llamé ayer y me pegaste la bronca. Sólo estaba trabajando de acuerdo con la experiencia reciente.

—Eso era diferente y lo sabes. Me llamaste ayer porque estabas excitado por algo. Hoy estabas siguiendo una pista. Debería haber estado contigo. Y no enterarme de lo que habías encontrado cuando has entrado aquí y se lo has dicho a todo el mundo. Ha sido vergonzoso, Harry. Te lo agradezco.

Bosch hizo un gesto de contrición.

—Tienes razón. Lo siento. Tendría que haberte llamado mientras venía hacia aquí. Me olvidé. Sabía que llegaba tarde y tenía las dos manos en el volante y sólo trataba de llegar aquí.

Ella no dijo nada, de manera que él intervino:

—¿Podemos volver a ponernos a resolver el caso?

Rider se encogió de hombros y finalmente Bosch arrancó el coche. De camino al Parker Center, trató de ponerla al día de todos los detalles que no había mencionado en la reunión del desayuno. Le contó la visita de McClellan a su casa y cómo eso le había conducido a descubrir las huellas debajo de la cama.

Veinte minutos después estaban en su puesto de la sala 503. Bosch tenía una taza de café delante de él. Se sentaron uno delante de otro con los listados de los registros de llamadas extendidos entre ellos.

Bosch se estaba concentrando en los informes de las llamadas al garaje. El listado contaba con al menos un par de cientos de líneas —llamadas entrantes y salientes de dos teléfonos— entre las seis de la mañana, cuando empezó la vigilancia, y las cuatro de la tarde, cuando Mackey entró a trabajar y Renner y Robleto empezaron con la monitorización directa de la línea.

Bosch repasó la lista. Nada parecía inmediatamente familiar. Muchas de las llamadas de entrada y salida eran a empresas con alguna conexión automovilística claramente aparente en el nombre. Muchas otras llegaron de la central de AAA y eran probablemente llamadas del servicio de grúas.

Había asimismo varias llamadas procedentes de teléfonos particulares. Bosch examinó cuidadosamente esos nombres, pero no vio ninguno que le llamara la atención. No había nadie cuyo nombre hubiera surgido en el caso.

Había cuatro entradas en la lista que eran atribuidas a Visa, todas al mismo número. Bosch cogió el teléfono y llamó. No sonó. Sólo oyó el fuerte chirrido de una conexión informática. Era tan alto que incluso Rider lo oyó.

—¿Qué es eso?

Bosch colgó.

—Estoy tratando de localizar la nota que vi en la estación de servicio acerca de una llamada de Visa para confirmar el empleo de Mackey. ¿Recuerdas que dijiste que no encajaba?

—Lo olvidé. ¿Era ese número?

—No lo sé. Hay cuatro entradas de Visa, pero... Espera un momento.

Se dio cuenta de que las llamadas de Visa eran todas llamadas salientes.

—No importa, eran salientes. Debe de ser el número al que llama la máquina cuando pagas con tarjeta de crédito. No es eso. No hay ninguna llamada de entrada de Visa.

Bosch volvió a coger el teléfono y llamó al móvil de Nord.

—¿Todavía estás en el garaje?

Ella rió.

—Apenas hemos salido de Hollywood. Llegaremos en media hora.

—Pregúntales por un mensaje telefónico que alguien le dejó ayer a Mackey. Algo referido a una llamada de Visa para confirmar el empleo de una solicitud de crédito. Pregúntales si recuerdan la llamada, y más importante, a qué hora se recibió. Trata de conseguir la hora exacta si puedes. Pregunta esto lo primero y llámame.

—Sí, señor. ¿Quiere el señor que también le recojamos la ropa de la lavandería?

Bosch se dio cuenta de que iba a ser una mala mañana en sus relaciones personales.

—Lo siento —dijo—. Estamos bajo la espada de Damocles.

—Todos, ¿no? Te llamaré en cuanto veamos al tipo.

Nord colgó. Bosch dejó el teléfono y miró a Rider. Ella estaba mirando la foto del primer curso de Rebecca Verloren en el anuario que se habían llevado de la escuela.

—¿En qué estás pensando? —preguntó ella sin levantar la mirada.

—Este asunto de la Visa me preocupa.

—Ya lo sé. ¿Qué estás pensando?

—Bueno, pongamos que eres el asesino y la pistola con la que la mataste te la dio Mackey.

—¿Estás renunciando completamente a Burkhart? Ayer te gustaba sin duda.

—Digamos que los hechos me han persuadido. Al menos por ahora.

—Vale, adelante.

—Muy bien, eres el asesino y conseguiste la pistola de Mackey. Él es la única persona del mundo que realmente puede acusarte. Pero han pasado diecisiete años y no ha ocurrido nada y te sientes seguro e incluso le has perdido la pista a Mackey.

—Vale.

—Y ayer coges el periódico y ves la foto de Rebecca y lees el artículo que dice que tienen ADN. Sabes que no es tu sangre, así que o bien es un gran farol de los polis o ha de ser la sangre de Mackey. Ya sabes lo que tienes que hacer.

—Mackey ha de desaparecer.

—Exactamente. Los polis se están acercando. Ha de morir. ¿Y cómo lo encuentras? Bueno, Mackey ha pasado la vida entera, cuando no está en la cárcel, conduciendo un camión grúa. Si sabes eso, haces exactamente lo que hicimos nosotros. Coges las páginas amarillas y empiezas a llamar a compañías de grúas.

Rider se levantó y fue a los archivadores que ocupaban la pared posterior. Los listines telefónicos estaban apilados desordenadamente en la parte de arriba. Tuvo que ponerse de puntillas para coger las páginas amarillas del valle de San

Fernando. Volvió y abrió el libro por las páginas que anunciaban los servicios de grúas. Pasó el dedo por una lista hasta que llegó a Tampa Towing, donde había trabajado Mackey. Volvió al anterior, una empresa llamada Tall Order Towing Services. Cogió el teléfono y marcó el número. Bosch sólo oyó el lado de conversación de Rider.

—Sí, ¿con quién estoy hablando?

Rider esperó un momento.

—Soy la detective Kizmin Rider, del Departamento de Policía de Los Ángeles. Estoy investigando un caso de fraude, y me gustaría hacerle una pregunta.

Rider asintió con la cabeza al recibir aparentemente una respuesta afirmativa.

—El sospechoso que estoy documentando tiene un historial de llamar a empresas e identificarse como alguien que trabaja para Visa. Después intenta verificar el empleo de alguien como parte de una solicitud de tarjeta de crédito. ¿Le suena? Tenemos información que nos lleva a creer que este individuo estuvo operando ayer en el valle de San Fernando, y le gusta tomar como objetivos negocios de automoción.

Rider esperó mientras respondían a su pregunta. Miró a Bosch, pero no le dio ninguna indicación de nada.

—Sí, ¿podría ponerse al teléfono, por favor?

Rider repitió el mismo discurso con otra persona y planteó la misma pregunta. Se inclinó hacia delante y pareció adoptar una actitud más rígida en su postura. Cubrió el auricular y miró a Bosch.

—Premio —dijo.

Volvió al teléfono y escuchó un poco más.

—¿Era un hombre o una mujer?

Rider anotó algo.

—¿Y a qué hora fue?

Tomó otra nota y Bosch se levantó para que pudiera mirar a través del escritorio y leerlo. Había escrito: «hombre, 13.30 aprox.» en un bloc de borrador. Mientras continuaba la conversación, Bosch consultó el registro y vio que en Tampa Towing se recibió una llamada a las 13.40. Era de un número particular. El nombre que figuraba en el registro era el de Amanda Sobek. El prefijo del número indicaba que se trataba de un móvil. Ni el nombre ni el número significaban nada para Bosch. Pero no importaba. Pensaba que se estaban acercando a algo.

Rider completó su llamada preguntando si la persona con la que estaba hablando recordaba el nombre que el supuesto empleado de Visa había tratado de confirmar. Después de recibir aparentemente una respuesta negativa, preguntó:

—¿Cree que pudo ser Roland Mackey?

Rider esperó.

—¿Está segura? —preguntó—. Muy bien, gracias por su tiempo, Karen.

Rider colgó y miró a Bosch. La excitación en los ojos borró todo lo que había quedado pendiente por el hallazgo de las huellas por la mañana.

—Tenías razón —dijo—. Recibieron una llamada. Lo mismo. Incluso recordó el nombre de Roland Mackey cuando se lo mencioné. Harry, alguien lo estuvo buscando todo el tiempo que nosotros lo estuvimos vigilando.

—Y ahora nosotros vamos a localizar a ese alguien. Si iban por orden en el listado telefónico habrían llamado a continuación a Tampa Towing. El registro muestra una llamada a la una cuarenta de alguien llamado Amanda Sobek. No reconozco el nombre, pero podría ser la llamada que estamos buscando.

—Amanda Sobek —dijo Rider al tiempo que abría el portátil—. Veamos qué hay sobre ella en AutoTrack.

Mientras estaba investigando el nombre, Bosch recibió una llamada de Robinson, que acababa de llegar con Nord a Tampa Towing.

—Harry, el tipo del turno de día dice que la llamada se recibió entre la una y media y las dos. Lo sabe porque acababa de volver de comer y salió con una grúa a las dos en punto. Un trabajo de AAA.

—¿El que llamaba de Visa era hombre o mujer?

—Hombre.

—Muy bien, ¿algo más?

—Sí, después de que este tipo confirmara que Mackey trabajaba aquí, el tipo de la Visa preguntó en qué horario trabajaba.

—Vale. ¿Puedes hacerle otra pregunta al hombre del turno de día?

—Lo tengo aquí delante.

—Pregúntale si tienen un cliente que se llame Sobek. Amanda Sobek.

Bosch esperó mientras se planteaba la pregunta.

—No hay ningún cliente que se llame Sobek —le informó Robinson—. ¿Es una buena noticia, Harry?

—Funcionará.

Después de cerrar el teléfono, Bosch se levantó y rodeó los escritorios para poder mirar en la pantalla del ordenador de Rider. Le repitió lo que Robinson acababa de contarle.

—¿Algo sobre Amanda Sobek? —preguntó.

—Sí, aquí está. Vive en la parte oeste del valle. En Farralone Avenue, en Chatsworth. Pero aquí no hay gran cosa. No hay tarjetas de crédito ni hipotecas. Creo que significa que está todo a nombre de su marido. Podría ser ama de casa. Estoy comprobando la dirección para ver si lo encuentro.

Bosch abrió el anuario de la clase de Rebecca Verloren. Empezó a hojear las páginas en busca del nombre de Sobek o Amanda.

—Aquí está —dijo Rider—. Mark Sobek. Básicamente está todo a su nombre, y no es poca cosa. Cuatro coches, dos casas, muchas tarjetas de crédito...

—No había nadie llamado Sobek en su clase —dijo Bosch—, pero había dos chicas llamadas Amanda. Amanda Reynolds y Amanda Riordan. ¿Crees que es una de ellas?

Rider negó con la cabeza.

—No lo creo. La edad no encaja. Dice aquí que Amanda Sobek tiene cuarenta y uno. Ocho años mayor que Rebecca. Algo no encaja. ¿Crees que deberíamos llamarla?

Bosch cerró el anuario de golpe. Rider saltó en su silla.

—No —dijo Bosch—. Vamos directamente.

—¿Adónde? ¿A verla?

—Sí, es hora de que levantemos el trasero y salgamos a la calle.

Miró a Rider y se dio cuenta de que no le había hecho ninguna gracia.

—No me refería a tu trasero concretamente. Es una forma de hablar. Vámonos.

Rider empezó a levantarse.

—Eres espantosamente frívolo para ser alguien que podría no tener trabajo cuando termine el día.

—Es la única forma, Kiz. La oscuridad espera. Pero llega hagas lo que hagas.

Salió el primero de la oficina.

37

La dirección de Farralone Avenue que Bosch y Rider habían obtenido en AutoTrack pertenecía a una mansión de estilo mediterráneo de más de quinientos metros cuadrados. Tenía un garaje separado con cuatro puertas de madera oscura sobre el cual asomaban las ventanas de una suite de invitados. Los detectives tuvieron que ver todo esto a través de una verja de hierro forjado mientras esperaban que alguien contestara al interfono. Finalmente, junto a la ventana abierta de Bosch, surgió una voz de una cajita de madera que estaba fijada en una viga.

—Sí, ¿quién es?

Era una mujer. Sonaba joven.

—¿Amanda Sobek? —preguntó Bosch a su vez.

—No, soy su asistenta. ¿Quiénes son ustedes dos?

Bosch miró otra vez la cajita y vio la lente de una cámara. Los estaban observando a la vez que los escuchaban. Sacó la placa y la sostuvo a un palmo de distancia de la lente.

—Policía —dijo—. Hemos de hablar con Amanda o Mark Sobek.

—¿Sobre qué?

—Sobre un asunto policial. Señora, haga el favor de abrir la puerta.

Esperaron y Bosch ya estaba a punto de volver a pulsar

el botón cuando la puerta lentamente empezó a abrirse de manera automática. Entraron y aparcaron en una rotonda delante del pórtico de una casa de dos plantas.

—Parece la clase de sitio por el que podría merecer la pena matar a un conductor de grúa —dijo Bosch en voz baja cuando Rider paró el motor.

Una mujer de veintitantos años acudió a abrirles antes de que llegaran a la puerta. Llevaba falda y una blusa blanca. La asistenta.

—¿Y usted es? —preguntó Bosch.

—Melody Lane. Trabajo para la señora Sobek.

—¿Está ella en casa? —preguntó Rider.

—Sí, se está vistiendo y bajará enseguida. Pueden esperar en la sala de estar.

Entraron en un recibidor donde había una mesa con varias fotos de familia expuestas. Parecían un marido, una esposa y dos hijas adolescentes. Siguieron a Melody a una suntuosa sala de estar con grandes ventanales que daban al parque estatal de Santa Susana y, más allá, a Oat Mountain.

Bosch miró el reloj. Era casi mediodía. Melody se fijó en Bosch.

—No estaba durmiendo. Ha estado en el gimnasio y se estaba duchando. Debería bajar en...

No terminó. Una mujer atractiva con elásticos blancos y una blusa abierta sobre una camiseta de chiffon rosa entró apresuradamente en la sala.

—¿Qué ocurre? ¿Ha pasado algo? ¿Están bien mis hijas?

—¿Es usted Amanda Sobek? —preguntó Bosch.

—Claro que sí. ¿Qué ocurre? ¿Por qué están aquí?

Bosch señaló el sofá y las sillas que ocupaban el centro de la sala.

—¿Por qué no nos sentamos, señora Sobek?

—Sólo dígame si ocurre algo malo.

El pánico en su rostro le pareció real a Bosch, que empezó a pensar que en algún sitio habían dado un giro equivocado.

—No ocurre nada malo —dijo—. No se trata de sus hijas. Sus hijas están bien.

—¿Es Mark?

—No, señora Sobek. Que nosotros sepamos él también está bien. Sentémonos aquí.

La mujer finalmente cedió y caminó con rapidez hasta la silla que había a la derecha del sofá. Bosch rodeó una mesa baja de cristal y se sentó en el sofá. Rider ocupó una de los dos sillas restantes. Bosch se identificó a sí mismo y a Rider y mostró de nuevo su placa. Reparó en que el cristal de la mesa estaba inmaculado.

—Estamos llevando a cabo una investigación de la cual no puedo darle detalles. He de hacerle algunas preguntas acerca de su teléfono móvil.

—¿Mi teléfono móvil? ¿Me ha dado un susto de muerte por mi teléfono móvil?

—De hecho es una investigación muy seria, señora Sobek. ¿Tiene aquí su teléfono móvil?

—Está en mi bolso. ¿Necesita verlo?

—No, todavía no. ¿Puede decirme cuándo lo usó ayer?

Sobek negó con la cabeza como si se tratara de una pregunta estúpida.

—No lo sé. Por la mañana llamé a Melody desde el gimnasio. No recuerdo cuándo más. Fui a la tienda y llamé a mis hijas para ver si estaban de camino a casa desde el colegio. No recuerdo nada más. Estuve en casa casi todo el día, salvo cuando salí al gimnasio. Cuando estoy en casa no uso el móvil. Uso el fijo.

Los recelos de Bosch se estaban multiplicando. En algún sitio habían hecho un movimiento en falso.

—¿Alguien más podría haber usado el teléfono? —preguntó Rider.

—Mis hijas tienen el suyo. Y Melody también. No entiendo esto.

Bosch sacó del bolsillo de la chaqueta la página del registro de llamadas. Leyó en voz alta el número desde el que habían telefoneado a Tampa Towing.

—¿Es éste su número? —preguntó.

—No, es el de mi hija. Es el de Kaitlyn.

Bosch se inclinó hacia delante. Eso cambiaba todavía más las cosas.

—¿De su hija? ¿Dónde estuvo ayer?

—Ya se lo he dicho. Estuvo en la escuela. Y hasta después no usó el móvil porque no está permitido usarlo en la escuela.

—¿A qué escuela va? —preguntó Rider.

—A Hillside Prep. Está en Porter Ranch.

Bosch se echó hacia atrás y miró a Rider. Algo acababa de completar el círculo. No sabía a ciencia cierta de qué se trataba, pero era importante.

Amanda Sobek interpretó sus rostros.

—¿De qué se trata? —preguntó—. ¿Ocurre algo malo en la escuela?

—No que nosotros sepamos, señora —le respondió Bosch—. ¿A qué curso va su hija?

—A segundo.

—¿Tiene a una profesora llamada Bailey Sable? —preguntó Rider.

Sobek asintió.

—La tiene de tutora y de lengua.

—¿Existe alguna razón por la cual la señora Sable podría haberle pedido el teléfono a su hija ayer? —preguntó Rider.

Sobek se encogió de hombros.

—No se me ocurre ninguna. Han de comprender lo extraño que es todo esto. Todas estas preguntas. ¿Usaron su teléfono para algún tipo de amenaza? ¿Es una cuestión de terrorismo?

—No, señora —dijo Bosch—, pero es una cuestión grave. Vamos a tener que ir a la escuela ahora y hablar con su hija. Le agradeceríamos que nos acompañara y estuviera presente cuando hablemos con ella.

—¿Necesita un abogado?

—No lo creo, señora. —Bosch se levantó—. ¿Podemos irnos?

—¿Puede venir Melody? Quiero que Melody me acompañe.

—¿Sabe qué? Que Melody se reúna con nosotros allí. Así podrá llevarla de vuelta si hemos de ir a otro sitio después.

38

Nadie dijo nada en el coche en el camino a Hillside Prep. Bosch deseaba hablar con Rider, entender este último giro, pero no quería hacerlo delante de Amanda Sobek. Así que permanecieron en silencio hasta que su pasajera les preguntó si podía llamar a su marido y Bosch le dijo que no había problema. No pudo localizarlo y le dejó un mensaje en una voz casi histérica diciéndole que la llamara lo antes posible.

Cuando llegaron a la escuela era casi la hora de comer. Al recorrer el vestíbulo principal hasta secretaría podían oír la colisión casi desenfrenada de voces en la cafetería.

La señora Atkins estaba detrás del mostrador de la oficina. Pareció desconcertada al ver a Amanda Sobek en compañía de los detectives. Bosch pidió ver al director.

—El señor Stoddard almuerza fuera del campus hoy —dijo la señora Atkins—. ¿Puedo ayudarles en algo?

—Sí, nos gustaría ver a Kaitlyn Sobek. La señora Sobek nos acompañará mientras hablemos con ella.

—¿Ahora mismo?

—Sí, señora Atkins, ahora mismo. Le agradecería que usted u otro empleado fuera a buscarla. Sería mejor que los otros chicos no la vieran acompañada por la policía.

—Yo puedo ir a buscarla —se ofreció Amanda.

—No —dijo Bosch con rapidez—. Queremos verla al mismo tiempo que usted.

Era una manera educada de decirle que no quería que le preguntara a su hija por el teléfono móvil antes de que lo hiciera la policía.

—Iré a buscarla a la cafetería —dijo la señora Atkins—. Pueden usar la sala de reuniones del despacho del director para su... charla.

Rodeó el mostrador, evitando la mirada de Amanda Sobek, y se dirigió a la puerta que iba al vestíbulo principal.

—Gracias, señora Atkins —dijo Bosch.

La señora Atkins tardó casi cinco minutos en localizar a Kaitlyn Sobek y regresar con ella. Mientras estaban esperando, llegó Melody Lane, y Bosch le dijo a Amanda que su asistenta tendría que esperar fuera de la sala. La adolescente acompañó a Bosch, Rider y su madre a una sala contigua al despacho del director que contenía una mesa redonda y seis sillas dispuestas en torno a ella.

Después de que todo el mundo se sentara, Bosch hizo una señal a Rider con la cabeza y ésta tomó la palabra. Bosch pensó que sería mejor que la entrevista de la chica la dirigiera una mujer, y Rider lo entendió sin discusión. Explicó a Kaitlyn que estaban investigando una llamada telefónica que se hizo desde su móvil a las 13.40 del día anterior. La chica la interrumpió inmediatamente.

—Eso es imposible —dijo.

—¿Por qué? —preguntó Rider—. Teníamos una vigilancia electrónica en la línea que recibió la llamada. Y muestra que la llamada se recibió desde tu teléfono.

—Yo estuve en la escuela ayer. No nos dejan usar el móvil en horas de clase.

La chica parecía nerviosa. Bosch sabía que estaba mintiendo, pero no podía imaginar cuál era el motivo. Se preguntó si estaba mintiendo porque su madre estaba en la sala.

—¿Dónde tienes el móvil ahora? —preguntó Rider.

—En la mochila, en mi taquilla. Y está apagado.

—¿Es allí donde estaba ayer a las trece cuarenta?

—Ajá.

Ella apartó la mirada de Rider al mentir. Era fácil de interpretar y Bosch sabía que Rider también lo había captado.

—Kaitlyn, ésta es una investigación muy seria —dijo Rider en tono apaciguador—. Si nos estás mintiendo, podrías verte metida en un buen lío.

—¡Kaitlyn, no mientas! —intervino Amanda Sobek con energía.

—Señora Sobek, mantengamos la calma —dijo Rider—. Kaitlyn, estos aparatos electrónicos de los que te estaba hablando no se equivocan. Tu teléfono móvil se usó para hacer la llamada. No hay duda de eso. Así que ¿es posible que alguien abriera tu taquilla y usara tu móvil ayer?

Ella se encogió de hombros.

—Supongo que todo es posible.

—Muy bien, ¿quién lo habría hecho?

—No lo sé. Ha sido usted la que lo ha dicho.

Bosch se aclaró la garganta, lo que llevó la mirada de la chica a la suya. Él la miró con dureza y dijo:

—Creo que quizá deberíamos ir a comisaría. Éste no es el mejor lugar para una entrevista.

Empezó a separar su silla y levantarse.

—Kaitlyn, ¿qué está pasando aquí? —suplicó Amanda—. Esta gente habla en serio. ¿A quién llamaste?

—A nadie, ¿vale?

—No, no vale.

—No tenía el teléfono, ¿vale? Me lo confiscaron.

Bosch volvió a sentarse y Rider tomó de nuevo el control.

—¿Quién te confiscó el teléfono? —preguntó ella.

—La señora Sable —dijo la chica.

—¿Por qué?

—Porque no podemos usarlo en la escuela en cuanto suena la campana de la tutoría. Ayer Rita, mi mejor amiga, no vino a la escuela, así que traté de mandarle un mensaje de texto durante la tutoría para ver si estaba bien y la señora Sable me pilló.

—¿Y se llevó tu teléfono?

—Sí, se lo llevó.

Bosch estaba pensando a toda velocidad, tratando de colocar a Bailey Koster Sable en el molde del asesino de Rebecca Verloren. Sabía que una cosa no cuadraba. Una Bailey Koster de dieciséis años no podría haber cargado con el cuerpo aturdido de su amiga por la colina que había detrás de la casa de ésta.

—¿Por qué acabas de mentirnos en esto? —le preguntó Rider a Kaitlyn.

—Porque no quería que ella supiera que estaba metida en líos —dijo la chica, señalando a su madre con la barbilla.

—Kaitlyn, nunca debes mentir a la policía —le replicó Amanda—. No me importa que...

—Señora Sobek, puede hablar con ella de esto después —dijo Bosch—. Déjenos continuar.

—¿Cuándo recuperaste el teléfono, Kaitlyn? —preguntó Rider.

—Al final del día.

—¿Entonces la señora Sable tuvo tu teléfono todo el día?

—Sí. O sea, no. No todo el día.

—Bueno, ¿quién lo tenía?

—No lo sé. Cuando te quitan el teléfono te dicen que has de recogerlo al final del día en el despacho del director. Eso es lo que hice. El señor Stoddard me lo devolvió.

Gordon Stoddard. Todas las piezas encajaron de repente. Bosch se había metido en el túnel de agua y el caso y todos los detalles se arremolinaban en torno a él. Gobernaba la ola de la claridad y la gracia. Todo hacía clic. Stoddard hacía clic. La última palabra de Mackey hacía clic. Stoddard era el profesor de Rebecca. Estaba cerca de ella. Era su amante y el que la llamaba por la noche. Todo encajó.

El señor X.

Bosch se levantó y salió sin decir palabra. Pasó por delante de la puerta del despacho de Stoddard. Estaba abierta y no había nadie detrás del escritorio. Salió a la recepción.

—Señora Atkins, ¿dónde está el señor Stoddard?

—Estaba aquí hace un momento, pero acaba de salir.

—¿Adónde?

—No lo sé. Tal vez a la cafetería. Le dije que usted y la otra detective estaban hablando con Kaitlyn.

—¿Y entonces se fue?

—Sí. Oh, ahora que caigo... Podría estar en el aparcamiento. Dijo que hoy estrenaba coche. Quizá se lo esté enseñando a alguno de los maestros.

—¿Qué clase de coche? ¿Lo dijo?

—Un Lexus. Dijo el número del modelo, pero lo he olvidado.

—¿Tiene una plaza de párking asignada?

—Ah, sí, es en la primera fila a la derecha, al salir del vestíbulo de entrada.

Bosch le dio la espalda y salió a un pasillo atestado de estudiantes que abandonaban la cafetería para empezar sus clases de la tarde. Bosch empezó a moverse entre la multitud, esquivando estudiantes y ganando velocidad. Enseguida se había librado de ellos y estaba corriendo. Salió al aparcamiento e inmediatamente trotó por la línea de aparcamiento hacia la derecha. Encontró un espacio vacío con el nombre de Stoddard pintado en el bordillo.

Giró sobre sus talones para ir a buscar a Rider. Estaba sacando el móvil del cinturón cuando vio algo plateado a su derecha. Era un coche que venía directo hacia él y era demasiado tarde para apartarse de su camino.

39

Ayudaron a Bosch a sentarse en el asfalto.

—Harry, ¿estás bien?

Se concentró y vio que era Rider. Asintió temblorosamente. Trató de recordar lo que acababa de suceder.

—Era Stoddard —dijo—. Venía directo hacia mí.

—¿En su coche?

Bosch se rió. No había mencionado esa parte.

—Sí, en su coche nuevo. Un Lexus plateado.

Bosch empezó a levantarse. Rider le puso una mano en el hombro para contenerlo.

—Espera un momento. ¿Seguro que estás bien? ¿Te duele algo?

—Sólo la cabeza.

Empezó a recordarlo.

—Me golpeé al caer —dijo—. Salté para apartarme. Vi la rabia en su mirada.

—Déjame verte los ojos.

Bosch levantó la cabeza hacia Rider, y ella le sostuvo la barbilla mientras le chequeaba las pupilas.

—Parece que estás bien —dijo.

—Vale, me quedaré aquí sentado un momento mientras tú vuelves a entrar y le pides la dirección de Stoddard a la señora Atkins.

Rider asintió.

—Muy bien. Tú espera aquí.

—Date prisa. Hemos de encontrarle.

Ella entró corriendo en la escuela. Bosch se llevó la mano a la cabeza y sintió el chichón en la nuca. Volvió a reproducir en su mente la escena, esta vez con mayor claridad. Había visto el rostro de Stoddard detrás del parabrisas. Estaba enfadado, contorsionado.

Pero de repente había virado el volante a la izquierda, al tiempo que Bosch saltaba hacia el otro lado.

Bosch buscó el teléfono para poder emitir una orden de búsqueda para Stoddard. No estaba en su cinturón. Miró a su alrededor y vio el teléfono en el asfalto, cerca del neumático trasero de un BMW. Se arrastró para cogerlo y se levantó.

Sintió una ligera sensación de vértigo y tuvo que apoyarse en el coche. De repente, una voz electrónica dijo: «Por favor, ¡aléjese del vehículo!»

Bosch apartó la mano y empezó a caminar hacia la parte del aparcamiento donde había estacionado su propio automóvil. Por el camino llamó a la central y emitió una orden de búsqueda para Stoddard y su Lexus plateado.

Bosch cerró el teléfono y se lo enganchó en el cinturón. Llegó a su coche, lo arrancó y aparcó en la entrada para estar preparado para salir en cuanto Rider volviera con la dirección.

Después de lo que le pareció una espera interminable, Rider emergió finalmente a la carrera en dirección al coche. Fue hacia el lado de Bosch, abrió la puerta del conductor y le hizo un gesto para que él ocupara el lugar del pasajero.

—No está lejos —anunció—. Es una casa en Chase, cerca de Winnetka. Pero conduciré yo.

Bosch sabía que discutir sería una pérdida de tiempo. Salió, rodeó el coche lo más deprisa que le permitió su equilibrio y se metió en el lado del pasajero. Rider pisó el acelerador y salieron del aparcamiento.

Mientras Rider se abría paso hacia el domicilio de Stoddard, Bosch pidió refuerzos a la patrulla de la División de Devonshire y luego llamó a Abel Pratt para ponerle rápidamente al corriente de las revelaciones de la mañana.

—¿Adónde creéis que va? —preguntó Pratt.

—Ni idea. Vamos de camino a su casa.

—¿Es suicida?

—Ni idea.

Pratt se quedó un momento en silencio mientras asimilaba la información. Luego planteó unas pocas preguntas más acerca de detalles menores y colgó.

—Sonaba feliz —le dijo Bosch a Rider—. Dice que si detenemos a este tipo ayudaremos a que el limón se convierta en limonada.

—Bien —replicó Rider—. Podemos sacar huellas del despacho o la casa de Stoddard y compararlas con las de debajo de la cama. Entonces estará hecho, tanto si se fuga como si no.

—No te preocupes, lo cogeremos.

—Harry, ¿en qué estás pensando, Stoddard y Mackey hicieron esto juntos?

—No lo sé. Pero recuerdo esa foto de Stoddard del anuario. Parecía bastante delgado. Quizá pudo cargarla él solo por la colina. Nunca lo sabremos a no ser que lo encontremos y se lo preguntemos.

Rider asintió.

—La pregunta clave —dijo ella entonces— es cómo Stoddard se conecta con Mackey.

—La pistola.

—Eso ya lo sé. Es obvio. Me refiero a cómo conocía a Mackey. ¿Dónde está la intersección y cómo lo conocía lo bastante bien para conseguir de él una pistola?

—Creo que lo tuvimos delante todo el tiempo —dijo Bosch—. Y Mackey me lo dijo con su última palabra.

—¿Chatsworth?

—Chatsworth High.

—¿Qué quieres decir?

—Ese verano se estaba sacando el graduado escolar en Chatsworth High. La noche del asesinato, la coartada de Mackey era su tutor. Quizás era el revés. Quizá Mackey era la coartada de su tutor.

—¿Stoddard?

—El primer día nos dijo que todos los profesores de Hillside tenían otros empleos. Quizá Stoddard trabajaba de tutor. Quizás era el tutor de Mackey.

—Son muchos quizás, Harry.

—Por eso vamos a encontrar a Stoddard antes de que se haga nada él mismo.

—¿Crees que es suicida? Le has dicho a Abel que no lo sabías.

—No lo sé seguro, pero en ese aparcamiento se apartó en el último segundo. Me hace pensar que sólo quiere hacer daño a una persona.

—¿A sí mismo? A lo mejor no quería abollar su coche nuevo.

—A lo mejor.

Rider dobló por Winnetka, una calle de cuatro carriles, y empezó a circular más deprisa. Ya casi estaban en la casa de Stoddard. Bosch iba en silencio, pensando en lo que podía estar esperándoles. Rider finalmente dobló hacia el oeste por Chase y vieron un coche patrulla blanco y negro con ambas puertas abiertas calle arriba. Rider se detuvo detrás y ambos salieron del Mercedes. Bosch sacó la pistola del cinturón y la llevó a un costado. Rider podía tener razón en que quizá Stoddard sólo estaba pensando en su coche cuando lo había esquivado.

La puerta delantera de la casa, de la época de la Segunda Guerra Mundial, estaba abierta. No había señal de los agentes del coche patrulla. Bosch miró a Rider y vio que ella también había desenfundado. Estaban preparados para entrar. En la puerta, Bosch gritó:

—¡Detectives! ¡Entramos!

Franqueó el umbral y obtuvo una respuesta desde el interior.

—¡No hay nadie! ¡No hay nadie!

Bosch no se relajó ni bajó el arma al irrumpir en la sala de estar. Examinó la sala y no vio a nadie. Miró la mesita de café y vio el *Daily News* del día anterior desdoblado, con el artículo sobre Rebecca Verloren a la vista.

—¡Sale la patrulla! —dijo una voz desde un pasillo situado a la derecha.

Enseguida dos agentes de patrulla accedieron a la sala de estar desde el pasillo. Llevaban las armas en los costados. Ahora Bosch se relajó y bajó la suya.

—No hay nadie —dijo el agente de patrulla con galones de cabo en el uniforme—. Encontramos la puerta abierta y entramos. Hay algo que debería ver aquí atrás en el dormitorio.

Bosch y Rider siguieron a los agentes de patrulla por un corto pasillo, más allá de las puertas abiertas a un cuarto de baño y un pequeño dormitorio que se utilizaba como despacho casero. Entraron en un dormitorio y el cabo señaló una caja de madera alargada que se hallaba abierta sobre la cama. El estuche tenía un recubrimiento de espuma con la silueta troquelada de un revólver de cañón largo. El troquelado estaba vacío, no había pistola. Había un pequeño hueco rectangular en la espuma para una caja de balas. También estaba vacío, pero la caja estaba al lado de la cama.

—¿Va detrás de alguien? —preguntó el cabo.

Bosch no levantó la mirada de la caja de la pistola.

—Probablemente sólo de sí mismo —dijo—. ¿Alguno de ustedes tiene guantes? Los míos están en el coche.

—Aquí mismo —dijo el cabo.

Sacó un par de guantes de látex del pequeño compartimento de su cinturón y se los dio a Bosch. Éste se los puso y cogió la caja de las balas. La abrió y sacó una bandeja de plástico en la que se almacenaban las balas. Sólo faltaba una.

Bosch estaba mirando el espacio dejado por la bala faltante y reflexionando sobre ello cuando Rider le dio unos toques en el codo. Bosch se fijó en ella y siguió su mirada hacia la mesilla que estaba al otro lado de la cama.

Había una foto enmarcada de Rebecca Verloren. Era una imagen de la joven de cuerpo entero, con la torre Eiffel de fondo. Rebecca llevaba una boina negra y estaba sonriendo de manera no forzada. Bosch pensó que la expresión en los ojos de la chica era sincera y mostraba amor por la persona a la que estaba mirando.

—Él no estaba en ninguna de las fotos del anuario porque estaba detrás de la cámara —dijo Bosch.

Rider asintió. Ella también estaba en el túnel de agua.

—Así fue como empezó todo —dijo ella—. Así fue como se enamoró de él. «Mi verdadero amor.»

Se miraron en un silencio sombrío durante unos segundos hasta que habló el cabo.

—Detectives, ¿podemos irnos?

—No —dijo Bosch—. Necesitamos que se queden aquí y custodien la casa hasta que llegue la policía científica. Y estén preparados por si él vuelve.

—¿Se van? —preguntó el cabo.

—Nos vamos.

40

Volvieron rápidamente al vehículo de Bosch y Rider se situó una vez más tras el volante.

—¿Adónde? —dijo ella al girar la llave del contacto.

—A la casa de los Verloren —dijo Bosch—. Y deprisa.

—¿En qué estás pensando?

—He estado pensando en la foto que salió en el periódico con Muriel sentada en la cama. Mostraba que la habitación continuaba igual, ¿sabes?

Rider pensó un momento y asintió.

—Sí.

Rider lo comprendió. En la foto se apreciaba que la habitación de Rebecca no había cambiado desde la noche en que se la llevaron. Haberla visto podría haber desencadenado algo en Stoddard. Un deseo de recuperar algo largo tiempo perdido. La foto era como un oasis, un recordatorio de un lugar perfecto en el que nada se había torcido.

Rider pisó el acelerador y el coche saltó hacia delante. Bosch abrió su móvil, llamó a la central y pidió otra unidad de refuerzo para que se reuniera con ellos en casa de los Verloren. También actualizó el boletín sobre Stoddard, describiéndolo ahora como un hombre armado y peligroso y posiblemente como 5150, es decir, mentalmente inestable. Cerró el teléfono siendo consciente de que él y Rider estaban cerca de la casa de los Verloren y serían los primeros en llegar. Su siguiente llamada fue a Muriel Verloren, pero no hubo respuesta. Colgó en cuanto saltó el contestador.

—No contesta.

Doblaron la esquina de Red Mesa Way al cabo de cinco minutos y los ojos de Bosch inmediatamente se centraron en el coche plateado estacionado en un ángulo extraño junto al bordillo, delante de la casa de los Verloren. Era el Lexus que le había arrollado en el aparcamiento de la escuela. Rider se detuvo junto al coche y una vez más salieron con rapidez, con las armas preparadas.

La puerta de entrada de la casa estaba entornada. Comunicándose mediante señas, tomaron posiciones a ambos lados del umbral. Bosch empujó la puerta para abrirla y entró el primero. Rider lo siguió y accedieron a la sala de estar.

Muriel Verloren estaba en el suelo. Había una caja de cartón y otros elementos embalados a su lado. La habían amordazado con un precinto marrón que daba varias vueltas alrededor de la cabeza y la cara, y que también había sido usado para inmovilizarle manos y tobillos. Rider la incorporó apoyándola en el sofá y se llevó un dedo a los labios.

—Muriel, ¿está en la casa? —susurró.

Muriel asintió, con los ojos abiertos y desorbitados.

—¿En la habitación de Rebecca?

Muriel volvió a asentir.

—¿Ha oído un disparo?

Muriel negó con la cabeza y emitió un sonido ahogado que habría sido un grito de no ser por la cinta que le tapaba la boca.

—Ha de estar callada —susurró Rider—. Si le quito la cinta, ha de estar muy callada.

Muriel asintió con intensidad y Rider empezó a quitarle la cinta. Bosch se agachó a su lado.

—Voy a subir a la habitación.

—Espera, Harry —ordenó Rider, con la voz más alta que un susurro—. Subimos juntos. Ocúpate de los tobillos.

Bosch empezó a desenrollar la cinta que ataba los pies de Muriel. Rider finalmente soltó la de la boca de Muriel y se la bajó a la barbilla. Le siseó con dulzura al hacerlo.

—Es el profesor de Becky —susurró Muriel, con voz intensa pero no alta—. Tiene una pistola.

Rider empezó a soltarle la ligadura de las muñecas.

—Vale —dijo—. Nosotros nos ocuparemos.

—¿Qué está haciendo? —preguntó Muriel—. ¿Fue él?

—Sí, fue él.

Muriel Verloren dejó escapar un suspiro largo, alto y angustiado. Ahora tenía las manos y los pies sueltos y la ayudaron a levantarse.

—Vamos a subir a la habitación —le dijo Rider—. Tiene que salir de la casa.

Empezaron a empujarla hacia el pasillo de entrada.

—No puedo irme. Está en su habitación. No puedo...

—Ha de irse de aquí, Muriel —le susurró Bosch con severidad—. No es seguro estar aquí. Vaya a casa de un vecino.

—No conozco a mis vecinos.

—Muriel, ha de salir —dijo Rider—. Baje por la calle. Hay más policías en camino. Párelos y dígales que ya estamos aquí dentro.

La empujaron hacia la calle abierta y cerraron la puerta.

—¡No le dejen que destroce la habitación! —oyeron que rogaba desde el otro lado—. ¡Es lo único que me queda!

Bosch y Rider se abrieron camino de nuevo por el pasillo y subieron la escalera con el máximo sigilo posible. Tomaron posiciones a ambos lados de la puerta del dormitorio de Rebecca.

Bosch miró a Rider. Ambos sabían que contaban con poco tiempo. Cuando llegaran las unidades de refuerzo, la situación cambiaría. Era una situación clásica de «suicidado por la policía». Era la única oportunidad que tendrían para coger a Stoddard antes de que él mismo o un poli del SWAT le metiera una bala en el cerebro.

Rider señaló el pomo de la puerta y Bosch se estiró para tratar de abrirla silenciosamente. Negó con la cabeza. La habitación estaba cerrada con llave.

Concibieron un plan mediante señas y asintieron con la cabeza cuando estuvieron preparados. Bosch retrocedió en el pasillo y se preparó para clavar el tacón en la puerta, junto al pomo. Sabía que tenía que hacerlo de un solo golpe, de lo contrario perderían la ventaja del factor sorpresa.

—¿Quién está ahí?

Era Stoddard, cuya voz se oía desde el otro lado de la puerta. Bosch miró a Rider. Fin del factor sorpresa. La señaló y le indicó que hiciese silencio. Hablaría él.

—Señor Stoddard, soy el detective Harry Bosch. ¿Cómo está?

—No muy bien.

—Sí, las cosas se le han ido de las manos, ¿no?

Stoddard no respondió.

—¿Sabe qué le digo? —dijo Bosch—. Debería pensar seriamente en dejar la pistola y salir. Tiene suerte de que esté yo aquí. Acabo de venir a preguntar por la señora Verloren. Pero mi compañera y un equipo del SWAT no tardarán en llegar. No le conviene tenérselas con el SWAT. Es el momento de salir.

—Sólo quiero que sepa que la quería, nada más.

Bosch vaciló antes de hablar. Miró a Rider y luego de nuevo a la puerta. Podía manejarse de dos maneras con Stoddard. Podía intentar conseguir una confesión en ese mismo momento o podía intentar convencerlo para que saliera de la casa y salvarle la vida. Ambas cosas eran posibles, aunque quizá no probables.

—¿Qué ocurrió? —preguntó.

Hubo un largo silencio antes de que Stoddard hablara.

—Lo que ocurrió fue que ella quería tener el niño y no entendía que eso lo arruinaría todo. Teníamos que deshacernos de él, y ella después cambió de opinión.

—¿Sobre el niño?

—Sobre mí. Sobre todo.

Bosch no respondió. Al cabo de unos momentos, Stoddard volvió a hablar.

—La quería.

—Pero la mató.

—Cometí errores.

—¿Como aquella noche?

—No quiero hablar de aquella noche. Quiero recordar lo que hubo antes de aquella noche.

—Supongo que no le culpo.

Bosch miró a Rider y levantó tres dedos. Iban a entrar en cuanto contara hasta tres. Rider asintió. Estaba preparada.

Bosch levantó un dedo.

—¿Sabe lo que no entiendo, señor Stoddard?

Levantó el segundo dedo.

—¿Qué? —preguntó Stoddard.

Bosch levantó el tercer dedo y en ese mismo momento levantó la pierna derecha y la descargó en la puerta. Era una puerta hueca. Cedió fácilmente y se abrió con un crujido. El impulso de Bosch lo llevó al interior del dormitorio. Alzó la pistola y se volvió hacia la cama.

Stoddard no estaba allí.

Bosch continuó volviéndose, atisbando a Stoddard en el espejo. Estaba de pie en la esquina, del otro lado de la puerta. Tenía el cañón de una pistola en la boca.

Bosch oyó que Rider gritaba y su cuerpo atravesó el umbral a toda velocidad y se lanzó hacia Stoddard.

El estampido de un disparo sacudió la habitación cuando Rider y Stoddard cayeron al suelo. El revólver cayó de la mano de Stoddard y repiqueteó en el suelo. Bosch se movió con rapidez hacia ellos y dejó caer su peso sobre Stoddard, al tiempo que Rider rodaba sobre su cuerpo para separarse de él.

—Kiz, ¿te han dado?

No hubo respuesta. Bosch trató de mirar hacia ella mientras mantenía a Stoddard bajo control. Rider tenía una mano en el lado derecho de la cabeza.

—¿Kiz?

—¡No me ha dado! —gritó—. Creo que estoy sorda de un oído.

Stoddard trató de levantarse, incluso con el peso de Bosch encima de él.

—¡Por favor! —dijo.

Bosch se sirvió del antebrazo para evitar que uno de los brazos de Stoddard le sirviera de punto de apoyo para levantarse. El pecho de Stoddard golpeó el suelo y Bosch rápidamente tiró del brazo hacia atrás y le colocó una esposa. Después de una resistencia mínima, tiró del otro brazo hacia atrás y completó la acción de esposarlo. Se inclinó y le habló a Stoddard.

—Por favor ¿qué?

—Por favor, déjeme morir.

Bosch se levantó y tiró de Stoddard para que éste se pusiera en pie.

—Eso sería muy fácil para usted, Stoddard. Eso sería como dejar que se escapara otra vez.

Bosch miró a Rider, que se había levantado. Vio que tenía parte del cabello chamuscado por la descarga de la pistola. Le había ido de un pelo.

—¿Vas a ponerte bien?

—En cuanto pare este zumbido.

Bosch levantó la mirada y vio el pequeño agujero de bala en el techo. Oía las sirenas que se acercaban. Cogió a Stoddard del codo y tiró de él hacia la puerta del dormitorio.

—Voy a bajar y pondré a este tipo en un coche. Lo llevaremos a Devonshire, lo retendremos allí hasta que presentemos los cargos.

Rider asintió, pero Bosch sabía que todavía estaba pensando en lo que acababa de ocurrir. El zumbido en su oído era un recordatorio de lo justo que había ido.

Bosch cogió a Stoddard del brazo al bajar por la escalera. Cuando llegaron a la sala de estar, Stoddard habló con un tono de desesperación en la voz.

—Puede hacerlo ahora.

—¿Hacer qué?

—Dispararme. Diga que traté de huir. Quíteme una de las esposas y diga que me solté. Quiere matarme, ¿verdad?

Bosch se detuvo y lo miró.

—Sí, quería matarle. Pero eso sería demasiado bueno para usted. Va a tener que pagar por lo que les hizo a esa chica y a su familia. Y matarle aquí mismo ni siquiera cubriría los intereses de estos diecisiete años.

Bosch lo empujó con rudeza hacia la puerta. Salieron al jardín delantero justo cuando un coche patrulla se detenía y apagaba la sirena. Bosch vio por la barra de luz aerodinámica del techo que era uno de los modelos nuevos con equipamiento de primera. El departamento sólo podía permitirse unos cuantos vehículos así en cada ciclo presupuestario.

El coche le dio a Bosch una idea. Levantó la mano e hizo un círculo en el aire con el dedo, la señal de que no había problemas.

Al conducir a Stoddard hacia el coche vio que Muriel Verloren caminaba por el centro de la calzada hacia su casa. Estaba mirando a Stoddard. Tenía la boca muy abierta como si fuera a gritar horrorizada. Echó a correr hacia ellos.

41

Bosch viajó con Stoddard en el asiento de atrás del coche patrulla en el trayecto hasta la División de Devonshire. Rider se quedó atrás en la casa de los Verloren para calmar a Muriel y para que el personal médico la revisara. Cuando le dieran la autorización volvería en el coche de Bosch a la comisaría.

El trayecto hasta la división era de sólo diez minutos. Bosch sabía que tenía que darse prisa si quería que Stoddard hablara. Lo primero que hizo fue leerle al director sus derechos. Stoddard había hecho ciertas admisiones mientras estaba encerrado en el dormitorio de Rebecca Verloren, pero el hecho de que pudieran utilizarse en un juicio era cuestionable, puesto que no habían sido grabadas y él no había sido advertido de sus derechos, entre los que se incluía el de guardar silencio.

Después de leerle sus derechos de una tarjeta de visita que le había pedido antes a Rider, Bosch simplemente preguntó:

—¿Quiere hablar conmigo ahora?

Stoddard estaba inclinado hacia delante porque todavía tenía las manos esposadas a su espalda. Tenía la barbilla casi en el pecho.

—¿Qué hay que decir?

—No lo sé. O sea, no necesito que hable. Le tenemos.

Acciones y pruebas, tenemos todo lo que necesitamos. Sólo pensaba que a lo mejor querría explicar las cosas, nada más. En este punto mucha gente quiere explicarse.

Al principio, Stoddard no respondió. El coche se dirigía hacia el este por Devonshire Boulevard. La comisaría estaba a unos tres kilómetros.

Antes, cuando había hablado con los dos patrulleros en el exterior del coche, le había pedido al conductor que fuera despacio.

—Es gracioso —dijo Stoddard al fin.

—¿El qué?

—Soy profesor de ciencias, ¿sabe? O sea, antes de ser director daba clases de ciencias. Era el jefe del departamento de ciencias.

—Ajá.

—Y les enseñaba a mis alumnos lo que era el ADN. Siempre les decía que era el secreto de la vida. Descodificar el ADN era descodificar la vida.

—Ajá.

—Y ahora..., ahora, bueno, se ha usado para descodificar la muerte. Por ustedes. Es el secreto de la vida. Es el secreto de la muerte. No lo sé. Supongo que en realidad no tiene gracia. En mi caso es más bien irónico.

—Si usted lo dice.

—Un tipo que enseña el ADN es atrapado por el ADN. —Stoddard se echó a reír—. Eh, es un buen titular —dijo—. No se olvide de contárselo.

Bosch se inclinó y usó una llave para soltarle a Stoddard las esposas. Después volvió a cerrarlas por delante del torso del detenido para que éste pudiera incorporarse.

—En la casa ha dicho que la amaba —dijo Bosch.

Stoddard asintió.

—La amaba. Todavía la amo.

—Bonita manera de demostrarlo, ¿no?

—No estaba planeado. Nada estaba planeado esa noche.

La había estado vigilando, nada más. Siempre que podía, la vigilaba. Pasaba en coche por delante de su casa muchas veces. La seguía cuando iba en coche. También la vigilaba cuando estaba trabajando.

—Y siempre llevaba una pistola.

—No, la pistola era para mí, no para ella. Pero...

—Descubrió que era más fácil matarla a ella que a usted.

—Esa noche... vi que la puerta del garaje estaba abierta. Entré. No estaba seguro de por qué lo hice. Pensaba que iba a usar la pistola conmigo mismo. En su cama. Sería mi forma de demostrarle mi devoción.

—Pero en lugar de ponerse encima de la cama se metió debajo.

—Tenía que pensar.

—¿Dónde estaba Mackey?

—Mackey. No sé dónde estaba.

—¿No estaba con usted? ¿No le ayudó?

—Me dio la pistola. Hicimos un trato. La pistola por el graduado. Yo era su profesor y su tutor. Era mi trabajo de verano.

—Pero ¿no estaba con usted esa noche? ¿La subió usted solo por la colina?

Los ojos de Stoddard se abrieron y miraron a la distancia, a pesar de que su punto de enfoque estaba sólo en el asiento delantero.

—Entonces era fuerte —dijo en un susurro.

El coche patrulla pasó a través de la abertura en el muro de hormigón que rodeaba la comisaría de la División de Devonshire. Stoddard miró por la ventanilla. Ver todos los coches patrulla estacionados en la parte de atrás de la comisaría debió de actuar de despertador para él. Se dio cuenta de cuál era su situación.

—No quiero hablar más —dijo.

—Está bien —dijo Bosch—. Lo pondremos en un calabozo y podrá pedir un abogado si lo desea.

El coche se detuvo delante de unas puertas de doble batiente, y Bosch salió. Rodeó el coche, sacó a Stoddard y entró con él en comisaría. El despacho de detectives estaba en la segunda planta. Cogieron un ascensor y los recibió el teniente al mando de los detectives de Devonshire. Bosch lo había llamado desde la casa de los Verloren. Había una sala de interrogatorios preparada para Stoddard. Bosch lo sentó y le enganchó una de las esposas a una anilla de metal atornillada al centro de la mesa.

—Siéntese —le dijo Bosch—. Volveré.

En la puerta, miró a Stoddard y decidió dar un último paso.

—Y por si sirve de algo, creo que su historia es mentira —dijo.

Stoddard lo miró con sorpresa en el rostro.

—A qué se refiere. Yo la quería. No pretendía...

—La acechó con un único propósito. Matarla. Le rechazó y no pudo aceptarlo, así que quería su muerte. Y ahora, al cabo de diecisiete años, quiere contarlo de una manera distinta, como si se tratara de Romeo y Julieta. Es un cobarde, Stoddard. La vigiló y la mató, y debería ser capaz de reconocerlo.

—No. Se equivoca. La pistola era para mí.

Bosch volvió a entrar en la sala y se inclinó sobre la mesa.

—¿Sí? ¿Y la pistola aturdidora, Stoddard? ¿También era para usted? Ha omitido esa parte de la historia, ¿verdad? ¿Para qué necesitaba una pistola aturdidora si iba a suicidarse?

Stoddard se quedó en silencio. Era casi como si después de diecisiete años hubiera conseguido borrar de la memoria la Professional 100.

—Tenemos primer grado y además premeditación —dijo Bosch—. Va a hacer el viaje completo, Stoddard. Nunca pensó en matarse, ni entonces ni hoy.

—Creo que quiero un abogado ahora —dijo Stoddard.

—Sí, por supuesto que lo quiere.

Bosch abandonó la sala y recorrió el pasillo hasta una puerta abierta. Era la sala de monitorización. El teniente y uno de los agentes del coche patrulla en el que habían llegado estaban en el interior de la pequeña sala. Había dos pantallas de vídeo activas. En una de ellas Bosch vio a Stoddard sentado en la sala de interrogatorios. El ángulo de la cámara era desde la esquina superior derecha de la sala. Stoddard parecía estar mirando a la pared sin comprender.

La imagen de la otra pantalla estaba congelada. Mostraba a Bosch y a Stoddard en el interior del coche patrulla.

—¿Qué tal el sonido? —preguntó Bosch.

—Perfecto —dijo el teniente—. Lo tenemos todo. Quitarle las esposas fue un bonito detalle. Levantó su cara a la cámara.

El teniente pulsó un botón y la imagen empezó a reproducirse. Bosch oía la voz de Stoddard con claridad. Asintió. El coche patrulla estaba equipado con una cámara en el salpicadero utilizada para grabar infracciones de tráfico y transporte de prisioneros. En el camino de entrada a comisaría con Stoddard, el micrófono interior del coche estaba encendido y el exterior apagado.

Había funcionado a la perfección. Las admisiones de Stoddard en el asiento de atrás ayudarían a cerrar el caso. Bosch no tenía preocupaciones en ese sentido. Le dio las gracias al teniente y al agente de patrulla y preguntó si podía usar el escritorio para hacer algunas llamadas.

Bosch llamó a Abel Pratt para ponerle al día y asegurarle que Rider estaba impresionada, pero por lo demás bien. Le dijo a Pratt que necesitaba conseguir equipos de la policía científica tanto para la casa de Stoddard como para la de Muriel Verloren a fin de procesar escenas del crimen. Dijo que debería solicitarse y autorizarse una orden judicial antes de que el equipo entrara en la casa de Stoddard. Explicó que iban a presentar cargos contra Stoddard y a tomarle huellas.

Las huellas se requerirían para compararlas con las halladas en la tabla de debajo de la cama de Rebecca Verloren. Concluyó hablándole a Pratt del vídeo grabado durante el viaje a la comisaría y de las admisiones que había hecho Stoddard.

—Es todo sólido y está en cinta —dijo Bosch—. Todo después de leerle sus derechos.

—Buen trabajo, Harry —dijo Pratt—. No creo que tengamos que preocuparnos por nada más.

—Al menos no con el caso.

Quería decir que Stoddard iría a la cárcel sin problema, pero Bosch no estaba seguro de cómo le iría a él en la revisión de sus acciones en el caso.

—Es difícil de rebatir con resultados —dijo Pratt.

—Ya veremos.

Bosch empezó a oír una señal de llamada en espera en su teléfono. Le dijo a Pratt que tenía que colgar y pasó a la nueva llamada. Era McKenzie Ward, del *Daily News*.

—Mi hermana estaba escuchando el escáner en el laboratorio de fotos —dijo ella con urgencia—. Dijo que estaban enviando una unidad de refuerzo y una ambulancia a la casa de los Verloren. Reconoció la dirección.

—Es cierto.

—¿Qué pasa, detective? Teníamos un trato, ¿recuerda?

—Sí, lo recuerdo, y estaba a punto de llamarla.

42

La cocina del albergue Metropolitano estaba a oscuras. Bosch fue al pequeño vestíbulo del hotel contiguo y preguntó al hombre que estaba detrás de la ventanilla de cristal cuál era el número de habitación de Robert Verloren.

—Se ha ido, tío.

Algo en la determinación del tono hizo que Bosch empezara a sentir una opresión en el pecho. No daba la sensación de que el recepcionista quisiera decir que había salido esa noche.

—¿Qué quiere decir que se ha ido?

—Quiero decir que se ha ido. Se metió en lo suyo y se fue. Es todo.

Bosch se acercó más al cristal. El hombre tenía una novela de bolsillo abierta en el mostrador y no había levantado la cabeza de sus páginas amarillentas.

—Eh, míreme.

El hombre le dio la vuelta al libro para no perder la página y levantó la cabeza. Bosch le mostró la placa. Entonces bajó la mirada y vio que el libro se titulaba *Pregúntale al polvo*.

—Sí, agente.

Bosch volvió a mirar los ojos cansados del hombre.

—¿Qué quiere decir que se metió en lo suyo y qué quiere decir que se ha ido?

El hombre se encogió de hombros.

—Llegó borracho y ésa es la norma que tenemos aquí. Ni alcohol ni borrachos.

—¿Lo despidieron?

El hombre asintió.

—¿Y su habitación?

—La habitación va con el trabajo. Como le he dicho, se ha ido.

—¿Adónde?

El hombre se encogió de hombros una vez más. Señaló a la puerta que conducía a la acera de la calle Cinco. Le estaba diciendo a Bosch que Verloren estaría en las calles, en alguna parte.

—Estas cosas pasan —dijo el hombre.

Bosch volvió a mirarle.

—¿Cuándo se fue?

—Ayer. Fue por culpa de ustedes los polis.

—¿Qué quiere decir?

—Oí que vino un poli y le soltó un rollo. No sé de qué se trataba, pero fue justo antes, ¿entiende? Terminó el turno, se fue y volvió a probarlo. Y eso fue todo. Lo único que sé es que ahora necesitamos otro chef porque el que han puesto no sabe freír un huevo.

Bosch no le dijo nada más al hombre. Se apartó de la ventanilla y se dirigió a la puerta. La calle se estaba poblando de gente. La gente de la noche. Los heridos y sin lugar. Gente que se ocultaba de otros y de sí mismos. Gente que huía del pasado, de las cosas que habían hecho y de las que no había hecho.

Bosch sabía que la noticia estaría en los medios al día siguiente. Había querido decírselo a Robert Verloren él mismo.

Decidió que buscaría a Robert Verloren en las calles. No sabía qué efecto le causaría la noticia que le llevaba. No sabía si sacaría a Verloren del pozo o lo hundiría todavía más. Quizá ya nada podía ayudarle. Pero de todos modos necesitaba decírselo. El mundo estaba lleno de gente que no podía superar sus traumas. No encontraría la paz. La verdad no te hace libre, pero es posible superar las cosas. Eso era lo que Bosch le diría. Uno puede dirigirse hacia la luz y escalar y cavar y buscar una salida del agujero.

Bosch abrió la puerta y se internó en la noche.

43

El campo de desfile de la academia de policía estaba encajado como una manta verde contra una de las colinas boscosas del parque Elysian. Era un lugar hermoso y protegido y hablaba bien de la tradición que el jefe de policía quería que Bosch recordara.

A las ocho de la mañana siguiente a su infructuosa búsqueda nocturna de Robert Verloren, Bosch se presentó en la mesa de registro de invitados y fue escoltado hasta el asiento que se le había asignado en la tribuna de personalidades. Había cuatro filas de sillas detrás del atril desde el que se harían los discursos. La silla de Bosch miraba a los terrenos del desfile, donde los nuevos cadetes marcharían y después formarían para pasar revista. Como invitado del jefe, él sería uno de los inspectores.

Bosch llevaba el uniforme completo. Era tradición lucir con orgullo los colores en la graduación de nuevos agentes, dar la bienvenida al nuevo uniformado vestido de uniforme. Y llegaba temprano. Se sentó solo y escuchó la banda de la policía que tocaba viejos *standards*. Ninguno de los otros invitados que fueron llevados a sus asientos se dirigió a él. En su mayoría eran políticos y dignatarios, así como unos pocos ganadores del Corazón Púrpura en Irak que vestían el uniforme del Cuerpo de Marines.

Sentía picor bajo el cuello almidonado y la corbata fuertemente apretada. Había pasado casi una hora en la ducha frotándose para eliminar la tinta que se había puesto en la piel, con la esperanza de que el agua arrastrara también todo lo desagradable del caso.

No reparó en que se aproximaba el subdirector Irvin Irving hasta que el cadete que lo conducía a la tienda, dijo:

—Disculpe, señor.

Bosch levantó la mirada y vio que Irving iba a sentarse justo a su lado. Se enderezó y levantó su programa del asiento reservado a Irving.

—Que lo disfrute —dijo el cadete antes de virar con un taconazo y dirigirse hacia otro invitado.

Al principio, Irving no dijo nada. A Bosch le dio la sensación de que dedicaba mucho tiempo a acomodarse y mirar a su alrededor para ver quién podía estar observándolos. Estaban en la primera fila, eran dos de los mejores asientos del acto. Finalmente habló sin girar el cuello y sin mirar a Bosch.

—¿Qué está pasando aquí, Bosch?

—Dígamelo usted, jefe.

Bosch se volvió y echó un vistazo para ver si alguien les estaba mirando. Obviamente no era casual que estuvieran sentados uno al lado del otro. Bosch no creía en las coincidencias de ese tipo.

—El jefe me dijo que quería que viniera —explicó—. Me invitó el lunes, cuando me devolvió la placa.

—Qué suerte.

Pasaron otros cinco minutos antes de que Irving volviera a hablar. Las sillas de debajo del entoldado estaban todas ocupadas, salvo el lugar reservado al jefe de policía y su esposa, en un extremo de la primera fila.

—Ha tenido una semana infernal, detective —susurró Irving—. Aterrizó en mierda y se levantó oliendo a rosas. Felicidades.

Bosch asintió. Era una valoración precisa.

—¿Y usted, jefe? ¿Sólo ha sido una semana más en la oficina para usted?

Irving no respondió. Bosch pensó en los lugares donde había buscado a Robert Verloren la noche anterior. Pensó en el rostro de Muriel Verloren cuando había visto al asesino de su hija conducido al coche patrulla. Bosch tuvo que darse prisa en meter a Stoddard en el asiento de atrás para que ella no se le echara encima.

—Fue todo culpa suya —dijo Bosch en voz baja.

Irving lo miró por primera vez.

—¿De qué está hablando?

—De diecisiete años, de eso estoy hablando. Tenía a su hombre comprobando las coartadas de los Ochos. Él no sabía que Gordon Stoddard era también el profesor de la chica. Si Green y García hubieran comprobado las coartadas, como debería haber sido, habrían encontrado a Stoddard y habrían resuelto el caso fácilmente. Hace diecisiete años. Todo ese tiempo pesa sobre usted.

Irving se volvió por completo en su asiento para mirar a Bosch.

—Teníamos un trato, detective. Si lo rompe, encontraré otras formas de llegar a usted. Espero que lo entienda.

—Sí, claro, lo que usted diga, jefe. Pero olvida una cosa. No soy el único que sabe de usted. ¿Qué pretende, hacer sus pequeños pactos con todo el mundo? ¿Con cada periodista, con cada poli? ¿Con cada padre y cada madre que ha tenido que vivir una vida hueca por lo que usted hizo?

—No levante la voz —dijo Irving entre dientes.

—Ya le he dicho todo lo que quería decirle.

—Bueno, déjeme decirle algo. No he terminado de hablar con usted. Si descubro...

Dejó la frase a medias cuando el jefe de policía y su esposa llegaron escoltados por un cadete. Irving se enderezó en su asiento cuando sonó la música y empezó el espectáculo. Veinticuatro cadetes con placas nuevas y brillantes en sus pechos uniformados marcharon en la explanada del desfile y ocuparon sus posiciones delante de la tribuna de personalidades.

Hubo demasiados discursos preliminares y la revista de los nuevos oficiales se demoró en exceso. Sin embargo, finalmente, el programa llegó al momento principal, las tradicionales observaciones del jefe de policía. El hombre que había traído de nuevo a Bosch al departamento estaba relajado y preparado ante el atril. Habló de reconstruir el departamento de policía desde dentro, empezando por los veinticuatro nuevos agentes que tenía ante sí. Dijo que estaba hablando de reconstruir tanto la imagen como la práctica del departamento. Dijo muchas de las cosas que le había dicho a Bosch el lunes por la mañana. Instó a los nuevos agentes a no quebrantar nunca la ley para hacer cumplir la ley. A hacer su trabajo respetando la Constitución y de manera compasiva en todo momento.

Pero entonces sorprendió a Bosch con su conclusión.

—También quiero llamar su atención sobre dos agentes que están hoy aquí presentes como invitados míos. Uno llega, y el otro se va. El detective Harry Bosch ha regresado al departamento esta semana, después de varios años de retiro. Supongo que durante sus largas vacaciones ha aprendido que no se pueden enseñar nuevos trucos a un perro viejo.

Hubo risas educadas entre la multitud situada al otro lado de la explanada del desfile. Allí era donde se sentaban los familiares y amigos de los cadetes. El jefe continuó.

—Así que volvió a la familia del Departamento de Policía de Los Ángeles y ya ha actuado de manera admirable. Se ha puesto en peligro por el bien de la comunidad. Ayer, él y su compañera resolvieron un asesinato cometido hace diecisiete años, un crimen que ha estado clavado como una espina en el costado de esta comunidad. Damos de nuevo la bienvenida al redil al detective Bosch.

Hubo un rumor de aplausos de la multitud. Bosch sintió que se ruborizaba. Bajó la mirada a su regazo.

—También quiero dar las gracias al subdirector Irvin Irving por estar aquí hoy —continuó el jefe—. El jefe Irving ha servido a este departamento durante casi cuarenta y cinco años. No hay actualmente ningún agente que lo haya hecho durante más tiempo. Su decisión de retirarse hoy y hacer de esta graduación su último acto llevando placa es un buen broche a su carrera. Le damos las gracias por ese servicio a este departamento y a esta ciudad.

El aplauso para Irving fue mucho más alto y sostenido. La gente empezó a levantarse en honor del hombre que había servido al departamento y a la ciudad durante tanto tiempo. Bosch se volvió ligeramente a su derecha para ver el rostro de Irving y en los ojos del subdirector advirtió que no lo había visto venir. Le habían engañado.

Pronto todos estuvieron de pie y aplaudiendo, y Bosch se sintió obligado a hacer lo mismo por el hombre al que despreciaba. Sabía exactamente quién había proyectado la caída de Irving. Si Irving protestaba, o maniobraba para recuperar su posición, se enfrentaría a una acusación interna construida por Kizmin Rider. No había duda de quién perdería el caso. Ni la menor duda.

Lo que Bosch no sabía era cuándo se había planeado. Recordó a Rider sentada en su escritorio en la sala 503, esperándole con café, solo, como a él le gustaba. ¿Ya sabía entonces de qué caso era el resultado ciego y adónde conduciría? Recordó la fecha en el informe del Departamento de Justicia. Tenía diez días cuando él lo había leído. ¿Qué había ocurrido durante esos diez días? ¿Qué estaba planeado para su llegada?

Bosch no lo sabía y tampoco estaba seguro de que le importara. La política del departamento se dirimía en la sexta planta. Bosch trabajaba en la sala 503, y allí se mantendría firme. Sin lugar a dudas.

El jefe terminó su discurso y se alejó del micrófono. Uno

a uno, les dio a los cadetes un certificado que acreditaba que habían completado la formación en la academia, y posó para una foto con el receptor. Todo fue muy rápido y limpio y estuvo perfectamente coreografiado. Tres helicópteros de la policía sobrevolaron en formación la explanada del desfile y los cadetes terminaron la ceremonia lanzando sus gorras al aire.

Bosch se acordó de la ocasión, hacía más de treinta años, en que él había lanzado su gorra al aire. Sonrió ante el recuerdo. No quedaba nadie más de su promoción. Estaban muertos, retirados o expulsados. Sabía que dependía de él cargar con el estandarte y la tradición. Elegir la buena pelea.

Cuando concluyó la ceremonia y la multitud se apresuró hacia los nuevos agentes para felicitarles, Bosch observó que Irving se levantaba y empezaba a atravesar la explanada del desfile hacia la zona de salida. No se detuvo por nadie, ni siquiera por aquellos que le tendieron la mano para felicitarle y darle las gracias.

—Detective, ha tenido una semana atareada.

Bosch se volvió. Era el jefe de policía. Asintió con la cabeza. No sabía qué decir.

—Gracias por venir —dijo el jefe—. ¿Cómo está la detective Rider?

—Se ha tomado el día libre. Ayer le fue de poco.

—Eso he oído. ¿Alguno de los dos va a asistir a la conferencia de prensa de hoy?

—Bueno, ella no está, y yo estaba pensando en saltármela, si no le importa.

—Nosotros nos ocuparemos. Veo que ya le ha dado la noticia al *Daily News*. Ahora todos los demás claman por ella. Vamos a tener que montar un pequeño numerito.

—Le debía ésta a la periodista del *News*.

—Sí, lo comprendo.

—Cuando pase la tormenta, ¿todavía tendré trabajo, jefe?

—Por supuesto, detective Bosch. Como en toda investigación, había que tomar decisiones. Usted tomó las mejores decisiones que podía tomar. Habrá una revisión del caso, pero no creo que tenga problemas.

Bosch asintió. Casi le dijo gracias, pero decidió no hacerlo. Se limitó a mirarle.

—¿Hay algo más que quiera preguntarme, detective?

Bosch asintió de nuevo.

—Me estaba preguntando algo —dijo.

—¿Qué?

—El caso empezó con una carta del Departamento de Justicia y esa carta era vieja cuando yo llegué. ¿Por qué me la guardaron a mí? Supongo que lo que me estoy preguntando es qué sabían y cuándo lo supieron.

—¿Algo de eso importa ahora?

Bosch señaló con la barbilla en la dirección que había tomado Irving.

—Quizá —dijo—. No lo sé. Pero no se irá simplemente. Irá a los medios. O a los abogados.

—Sabe que hacerlo sería un error. Que tendría consecuencias para él. No es un hombre estúpido.

Bosch se limitó a asentir con la cabeza. El jefe lo estudió un momento antes de hablar de nuevo.

—Todavía parece preocupado, detective. ¿Recuerda lo que le dije el lunes? Le dije que había revisado cuidadosamente su caso y su carrera antes de decidir darle de nuevo la bienvenida.

Bosch se limitó a mirarlo.

—Lo dije en serio —continuó el jefe—. Lo estudié y creo que sé algo sobre usted. Está en esta tierra por un motivo, detective Bosch. Y sabe que tiene la oportunidad de continuar con su misión. Después de eso, ¿importa algo más?

Bosch le sostuvo la mirada un buen rato antes de responder.

—Supongo que lo que de verdad quería preguntar es sobre lo que dijo el otro día. Cuando me contó todo eso acerca de las ondas y las voces, ¿lo decía en serio? ¿O sólo me estaba dando cuerda para que fuera tras Irving por usted?

El fuego se extendió rápidamente por las mejillas del jefe de policía. Bajó la mirada mientras componía su respuesta, pero entonces volvió a levantar la cabeza y le sostuvo la mirada a Bosch.

—Dije en serio todas las palabras que pronuncié. Y no lo olvide. Vuelva a la sala quinientos tres y resuelva casos, detective. Para eso está aquí. Resuélvalos o encontraré una razón para echarlo. ¿Entendido?

Bosch no se sintió amenazado. Le gustó la respuesta del jefe. Le hizo sentirse mejor.

—Entiendo.

El jefe levantó la mano y cogió a Bosch por el antebrazo.

—Bien. Entonces vamos allí a hacernos una foto con algunos de estos jóvenes que hoy se han unido a nuestra familia. Quizá puedan aprender algo de nosotros. Quizá nosotros podamos aprender algo de ellos.

Al caminar hacia la multitud, Bosch apartó la mirada en la dirección que había tomado Irving. Pero ya hacía mucho que se había ido.

44

Bosch buscó a Robert Verloren durante tres de las siete noches siguientes, pero no lo encontró hasta que fue demasiado tarde.

Una semana después de la graduación en la academia, Bosch y Rider estaban sentados frente a frente tras sus escritorios mientras daban los últimos toques a la acusación contra Gordon Stoddard, quien había sido llevado ante el tribunal municipal de San Fernando esa misma semana y se había declarado no culpable. Había empezado el baile legal. Bosch y Rider tenían que recopilar un amplio pliego de cargos que trazara las líneas maestras de la acusación contra Stoddard. La documentación sería entregada a un fiscal, quien la utilizaría en sus negociaciones con el abogado defensor de Stoddard. Después de reunirse con Muriel Verloren, así como con Bosch y Rider, el fiscal estableció una estrategia. Si Stoddard elegía ir a juicio, el Estado buscaría la pena capital por el agravante de la premeditación. La alternativa era que Stoddard evitara la pena capital declarándose culpable de asesinato en primer grado en un acuerdo extrajudicial que lo llevaría a prisión de por vida sin posibilidad de condicional.

En cualquier caso, el sumario que Bosch y Rider estaban preparando resultaría de vital importancia, porque mostraría a Stoddard y a su abogado el enorme peso de las pruebas. Forzarían la mano y harían que Stoddard eligiera entre las tristes alternativas de una existencia en una celda de prisión o jugarse la vida sobre las escasas posibilidades de convencer a un jurado.

Hasta ese punto había sido una buena semana. Rider salió airosa después de estar a punto de morir por la bala de Stoddard y mostró estar en plena disposición de sus facultades al reunir la documentación del caso. Bosch había pasado todo el lunes revisando la investigación con un detective de Asuntos Internos y el caso fue archivado al día siguiente. El veredicto de «no emprender ninguna acción» por parte de Asuntos Internos significaba que estaba a salvo en el seno del departamento, si bien una retahíla de artículos de la prensa continuaban cuestionando las acciones de la policía al usar a Roland Mackey como cebo.

Bosch estaba listo para pasar a la siguiente investigación. Ya le había dicho a Rider que quería revisar el caso de la señora a la que halló atada y ahogada en su bañera el segundo día de servicio en el cuerpo. Lo asumirían en cuanto terminaran con el papeleo sobre Stoddard.

Abel Pratt salió de su oficina y se acercó a ellos. Tenía un aspecto ceniciento. Hizo una señal con la cabeza hacia el ordenador de Rider.

—¿Estáis trabajando en Stoddard?

—Sí —dijo Rider—. ¿Qué pasa?

—No le podréis clavar la aguja. Está muerto.

Nadie dijo nada durante un largo momento.

—¿Muerto? —preguntó Rider por fin—. ¿Cómo que muerto?

—Muerto en su celda en la prisión de Van Nuys. Dos heridas de punción en el cuello.

—¿Se lo hizo él? —preguntó Bosch—. No me pareció que fuera capaz.

—No, alguien lo hizo por él.

Bosch se sentó más derecho.

—Espere un momento —dijo—. Estaba en la planta de alta seguridad y aislado. Nadie podía...

—Alguien lo hizo esta mañana —dijo Pratt—. Y ésta es la peor parte.

Pratt levantó una libretita que tenía en la mano, con notas garabateadas. Leyó.

—El lunes por la noche arrestaron a un hombre en Van Nuys Boulevard por desórdenes y borrachera. También agredió a uno de los policías que lo detuvieron. Le tomaron las huellas de manera rutinaria y lo enviaron a la prisión de Van Nuys. No tenía documento de identidad y dio el nombre de Robert Light. Al día siguiente, ante el juez, se declaró culpable de todos los cargos y el juez lo envió una semana a la prisión de Van Nuys. Las huellas todavía no se habían comprobado en el ordenador.

Bosch sintió un profundo tirón en las entrañas. Sentía pánico. Sabía adónde iría a parar la historia. Pratt continuó, valiéndose de sus notas para construir su relato.

—El hombre que se hacía llamar Robert Light fue asignado a trabajo de cocina en la cárcel porque aseguró y demostró que tenía experiencia en restaurantes. Esta mañana cambió su función con otro de los asignados a cocina y estaba empujando el carrito que llevaba bandejas de comida a los custodiados en alta seguridad. Según dos guardias que fueron testigos, cuando Stoddard se acercó a la ventanita corredera de su celda para coger la bandeja de comida, Robert Light metió la mano entre los barrotes y lo agarró. Acto seguido lo acuchilló repetidamente con un punzón hecho con una cuchara afilada. Tenía dos pinchazos en el cuello antes de que los guardias redujeran al agresor. Los guardias llegaron demasiado tarde. La arteria carótida de Stoddard estaba seccionada y se desangró en su celda antes de que llegaran a ayudarle.

Pratt se detuvo, pero Bosch y Rider no hicieron preguntas.

—De manera coincidente —empezó de nuevo Pratt—, las huellas dactilares de Robert Light fueron introducidas finalmente en la base de datos aproximadamente al mismo tiempo en que estaba matando a Stoddard. El ordenador reveló que el custodiado había dado un nombre falso. El nombre real, como estoy seguro de que ya habéis adivinado, era Robert Verloren.

Bosch miró a Rider, pero no pudo sostenerle la mirada mucho tiempo. Bajó la cabeza. Se sentía como si le hubieran dado un puñetazo. Cerró los ojos y se frotó la cara con las manos. Creía que en cierto modo era culpa suya. Robert Verloren había sido de su responsabilidad en la investigación. Debería haberlo encontrado.

—¿Qué tal esto como cierre? —dijo Pratt.

Bosch bajó la mirada a sus manos y se levantó. Miró a Pratt.

—¿Dónde está? —preguntó.

—¿Verloren? Todavía lo tenían allí. Lo llevan en Homicidios de Van Nuys.

—Voy para allí.

—¿Qué vas a hacer? —preguntó Rider.

—No lo sé. Lo que pueda.

Salió de la 503, dejando atrás a Rider y Pratt. En el pasillo pulsó el botón del ascensor y esperó. La opresión en el pecho no remitía. Sabía que era la sensación de culpa, la sensación de que no había estado preparado para este caso y que sus errores habían sido muy costosos.

—No es culpa tuya, Harry. Llevaba diecisiete años esperando hacer esto.

Bosch se volvió. Rider había ido tras él.

—Debería haberlo encontrado antes.

—No quería que lo encontraran. Tenía un plan.

La puerta del ascensor se abrió. Estaba vacío.

—Hagas lo que hagas —dijo Rider—. Voy contigo.

Bosch asintió. Estar con ella lo haría más soportable. Le

cedió el paso en el ascensor y la siguió. En el camino de bajada sintió que la determinación crecía en su interior. La determinación de continuar en la misión. La determinación de no olvidar nunca a Robert y Muriel y Rebecca Verloren. Y una promesa de hablar siempre por los muertos.

AGRADECIMIENTOS

El autor quiere dar las gracias a todos aquellos que le ayudaron en la preparación y redacción de esta novela. Entre ellos: Michael Pietsch, Asya Muchnick, Jane Wood y Peggy Leith Anderson, así como Jane Davis, Linda Connelly, Terrill Lee Lankford, Mary Capps, Judy Couwels, John Houghton, Jerry Hooten y Ken Delavigne. Mi especial agradecimiento a los detectives Tim Marcia, Rick Jackson y David Lambkin, del Departamento de Policía de Los Ángeles, así como al sargento Bob McDonald y al jefe de policía William Bratton.

ÍNDICE

OTROS TÍTULOS
DE ESTA COLECCIÓN

ADN ASESINO

Patricia Cornwell

Un investigador federal se ve obligado a regresar a su ciudad desde Knoxville (Tennessee, EE UU), donde está terminando un curso en la Academia Forense Nacional. Su superior, la fiscal del distrito, es una mujer tan atractiva como ambiciosa, que tiene previsto presentarse al cargo de gobernadora. A modo de aliciente, para ganarse al electorado, la fiscal planea poner en marcha una nueva iniciativa en la lucha contra el crimen llamada «En Peligro» y cuyo lema es: «Cualquier crimen en cualquier momento.» La candidata, que bajo ese pretexto electoralista ha estado buscando la manera de utilizar una tecnología de vanguardia para el análisis de ADN, topa con un asesinato no aclarado cometido veinte años atrás en Tennessee. Si la fiscalía resuelve ese caso, su carrera política se beneficiará claramente.

UN PLAN SENCILLO

Scott Smith

Una tarde de invierno, Hank Mitchell, su hermano Jacob y Lou, un amigo de Hank, encuentran 4.500.000 dólares en una avioneta que ha sufrido un accidente. Hank, Jacob y Lou, se enfrentan al dilema de quedarse o no con el botín. Superadas las reticencias morales, trazan un plan que parece perfecto: Hank, el único de los tres con un empleo estable y que aparenta ser una persona responsable y respetable —y por tanto el menos sospechoso de todos ellos— guardará el dinero una temporada. Si al cabo de un tiempo estipulado nadie lo reclama, se lo repartirán a partes iguales. Pero la intervención de la esposa de Hank en el asunto supondrá un escollo para las intenciones de Hank y sus secuaces. Además, aparecerá en escena un granjero incómodo. Hank, Jacob y Lou dejarán de ser los únicos que conocen el botín de la avioneta, y el plan urdido se les irá de las manos.

EL MANUSCRITO DE DIOS

Juan Ramón Biedma

Cinco maletas repartidas en una Sevilla preapocalíptica. Capillas profanadas, albergues de mendigos en antiguos aparcamientos subterráneos, sanatorios abandonados, recónditas bibliotecas, asilos malditos, pensiones y palacetes de mala muerte… una ciudad entenebrecida por la sombra de la catedral más siniestra del mundo. En los últimos días del año, un guardacoches sin recuerdos, una mujer sin futuro y un sacerdote sin pasado tienen que enfrentarse a una alianza heredera de la Inquisición y a otras potencias aún más oscuras en busca de un manuscrito que no quieren poseer.

Con un estilo original y atrevido, Biedma convierte Sevilla en una ciudad desquiciada y extremadamente peligrosa, al tiempo que deja al lector sin aliento con un ritmo narrativo implacable y absorbente.